박물관 행성

행성

I

영원의 숲

추천의 글

우주의 온갖 예술품을 수집하는 박물관 행성 '아프로디테'를 배경으로, 학예사 다카히로가 여러 작품에 얽힌 일상 미스터리를 풀어 나간다. 학예사들의 바쁘고 친근한 일상과 신비로운 작품 이야기가 교차되며 아름다움과 예술에 대한 질문이 쏟아진다. 아름다움은 설명될 수 있는 것일까, 예술을 과학으로 분석한다는 것은 무엇일까……. 적극적인 사고를 요구하는 질문들도 재미있지만, 무엇보다 다양한 가상 예술 작품들을 독특하고 산뜻한 SF의 렌즈를 통해 살피는 재미가 탁월하다.

_김초엽 | **작가**

'박물관 행성' 시리즈의 첫 권인 이 작품 『박물관 행성 1: 영원의 숲』에서는 주인공이자 이 행성의 학예사인 다카히로가 겪는 다양한 에피소드를 통해, 예술을 직업으로 삼는 사람들의 세계로 들어갑니다. 아름다움에 둘러싸여 화려하게 살 것이란 사람들의 기대와 다르게 학예사라는 직업에는 겉으로 보이지 않는 복잡한 뒷면이 있는데, 소설 속에는 박물관 종사자들이 겪는 그 뒷면, 다양한 민원 업무와 애환들이 잘 녹아 있습니다.

저자는 인간과 예술의 관계에 대해 여러 차례 질문을 던집니다. 예술이 아낌없이 선보여질 때 많은 이들이 점차 예술을 이해할 수 있다는 명제와, 예술은 정말 소수의 사람들에게만 이해될 수 있다는 명제는 둘 다 유효합니다. 저자는 학예사들은 후자의 사람에 해당하지만, 어려운 예술을 연구하여

다수가 이해할 수 있도록 쉽게 풀어 지속적으로 문을 두드리는 사람이라고 말하죠.

박물관 행성 아프로디테에서 벌어지는 일들은 언제나 예술품과 연관되어 있습니다. SF적인 상상력을 발휘한다면 《박물관은 살아있다》라는 영화에서처럼, 박물관 행성에도 우리가 모르는 사이 재미난 일들이 벌어질 거라 기대할 수 있지요. 흥미롭게도 박물관 행성에서 예술품의 정보는 모두 데이터베이스화되어 있습니다. 그곳을 관리하는 다카히로는 끊임없이 예술품을 다루는 사람들과 소통하고 이에 관련된 업무를 맡고 있습니다.

미래에는 정말로 예술품들을 실물이 아닌 데이터로 선보이게 될지도 모르겠습니다. 가상의 공간, 가상의 시간에서도 예술품은 언제나 우리에게 위안을 줄 것이라는 소설의 교훈은 의미심장한 부분이 있습니다. 시대는 점점 변하고, 다양한 공간에서 우리는 다양한 형태의 예술을 접하고 있습니다. 예술 작품을 연구하고 선별하여 선보이는 학예사들이 있는 한, 예술은 어떤 방식으로든 우리의 삶과 공존할 것이라는 메시지는 이 소설이 우리에게 주는 다정한 위로가 아닐까요.

_ 신미리 ㅣ 큐레이터

《다비드 자맹:프로방스에서 온 댄디보이展》,《미셸 들라크루아, 파리의 벨 에포크展》(2023) 전시 기획

차례

박물관 행성 아프로디테 조직도

[사랑과 미美의 신]*

종합 관리 부서

아폴론
[태양과 예술의 신]

⋮

종합 데이터베이스

므네모시네
[기억의 신]

관리자

에이브러햄 콜린스(아프로디테 관장)

소속 직원

다시로 다카히로

매슈 킴벌리

주요 부서

음악과 무대예술·문예 전담 부서	회화와 공예 전담 부서	동식물 전담 부서
뮤즈[시와 음악의 신들]	아테나[지혜와 기예의 신]	데메테르 [대지와 자연의 신]
	⋮	
	부서별 데이터베이스★★	
아글라이아[광채의 신]	에우프로시네[기쁨의 신]	탈리아[활기의 신]
소속 직원	**소속 직원**	**소속 직원**
헤르베르트 기무라	네네 샌더스	롭 롱사르
마누엘라 데 라 바르카	클라우디아 메르카틀라스	한월옥
	칼 오펜바흐(분석실 실장)	알렉세이 트래스크
		사이먼 다우니

그 외 부서

자료실
세일러 뱅크허스트

시스템 개발 및 관리 부서
율리우스 만시카(총 책임자)

---

*   [ ]로 표기된 설명은 독자의 이해를 돕기 위해 그리스신화에서 해당 이름의 신을 설
     명한 것이다.

**   데이터베이스의 이름 또한 그리스신화에서 따온 것이다. 특히 아글라이아, 에우프로
     시네, 탈리아는 사랑과 아름다움을 관장하는 신 아프로디테의 하위 신이자 자매 신으
     로서, 셋을 묶어 삼미신이나 카리테스라고 부른다. 작중에서도 세 데이터베이스를 묶
     어 카리테스라 부르곤 한다.

I
천상의
선율을 듣는 자

———————●———————

가뜩이나 '사랑과 미의 여신' 하면 로마신화의 비너스
를 떠올려 이곳이 금성Venus에 있다고 생각하는 사람들이
있는데……. 누구나 다 아는 우주 최고의 박물관에 '아프
로디테'라는 진부한 이름을 붙인 인간은 대관절 어디 사
는 누구일까.

원래 이 그리스신화 속 여신은 아도니스를 쫓아다니고
프시케를 질투하는 등 신이면서도 행동거지가 꽤나 경박
스럽다. 다신교의 매력이 인간미 넘치는 신들과 품위를
내던진 드라마에 있다고는 하지만, 이렇게까지 고난이 계
속되면 이름 탓인가 싶어 이름 붙인 사람을 원망하고 싶
어진다.

지난주의 피아노 소동도 대단했다. 뵈젠도르퍼 임페리

얼 그랜드, '97건반의 흑천사'라고 별명이 붙을 정도로 귀한 피아노를 소행성대 개발 기지에서 기껏 들여왔는데, 담당을 놓고 '뮤즈'와 '아테나'가 정면으로 붙어서 아직까지도 수습이 되지 않았다. 음악과 무대예술 전담 부서인 뮤즈가 당연히 자기네 관할이라고 주장하자, 회화와 공예를 전담하는 아테나가 기술적으로 봤을 때 공예 분야의 걸작이라며 양보하지 않고 나서는 바람에 그 가련한 흑천사는 아직 포장도 벗지 못한 채 창고에서 자고 있는 것이다.

'데메테르'는 관망하고 있지만, 피아노가 동식물 부문과 무관하다고 판단해서라기보다는 다른 일로 한바탕 진을 뺀 터라 이번 판은 쉬겠다는 분위기다. 3주 전 절대영도실의 접합부와 80기압실의 압착관에 동시에 문제가 생겨 열심히 수집한 식물들이 빈사지경에 놓였고, 그 일로 그쪽 임원들이 아폴론 청사로 몰려와 파상 공세를 펼치며 보험금 재산정과 예산 확대를 요구했다. 그 난리로 말할 것 같으면 마치, 마치…… 그게 뭐였지?

—'므네모시네(기억의 신)', 접속 개시. 검색 좀 해줘. 그러니까 이렇게 새장 속에서 '안녕하세요, 안녕하세요' 하고…….

—앵무새 또는 구관조. 영상을 출력할까요?

아니, 그럴 것까진 없어. 아무튼 그자들은 그것처럼 같은 말을 또 하고 또 하며 소란을 피웠다. 그 일이 없었다면 틀림없이 데메테르도 피아노는 목재로 만들어졌다느니 하며 다툼에 뛰어들었을 것이다.

안 그래도 우울한데 설상가상으로 허수아비의 호출까지. 결코 좋은 이야기일 리 없다. 틀림없다.

다시로 다카히로는 후유, 하고 한숨을 쉬고서 소리 내어 말했다.

"안 되겠어. 일기가 온통 불평불만뿐이니. 므네모시네, 전부 삭제하고 완료하면 접속 종료해줘."

―알겠습니다.

귓속에서 울리는 부드러운 목소리.

그때까지 그의 무의식에 가까운 사고의 흐름을 건져 올려주던 직접 접속 대응 데이터베이스 컴퓨터인 므네모시네는 명령을 착실하게 실행하고 접속을 끊었다.

어둠 속에서 갑자기 외톨이가 된 기분이었다. 거주 구역에서 종합 관리 담당 부서인 '아폴론(태양과 예술의 신)' 청사로 이어지는 도로에는 아무도 없었다. 관광 루트에도 포함돼 있지 않기 때문에 가로등만 띄엄띄엄 켜져 있을 뿐이다.

조용하군, 하고 다카히로는 생각한다. 20도로 유지되는 기온도 시원하니 기분 좋다. 이곳에 있는 미술품과 동식물도 관광객들의 떠들썩함과 학예사*들의 다툼에서 벗어나 이렇게 조용하게 지내고 싶을 텐데…….

지구와 달 사이의 중력 균형점 중 하나인 제3라그랑주점에 두둥실 떠 있는 행성, 거대 박물관 아프로디테에는 인류가 손에 넣을 수 있는 모든 동식물과 미술품과 음악과 무대예술이 수집돼 있다. 소행성대에서 끌어온, 오스트레일리아 대륙과 맞먹는 면적의 암석 표면에는 수집물을 위해 과학으로 실현할 수 있는 모든 환경을 조성해놨다. 중력은 마이크로 블랙홀 방식으로 제어하고, 광대한 분지는 바다로, 험준한 돌출부는 산으로 건설했다. 이곳에 오면 화성의 지구화에 사용되는 그로테스크한 식물을 붉은 행성과 똑같은 환경에서 관찰할 수 있고, 마리아나 해구 해저에 사는 새하얀 새우의 모습을 눈앞에서 볼 수도 있다.

동식물을 위해서만 환경을 조성하지는 않았다. 부식되

* 박물관, 미술관, 화랑 등에서 소장품에 대한 관리, 전시 기획, 학술 연구 등의 업무를 수행하는 직업. 한국에서는 일반적으로 학위와 일정 이상의 실무 경력을 모두 갖추어야 학예사 자격증이 발급된다.

기 시작한 그림은 철저한 공기 조절 시스템으로 더 이상 썩지 않도록 관리했다. 한때 유행했던 대규모 저중력 연극은 지금은 자료적 가치밖에 없지만, 여기서는 상설 무대를 보존해두고 꾸준히 재연한다. 이처럼 '구경하다'라는 말의 목적어가 되는 대상을 망라하는 것이 곧 박물관의 목표인 것이다.

그런 아프로디테가 구경거리나 끝 간 데 없이 제공하는 흥행장이라는 비난을 면하는 것은 오로지 그 학술 조사력 덕분이다. 그리스 신의 이름으로 불리는 세 개의 전문 부서에는 제각각 미의 세 여신인 카리테스°의 이름을 딴 우수한 데이터베이스가 마련돼 있다.

음악과 무대예술, 문예 전반을 전담하는 부서 뮤즈(시와 음악의 신들)에는 '아글라이아', 회화와 공예를 전담하는 부서 아테나(지혜와 기예의 신)에는 '에우프로시네', 동식물 전담 부서인 데메테르(대지와 자연의 신)에는 '탈리아'가 있어서 분석 및 감정, 그리고 분류, 수납, 보존을 돕고 있다.

그러나 예술이란 참으로 막연해서 방대한 양의 데이터

° 그리스신화에서 아프로디테를 따르는 세 여신으로 아글라이아(광채의 신), 에우프로시네(기쁨의 신), 탈리아(활기의 신)를 이른다.

를 자랑하는 컴퓨터 시스템을 가지고 있어도 쉽게 검색해 파악할 수 있는 것이 아니다. 아프로디테가 우수한 까닭은 대부분의 학예사가 직접 접속자이기 때문이다. 그들은 수술을 통해 데이터베이스와 직접 연결됐고, 이미지를 떠올리는 것만으로 데이터를 찾을 수 있다.

예를 들어 새로 들여온 청자가 왠지 낯설게 느껴지지 않을 때, 수작업으로 검색해 이유를 파악하려 한다면 끔찍하게 번거로울 것이다. 과거에 취급한 청자와의 유사점은 금이 간 상태인가, 형태인가, 빛깔인가. 비슷하다고밖에 표현할 수 없는 애매한 감각을 문자나 영상 데이터로 좁혀가려면 엄청난 노력과 시간이 든다. 그러나 에우프로시네와 직접 접속을 하는 아테나 학예사라면, '이런 형태의……' 하고 어깨의 둥글기를 떠올리고 '이렇게 윤기가나는……' 하고 유약의 발림 정도를 확인한 다음 끝으로 '언제 봤을까' 하고 곰곰이 생각하기만 하면 된다. 검색 명령을 받은 에우프로시네는 번쩍 떠올랐다가 사라지고 엉뚱한 곳에 연결됐다가 되돌아오는 변덕스러운 사고의 흐름을 꼼꼼하게 주워 담아 광대한 데이터의 바다에서 목적한 것을 건져 올려준다.

그렇게 해서 나온 결과는 대부분 단순한 유사성을 보이

는 데 그치지만, 때로는 획일적인 분류로는 알아낼 수 없는 의외의 관련성을 찾아주기도 한다.

실제로 아글라이아와 직감력이 뛰어난 뮤즈 학예사가 아니었다면 21세기 초에 유행한 작자 미상의 타히티 가요 〈내 곁에서 물구나무를 서요〉는 구태의연하게 해석된 채 그대로 남아 있었을 것이다. 뮤즈의 학예사는 그 노래의 전주에서 묘한 익숙함을 느끼고 아글라이아에게 '이렇게 상승하는 음계에서 쾅 하고 터지는' 곡을 찾게 했다. 해당 곡이 너무 많아서 검색 결과는 암담했지만, 부자연스러운 가사인 '앞니가 큰 당신'을 키워드로 추려가자 발레곡 〈호두까기 인형〉의 '대단원'이 나타났다. 〈호두까기 인형〉은 크리스마스 시즌에 주로 상연된다. 거기에 발레의 본고장이 어디인가를 고려하자 '물구나무'는 당시 북유라시아에서 일어난 12월 사건의 은유임이……. 이리하여 익살스러운 사랑가인 줄로만 알았던 노래가 실은 다른 지방의 사회 비판을 담은 풍자적인 내용의 곡이었음이 증명됐고, 그 이후 지구상의 역사민족학자들은 미술 분야의 직접 접속 학예사들을 주목하게 됐다.

그러나 모든 일이 한 개인이나 각각의 부서만으로 원활하게 돌아갈 리는 만무하다.

'물구나무'의 예에서 알 수 있듯이 예술이란 역사, 풍토, 민족, 문화의 혼합체다. 공예품의 문양은 회화 기법과 관련이 있음은 물론이고, 식물학과도 통하며 유명한 신화나 시가에서 소재를 취한 경우도 많다. 한마디로 아무리 분석하고 분류해도 담당 부서를 명확하게 구분 짓기가 어렵다는 뜻이다.

그런 부서 간의 문제를 총괄하는 곳이 다카히로가 소속된 아폴론이다. 아폴론의 직원들은 정보 종합 학자로서, 채용 시험에서는 미술뿐만 아니라 사회 상식과 잡학까지도 중요하게 다뤄진다.

아폴론의 존재 의의는 예술이라는 막연하고 포괄적인 말로밖에 표현할 수 없는 것들을 분야의 한계를 초월한 높은 관점에서 분석하고 검토하는 데 있다. 그래서 이들에게는 보통 다른 부서보다 강한 재량권이 주어지고, 하드웨어적으로도 이들이 연결돼 있는 종합 데이터베이스 컴퓨터 므네모시네는 카리테스 시스템을 망라한다. 므네모시네는 카리테스의 상위에 있고, 아폴론 학예사의 명령에 따라 하위 데이터베이스에 자유롭게 개입할 수 있는 것이다.

그러나 아폴론의 학예사들은 엘리트라고 대우를 받아

도 결국은 허울 좋은 중재자일 뿐이라고 불평한다. 다카히로도 물론 그중 하나였다.

더 높은 조건을 부여받았으니 개별 부서에서 감당할 수 없는 문제를 떠안는 것은 당연하다. 그래도 좀 더 배려해 줄 수는 없을까. 적어도 들어온 물건을 예비 검토하는 동안은 부서 간의 다툼을 자제하고, 윗사람은 부하의 마음고생을 좀 더 헤아려줘야 마땅하지 않나…….

상사가 어떤 난제를 들이밀지, 생각만 해도 마음이 무겁다.

채용 시험 출제 범위가 넓었던 것은 종합적인 안목을 보기 위해서가 아니라 약삭빠른 처세 감각을 원했기 때문이리라. 틀림없다.

다카히로는 암담한 기분으로 청사 문을 열었다.

인조 대리석으로 된 외관과는 달리 청사 내부는 조악하기 그지없다. 아프로디테는 반관반민 시설인데, 관광객의 눈이 닿지 않는 곳은 완전히 '관官'이다.

썰렁한 회색 복도를 지나 관장실 문을 열자, 산더미처럼 쌓인 도판 너머로 나풀나풀한 성긴 머리카락이 보였다.

"부르셨습니까?"

다카히로의 목소리에 에이브러햄 콜린스가 홀쭉한 몸을 쑥 일으켰다. 몸통은 양복 안에서 허우적대고, 팔은 짤따란 소매 밖으로 비어져 나와 있다. 몸과는 대조적으로 둥글고 반들반들한 얼굴. 과장되게 양팔을 벌리고 활짝 웃는 모습이 영락없는 허수아비다.

"어이, 다카히로. 미와코는 잘 있지? 새신랑한테 딱 어울리는 일이 생겨서 말이야."

"황송하군요."

"뭘 그렇게 심드렁해. 정말로 보람 있는 일이라니까."

의자를 권하는 몸짓을 보고도 다카히로는 바로 앉지 않고 그저 한쪽 눈썹을 실그러뜨렸다.

"보람 있는 일은 늘 고생스럽기 마련이죠."

"설령 그렇다 해도 좋아할 일 아닌가? 내가 그만큼 자네를 높이 평가한다는 뜻이니까. 아무튼 일단 앉게."

다카히로는 의자 위에 널린 경매 카탈로그를 바닥에 내려놓고 떨떠름한 얼굴로 앉았다. 에이브러햄은 책상 위에서 단말기를 찾느라 정신이 없었다.

"모레 그림이 하나 오기로 돼 있는데, 그게 좀…… 어떻게 설명해야 하나……. 아무튼 복잡한 사정이 있어. 그걸 자네에게…… 아아, 찾았다. 바로 보여줄게."

에이브러햄 같은 임원은 대부분 미술협회나 관청에서 내려온 사람으로, 데이터베이스와 연결돼 있지 않다. 그는 단말기를 끄집어내더니 주름진 옷깃에 마이크를 달았다.

"므네모시네, 접속. 다시로 다카히로 앞으로 준비된 파일을."

자신에게 이미 내정된 일이었다. 다카히로는 이 일에서 도망칠 수 없음을 깨닫고 어깨를 떨궜다.

벽면 조명이 어두워지고 오른쪽 벽이 원색으로 물들었다.

"이게 그 그림일세. 코엔 리의 〈아이를 위한 선율〉. 일단 첫인상을 들어볼까? 대작이지. 80호야."

에이브러햄은 빙긋이 웃고 뒷짐을 진다.

그 그림은 한마디로 말하면 추상화였다. 유화물감을 화폭에 그대로 짜놓은 듯 색이 선명하고 선과 면이 불규칙하다.

"에우프로시네에게 물어보지 않고는 확실하게 말할 수 없지만, 추상화치고는 어딘지 위화감이 드는데요. 계산한 흔적이 전혀 안 보여요. 즉흥성을 내세우는 앵포르멜 화파와도 인상이 다릅니다. 우연을 즐긴다는 느낌이 없어요."

"산만하기만 하고 미술적 가치는 거의 없다, 이거지?"

"뭐 그렇다고 할 수 있죠."

"회화 전문가도 같은 말을 했어. 번거롭게 접속할 거 없이 내가 알려주자면, 코엔 리는 화가가 아니라 무명 작곡가였어. 3년 전에 이 그림을 남기고 죽었지."

그렇게 말하고 에이브러햄은 히죽히죽 웃고만 있었다. 다카히로는 조바심이 났다. 이야기를 계속하게 하려면 상사가 원하는 말을 해줘야 한다.

"아마추어 화가가 그린 무가치한 작품을 왜 들여오려는 거죠?"

"그게 말이야."

허수아비는 얄팍한 가슴을 한껏 젖혔다.

"리가 죽은 뒤 병원에 이 그림이 남겨졌어. 사실 이건 이른바 회화요법의 결과물이지. 리는 삭스 기념병원 뇌신경과 병동에서 죽음을 맞았다네."

벽면이 리의 사진으로 바뀌었다. 눈앞의 노인은 볼이 움푹하고 눈만 번뜩이고 있었다. 얇은 입술은 양 끝이 심하게 치켜 올라가 당장에라도 카랑카랑한 쇳소리를 내뱉을 것 같았다.

"병실을 정리하려고 그림을 잠시 복도에 세워뒀다나 봐. 그런데 그게 말이지……"

에이브러햄은 또 짐짓 점잔을 뺐지만, 다카히로는 두 번이나 비위를 맞출 생각이 없었다. 이번에는 허수아비가 마지못해 먼저 입을 열었다.

"그림 주변에 환자들이 모여들어서 한바탕 난리가 났었던 모양이야."

"뇌신경과 환자들이요?"

"그렇지. 뭐 그래 봤자 3,000명이나 되는 환자 중에 10명 정도 모인 거지만. 그 사람들이 이 그림을 세계 최고의 걸작이라고 입을 모아 말했다는 거야."

다카히로가 쓴웃음을 지었다.

"장소가 장소이니만큼 충분히 있을 법한 일이잖아요. 한 사람이 좋다고 말하니까 집단 히스테리를 일으켜서……."

에이브러햄은 해골 같은 손을 내저으며 말을 가로막았다.

"그런 착란상태는 아니었어. 게다가 그 말을 처음 꺼낸 사람이 하이얼러스였단 말이지."

"하이얼러스라면, 그 말 많은 미술평론가인 브리지드 하이얼러스요?"

다카히로는 그제야 의자에서 등을 뗐다. 허수아비의 눈이 흐릿한 듯이 가늘어진다.

"맞아. 작년에 죽었을 때 예술가들이 총출동해서 명복을 빈 그 여자야. 하이얼러스는 만성 편두통으로 삭스 기념병원에 다니고 있었어. 봐봐, 이게 〈아이를 위한 선율〉에 관한 그녀의 평이야."

신경질적인 얼굴의 리가 사라지고 벽면에 문자 데이터가 나타났다. 미술 잡지에 실린 글이다. 도마 위에 오른 작품 중 상당수가 그녀 특유의 감정적이고 신랄한 비평에 난도질당한 데 반해, 아마추어 화가가 그린 〈아이를 위한 선율〉만은 극찬을 받고 있었다.

……이 그림은 음악이다. 천상의 선율이다. 귀에 들리는 어떤 곡도 이 그림 앞에서는 무력해진다. 나는 병원 복도에 내내 서 있었다. 이 그림만 있다면 세상 어떤 것도 내줄 수 있을 것 같았다. 나는 색채에서 흘러나오는 선율에 농락당하고 그 음색에 취했다. 문득 정신을 차리니 나는 많은 사람에게 둘러싸여 있었다. 그들 역시 꼼짝 않고 서서 가만히 그림을 바라보고 있었다. 그 안에는 평소 발작을 일으키는 남성도 있었던 모양이다. 나중에 의사들은 강한 약물 외에는 그렇게 평온한 표정을 짓게 만들지 못했다고 신기한 듯이 내게 말했다. 나로서는 그 행복감을 이해하지 못하는 의사들

이 되레 신기했다. 우리는 그때 선율에 이끌려 천상에 있었다. 거기에는 행복 외에는 아무것도 없었고, 묘한 선율에 병도 아픔도 잊을 수 있었다. 우리를 감싼 것은 아름다움이 가져다주는 더없는 행복, 단지 그것뿐이었다.

문자 화면이 축소되고 창이 하나 더 열리더니 그 그림이 다시 나타났다.

다카히로는 고개를 갸웃거렸다. 아무리 봐도 하이얼러스가 그렇게까지 반할 만한 그림은 아니다. 음악이 들린다는 비유는 보통 리드미컬한 화면 처리를 두고 하는 평가인데.

"대체 하이얼러스는 뭘 보고 그런 호평을 한 거지?"

그렇게 중얼거리는데, 갑자기 방 안이 밝아졌다. 영상을 끈 에이브러햄이 그럼 본론으로 들어가 볼까, 하는 얼굴로 서 있었다.

"대부분의 사람들이 그렇게 생각했지. 하지만 하이얼러스는 미술계에서 영향력 있는 인물이야. 섣불리 반박했다가는 업계에서 퇴출당할 수도 있어. 한 평론가는 자네가 말한 앵포르멜 화파를 언급하면서 적당히 얼버무렸지."

"그야말로 벌거벗은 임금님이군요."

다카히로가 툭 내뱉었다. 파벌이니 기회주의니에는 그도 시달릴 만큼 시달렸다.

"비유가 훌륭한걸, 다카히로. 그래, 다들 보이지도 않는 옷을 칭찬한 셈이지. 결국 이 그림은 하이얼러스에게 양도됐는데, 병원 측은 하이얼러스가 죽자 그림을 되찾고 싶은 모양이야. 환자들에게 안정을 찾게 한 원인을 자세히 조사하겠다는 거지. 하지만 고명한 평론가 하이얼러스가 극찬한 몇 안 되는 작품이다 보니 하와이의 한 부호도 비싼 값을 제시하며 나서고 있어. 도대체가 일본계 사람들은 미의식을 19세기에 두고 온 건지. 뭐만 있다 하면 닥치는 대로 사들인다니까."

"칭찬 감사합니다."

"아이코, 미안하게 됐네. 자네도 일본계였지."

에이브러햄은 괜히 헛기침을 했다.

"그래서 제가 임금님은 벌거숭이예요, 하고 부자 동포에게 말하면 되는 겁니까?"

"아니지, 그건 아무나 하면 될 일이고. 이제 하이얼러스 선생도 죽었고, 자네가 할 일은 임금님이 어쩌면 정말로 입고 있을지도 모르는 투명한 옷을 찾아내는 거야. 그래서 감정 목적으로 우리가 그림을 맡았어."

"이 그림의 가치를 찾아내라고요? 못 합니다. 이건 예술 작품으로서의 가치가 전혀 없습니다."

에이브러햄은 인상을 썼지만 곧바로 원래 표정을 되찾았다.

"그러니까 공을 들이라는 거야. 이 그림의 가치는 이번 판정으로 미래영겁에 걸쳐 확정돼버려. 아프로디테를 생각해서도 어려운 감정은 적극적으로 수용해야 한다는 게 운영위원회의 결론이야."

"허, 참."

다카히로는 될 대로 되라는 심정이었다. 에이브러햄은 둥근 얼굴을 찡그리며 하릴없이 몸을 흔들었다.

"위원회는 세 가지 가능성을 점치고 있어. 하나는 정말로 졸작이라는 것."

"지지합니다."

다카히로가 한 손을 들었지만 에이브러햄은 무시하고 계속 말을 이어간다.

"다음은 벽에 걸어두는 미지의 신경안정제일지도 모른다는 것. 그리고 세 번째는 역시 하이얼러스의 감상대로 〈아이를 위한 선율〉에는 우리가 이해할 수 없는 차원의 궁극의 미가 숨겨져 있다는 것."

"궁극의 미요?"

허수아비는 우물거리면서 위원회에서 나온 이야기를 전했다.

"그림을 높이 평가한 사람은 이름난 미술평론가와 뇌신경과 환자들이야. 미의식을 최고 수준으로 갈고 닦은 자와, 그와는 정반대로 형식이나 이론에 얽매이지 않는 순수한 영혼이 이 그림의 가치를 인정했어. 어설픈 미학 체계에 세뇌된 우리 같은 보통 사람들은 이해하지 못하는 거지. 특히 환자들의 반응에 주목해야 한다고 위원회는 말했어. 기법이나 유파에 대한 지식도 없이, 어쩌면 미美라는 말조차 제대로 사용할 줄 모르는 순수한 영혼을 뒤흔드는 것, 그게 바로 순수예술이 가진 힘이야. 그들을 감동시킨 것이 무엇인지 알면 미의 핵심이 보일 거야. 그걸 밝혀낸다면 아프로디테의 주가도 오를 테고."

가정, 가정, 가정. 전부 가정이다. 요컨대 세계 최고의 박물관인 아프로디테는 그 명성에 걸맞게 만에 하나도 가능성을 간과할 수 없다는 이야기인 것이다. 궁극의 미? 미의 핵심? 그런 뜬구름 잡는 소리는 〈모나리자〉나 〈밀로의 비너스〉를 논할 때나 어울린다. 이 덕지덕지 처바른 물감의 바다에서 황금비를 건져 올리라고?

말도 안 된다. 다카히로는 짜증을 꾹 눌러 참고 저자세로 나갔다.

"제발 그림에 관한 그런 골치 아픈 문제는 아테나에 맡기십시오."

"잊었나? 하이얼러스는 평론에서 음악을 언급했다고. 이건 뮤즈와 아테나에 걸치는 문제야. 그러니까 아폴론이 나서야지."

평론가의 비유를 꼬투리 잡아 일을 떠맡기다니, 정말 농담도 잘한다. 그러나 에이브러햄은 웃지 않았다. 허수아비는 진심으로 결론이 뻔한 이 시답잖은 문제를 맡길 셈인가.

"궁극의 미를 찾으라니, 저 같은 사람한테 가당키나 한 일입니까?"

"이것도 잊었나? 방금 전에 말했을 텐데? 나는 자네를 높이 평가하고 있어."

할 말을 마친 에이브러햄은 이미 어수선한 책상 뒤로 숨어버렸다.

"수고해주게, 다카히로."

이것은 허수아비가 즐겨 쓰는 상투적인 작별 인사다. 더 이상 말해봤자 소용없다는 뜻이다.

"알겠습니다. 그럼 이만 나가보겠습니다."

다카히로는 무엇 하나 납득하지 못했지만 인사만은 정중하게 하고 방을 나왔다.

〈아이를 위한 선율〉은 코엔 리의 정신병이 그려낸 무가치한 그림이고, 하이얼러스는 극심한 편두통으로 인한 판단력 저하로 그것을 과대평가했다. 다른 환자들이 넋을 잃고 그림을 바라본 일은 물론 군중심리로 설명될 수 있다.

"완벽해."

다카히로는 자신의 판단에 만족했다. 다음으로는 궁극의 미라느니 어쩌니 하며 말 같잖은 소리를 해대는 위원회를 이론으로 무장해 설득한 뒤, 곧바로 그림을 기념병원에 넘겨버리면 된다. 정말로 신경안정에 효과가 있는지 어떤지는, 물론 그럴 리는 없겠지만, 병원에서 조사해 판단하면 될 일이다. 하와이의 부호에게 에이브러햄이 어떻게 변명할지는 알 바 아니다. 이상 끝. 이만하면 훌륭하다.

그는 얼른 일을 해치워버리려고 개인 사무실로 향했다.

책상과 의자와 긴 소파. 그게 전부인 공간이다. 직접 접속자는 이미 몸에 사무기기 일체가 내장돼 있는 셈이므로 그 몸을 지탱할 가구만 있으면 된다는 황송한 배려다.

왼팔에 찬 손목 밴드에서 작게 접힌 F(필름형) 모니터를 꺼내 책상 위에 조심스럽게 펼친다.

—므네모시네, 접속 개시.

다카히로가 마음속으로 말하자 곧바로 그녀가 반응했다.

—접속했습니다.

다만 그녀의 부드럽고 깊은 음성을 귀로 받는 A(음성형) 모니터 방식이 아니다. 이미 14인치 F 모니터가 펼쳐져 있으므로 그녀의 대답은 자동으로 F 모니터에 문자로 출력되고 있다.

F 모니터는 영상이나 대량의 문자 전달에 강한 출력 방식이다. 과거에는 시각 정보를 망막에 투영하는 방식도 시도된 듯하지만, 위험하고 평도 나빠서 이 원시적이라고도 할 수 있는 F 모니터가 아직까지 사용된다.

그 밖에 손목 밴드에 내장된 바늘로 촉각을 자극하여 점자처럼 읽는 P(압력형) 모니터 방식이 있다. 공연을 감상할 때 어두운 객석에서도 중요한 대목이나 시사점 따위의 정보를 얻을 수 있고, 노랫소리와 함께 번역된 가사를 귀로 들어야 하는 번거로움도 피할 수 있어 편리하지만 안타깝게도 전할 수 있는 정보량이 너무 적어 그 외에 다른 용도로는 잘 사용하지 않는다.

다카히로는 먼저 코엔 리의 경력을 F 모니터에 띄웠다.

그에 관한 자료는 최대의 인물 데이터베이스인 '롤콜 Rollcall'에서 찾아도 애처로울 정도로 적었다.

리는 프라이어리 음악원 작곡과를 나왔다. 그의 곡은 아름답지만 낡은 느낌이 있어서, 졸업 과제에서도 '유려하지만 호소력이 없어 배경음악처럼 가볍게 흘려듣게 된다'라고 혹평을 받았다. 그 말을 증명하듯 졸업 후에는 이도 저도 아닌 삼류 백그라운드 뮤직 작업을 하며 근근이 입에 풀칠하고 살았던 모양이다. 한번은 저작권협회로부터 '유명한 곡들을 짜깁기한 곡'이라고 소송을 당했고, 재판에는 뮤즈도 출석했다.

다카히로의 입에서 한숨이 새어 나왔다. 인류가 음악을 즐긴 지 수천 년. 실험 음악을 제외하고 계속 만들어지는 곡들은 정도의 차이가 있을 뿐 기존의 모티브와 겹친다. 하물며 사람들이 편하게 들을 수 있는 음률과 리듬에 한한다면 표절 경쟁에 가깝다. 그것을 소송까지 당하다니, 어지간히 요령도 없고 운도 안 따랐던 모양이다.

그 후 리는 측두엽 종양에 의한 정동장애°로 60세의 젊

° 여러 상황에서 부적절한 정서 반응을 보이는 장애.

은 나이에 삭스 기념병원 뇌신경과 병동에 입원했고, 5년
후에 세상을 떠났다.

그림에 관해 언급하는 부분은 '입원 중에 그린 〈아이를
위한 선율〉이 브리지드 하이얼러스에 의해 높이 평가됐
다'는 한 문장뿐이었다.

관내 카페에서 진공관으로 보내온 커피가 왠지 쓰게 느
껴진다.

"좋아, 다음. 므네모시네."

다카히로는 소리 내어 말하며 기운을 북돋웠다.

─코옌 리의 작품 〈아이를 위한 선율〉. 관련된 정보는 전
부 다 검색해줘.

─알겠습니다. 게이트 오픈, 회화 및 공예 데이터베이스
에우프로시네. 검색 완료. 6건 있습니다.

그러나 F 모니터에 출력된 검색 결과는 전부 하이얼러
스를 추종하는 평론들로, 관장실에서 얻은 정보와 다를
것이 없었다.

"자, 그럼 삭스 기념병원으로 넘어가볼까? 뇌신경과야.
코옌 리의……."

─그 그림은 회화요법의 일환으로 그려졌으니까 진료기
록부 같은 곳에 의사 소견이 남아 있을 거야.

—알겠습니다. 삭스 기념병원의 게이트를 찾고 있습니다. 게이트 오픈, 삭스 기념병원 뇌신경과 기록 공개판. 검색 종료. 1건 있습니다.

이번 파일은 내용이 어려워 보였다. 다카히로는 저도 모르게 소매를 걷어붙였다.

회화요법의사회의 소견

코옌 리의 그림은 선이 현란하고 맥락이 없고 파선이 뒤얽혀 있으며, 때로 충동을 그대로 표출한 듯한 방사적 확산을 보여준다.

그러나 그의 측두엽 종양 때문에 일어난 정서적 불안정이 눈에 띌 정도는 아니라는 점에서 회화요법의사회는 파괴적인 그림을 그리기에 이른 진짜 원인을 추가 분석했다.

병력을 두고 우선 뇌내 시각 부위의 인지능력 저하를 생각해볼 수 있었다. 구체적인 사물을 파악하는 기능이 저하돼 현실감을 상실하게 되면 환자의 그림은 리얼리즘에서 비현실, 마침내 추상으로 변화하기 때문이다. 그러나 리의 경우 사물의 이름을 말하는 명칭 발화, 말로 지시한 대상을 가리키는 지시수행 검사 등에서 인지능력에 이상은 확인되지 않았다.

신경전달물질인 도파민 과잉으로 조증이 발현됐을 가능성을 의심해 투렛 증후군이나 신경매독을 가지고 있는지, L-도파계 마약을 복용한 전적이 있는지도 검토됐다. 그러나 그림을 그릴 당시 불안 증세는 있었지만 조증의 소견은 없었고 오히려 작업에 진지하게 임했으므로 위와 같은 진단을 내리기는 어렵다. 도파민을 억제하는 할돌Haldol을 투여한 상태에서 종이에 자유 과제를 쓰게 한 결과 소서증小書症이 나타났으나 문자나 그림의 위축 정도는 건강한 사람에게 투여했을 때와 차이가 없었다.

　　결론적으로 회화요법의사회는 코옌 리가 뇌종양에 의한 정서적 불안정을 이성으로 다스려 본인의 의지에 따라 진지하게 추상화에 도전했다고 본다.

"본인의 의지에 따라, 진지하게?"

　　어이가 없었다. 저 어수선한 그림은 온전한 정신으로는 그릴 수 없다. 따라서 다카히로는 그것을 병 탓으로 돌릴 생각이었다.

　　리가 진지하게 그림을 그렸고 하이얼러스가 진심으로 그림을 극찬했다면 비정상은 임금님이 벌거숭이로밖에 보이지 않는 이쪽이 돼버린다.

그는 불운의 음악가가 아니라 길을 잘못 선택한 천재 화가인가? 허수아비의 말대로 하이얼러스와 환자들만이 궁극의 심미안을 가진 것인가?

　　"그럴 리가."

　　다카히로는 당황했다. 그는 빈 컵을 거칠게 내려놨다.

　　―므네모시네!

　　가볍게 눈을 감았다.

　　―영상 이미지 검색.

　　다카히로의 기억 속에서 기존의 그림들이 끌려 나왔다. 원색의 추상화들이다. 재현되는 그림들에 그의 사고가 포개진다.

　　―원색의 선…… 아냐, 이건 모딜리아니의 정돈된…… 색깔 수가 더 많아. 아니, 이런 게 아니고. 이것도 아니야, 이건 회화라기보다는 디자인에 가까워……. 만 레이°도 피카소도 아니야! 젠장, 왜 이렇게 유명한 그림만 떠오르는 거야! 아테나에 협력을 요청해야 하나……. 아, 이거 비슷한데!

　　눈을 번쩍 뜨자 여신은 이미 그의 뇌에서 영상을 포착해 F 모니터에 착오 없이 출력해놓은 상태였다.

● 미국의 초현실주의 시각 예술가.

하지만 그 해설을 보고 다카히로는 맥이 탁 풀렸다.

"뭐야, 데칼코마니와 드리핑 기법의 설명 도판이었어?"

추상화라고 생각해 불러낸 것은 물감을 두 장의 종이 사이에 짜서 패턴을 만드는 방법과 묽게 갠 물감을 입바람으로 흩뿌리는 방법의 작법 예시였다. 아무래도 그의 사고는 유명 회화에서 순식간에 학교 미술교육으로 넘어가버린 것 같다.

다카히로는 한숨을 내쉬고 컵을 입으로 가져갔다. 컵이 비었음을 알고 얼굴을 찡그린다. 검지로 눈을 문지르면서 그는 다시 므네모시네와 함께 기억의 바다로 가라앉았다.

이틀 후. 문제의 그림 〈아이를 위한 선율〉은 수많은 미술품, 동식물 표본들과 함께 아프로디테의 임시 북극에 있는 우주 공항에 도착했다.

북새통을 이루는 화물 터미널 여기저기서 고함이 터져 나온다. "좀 살살 다뤄." "흔들리면 안 돼." "빨리 좀 합시다."

각 부서의 학예사들은 그런 와중에도 다른 화물들의 날인을 흘끔거리고 있었다. 카리테스는 부서 간 정보 공유에 거의 제약이 없지만 입하 목록은 몇 안 되는 비밀 중 하나다. 학예사들은 스파이로 돌변해 다른 부서의 획득품을 염탐한 뒤, 괜찮은 것이 있으면 나중에 그걸 어떻게든 자기네 공간으로 끌어오기 위해 아폴론과 흥정하려 했다.

인수가 끝났으면 오래 머물 필요가 없다. 눈이 퀭해진 다카히로는 그림 제목이 뮤즈 직원들의 눈에 띄지 않도록 그림을 다시 포장했다.

아폴론 전용 금색 카트에 그림을 실은 후, 그는 청사로 가는 길을 조금 우회하기로 했다. 난제를 싣고 달리려면 거기에 걸맞은 거리가 필요할 것 같았다.

아직 공항에서 실랑이들을 벌이고 있는지, 길에 다른 카트는 보이지 않았다. 이따금 산책 중인 관광객들이 금색 카트를 신기한 듯이 쳐다볼 뿐.

다카히로가 므네모시네를 불러내 향후 대처법을 검토하려고 했을 때였다.

"어이, 새신랑!"

인도에서 귀에 익은 목소리가 들렸다.

"네네."

흑표범을 연상케 하는 흑인 여성이 중년의 나이답지 않은 날랜 동작으로 황매화나무 화단을 뛰어넘어 이쪽으로 다가왔다.

아테나의 네네 샌더스는 항상 검은색 남성용 올인원을

입고 다닌다. 그녀는 다카히로보다 네 버전 이전 방식으로 직접 접속을 하는 베테랑 학예사로, 짧게 자른 머리칼은 희끗희끗하지만 눈동자의 움직임은 몸놀림만큼이나 민첩했다.

"나 몰래 좋은 물건 챙겨 왔지?"

그녀는 다카히로를 동생처럼 생각하는지 툭하면 이런 식으로 놀린다. 다카히로는 쓴웃음을 지었다.

"기꺼이 양보할게요. 허수아비가 말도 안 되는 일을 떠맡겨서 아주 골치 아프니까."

"저런, 조심해. 에이브러햄도 아끼던 수석 비서를 너한테 빼앗겨서 상당히 억울한 모양이야."

다카히로는 후유, 하고 긴 한숨을 내쉬었다.

"원한다면 미와코도 자리로 돌려보내고 싶은 심정이에요. 나도 그 사람이 일하는 걸 딱히 반대하는 건 아니니까."

다카히로의 볼멘소리에 네네는 그제야 진지한 얼굴을 했다. 한쪽 눈썹을 치켜들고 카트에 기댄다.

"정말로 심각한가 보네. 무슨 일인데 그래?"

"졸작과 궁극의 미 사이를 헤매고 있어요."

"그게 무슨 소리야?"

"풀어야 할 명제라고요. 좀 도와줄래요?"

다카히로는 카트를 황매화나무 화단 옆에 바싹 갖다 댔다. 조심스럽게 포장을 벗기면서, 역시 조심스럽게 네네에게 사정을 들려줬다.

"처음에는 단순히 병적인 정신 상태에서 그린 환자의 그림이라고만 생각했어요. 리는 측두엽에 손상이 있었어요. 그런데 그림은 도파민이나 기저핵에 문제가 있는 경우의 특징을 보이고 있어요. 원인과 결과가 맞지 않는 거죠. 뇌전증이나 불수의운동不隨意運動*도 없었던 것 같고. 리가 온전한 정신으로 이 그림을 그렸다고 생각할 수밖에 없는 상황인데……."

파손 방지용 보호 보드 안에서 얼굴을 드러낸 그림을 보고 베테랑 학예사는 콧잔등을 찡그렸다.

"이게 뭐야? 완전히 페인팅나이프를 닦은 너덜너덜한 걸레 같은데? 이렇게 볼품없는 그림은 처음 봐. 그래서 음악적인 접근은? 소리가 들린다는 건 단순한 비유겠지만."

"일단 조사해봤어요. 그림 파일의 명암 대비를 크게 높여 들여다보기도 했는데, 리듬 같은 건 전혀 찾아볼 수 없었어요. 추리소설에 나오는 것처럼 색을 음계에 적용해보

---

* 의지와 의도와 상관없이 나타나는 이상 운동.

기도 했고. 대단하죠?"

"대단하긴. 하이얼러스 선생처럼 융통성 없는 양반이 그런 식으로 그림을 볼 리가 없잖아."

"그러니까 일단이라고 했잖아요. 뇌의 작용과 그림의 연관성을 조사하다 보니까 서번트 증후군이라는 말이 나와서 혹시나 하고."

네네가 눈만 끔뻑거리고 있어서 다카히로는 간단히 설명을 덧붙였다.

"서번트 증후군은 암산이나 음악, 미술 등 특정 분야에서 비상한 능력을 보이는 정신 질환이에요. 순식간에 소인수분해를 해내거나 어려운 피아노곡을 한 번만 듣고도 친다거나. 미술 쪽에서 재능을 발휘하는 경우도 있다고 해서 살짝 기대했는데…… 웬걸요, 전혀 아니더라고요. 잠깐 본 그림이나 사진을 정확하게 모사하는 거였어요. 리의 추상화와는 달라요."

네네는 웬일로 숙제를 해온 문제아를 바라보듯 다카히로를 봤다.

"열심히 공부했네. 뇌 질환 환자가 그린 그림을 조사해 가다 보면 비슷한 사례가 나올 수도 있다, 이렇게 생각한 거군. 그럼 스피드(각성제)를 복용한 후 그렸다는 건 어때?

해당될 것 같아?"

다카히로의 어깨가 축 처졌다.

"리는 약 같은 건 하지 않았어요. 요란한 페이즐리 무늬
도 아마 이 그림의 산만함 앞에서는 두 손 두 발 들걸요."

"수녀가 그린 환시 그림 같은 게 있지 않았나?"

"힐데가르트°의 환시도. 그것도 아니에요."

"그 수녀도 두통을 앓았다고 하고, 하이얼러스도 마찬
가지로……"

네네는 말을 끊고 자신의 F 모니터를 꺼냈다. 살짝 치켜
뜬 눈이 이리저리 움직인다. 머릿속에서 에우프로시네와
접속해 기억을 확인하는 것이다.

그 키워드는 다카히로도 이미 검색했다. 12세기 초에
힐데가르트 수녀가 자신이 받은 신의 계시를 그림으로 그
려 남겼다. 그 그림도 기이하긴 하지만 그래도 리의 그림
만큼 추상적이지도 않고 특징도 다르다.

"그렇구나. 이쪽은 구상화네. 편두통을 앓는 사람의 그
림은 동심원과 명암이 반전된 별이 특징인데, 리의 그림
에서는 찾아볼 수 없고. 하이얼러스 선생이 자신의 특수

° 베네딕트회의 수녀로, 하느님의 말씀에 관한 환시를 여러 기록으로 남겼다.

한 체험을 바탕으로 걸작이라고 평했다면 조금은 수긍이
갈 텐데."

그녀는 F 모니터에서 시선을 들어 〈아이를 위한 선율〉
을 응시했다. 힐데가르트의 그림에서처럼 어떤 법칙성을
발견하기 위해. 물감은 덕지덕지 발라져 있고, 그 와중에
섬세한 선도 보인다. 네네는 팔짱을 풀고 한숨을 내쉬었
다. 아무래도 항복인 듯싶다.

"믿고 싶지 않아, 인간이 온전한 정신으로 이런 산만한
그림을 그렸다니. 이 안에 이론을 초월한 궁극의 미가 존
재한다는 건 더더욱 믿고 싶지 않아. 지금까지 해온 공부
가 말짱 헛일이 돼버리잖아."

그녀는 킬킬 웃었다. 반들반들한 검은 얼굴에 하얀 이
가 반짝인다.

다카히로도 덩달아 미소를 지었다. 정말 오랜만에 뺨
근육을 움직여본 것 같다.

"틀림없이 하이얼러스의 경지에 오르지 못한 낙오자들
은 모두 같은 생각을 할 거야."

두 사람은 키들거리면서 그림을 다시 포장하기 시작했
다.

문득 네네가 동작을 멈췄다.

"이런, 누가 오네. 빨리해야겠어."

다카히로는 그녀의 시선을 따라 힐끗 길 건너편을 바라보다가 그대로 눈살을 찌푸렸다.

너무 수수해서 오히려 눈에 띄는, 아무런 장식도 없는 회색 양복을 입은 남자가 뛰어오고 있었다. 아무래도 이쪽으로 오는 것 같았다. 달리는 자세가 예사롭지 않았다. 팔꿈치를 구부리지 않은 탓에 팔 동작이 유난히 커 보이고 다리는 마치 눈밭을 달리듯 허우적거린다. 흰자위가 많이 보이는 눈은 무섭게 부라리고 있고, 입은 공기를 마시려고 뻐끔거렸다.

"무슨 일이지?"

다카히로가 그렇게 중얼거렸을 때, 네네가 그림에 보호 시트를 획 씌웠다.

"잠깐만! 오오, 제발!"

네네가 흠칫 놀라 손을 멈췄다.

"그 그림! 그 그림을……." 남자는 울부짖었다. "안 들려. 안 들려."

달려온 남자는 거칠게 시트를 잡아뜯었다.

"뭐 하는 거예요!"

"안 들려. 가리면 안 들린단 말이야."

남자는 말리는 다카히로를 돌아보는가 싶더니, 초인적인 힘으로 다카히로의 멱살을 잡아끌었다. 그의 눈에서는 도랑에서 흘러넘치는 빗물처럼 눈물이 줄줄 흘러내렸다.

"안 들려!"

"뭐가요!"

다카히로도 지지 않고 소리를 질렀다. 그러자 남자는 요란하게 코를 훌쩍이면서 봇물을 터뜨리듯 말을 쏟아내기 시작했다.

"뭐긴 뭐야, 노래지. 당신, 당신도 나를, 미친놈이라고 생각하지? 그럴 거야. 들리지 않는 인간들은 다 그렇게 생각해. 그림에서 소리가 들린다는 게 미쳤다는 증거라나. 진지하게 들어주는 사람은 의사 선생님과 브리지드뿐이었어. 하지만 들렸어. 당신들이 숨기기 전까지는 똑똑히 들렸다고! 뺏어가지 마. 그림을 빼앗아가지 마. 당신 때문이야!"

난데없이 주먹이 날아왔다.

"정말로 음악이 들린단 말이야?"

길바닥에 나자빠지면서 다카히로는 네네의 놀란 중얼거림을 들었다.

목에 걸린 명찰을 보고 남자의 이름이 마이크 레이먼드라는 것을 알았다. 주소는 삭스 기념병원.

그는 감정 기복이 심했다. 온순함 뒤에 밀려오는 격정의 파도. 콧노래 뒤의 통곡. 말은 같은 곳을 맴돌다가 어느 순간 엉뚱한 곳으로 튀었다. 세 시간에 걸쳐 겨우 알아본 바로는, 마이크는 편법을 쓰지 않고 정식으로 외출 허가를 받았으며 은행 단말기에서 직접 돈을 인출해 혼자 왕복선을 타고 그림을 쫓아 여기까지 왔다고 한다.

좁은 개인 사무실에서 한참 동안 마이크를 상대하던 다카히로는 이미 체력의 한계를 느끼고 있었다. 하지만 인내심을 갖고 지금까지 수없이 되뇐 질문을 다시 던졌다.

"소리가 들린다고 했는데, 어떤 식으로 들려요?"

마이크는 긴 소파가 삐걱거릴 정도로 달달 떨던 다리를 멈추고 훌쩍훌쩍 울기 시작했다. 또 시작이다. 울고, 울고, 또 울고, 대답은 해주지 않는다. 턱을 문지르자 아직 얼얼했다. 계속 이런 식이면 자신도 한 방 먹여줄까 하는 마음도 든다.

안 되겠다.

다카히로는 컵 바닥에 조금 남아 있던 커피를 입에 털어 넣었다.

마이크의 내면은 어린아이와 같다. 섣부르게 겉모습만 보면 어른이니 어른답게 굴기를 바라게 되지만, 그 나름으로는 이미 한계까지 애쓰느라 힘에 겨운 것이다. 울음을 터뜨려버릴 정도로. 그러니 여유를 가지고 편한 마음으로 대해야 한다.

"마이크, 나는 지금 나무라는 게 아니에요. 억지로 말하라는 것도 아니고요. 그러니까 그만 울어요. 단지 당신을 여기까지 오게 한 〈아이를 위한 선율〉이 얼마나 멋진 소리를 들려주는지 알고 싶을 뿐이에요. 안타깝게도 나는 당신처럼 훌륭한 귀를 갖고 있지 않으니까요."

마이크는 새빨개진 눈으로 다카히로를 보면서 코를 훌쩍거렸다.

"의사 선생님……."

"나는 의사가 아니에요."

남자는 개의치 않았다.

"선생님, 지금의 선생님 얼굴, 그림이 들려주는 노래와 닮았어."

"네?"

"다정하고 좋은 노래야. 반짝반짝 빛나고, 뭉게뭉게 커지고. 마치 마리 같아. 마리는, 우리 수간호사님. 착해, 엄청. 항상, 잘했어요, 하고 활짝 웃어줘. 다른 건 보고 있으면 다 시끄러운데, 그 그림이랑 마리는…… 좋아. 자꾸만 보고 싶어. 죽은 브리지드도, 병원에 있는 버드도, 툴리 할머니도 그렇다고 했어. 나만 그런 게 아니야. 그러니까 소리가 들린다고 미친놈이라고 하지 마."

"안 해요, 절대."

—므네모시네, 접속 개시.

다카히로는 심장의 고동이 빨라지는 것을 느꼈다. 그림에서 소리가 들린다니, 그런 일이 가능할까?

—게이트 오픈, 삭스 기념병원 뇌신경과 기록. 데이터 요청, 마이크 레이먼드 관련 파일. 특히 시각과 청각의 혼동에 관해. 그리고 버드와 툴리 부인에 대해서도 같은 카테고리 안에서 검색해줘.

—알겠습니다. 네네 샌더스로부터 메시지가 도착했습니다. 어느 쪽을 먼저 하시겠습니까?

—메시지부터. F 모니터로 출력해줘.

—알겠습니다. 출력 완료.

"저기요, 선생님. 그림 좀 보여줘요."

"어, 음……."

다카히로는 건성으로 대답하면서 모니터를 흘끗거렸다.

네네의 메시지는 그녀의 머릿속에서 필터 없이 작성된 것이었다. 구어체 그대로, 삭스 기념병원의 담당 의사가 내일 이곳으로 올 예정이며 마이크는 오늘 밤 아프로디테 병원의 치료사가 돌봐줄 것이라는 내용이 적혀 있었다.

"보여줘요, 선생님. 그림 말이야. 보고 싶어. 지금 당장! 보고 싶다고!"

남자의 마음이 다시 격앙되기 시작했다.

"보여줄 테니까 진정해요."

다카히로는 열심히 남자를 달랬다.

—지상으로부터 데이터를 취득했습니다. 출력할까요?

"자, 잠깐만, 좀 기다려봐!"

상대는 힘을 조절할 줄 모르는 남자다. 거의 레슬링을 하는 모양새였다.

치료사들이 도착했을 때는, 흐트러진 꼴로 숨을 헐떡이고 있는 두 남자 중 누가 환자인지 판단할 수 없는 상태가 돼 있었다.

"어머, 턱만 그런 게 아니라 뺨까지 시퍼레졌네."

네네는 회의실에 들어온 다카히로를 보자마자 웃음기 어린 목소리로 그렇게 말했다.

"만지지 마요, 아프니까. 아, 죄송합니다. 〈아이를 위한 선율〉 담당 학예사 다시로 다카히로입니다."

에이브러햄과 나란히 창문을 등지고 앉아 있던 초로의 신사가 자리에서 일어났다. 일흔이 넘어 보이는데 허리가 꼿꼿하다. 목소리 역시 낭랑했다.

"삭스 기념병원 뇌신경과의 알랭 르루입니다. 마이크가 사고를 쳤다고……. 정말 미안합니다. 그 그림에 관해서는 영 막무가내라서. 이 먼 곳까지 쫓아올 줄은 생각지도 못했습니다."

알랭에게서는 상대로 하여금 호감을 품게 만드는 자애로움이 느껴졌다. 이런 의사가 곁에 있으면 마이크 같은 환자도 행복해질 수 있을 것이다. 다카히로는 왠지 부끄러운 마음이 들었다.

"아닙니다. 사과는 제가 해야죠. 얘기를 잘 들어주지 못해서 마이크가 오히려 힘들었을 겁니다."

다카히로는 방 안을 둘러보고 나서 물었다.

"다른 환자분들도 와 계신 걸로 아는데요."

"네, 방을 하나 빌려주셔서 지금 거기 모여 다 같이 그림을 보고 있습니다."

알랭은 다시 미안한 표정을 지었다.

"너무 우르르 몰려왔죠. 소문을 들은 환자들이 너도나도 가겠다고 따라나서는 바람에."

"아니에요, 괜찮습니다. 오히려 와주셔서 기쁜걸요."

네네가 생긋 웃는다.

"시각 자극을 음악으로 느끼는 사람들이 어떻게 그림과 접하는지 직접 보고 싶었어요."

"바로 그 부분인데."

허수아비가 에헴, 하고 헛기침을 했다.

"본 걸 소리로 받아들인다는 게 어떤 건지 제가 알아들을 수 있게 설명해주시겠습니까? 어쨌거나 첫 번째 목적은 그림의 가치를 판단하는 거니까…… 그림에 의사도 인정하는 정신적 효용이 있다고 하면 가격도 달라질 테고……."

지극히 속물적인 발언에 다카히로는 민망함을 느꼈다. 아프로디테가 최고의 명예로 여기는 궁극의 미를 획득하지 못한 관장의 얼굴은 이미 금전욕으로 번뜩이고 있었다.

현자의 풍격을 지닌 의사도 관장의 지나친 기대를 눈치챈 모양이다. "실망하실 텐데요"라고 운을 띄운 뒤 본론으로 들어갔다.

"〈아이를 위한 선율〉이 약물로서 효과가 있는지 어떤

지는 조사를 해봐야 압니다. 물론 그림을 우리에게 돌려주지 않는다면 조사할 방법이 없지만 말이죠. 지금은 여러분이 가장 궁금해하실 환자들의 주장에 대해 설명을 좀 드리겠습니다."

알랭의 이야기는 길고 의학용어도 섞여 있었지만 그 성의 있는 말씨와 맑은 미성 때문에 듣기가 조금도 힘들지 않았다.

생화학, 분자학, 의료 기술, 심리학. 나날이 진보하는 과학은 인간이라는 난해한 생물의 수수께끼를 하나씩 밝혀내고 있다. 그중에서도 인간이 인간일 수 있는 근원인 뇌에 대해서는 철학을 과학의 칼로 걷어내며 그 비밀의 장막을 차례로 벗겨왔다. 20세기에 이미 오감은 어떻게 전달되고 다양한 사고는 어디서 떠오르는지 거의 밝혀져 머릿속의 대략적인 지도가 작성됐다. 21세기에 이르러서는 그 지도가 더 자세해져서 '생각'만으로 언어와 영상을 꺼낼 수 있게 됐다. 그것은 다카히로를 비롯한 학예사들도 혜택을 입고 있는 직접 접속 시스템의 기본이기도 했다.

"그런데 질병이나 사고로 뇌 기능에 이상이 생기면 뇌 내 지도가 혼란을 일으킬 수 있습니다. 뚫려 있어야 할 길이 막혀버리거나 벽으로 가로막혀 있어야 할 곳에서 정보가 새어 나오기도 합니다. 그렇게 되면 본 것을 소리로도 느끼는 일이 일어나죠. 이걸 우리는 '공감각'이라고 부릅니다."

너무 당연한 말이지만 인간은 감각을 혼동하지 않는다. 발은 신발 안에 '닿아' 있고, 눈은 하늘의 파랑을 '보고' 있다. 귀에는 새소리, 코를 간질이는 것은 나무의 숨결. 색채학에서의 '시큼한 색'이나 음악에서의 '단단한 음' 같은 표현은 비유일 뿐 실제 감각의 혼란은 아니다.

그러나 뇌에 어떤 문제가 생겼을 때 빛이 소리로, 소리가 맛으로 느껴지기도 한다. 20세기 신경심리학자 알렉산드르 로마노비치 루리야가 보고한 증례에 따르면, 어떤 환자는 벨 소리를 들었을 때 눈앞에서 동그란 것이 돌고 손가락에서는 밧줄의 감촉이, 입에서는 소금물의 짠맛이 느껴졌다고 한다.

공감각을 일으키는 원인으로는 대뇌피질의 연합영역 이상을 생각할 수 있다. 연합영역은 말 그대로 감각기로부터 전달되는 정보를 처리하는 곳이다. 연합영역의 혈류량이 줄어 활동이 저하되면 감각기로 받아들이는 외부 자극을 제대로 인식하지 못하게 된다.

또한 해마, 중격中隔, 편도핵 등의 변연계에 장애가 있는 경우에도 공감각 증상이 나타난다. 변연계도 연합영역과 마찬가지로 감각 정보를 처리하는데, 이쪽은 의지나 감정을 관장하는 전두엽과 밀접하게 연결돼 있기 때문에 정서에 깊이 관여한다.

코엔 리는 측두엽 종양으로 정서적인 부분에 문제가 있었다. 측두엽은 해마 바로 옆에 있다. 알랭이 조사한 결과 브리지드 하이얼러스도 정서 불안정 증상이 있었고, 그것은 초기 알츠하이머로 인한 경미한 뇌 위축 탓이었다. 그리고 다카히로 앞에서 발작 증세를 보인 마이크 역시 변연계 혈류 과다로 진단된 환자였다.

"변연계에 이상이 있으면 마음이 섬세해집니다. 그래서 저들은 그림을 '들을' 수 있는 것이죠."

알랭은 눈을 가늘게 떴다. 자신의 환자들을 자랑스러워하는 한편으로 자신에게는 그런 능력이 없다는 것을 슬퍼하는 듯한 미묘한 표정이다.

"저는 미술 전문가가 아니라서 리의 그림이 얼마만큼의 가치가 있는지 모릅니다. 다만 한 가지 말씀드릴 수 있는 건 '그림을 듣는' 그들에게 〈아이를 위한 선율〉은 최고의 걸작이라는 겁니다."

에이브러햄은 끄응 앓는 소리만 내고 소파에 몸을 묻었

다. 다카히로도 입을 떼기 위해서는 입술에 침을 발라야 했다.

"하이얼러스의 논평에서 '색채에서 흘러나오는 선율'이라는 말은 비유가 아니었군요. 정말로 그 소리를 들었던 거군요."

"그런데," 하고 네네가 꼬고 있던 다리를 풀고 몸을 앞으로 기울였다. "그 공감각에는 어떤 법칙성 같은 게 있나요? 그러니까 특정한 색이나 형태가 공감각을 가진 모든 사람에게 같은 소리로 들리는지 궁금합니다."

"솔직히 말해서 저들이 들은 소리를 알아내기란 쉽지 않습니다. 환자들은 자기가 들은 소리를 정확하게 표현할 줄 모릅니다. 모차르트 같은 음악가라면 꿈에서 들은 〈마술피리〉를 재현할 수 있겠지만 말이죠. 여러분처럼 자신의 몸속에 의지할 파트너가 있어서 막연한 소리의 기억을 건져 올려주는 것도 아닙니다."

"그럼 저 그림을 보는 사람들이 다 같은 음악을 듣는다고 단정할 수는 없겠군요."

"오히려 전혀 다른 곡일 가능성이 높아요. 한 연구에서 이번 경우와는 반대로 청각의 시각화를 일으키는 환자들에게 그림을 그리게 했는데, 같은 소리를 들려줘도 그림은 다 달랐다고 합니다."

다카히로는 무겁게 고개를 끄덕였다.

"가령 색이나 도형이 특정 음에 대응한다고 해도 하이 얼러스와 마이크가 같은 곡을 들었다고 보긴 어렵겠군요. 그림이 크니까 시선이 이리저리 옮겨 다닐 테고, 그러면 그 보는 순서에 따라 멜로디가 완전히 달라져버릴 테니까요."

알랭은 산타클로스처럼 미소 지었다.

"좀 더 의학적인 측면에서 말씀드리자면, 저는 저들의 공감각이 좀 더 정서적인 면에 기대고 있는 게 아닐까 생각합니다. 변연계는 향수鄕愁 부위라고 불리기도 합니다. 과거의 기억들이 감정과 결부된 형태로 남아 있다가 어떤 자극에 의해 그리움과 함께 일어나기 때문이죠. 리에게 그런 지식이 있었다고는 생각되지 않지만, 신기하게도 그가 〈아이를 위한 선율〉이라고 이름 붙인 저 그림은 향수에 호소하는 무언가를 내포하고 있을지도 모릅니다."

"그림에서 전해지는 것은 음악의 모습을 빌린 '향수'라는 말씀인가요?"

"그렇다고 할 수 있죠. 하지만 아직은 가능성일 뿐입니다. 우리가 연구하고 싶은 것도 바로 그 부분입니다."

알랭은 그렇게 말하더니 에이브러햄의 둥근 얼굴을 똑바로 바라봤다.

"그러기 위해서는 저 그림을 저희에게 맡겨주셔야 합니다."

알랭이 단도직입적으로 나오자 허수아비는 다카히로 쪽을 보며 도움을 청한다. 다카히로는 결론을 내렸다.

"〈아이를 위한 선율〉은 미술적인 가치가 없습니다. 하이얼러스의 평을 곡해해서 영리사업에 이용하기보다는 삭스 기념병원에서 맡아 연구하는 게 바람직하다고 생각합니다."

"그게 아프로디테 입장에서 옳은 판단이라고 생각하나?"

을러대는 허수아비를 다카히로는 쏘아봤다.

"물론입니다."

에이브러햄은 어기적어기적 일어나 앙상한 손을 알랭에게 내밀었다.

"저 그림은 당신들 겁니다."

마이크와 환자들은 싸늘한 바닥에 웅크리고 앉아 꼼짝도 하지 않았다.

평소 테마전 작품 심사 때 쓰는 중간 규모의 방이다. 그 방 벽에 리의 그림은 비스듬히 세워져 있었다. 그림 앞에 무릎을 끌어안은 마이크가 있었다. 그리고 소리 없이 우는 앙상한 노파와 바닥에 엎드려 성난 얼굴로 그림을 노려보는 소년, 행복한 듯 고개를 끄덕이는 땋은 머리의 중년 여성과 눈앞의 무언가를 만지려고 손을 내밀며 미소 짓는 뚱뚱하고 희멀건 청년이 있었다.

표정은 다양했지만 그 고요함이 마음의 평화를 나타내는 듯했다. 이 그림은 격렬하게 요동치는 그들의 마음을 다스리고 있는 것이다.

네네가 살며시 속삭였다.

"어떤 곡을 듣고 있을까? 리의 곡들처럼 어디선가 들은 것 같은 친숙한 멜로디일까? 그리움으로 가슴이 벅차오르는 그런……. 아니면 비운의 천재 작곡가로 재평가될 만한 최고의 걸작일까?"

"선배는 어느 쪽이라고 생각해요?"

네네는 환자들의 뒷모습과 원색의 그림을 바라봤다.

"아마 네가 바라는 것과 같은 쪽일걸."

다카히로도 그들과 함께 그림을 바라본다.

"공감각은 분명 뇌의 이상이지만, 그림은 보는 것이라

는 고정관념을 버리고 분석도 하지 않고 저들처럼 있는 그대로를 받아들이는 순수한 마음을 가질 수 있다면 내 귀에도 들리지 않을까, 뭐 그런 생각이 드네요."

"과연 그럴까? 소리를 들었던 하이얼러스 선생은 지독한 이론가였어."

"이 그림에 대해서만은 이론을 포기했잖아요."

이론만으로는 가늠할 수 없는 궁극의 미…….

평온하게 그림을 바라보는 저들은 그걸 찾은 것 같다.

인간의 혼을 이토록 옴짝달싹 못 하게 하는 것. 무구한 마음이 그저 외곬으로 대치하는 것. 그 가슴에 파고들어 마음을 움직이는 것이야말로 예술이 가진 궁극의 힘이 아닐까.

"두통 때문에 논리적인 미술론을 펼치지 못하게 된 후에야 비로소 하이얼러스는 궁극의 미를 감상할 수 있게 됐는지도 몰라요. 이론 없이는 살아남을 수 없는 이 속세를 떠났기 때문에 경이로운 천상의 선율을 내려받을 수 있었던 거죠."

"꽤 감상적인걸."

네네가 팔꿈치로 쿡 찌른다. 다카히로는 멋쩍어하면서도 말했다.

"우리는 뇌에 기계를 연결한 분석가지만, 미를 다루는 사람이니까 이 정도 낭만은 있어도 되지 않을까요?"

네네는 장난스럽게 어깨를 으쓱한다.

"그렇게 말해놓고 쑥스러워하는 걸 보니 아직 번뇌를 떨쳐버리지 못했구나."

두 사람은 웃음을 참으며 행복에 취한 이들에게 방해가 되지 않도록 살며시 방을 나왔다.

그리고 얇은 싸구려 문으로 한 점의 졸작과 지복至福의 음악을 가둔다…….

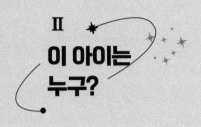

Ⅱ
이 아이는
누구?

해 질 녘. 박물관 행성의 하루 중 가장 좋아하는 시간.

나무들은 그림자를 길게 드리우고, 그리스풍으로 통일된 전시관들은 우수에 젖은 비너스상처럼 엷은 먹빛을 휘감는다. 가로등 불빛이 하나둘 켜지고, 호텔로 향하는 사람들은 오렌지색으로 희미하게 물들어간다.

다시로 다카히로는 해 질 녘의 평온함을 사랑했다. 게다가 오늘은 야근이 없다. 잡무를 핑계로 청사로 돌아가 한 시간쯤 시간을 보내면 순조롭게 해방되는 것이다.

그 한 시간은 커피를 마시며 설렁설렁 보내야지, 하고 그는 굳게 결심했다. 결단코 향로 문제 따윈 생각하지 않겠다고.

시가가 적힌 사기 향로는 시문에 중점을 두는 뮤즈와

디자인에 집착하는 아테나를 정면으로 맞붙게 했다. 수장고에 병설된 회의실에서 두 부서의 학예사가 거품을 물고 싸우는 동안, 다카히로는 중재자로서 둘의 틈바구니에 끼어 방금 전까지 시달리다 온 것이다.

향로로 말할 것 같으면 책상 위에서 조용히 희뿌연 빛을 발하며 마치 '좋을 대로 하세요' 하고 말하는 듯했다. 다카히로는 오른쪽에서 왼쪽, 왼쪽에서 오른쪽으로 마구 오가는 격론 속에서 홀로 고고한 자태를 뽐내는 향로를 원망하지 않으려고 안간힘을 썼다.

전쟁을 치른 다카히로는 아폴론 청사 앞에서 반성하는 마음으로 가로등을 올려다본다.

—므네모시네, 일기 계속.

—알겠습니다. 기록을 시작합니다.

머릿속에서 울리는 데이터베이스 컴퓨터의 부드러운 목소리에 기운을 얻어 그는 앞으로의 다짐을 정리했다.

—물건은 말을 하지 않는다. 물론 생물이 아니므로 감정도 없다. 새치름한 얼굴로 보이는 까닭은 그렇게 보고 싶은 자의 마음이 투사된 것일 뿐이다. 공들여 쓴 시문과 단아한 형상이 내게 거만한 인상으로 다가왔다면 그것은 향로의 위대한 힘이라고 봐야 한다. 학예사는 분위기에 휩쓸려 편협한

시각을 가지는 것을 경계해야 한다. 사람은 미워하되 물건은 미워하지 말자.

다카히로가 말 대신 기분으로 '끝'을 전하자 여신은 즉각 응답했다.

—기록을 마쳤습니다. 기존 일기에 덧붙이겠습니다.

—고마워. 접속 종료.

그러고서 청사 입구로 들어서려는데 "저기요" 하고 뒤에서 부르는 소리가 들렸다.

돌아보니 아프로디테의 사무복을 입은 젊은 여자가 쭈뼛거리며 다가왔다. 평균 키에 표준 체형, 쏟아질 듯 커다란 눈동자. 다카히로는 그녀가 누군지 기억나지 않았다.

"미와코 씨 남편분 맞으시죠?"

"그런데요."

여자는 등까지 내려오는 밤색 머리를 만지며 "불쑥 찾아와서 죄송해요"라고 사과한다.

"저는 자료실 직원이에요. 자료실에 미와코 씨가 자주 오거든요. 다시로 씨 얘기는 종종 들었습니다."

"아, 그렇군요."

다카히로는 딱히 시큰둥하게 대답할 생각은 없었다. 그런데 그녀는 눈을 끔뻑끔뻑하더니 자조 섞인 표정으로 말했다.

"당연히 수상하겠죠. 직접 접속자들은 자료실 같은 곳엔 안 오니까 이 여자가 도대체 누굴까 싶을 거예요."

"아니, 그런 건 아니고……."

다카히로의 말을 무시하고 그녀는 힘겹게 이야기를 이어갔다.

"의심스러우면 권한 A를 행사해 직원 명부에서 제 상세 이력을 찾아봐도 됩니다. 므네모시네에게 문의하는 동안 저는 기다릴게요. 성은 뱅크허스트. 세일러 뱅크허스트예요. 제 얼굴로도 검색이 가능하겠지만 혹시 모르니까."

성가신 타입이군, 하고 다카히로는 한숨을 삼킨다.

종종 있다, 이런 사람이.

직접 접속자에게 뇌에 데이터베이스를 연결해놓은 상태란 등에 두꺼운 사전을 짊어진 유능한 비서를 데리고 다니는 것과 매한가지다. 말로 표현하기 어려운 모호한 이미지조차 검색할 수 있는 능력은 편리하고 감사하지만, 직접 접속의 가치 자체는 그 이상도 이하도 아니다.

하지만 비접속자 중에는 직접 접속자를 오해하는 사람들도 있다. 다카히로처럼 권한 등급이 높으면 오해의 소지가 더욱 커진다. 그들은 이렇게 생각하는 것이다. 이 사람은 머릿속으로 생각하는 것만으로 자신의 모든 것을 꿰뚫어 보는 오만불손한 신, 아니 악마라고.

다카히로는 가능한 한 편안한 분위기로 말하려고 했다.

"이력을 찾아볼지 말지는 그쪽 용건에 달렸어요. 말하기 곤란한 얘기인가요? 설마 미와코가 나랑 헤어지고 그쪽한테 간다는 얘긴 아니겠죠? 만약 그렇다면 당신 이력을 당장 찾아봐야죠."

"미와코 씨는 동성애자가 아니에요." 그녀는 차갑고 진지하게 대답했다. "제가 너무 뜸을 들였군요. 실은 다시로 씨에게 도움을 청하러 왔어요. 관장님께서 일을 맡기셨는데 제가 감당할 수 없는 일이라……."

"또 허수아비인가……."

다카히로는 무심결에 중얼거렸다. 에이브러햄 콜린스 관장이 얽혀 있는 일이라면 아마 만만한 일은 아닐 것이다.

여자는 희미하게 웃으며 머리를 매만졌다.

"걱정하지 마세요. 제 능력이 부족해서 그렇지 다시로 씨한테는 간단한 일일 거예요."

간단하긴 뭘 간단해, 하고 하마터면 소리를 지를 뻔했다. 관장이 맡긴 일치고 간단했던 전례가 없다. 비록 자신이 권한 A를 가진 아폴론 직원이라 해도 말이다. 만일 자신이 그녀의 말대로 뭐든 간단하게 할 수 있는 전지전능한 인간이라면 진즉에 허수아비의 머리에 뇌를 채워줬을 것이다. 그걸 못하니까 하루하루가 고생의 연속이거늘.

다카히로는 간신히 평정을 유지했다.

"간단한지 어떤지는 얘기를 자세히 들어봐야 알 수 있는 일이고. 일단 안으로 들어갑시다. 회의실에서 말씀하시죠. 허수아비, 아니 관장님 이름이 나온 이상 서서 얘기하다간 현기증이 나서 쓰러질 수도 있으니까."

그녀는 작게 고개를 끄덕였다.

"영광이에요. 아폴론 청사에는 처음 들어가 봐요."

"청사야 어디든 다 비슷비슷하죠. 삭막하고 어수선하고. 긴장할 거 없어요, 뱅크허스트 씨."

긴장을 풀기에는 좀 딱딱한 호칭인가 싶어 "셸리라고 불러도 될까요?" 하고 다카히로는 장난스럽게 물어봤다.

"네, 편하신 대로. 다시로 씨라면 틀림없이 잃어버린 그 이름도 간단하게 찾아낼 거예요."

30분 후, 다카히로는 청사 개인 사무실 책상 앞에 앉아 커피를 마시고 있었다.

남의 눈에는 향로 따윈 잊고 빈둥빈둥 시간을 보내겠다는 그의 계획이 달성된 것처럼 보이겠지만, 똑같이 빈둥거리고 있어도 이건 조금도 마음이 편치가 않다. '왜 하필, 왜 하필' 이 말만 맴맴 돌 뿐 아무것도 할 엄두가 나지 않는다.

셸리의 용건은 낡은 인형의 이름을 찾아달라는 것이었다. 그녀는 불과 15분 만에 모든 이야기를 일목요연하게 설명했다.

일의 발단은 이러했다.

일주일쯤 전부터 매일같이 자료실에 찾아와 단말기로 뭔가를 열심히 검색하는 노부부가 있었다고 한다. 지나가다 보면 화면에는 늘 인물 관련 창작물이 떠 있어서 단순한 감상이 아니라 어떤 목적을 가지고 뭔가를 찾는 것이라고 그녀는 짐작했다.

관장이 등장한 건 사흘 전이었다. 그는 둥근 얼굴에 홍조를 띠고 "저희 자료실에서는 필요한 건 뭐든 찾으실 수 있습니다"라며 의기양양하게 자료실로 들어왔다. 그리고 뒤따라 들어온 사람들이 그 노부부였는데, 두 사람은 얼굴을 한번 마주 보고 나서 조심스럽게 "여기 매일 오는데 우리가 찾는 건 아직……" 하고 고개를 흔들었다.

관장은 순간 당황한 듯하더니, 성큼성큼 셸리에게 다가와 명령했다. 이 두 분은 명망 높은 학자이니 아프로디테의 명예를 걸고 문제의 답을 찾으라고.

과연 노부부는 저명한 학자였다. 남편은 카밀로 몬테시노스라는 공룡학자이고, 아내 루이자는 같은 길을 걷고 있는 인류학자였다. 데메테르의 고생물 전시 담당자가 카밀로에게 협력을 요청해 부부가 함께 이곳에 와 있는 상태였다.

나중에 알게 된 바로는 데메테르가 최근 입수한 알 화석군의 분류 작업을 위해 이 공룡학자를 초빙했는데 이 학자의 판단 여하에 따라 화석에 '아프로디테'라는 학명이 붙을지 말지가 결정되는 모양이었다. 명예욕이 강한 허수아비가 안달이 날 만도 한 상황인 것이다. 심지어 관장은 알의 개체 식별에 자기 손자들의 이름을 붙이겠다고 호언하고 있다나.

셸리는 무표정하게 이야기를 이어갔다.

"두 분은 갖고 계신 인형의 이름을 찾고 있어요. 남자아이 모습의 인형인데, 목에 이름표 같은 게 걸려 있지만 망가져서 식별이 불가능해요. 이름을 알아내기 전까지는 밤에 잠도 제대로 못 잘 것 같다고 하셨어요. 공장에서 찍어낸 물건 같은데, 유명 회사 제품은 아니에요. 얼굴이 꽤 사실적인 걸로 봐서 회화나 조각을 모델로 만든 아마추어 작품이 아닐까 하고 닥치는 대로 미술 카탈로그를 뒤져본 모양이더라고요. 저도 같이 찾아보긴 했는데, 두 분이 납득하실 만한 유사품은 없었어요."

역시 허수아비가 던져준 일인 만큼 터무니없기 짝이 없다. 유명 작가의 비스크°인형이라면 대중적인 애칭도 붙어 있겠지만, 태생도 모르는 인형의 이름을 찾기란 거의 불가능에 가깝다. 설령 원작이 있는 모방품이라고 해도 제작 기술이 떨어지면 전혀 다른 분위기가 돼버리기 때문에 애초에 그 대상을 단정 짓는 것조차 어렵다.

다카히로는 재차 한숨을 내쉬고 나서 셀리에게 말했다.

"일단 현물을 아테나의 토머스 왕에게 가져가봅시다. 그 친구는 인형도 취급하니까."

그녀의 대답은 의외였다.

"직접 접속자인 왕 씨 말씀하시는 거죠? 그렇다면 아마 안 받아주실 거예요. 적어도 제가 해서는."

"무슨 말이에요?"

° 유약을 바르지 않고 단단하게 구워낸 초벌 도기.

"저도 이 일을 해결하려면 직접 접속자의 검색 능력이 필요하다고 생각했거든요. 그래서 그분에게 인형 이미지와 함께 자초지종을 써서 보냈는데, 본인도 에우프로시네도 아는 바가 없고 미술적으로도 가치가 낮다고 만나주지도 않았어요."

다카히로는 그녀가 왜 비굴해 보였는지, 왜 굳이 숨어서 자신을 기다리고 있었는지 그제야 이해가 갔다.

이야기를 마친 셀리는 입꼬리를 올리며 홀가분하게 일어섰다.

"내일 몬테시노스 부부를 소개해드릴 테니, 뒷일을 부탁드릴게요."

"그 말은 이름을 못 찾았을 경우 내가 대신 허수아비한테 싫은 소리를 들어야 한다는 뜻인가요?"

그녀는 투덜거리는 직접 접속자를 흘겨봤다. 살짝 웃고 있었다.

"그럴 일 없을 거예요. 권한 A를 가진 아폴론의 직접 접속사가 나서는 거잖아요. 틀림없이 해결될 거예요."

이때의 그 얄미운 얼굴로 말할 것 같으면…….

쾅쾅 하는 노크 소리가 다카히로를 현실로 데려왔다.

이쪽의 대답을 기다리지도 않고 획 문을 연 것은 아테

나의 네네 샌더스였다.

"오는 길에 세일러 뱅크허스트를 봤는데, 혹시 여기 왔었어?"

흑표범을 연상시키는 베테랑 학예사는 고양잇과에 걸맞게 조롱하듯 물었다.

"어떻게 알았어요?"

"그야 뭐." 네네는 잔뜩 거드름을 피웠다. "내가 여기서 잔뼈가 굵은 사람이잖아. 걔가 자료실과 집밖에 모르는 고지식한 성격이라는 것도 그나마 미와코하고는 잡담 정도는 나눈다는 것도 이 귀에 다 들어온다고. 직접 접속 학예사의 아성 아폴론과는 가뜩이나 인연이 먼 자료실 직원, 게다가 사람 만나는 것을 극도로 꺼리는 그 애가 몸소 이런 곳까지 행차했다면 상대는 미와코의 남편, 즉 너밖에 없어. 당연히 상당히 골치 아픈 얘기였을 테고."

정곡을 찔려 다카히로는 맥이 탁 풀렸다.

"어수룩하게 부탁을 들어주는 호구는 나밖에 없는 모양이에요. 그쪽 토머스는 잘 빠져나간 거 같던데."

"어머, 우리하고도 관계있는 일이야? 사적인 용건인 줄 알았는데."

"가십거리가 아니라서 미안해요."

"그럼 무슨 얘기야? 심심풀이는 되려나?"

네네는 아주 재미있다는 표정으로 벌써 소파에 앉아 들을 준비를 하고 있었다.

"심심풀이가 아니라 골칫거리면 좀 나눠줄게요."

다카히로가 자초지종을 대강 설명하자 네네는 반들반들한 뺨을 어루만지면서 흠, 하고 말했다.

"축 처져 있는 걸 보니 아직 아무것도 안 한 모양이네. 좋아, 좀 알아볼게. 카밀로 몬테시노스와 루이자 몬테시노스……."

네네의 시선은 다카히로의 무릎 근처에서 멈춘 채 움직이지 않는다. 아테나의 데이터베이스 컴퓨터 에우프로시네와 연결된 것이다.

잠자코 기다리고 있자, 이윽고 네네는 콧숨과 함께 활기를 되찾았다.

"없네, 그 부부 이름은. 아무리 찾아봐도 안 나와. 우리 데이터베이스에 없는 걸 보면 인형 수집가가 아닐 수도 있겠어. 번거롭게 생겼네."

"수집가가 아닌 게 왜요?"

"뭘 모르네." 네네는 어이없다는 듯 말했다. "아마추어의 바람은 순수하단 말이야. 전문가인 토머스가 보고 가치가 없다고 말했다면 정말 그런 거야. 그런데도 부부가 이름을 찾고 싶어 한다는 건 다른 목적이 있어서가 아니라 정말 순수하게 그걸 원한다는 증거야. 실리를 따지는 상황이면 단념할 법도 한데, 이게 납득하느냐 마느냐 하는 마음의 문제가 되면 쉽지가 않아. 답을 찾을 때까지 아프로디테 안을 샅샅이 뒤지고 다닐지도 모르지. 너같이 뼛속까지 물러터진 사람은 쉽게 손을 떼지 못할걸."

다카히로는 책상 의자에 등을 기대며 기지개를 쭉 켰다.

"아무리 그래도 안 되는 건 안 되는 거죠."

"꽤 담담하네. 아직 실물은 못 봤지? 막상 보면 마음이 바뀌어서 최선을 다하게 될지도 모르지."

"아니요, 안 그럴 거예요, 절대."

호오오, 하고 방 안에서 올빼미가 울었다. 네네는 우우, 워어어, 하며 계속 놀린다.

"호오, 로맨티시스트답지 않은 발언인걸. 아, 그렇구나. 웬일이야. 너, 인형을 싫어하는구나? 혹시 새끼 고양이나 강아지도 싫어해?"

"그런 거 아니에요. 어릴 때 어미 개랑 새끼를 키운 적도 있는걸요. 근데 유난 떠는 사람들은 이해 안 돼요. 인형이나 반려동물을 아기 대하듯 하는 사람들을 보면 왜 저러나 싶어요."

네네는 별스럽게 애처로운 표정을 지었다.

"고생길이 훤하다. 의뢰인과 학예사의 가치관이 다르면 무조건 힘들어져."

다카히로는 선배의 말을 손으로 가로막았다.

"안다니까요. 되도록이면 사적인 감정을 죽이고 몬테시노스 부부와 허수아비를 위해 성심성의껏 일할 거예요."

"그 말이 아니잖아."

네네는 고개를 갸우뚱하고 부드럽고 묵직한 목소리로 타이르듯 말했다.

"네 사적인 감정을 죽이는 게 아니라 몬테시노스 부부의 사적인 감정에 다가가야 해. 억지로 인형을 좋아할 것까진 없어. 하지만 아주 사소한 계기든 엉뚱한 접근이든 좋으니까 그들의 진심에 공감해야 한다고 생각해."

다카히로는 피곤해졌다. 평소 같으면 흘려듣고 말 일을 고개를 저어 부정한다.

"이번 일은 그런 게 아니라니까요. 미술품 감정이나 분석이라면 선배 말이 맞아요. 이해가 안 되더라도 그 물건이 사람들을 왜 매료시키는지 숙고해야겠죠. 해석의 폭을 넓히는 것도 학예사의 중요한 일이니까. 하지만 이번 건은 손님 접대라고 해도 될 만한 내용이에요. 가치도 없는 인형의 이름을 찾는 건 잃어버린 펜을 찾는 거나 다름없다고요."

네네의 눈썹이 움찔거렸다. 목소리가 한 톤 올라간다.

"그럼 당장 허수아비한테 말해. 우리 유능한 아폴론 직원은 그런 하찮은 일에 시간을 할애할 여유가 없다고 말이야. 셀리한테도 에두르지 말고 똑똑히 말해줘. 학예사라면 상위 권한자에게 의지하지 말고 스스로 조사하라고."

"뭐라고요?" 다카히로는 가벼운 현기증을 느꼈다. "셀리도 학예사예요? 사무원이 아니고?"

"못 말리겠다." 네네는 어처구니없어했다. "이력도 아직 찾아보지 않은 거야? 걔는 우수한 학예사야. 종합 성적도 톱이었어. 애초에 일반 사무원에게 자료실 어드바이저를 맡긴다는 게 말이 된다고 생각해?"

그렇다. 열람자의 모호한 설명을 듣고 원하는 자료를 찾아내려면 학예사의 광범위한 지식이 필요하다. 자신은 그녀의 자기 비하와 사무복에 현혹됐던 것이다.

네네는 허리에 손을 짚고 숨을 한 번 돌린 뒤 목소리를 가라앉히고 말했다.

"원래 직접 접속자가 되려고 신청서를 냈었다나 봐. 그런데 부적격이었어. 신체의 문제인지 정신의 문제인지는 몰라. 아무튼 꿈이 깨진 거지. 매일매일 단말기로 수동 검색을 해야 하는 입장에서는 우리 직접 접속자에 대해 왜곡된 감정을 가질 만도 하지. 부탁을 거절할지, 우군이 돼 협력할지는 네 마음이야. 다만 다시 한번 말하는데, 어설프게 행동해선 안 돼. 너도 다른 사람들도 더 힘들어질 뿐이니까."

이튿날이 돼도 다카히로는 태도를 정하지 못했다.

몬테시노스 부부를 만나는 자리에서 단호하게 거절해야 할까. 셸리의 사정을 들은 이상 어떻게든 노력해봐야 할까.

네네가 말하는 사소한 계기나 엉뚱한 접근법을 찾을 때까지 마음을 정하기란 쉽지 않을 것 같다.

찝찝한 상태로 시간이 다 되고 말았다. 다카히로는 얼굴근육을 풀고 부부와 셸리가 기다리는 아폴론 회의실로 들어갔다.

"늦어서 죄송합니다."

살풍경한 회색 실내에서 두 사람의 온화한 시선이 다카히로를 향했다.

마른 몸의 카밀로 몬테시노스는 백발의 신사였고, 아담한 루이자는 동그란 얼굴이 발랄한 소녀처럼 보였다.

등지고 앉아 있던 셀리가 자리에서 일어났다.

"이분이 종합 관리 부서 아폴론의 다시로 다카히로 씨입니다. 두 분 일은 앞으로 이분이 맡아서 해주실 거예요. 저와 달리 직접 접속자라서 많은 도움이 돼주실 겁니다."

다카히로는 마지못해 살짝 미소를 지으며 인사했다.

셀리는 그 모습을 힐끗 곁눈질로 확인하고 나서 "그럼 저는 이만" 하고 회의실을 나가려고 했다.

"잠깐만요. 그쪽도 동석했으면 하는데요."

불러 세운 다카히로를 셀리는 의아한 듯이 쳐다봤다.

셀리를 잡은 건 순간적인 행동이었다. 다카히로의 마음속에 놔줄 수 없다는 마음이 있었던 것은 부정할 수 없다. 그러나 그게 다가 아니었다. 여기서 손을 떼면 그녀는 앞으로도 계속 자신을 비굴한 태도로 대할 것이다. 만날 때마다 불편한 마음이 드는 건 딱 질색이다. 이 일의 결과가 어떻든 셀리가 이번 기회에 직접 접속 학예사의 실상을 두 눈으로 확인했으면 좋겠다.

그런 생각을 하다가 다카히로는 아차 싶었다. 그렇다는 건 적어도 결론다운 결론이 나올 때까지는 자신도 이 일에 관여하겠다고 선언하는 셈이 돼버린다.

후회해도 늦었다. 셸리가 마뜩잖게 도로 자리에 앉자 다카히로는 어쩔 수 없이 본제로 들어갔다.

"이번에 데메테르에 협력해주셔서 감사합니다. 갖고 계신 인형의 이름을 찾으신다고요?"

"네" 하고 대답한 쪽은 인류학자인 루이자였다. "벼룩시장에서 산 값싼 물건인데, 여러 사람을 귀찮게 하는 것 같아 미안하네요. 하지만 계속 신경이 쓰여서요."

"우리 부부가 인형 수집가까지는 아니지만, 그래도 꽤 많은 인형을 봐왔답니다." 공룡학자 카밀로는 예상보다 목소리가 중후했다. "둘 다 오래된 뼈와 씨름하는 일을 하다보니 평소에는 부드럽고 말랑한 것에 마음이 간다. 귀여운 녀석부터 기괴하게 생긴 놈까지 참 많은 인형을 만났지만, 이번 아이는 좀 특별합니다. 수수께끼 같은 표정이 잃어버린 이름을 찾아달라고 애원하는 것 같아요."

다카히로는 영업용 미소를 지어 보였다.

"대단히 까다로운 조사라는 점을 먼저 말해두겠습니다. 저희 쪽 조사는 객관적으로 이뤄질 수밖에 없기 때문에 단서가 너무 적은 경우에는 유감스럽게도……."

"이름표가 있어요. 깨졌지만." 루이자가 안달하듯 말했다. "그걸로 알 수 있지 않을까요?"

"그랬으면 좋겠군요. 보여주시겠습니까?"

카밀로가 발밑에서 등나무 바구니를 집어 들었다. 덮개를 열고 인형을 꺼낸다. 겨드랑이 밑에 손을 넣고 조심스럽게.

다카히로는 자신의 목구멍에서 신음 소리가 새어 나오지 않았을까 걱정했다. 그 정도로 인형의 상태가 나빴던 것이다. 키 약 50센티미터의 다섯 살쯤 돼 보이는 남자아이 인형이었다. 낡은 PVC 재질의 머리 위에는 잡초처럼 무성하게 심긴 검은색 나일론 가발이 얹혀 있었다. 파란색 줄무늬 셔츠와 노란색 반바지는 비교적 깨끗했지만 손바느질한 것인지 여기저기 주름이 잡혀 있었다.

다카히로는 인형을 받아 들고 얼굴을 마주 봤다. 웃음 띤 눈, 살짝 벌어진 입술, 엷게 팬 보조개.

귀엽네, 라고 생각한 순간 전혀 다른 얼굴이 거기에 있었다.

첫인상과는 정반대로 소년은 조금도 웃지 않는 것처럼 보였다.

순간 혐오감이 들었다. 카밀로는 소년의 표정을 수수께끼 같다고 표현했지만 그렇게 단순한 것이 아니었다. 어디가 어떻게 이상한지 콕 집어 설명할 수는 없다. 그저 압도적인 위화감만이 느껴졌다. 놀이공원에 와서 신나지만 아빠는 일이 바빠 함께 오지 못했다든지, 생일이라 기쁘지만 할아버지가 사주신 케이크가 너무 작다든지, 이를테면 이런 응어리진 마음에서 오는 희미한 그늘 같은 것이 소년의 웃는 얼굴 뒤에 감춰져 있었다. 어른이라면 몰라도 아직 어린 소년의 얼굴에서 이런 어색한 웃음을 보는 것은 유쾌한 일이 아니다.

카밀로가 조심스럽게 입을 열었다.

"이걸 매력이라 해야 할지는 모르겠지만, 모른 척 그냥 내버려둘 수가 없는 표정이에요. 슬픔과 기쁨, 평정과 격정, 이런 상반된 감정이 동시에 일어나 당황하는 듯한 이 얼굴이 신경 쓰여서 견딜 수가 없습니다."

아내가 남편의 말을 잇는다.

"복안 관련해서 알게 된 얼굴학자한테도 인형을 가져가 봤어요. 그런데 자기가 싫어하는 얼굴이라고 하면서 눈과 입의 생김새 정도만 수치로 분석해줬답니다. 전혀 도움이 되지 않았어요. 이름을 알면 이 아이의 표정도 달라 보일 것 같다고 말했더니 큰 소리로 웃으며 더는 상대하려고 하지 않더군요."

다카히로도 큰 소리로 웃고 싶은 심정이었다.

부인은 이야기를 계속했다.

"이 아이를 단순히 물건 취급하는 사람에겐 조사를 맡길 수 없습니다. 그런 점에서 이곳은 마음을 소중히 여기는 예술의 나라니까 안심할 수 있어요."

다카히로는 대답 대신 "이게 이름표군요" 하고 소년의 목에 걸린 구릿빛 초커를 손에 쥐었다.

가볍다. 싸구려 합금일 것이다. 펜던트 윗부분부터 사선으로 떨어져 나가 'My Nam'이라는 글자만 겨우겨우 읽힌다. 아마 'My Name is 아무개'라고 새겨져 있었을 것이다.

"두 분은 인형에게 항상 이름을 붙여주십니까?"

다카히로가 묻자 부부는 미소를 지으며 고개를 끄덕였다.

"그럼요. 낸시, 리토, 존 비, 사유리…… 모두 귀여운 우리 아이들이랍니다."

"자식도 다섯이나 있지만 모두 독립해서 나갔습니다. 학회 때문에 집을 비우는 일이 많아 강아지나 고양이는 키울 수 없고. 노부부의 은밀한 즐거움이죠."

다카히로는 침묵했다. 자신에게는 인형에게 이름을 붙여주는 취미가 없지만 이 부부에게는 있다. 그냥 그뿐인 것이다. 그는 그렇게 생각하려고 노력했다.

정적이 회의실을 감쌌다. 가장 안절부절못하는 사람은 의외로 셀리였다.

다카히로는 꾀죄죄한 인형을 바라봤다. 이어서 루이자를 보고 카밀로와 눈을 맞췄다. 마지막으로 옆에서 입술을 꼭 다물고 있는 셀리를 슬쩍 보고 나서 짧게 말했다.

"어쨌든 인형은 제가 맡아두겠습니다."

분석실에는 셀리를 보내기로 했다.

복도에서 바구니를 건네받은 그녀는 물론 "제가요?"라며 당황스러워했다.

"그래요." 다카히로는 상냥하게 대답했다. "분석 결과는 우리 두 사람한테 각각 보고해달라고 전해줘요. 그걸 보고 나서 같이 검토합시다."

그녀는 초조하게 머리카락을 만지작거렸다.

"전 못 해요. 그래서 다시로 씨에게 부탁한 거잖아요."

"나도 못 할 수도 있어요. 하지만 누가 하든 일단은 분석실에 인형을 가져다주고 결과를 기다리는 게 순서입니다. 그것도 직접 접속자만 할 수 있는 일이라고 말하진 않겠죠?"

그녀는 고개를 끄덕였다.

"좋아요. 심부름이라면 할 수 있으니까."

"그게 아니고, 협력하자는 겁니다."

커다란 눈동자가 휘둥그레 위를 향했다.

"하지만 어차피 당신은 므네모시네에게 물어볼 거잖아요. 분석한다고 이름이 나오는 것도 아니고, 결국 저 둘을 납득시키기 위해서 이 인형과 비슷한 인상의 작품을 여신에게 찾아달라고 하겠죠. 거기서 비접속자인 제가 뭘 할 수 있겠어요."

다카히로는 느슨하게 팔짱을 끼고 한쪽 다리에 체중을 실었다.

"이미 몇 가지 유사품을 찾아내 몬테시노스 부부에게 보여드렸다면서요?"

"그런데요?"

"그럼 내가 굳이 므네모시네에게 이미지 검색을 요청할 필요는 없을 것 같은데."

"네? 아니, 저는 직접 접속사들처럼 모든 정보를 망라하지 못하니까……."

"검색 건수가 많다고 좋은 게 아니에요. 문제는 데이터의 범위를 압축해서 닮았다고 판단할 기준을 뽑아내는 거지. 저 부부 말고 다른 필터를 사용해야 하는 이상, 그쪽이나 나나 같은 입장이란 말입니다. 그쪽이 검색해서 수확이 없었다면, 내가 비슷한 필터로 정보의 바다를 뒤적일게 아니라 다른 재료로 다시 필터를 만들어야 해요. 새로운 필터는 분석실에서 얻은 객관적인 데이터로 다시 짜는 게 최선일 것 같은데, 안 그래요?"

셸리의 입술이 들먹거렸다. 하지만 끝내 그녀는 아무런 반박도 하지 않았다.

아프로디테에 시원한 바람이 분다. 마이크로 블랙홀에 의해 유지되는 희박한 대기가 움찔거리면서 행인들의 머리카락과 옷자락을 흔들고 있었다.

젊은 커플, 친구들끼리 여행 온 듯한 나이 든 여성들, 떠들썩한 단체 관광객들, 스케치북을 안고 바삐 걸어가는 학생들. 바람 속을 바람처럼 지나가는 사람들.

길가 벤치에 앉은 다카히로는 눈앞을 지나가는 모든 사람에게 이 인형의 이름을 아느냐고 일일이 묻고 싶은 심정이었다.

빨리 이 문제를 해치우고 싶다.

그는 므네모시네와 접속하고 싶은 마음이 간절했다. 자

신의 모호한 물음에 므네모시네가 명확하게 대답해주는 순간의 후련한 감각이 그리웠다. 금이 간 직접 접속 학예사의 자긍심을 므네모시네를 능숙하게 사용함으로써 한시라도 빨리 회복하고 싶었다. 그러지 않으면 이대로 몸이 바스러져 살랑거리는 바람에 날아가버릴 것 같았다.

셸리의 과도한 칭찬은 권투의 보디블로처럼 뒤늦게 효력을 발휘했다. 다카히로는 그녀와 헤어진 지 꼬박 하루가 지나서야 자신이 얼마나 필요 이상으로 애를 썼는지 깨달았다. 서서히 피로가 몰려온다. 나는 만능이 아니라고 말하자니 체면이 서지 않고, 능력을 보여주기에는 앞이 캄캄한 상황이다.

무릎 위에 놓인 F 모니터에 그 인형 사진이 떠 있었다. 몇 번을 봐도 좋아지지 않았다.

별안간 머리 위에서 목소리가 들렸다.

"이런 데서 농땡이 치고 있는 거야?"

"아, 선배."

뒷짐을 지고 다카히로 앞에 선 네네는 과장된 몸짓으로 F 모니터를 들여다봤다.

"일이 잘 안 풀리나 봐?"

"네, 분석 결과가 신통치 않아요."

"예상대로 신통치 않은 거야, 그 이상인 거야?"

"예상대로라고 해야겠죠. 아무것도 안 나와요. 토머스의 조언을 기대했는데, 이런 건 털어봤자 먼지도 안 난다나. 털면 먼지가 풀풀 날릴 만큼 이렇게 더러운데 말이죠."

네네는 유연한 동작으로 다카히로 옆에 앉았다. 쓱 내민 손에 레모네이드 컵이 들려 있었다.

그녀는 자신의 레모네이드를 홀짝이면서 넌지시 말했다.

"머리털이 좀 이상해. 일반적인 기성품이라면 털을 심을 텐데 굳이 가발을 씌운 이유가 뭘까?"

졌다. 네네는 만반의 준비를 하고 이 앞에 나타난 것이다. 다카히로는 단념하고 조력 제의를 순순히 받아들이기로 했다. 레모네이드 컵을 가볍게 들어 올려 감사를 표하고 한 모금 마신다.

"머리털을 심을 만한 환경이 안 됐던 게 아닐까요? 머리 만듦새도 영 엉성하고. 대량으로 찍어낸 물건인 건 맞는데 품질이 많이 떨어지는 거로 봐서 인형 전문 업자가 만든 것 같지는 않아요."

"반은 수제품이고 반은 기성품일지도 모르지. 21세기 초 민예품 중에 그런 게 많아. 정보 전달 수단이나 제작 기술이 발달하면서 아마추어도 웬만한 건 만들 수 있게 됐거든. 얼마 전에도 손으로 빚은 컵 중에 꽤 좋은 게 있어서 숨은 명품인 줄 알았는데 아무리 조사해도 출처를 찾을 수가 없는 거야. 결국 성분을 분석했더니 개인용 전기가마로 구운 것이라는 결과가 나왔어. 아마추어 도예가의 작품이었던 거지. 아직도 민예과와 도예과가 쟁탈전을 벌이고 있어."

다카히로는 아테나 내부의 소동을 상상하며 피식 웃고 말았다.

"아마 이 인형도 그런 종류일 거예요. 가발과 옷은 연대 측정 결과 머리보다 나중에 만들어진 걸로 나왔으니 더 조사해봐야 별 도움은 안 될 것 같아요."

"이름표는 원래부터 있던 거지?"

"그럼요. 당시 문방구에서 흔하게 팔던 물건이에요. 특수한 펜으로 글자를 적고 열을 가하면 볼록하게 올라오는 그런 거요. 그래서 이쪽도 단서가 안 돼요."

"그럼 오리지널 그대로인 건 머리와 몸과······."

"옷을 벗겼다가 깜짝 놀랐어요, 그 곰돌이 속옷."

F 모니터 화면이 다카히로의 생각에 반응해 노란 곰 무늬가 프린트된 낡은 천으로 바뀐다.

"라운드 티셔츠랑 트렁크스였지? 몸에 꿰매져 있다고

하던데, 사실이야?"

"네, 맞아요. 왜 굳이 꿰매서 붙였을까요? 칠을 한 것도 아니고, 천으로 만들 거면 굳이 고정할 이유가 없잖아요. 갈아입히는 재미도 없고. 무엇보다 몸통 재질이 PVC라서 꿰매는 게 보통 일이 아니었을 거란 말이죠."

"특별한 이유가 있었다고 보는 게 맞겠네. 천을 쓰더라도 단순히 중요 부위를 가릴 목적이라면 접착제로 붙이는 것만으로도 충분하니까."

"셔츠를 중심으로 좀 더 자세하게 조사해달라고 분석실에 부탁해놓은 상태예요. 오염 성분에서 뭔가 실마리가 나올 수도 있으니까. 셸리는 천의 출처를 조사하는 중이고요."

셸리의 이름이 나온 순간 네네는 고양이처럼 웃었다.

"그 애, 네가 발로 뛰며 직접 조사하는 걸 보고 어떤 반응이었어? 직접 접속자는 무슨 일이든 막힘없이 척척 해결해버린다고 믿는 것 같던데."

"내가 여기저기 부지런히 묻고 다니는 걸 보고 입을 떡 벌리던데요."

네네는 남은 얼음을 볼이 미어지게 물고서 와작와작 깨물어 먹는다.

"검색이 좀 간단해질 뿐이지 직접 접속자라고 일상 업무가 줄어드는 건 아니지. 그래서 곰돌이 찾기는 성과가 있었고?"

다카히로는 빈 플라스틱 컵을 눈앞까지 들어 올려 부러 찌그러뜨렸다.

"알았어, 알았어. 아직 인형 이름을 운운할 상황이 아닌가 보네, 불쌍한 꼬맹이."

"불쌍한 건 나예요."

한숨 섞인 목소리로 말하면서 다카히로는 F 모니터를 지나가는 사람들 쪽으로 돌렸다.

"이 아이는 누구일까요? 이 아이를 모르시나요?"

물론 작은 목소리였다. 네네도 다카히로의 심정을 헤아려 그냥 웃고 만다.

"인형을 좋아하시나요? 그럼 이 아이의 이름을 아세요? 이 아이는 누구인가요?"

사람들은 그의 넋두리가 들리지 않는지 저마다의 모습으로 눈앞을 지나쳐간다.

"모르시나요? 나와는 달리 사랑이 넘치는 당신, 이 아이가 누군지 모르세요?"

리본을 단 소녀에게 끌려가던 금색 보르조이가 다카히

로를 향해 긴 주둥이를 들더니 컹 하고 짖었다.

"고마워."

다카히로는 쓴웃음을 지었다.

보르조이 군, 네 이름은 뭐야? 내가 예전에 키웠던 그레이트 피레네는 이름이 사치였어. 개들끼리도 이름을 부르니? 그건 주인이 붙여준 이름이야, 아니면 원래부터 가지고 있던 이름이야?

어떤 기억이 다카히로의 마음 깊은 곳에서 조용히 떠올랐다.

새하얀 털북숭이 개와 그 옆에서 뒹굴며 노는 다섯 마리의 강아지. 저마다 색이 다른 다섯 장의 담요를 물어뜯거나 잡아끌거나 하고 있다. 태어난 지 3주 된 녀석들. 한창 귀여울 때였는데…….

"왜 그래?"

네네가 다카히로의 얼굴을 들여다봤다. 다카히로는 쑥스러워하며 말한다.

"아니, 강아지를 다른 집으로 보내던 날이 생각나서요. 이름이라도 지어줬으면 좋았을 텐데."

보르조이와 소녀는 폴짝폴짝 뛰어서 다카히로의 시야에서 점점 멀어져갔다.

셸리가 우는소리로 연락해온 것은 그날 오후 뮤즈와 기획 회의를 하고 있을 때였다.

조촐한 낭독회를 어떻게 큰 이벤트로 키울 것인가 하는 진전이 없는 논의를 들으면서 다카히로는 머릿속으로 셸리에게 응답하고 있었다.

―처음부터 안 된다고 결론짓지 말아요. 속옷 제조업체와 패브릭디자이너협회 체크가 끝났으니 그것만으로도 진전이 있다고 봐야죠. 각지의 어린이 회관과 테디베어 관련 박물관은 내가 이미 체크했어요. 봐요, 범위가 꽤 좁혀졌잖아요.

므네모시네는 단말기 마이크에 달라붙어 있을 셸리의 목소리를 다카히로의 귀에 전해준다.

―큰소리치지 말아요. 당신도 사실은 질렸잖아요. 이만큼 했으면 된 거 아니에요? 이렇게까지 했는데도 안 나왔으니 이제 그만 포기하고 두 분에게 말하는 게 좋겠어요. 우리는 미술품을 다루는 학예사지 어린애 속옷 냄새나 추적하고 다니는 탐정이 아니라고요.

회의 중에 히죽 웃고 말았다. 동석한 네 사람이 이상하다는 듯 쳐다본다. 다카히로는 검지로 관자놀이를 톡톡 쳐서 교신 중임을 알린 뒤 비시시 웃어 보이고 자리를 빠져나왔다.

─그쪽과 같은 대우를 해줘서 기쁜데요. 본인이 학예사임을 자각한 건 더욱 기쁘고.

그렇게 보내자 노골적으로 발끈하는 기색이 전해져왔다. 다카히로는 개의치 않고 송신한다.

─그래도 하나만 더 알아봅시다.

─뭘 더 시키려고요.

─부탁할게요. 프린트 무늬가 남아 있을 만한 곳이 또 있을 거예요. 그런 건 유행이 있으니까 문화의 관점에서 접근하면……

─민속 박물관에요? 인형 조회는 이미 했는데…… 천에 대해 문의해보라는 뜻인가요?

─이번에는 '이런 인형'이 아니라 콕 집어서 '이 천'에 대해 물어봐요. 인형은 보는 사람에 따라 느낌이 다를 수도 있지만, 천은 맞고 안 맞고가 분명하니까. 운이 좋으면 인형에 대한 단서가 걸려들 수도 있고. 아, 그리고 '속옷을 몸통에 꿰매서 고정한 스타일'도 잊지 말고 조사해줘요. 같은 제작자의 다른 시리즈가 우연히 나타날지도 모르니까.

─알았어요.

셸리가 순순히 응한 것은 자신의 조사 방식에 동의해서

라고 믿고 싶었다.

통신이 끝났을 때 회의를 건성으로 들었던 다카히로에게 새로운 시련이 기다리고 있었다. 낭독회는 데메테르의 장미원에서 열리고 그 협상 담당자로 자신이 낙점돼 있었던 것이다.

다카히로는 데메테르의 주 수입원인 장미원을 빌리는 것이 얼마나 어려운 일인지 열변을 토하며 설명했다. 결국 목적을 달성하지 못하고 처량하게 회의실을 나서자 어느덧 세상에는 땅거미가 내려앉아 있었다.

이후 셸리로부터는 두 시간 간격으로 보고가 들어왔다.

허탕이에요. 여기도 없어요. 그쪽에서도 '해당 사항 없음'이라고 답변이 왔어요.

보고에는 무언의 메시지가 덧붙여져 있었다. 거봐, 소용없잖아. 직접 접속자도 별 볼 일 없군.

다카히로의 조사도 벽에 부딪혔고 오염 분석 결과도 아직 안 나왔다는 사실을 안 셸리는 새벽 3시에 보고를 하다가 마침내 터져버렸다.

—뮤즈에 부탁해서 이 인형에게 어울리는 이름을 지어달라고 하면 안 돼요? 당신 권한이면 가능하잖아요.

—날조하는 건 내키지 않아요.

─이게 왜 날조예요? 정당하게 이름을 붙여주는 건데. 베토벤의 〈월광〉 소나타도 〈피아노를 위한 환상곡풍 소나타 올림 다단조〉를 후세 사람들이 〈월광〉이라고 바꿔 부른 거라고요.

　─그건 좀 다르지 않아요? 〈월광〉은 op.27-2라는 기호에 이미지를 부여했을 뿐이지 원래 제목을 무시한 게 아니에요. 만일 묻혀 있던 자료가 발견돼서 작곡가 본인이 그걸 '호수 위의 조각배'라고 불렀다는 사실을 알게 된다면 학예사로서 어떻게 할 거예요? 관련 자료에 이 사실을 전부 덧붙이지 않겠어요? 아무리 어색해도 진짜 이름에는 작자의 마음이 담겨 있어요. 사람들이 그걸 왜곡하는 건 불손한 처사가 아닐까요.

　─인형한테 불손하다? 하, 꽤 다정하시군요. 그럼 어떻게 할까요, 다시로 씨?

　셸리가 신경질적으로 말했다.

　슬슬 때가 된 것인지도 모른다.

　─셸리, 이미 충분히 알았겠지만 직접 접속 학예사는 결코 만능이 아니에요. 부탁할게요. 이 일을 너무 비관적으로 보거나 거부하거나 하지 말고 그냥 동료를 동정하는 마음으로 함께해줬으면 좋겠어요. 내일 아침 일찍 몬테시노스 부부를

방문할까 하는데, 어때요, 같이 가겠어요?

─그게 좋을 것 같군요.

셀리는 가볍게 후후 웃으며 대답했다.

루이자는 두 사람을 반갑게 맞아줬다. 실내는 학자가 머무는 방답게 잡다한 자료가 널려 있었다. 카밀로는 데메테르에서 강연을 마친 직후라 피곤한 기색이었지만, 그래도 자료실에서 빌린 단말기에서는 그림 카탈로그가 넘어가고 있었다.

다카히로는 숨을 가다듬고 최대한 담담하게 지금까지의 경과를 보고했다. 그들은 다카히로의 이야기를 끝까지 들은 후 "오염 분석 결과가 기대되는군요"라고 힘줘 말했다.

말문이 막혀버린 다카히로를 셀리가 싸늘하게 바라본다.

"분석실에서 조심스럽게 잘 대해주고 있으려나."

카밀로가 불쑥 그렇게 말했다. 다카히로는 당황했지만 적당히 호응해줬다.

"두 분만큼은 아니겠지만 함부로 다루지는 않으니까 안심하십시오."

"있잖아요, 다시로 씨." 루이자가 부드럽게 말을 건넸다. "어쩌면 당신도 얼굴학자처럼 고작 인형이라고 생각하고 계실지도 모르겠네요. 아니, 아닌 척하지 않아도 괜찮아요. 물건에 대한 애정은 사람마다 다르니까. 다만 우리는 이름에는 영성靈性이 있다고 생각한답니다."

"영성?"

다카히로가 되묻자 인류학자는 느긋하게 고개를 끄덕였다.

"이름은 개체 식별을 위해서만 존재하는 기호가 아니라고 생각해요. 언어를 가진 지적 생명체가 부여하는 이름에는 그 대상의 본질에 대한 이해와 이런저런 바람이 담겨 있어요. 이름은 개인을 개인으로서 인정하고 사랑하려는 의지의 표현인 셈이죠."

절묘한 타이밍에 공룡학자가 입을 열었다.

"우리는 그 인형이 이름을 지어준 사람의 사랑을 그리워하는 것처럼 보입니다. 우리가 아무리 사랑을 줘도 진짜 이름을 불러주지 않는 한, 망가진 이름표는 우리를 비난하고 아이의 얼굴은 점점 더 어두워져갈 것 같아요. 진심으로 이름을 불러주면 마음을 열 수 있다고 하잖아요. 이름만 찾는다면 우리를 애태우는 그 표정의 비밀도 풀리지 않을까, 우리의 애정을 아이가 순수하게 받아주지 않을까, 그런 생각이 드는 겁니다."

다카히로가 어떻게 대답해야 할지 몰라 난감해하자 공룡학자는 가볍게 웃음을 터뜨렸다.

"직업병입니다. 양해해주세요."

"실례되는 말이지만, 저는 오히려 과학자인 두 분이 그렇게까지 인형에게 정을 주는 게 이상하게 느껴집니다."

두 사람은 잠깐 얼굴을 마주 보며 쑥스러운 듯 웃었다.

카밀로가 말했다.

"우리가 뼈를 다루는 일을 한다는 건 회의실에서 말씀드렸죠. 뼈에는 개인명이 없습니다. 종으로서의 생태나 해부학적 관점에서는 집요하게 파고들지만, 그 뼈를 몸속에 지녔던 소유자 개인의 삶은 전혀 알 수 없습니다."

"혹시 아시나요? 호모사피엔스보다 하등하다고 여겨지는 유인원의 뼈와 함께 꽃의 흔적이 발견됐던 것을."

"꽃이요?"

셸리가 중얼거리듯 물었다.

"네, 그 꽃은 동료가 망자에게 바친 거예요. 만약 죽은 이에게 이름이 있었다면 그들은 이름을 부르며 울었겠죠. 이름을 짓는 문화가 없었다고 하더라도 '다른 사람이 아닌 바로 그 사람'이라는 명명의 기본 개념을 이용해 죽음을 애도했을 겁니다."

"언젠가 우리는 둔감해진 자신의 모습을 발견했답니다. 슬펐죠. 눈앞의 뼈는 돌이 아닌데. 무언가를 생각하고 그 장소에 왔다가 무언가의 원인으로 죽음을 맞았을 생명을, 분류 작업에 열심인 나머지 단지 물건으로 취급했던 겁니다."

"단순한 시료를 추모의 대상으로 생각하는 건 물론 우리가 너무 감상적인 탓이겠죠. 그런데 일에서 오는 어쩔 수 없는 고민을 그 인형이 대신 감당해주려 한다는 생각이 들어요. 뭔가 할 말이 있는 듯한 표정의 그 아이를 아직은 '인형'이라는 종種으로밖에 부를 수 없어요. 어쩌면 우리는 이름을 찾아주고 불러주고 아껴줌으로써 지금까지의 학자 인생에서 저질러온 무수한 과오를 속죄하고 싶은지도 몰라요. 사물이지만 단순히 사물이 아닌, 생명의 그림자를 드리우고 있지만 생명이 아닌 그것들을 무심하게 대했던 지난날을 말이죠."

다카히로는 입을 꾹 다물고 생각했다. 무심결에 팔짱을 꼈지만 깨닫지 못했다.

기억 저편에서 강아지 울음소리가 요란하게 울려 퍼지고 있었다.

훗날 개를 키운다면, 그래서 강아지가 태어난다면 곧바로 이름을 지어줄 것이다. 좋아하는 담요만 깔아주고 이름 한 번 불러주지 않은 채 떠나보낸 과거를 속죄함으로써 자신의 외로움과 후회의 트라우마를 치유하는 것이다. 한 마리씩 안고 이름을 불러주며 그 얼굴과 이름을 기억에 단단히 새기고, 누가 비웃든 말든 후회 없이 한껏 사랑할 것이다.

그러면 비로소 개를 싫어하지 않는 것이 아니라 좋아한다고 떳떳하게 말할 수 있지 않을까…….

강아지 울음소리에 겹쳐 검은 고양이의 날카로운 목소리가 들려오는 듯했다.

네네가 말한 접근법은 이런 것인지도 모른다.

"말씀은 잘 알겠습니다." 다카히로는 낮은 목소리로 말했다. "분석 결과가 나오기도 전에 이런 말씀을 드리는 게 좀 부끄럽지만, 저희는 인형의 진짜 이름을 찾지 못할지도 모릅니다. 하지만 두 분의 마음을 편안하게 해드리기 위해 이름을 줄 수는 있습니다."

"새로운 이름은 안 된다고 했잖아요?"

"셸리, 이건 뮤즈에 이름을 지어달라고 부탁하는 것과는 좀 달라요. 두 분에게 필요한 건 저 인형의 이름이 아니에요."

눈이 휘둥그레진 루이자를 보며 다카히로는 "극단적으로 말하면 그렇다는 겁니다"라고 양해를 구했다.

"우리 학예사들도 물건이면서 단순히 물건이 아닌, 작가의 혼이 담긴 예술이라는 것을 상대합니다. 그것들은 보는 사람의 마음이 투사돼 끝없이 변화하는 애물단지입니다. 학예사는 작품의 진정한 의도를 파악하려고 하지만 제대로 파악했는지 아닌지는 작가 외에는 알 수 없습니다. 정답이 주어지지 않는 이상 내 눈에는 왜 그렇게 보이는지, 어떤 점에 이끌려 그렇게 보는지를 끊임없이 고민하고 파고들어 나 자신을 납득시켜야 합니다."

세 사람은 다카히로가 무슨 말을 할지 초조하게 기다리고 있었다.

"인형의 이름을 찾지 못할 가능성이 높은 지금의 상황에서 두 분은 다른 방법으로 스스로를 납득시켜야 합니다. 요컨대 두 분의 마음은 그 아이로 상징되는, '이름을 잃어버린 무언가'에 쏠린 것이지요. 그보다 직접적으로 왜 이 아이의 표정이 '두 분의 눈에 이름을 잃어 슬픈 것으로 보이는지'를 밝혀내 애도하는 것이 맞지 않을까요?"

그는 부부 쪽으로 몸을 기울였다.

"지금까지 방대한 양의 도판을 보신 걸로 아는데, 조금이라도 느낌이 비슷한 작품에 뭔가 표시를 해두셨습니까?"

"……네, 뭐."

"다행입니다. 수고를 많이 덜 수 있겠어요. 그리고 무엇보다 두 분이 납득하시는 게 중요하니까."

"다시로 씨, 당신이 뭘 하려는지 전혀 모르겠어요."

소리 지르고 싶은 것을 간신히 참고 말하는 셸리에게 다카히로는 싱긋 웃어 보였다.

"미안해요. 직접 접속자의 특권적 제안이에요. 내 능력을 어떻게 유용하게 쓸지 이제야 알았어요."

해맑게 웃는 그를 보면서 셸리는 더욱더 어리둥절할 뿐이었다.

예술, 아니 물건을 만드는 일에는 의지가 작용한다.

왜 이 부분을 파란색으로 칠했을까, 뾰족하게 만든 이유는 뭘까. 모든 것은 만드는 사람의 감정이 발현된 결과이고, 또 그 결과에서 만든 사람이 보이는 것은 참으로 흥미롭다.

그것은 작가만이 가진 정답과는 전혀 다른 해석일지도 모른다. 그래서 보는 사람은 자신의 심미안에 대한 의심과 불안 때문에 끝내 이렇게 말한다. 내 눈에는 그렇게 보이니까 그럼 됐어, 라고.

"연산을 마쳤습니다."

손목 밴드에 연결된 외부 스피커에서 므네모시네의 목소리가 흘러나왔다.

다카히로도 소리 내어 명령한다.

"출력 지정, 테살리아 호텔 507호실 내 B 단자. 자료실에서 대출한 단말기야."

"알겠습니다. 자료실 사양으로 변환하여 출력하겠습니다."

네 사람 앞에 놓인 CRT 모니터에 얼굴이 나타났다. 생기가 없는 멍한 얼굴이었다. 마치 인형 같은 표정이라고 생각하면서 다카히로는 쓴웃음을 지었다.

"저게 뭡니까?"

카밀로가 물었다.

"두 분이 표시해둔 도판에 므네모시네가 수치적으로 선별한 인형의 유사품을 얹어 몽타주로 만든 겁니다. 여기에 인형 얼굴을 비중을 높여 입혀보겠습니다."

다카히로는 머릿속에서 여신에게 지시했다. 바뀐 몽타주는 별로 차이가 없었다.

"어떻습니까?"

"그 애는 좀 더 무생물처럼 보여요."

갈피를 못 잡는 남편과는 달리 적응이 빠른 루이자가 대답했다. 다카히로는 또 한 명의 학예사에게 대답을 유도한다.

"어떤 게 좋아요?"

셀리는 순간 당황하더니 작은 목소리로 응수했다.

"폴 델보°……. 그가 그린 초현실적인 나부裸婦 그림 중에 두 분이 선택할 만한 게 있을지도 모르겠어요."

직접 접속 학예사는 므네모시네에게 인형과 폴 델보의 유사성을 찾아낸 뒤 일치도가 높은 순으로 10장의 그림을 분할해서 표시하게 했다. 부부가 그 안에서 네 장을 고르자 여신은 이미 몽타주에 반영한 그 그림들의 중요도를 약간 높였다.

부부는 아직 납득하지 못한 얼굴이었다. 당연하다. 오로지 그 인형만을 향한 마음은 유사품 따위에 속지 않을 테니까.

다카히로는 두 사람이 생각하는 데 방해가 되지 않도록

● 벨기에의 초현실주의 화가.

조심스럽게 덧붙였다.

　"편하게 지시를 내리시면 됩니다. 므네모시네는 감정이 없어요. 얼굴학자와 마찬가지로 데이터를 분석할 뿐이죠. 두 분의 의향을 반영하는 것이 중요하니 이 작업은 두 분께 전적으로 맡기겠습니다. 인형을 싫어하는 매정한 여신과 각축을 벌인다는 마음으로 물고 늘어지셔야 합니다."

　"이게 끝나면 제목을 추출하는 거죠?"

　카밀로가 자신 없는 목소리로 물었다.

　"그럴 생각입니다. 인형의 이름은 잃어버렸지만, 몽타주에 사용한 사진이나 조각이나 그림에는 제목이 남아 있습니다. 작가가 인물의 표정에 표현해놓은 것이 제목에 어느 정도 나타나 있지 않을까 하는 게 제 생각입니다."

　"이제 조금 알 것 같아요." 루이자가 말했다. "우리는 그 인형을 보고 싶은 대로만 봐왔던 건지도 몰라요. 지난날에 대한 마음의 짐이 그 불가사의한 표정을 이름을 잃은 슬픔으로 보이게 했던 거죠. 우리에게 중요한 것은 '하나의 인형'이 아니라 '바로 그 소년 인형'을 이해하고 사랑해주는 거예요. 물론 이름을 찾아준다면 그 영성에 의해 아이는 자신을 되찾겠지만, 그게 안 된다면 그 표정의 이유를 알아내 아이의 마음을 이해해줘야 하겠죠. 이런 뜻이죠?"

네, 하고 대답하려던 찰나 다카히로는 움직임을 멈췄다.

므네모시네가 연산 작업 도중에 분석실에서 보낸 호출 메시지를 전했다.

—메시지가 도착했습니다. 발신자, 분석실 실장 칼 오펜바흐.

"셸리, 잠깐 이것 좀 부탁해요. 단말기에서 므네모시네를 조작할 수 있도록 해놓을 테니까."

큰 눈이 더 이상 커질 수 없을 정도로 휘둥그레졌다. 입은 당장이라도 '저는 못 해요'라고 외칠 것 같은 모양새다.

"괜찮아요. 자료실에서 단련된 당신 실력은 므네모시네의 이미지 검색에 결코 밀리지 않으니까. 아까도 델보를 바로 골라냈잖아요. 그리고 일반적인 검색 작업은 나보다 훨씬 나아요."

—므네모시네, 칼에게 연결해줘.

다카히로의 귓속에 익숙한 분석실 실장의 탁한 목소리가 울렸다.

—천의 오염 분석 결과가 나왔어. 오래 기다렸지? 듣고 싶어?

—약 올리지 마. 이쪽은 점입가경이니까.

실장은 그 말에 바로 전문가다운 진지함을 되찾았다.

—목덜미에서 흘린 음식물 흔적이 나왔어. 비스킷이랑 우유 같아. 오래된 데다 이미 세탁을 한 상태라 분리하느라 애 좀 먹었지. 타액 성분도 아주 미미하지만 포함돼 있어.

—그래? 그럼 누가 입던 옷으로 만든 건가?

—시기를 측정해봤더니 인형과 거의 같은 연대로 나왔어. 나중에 묻은 건 아닌 것 같아.

—실제로 누군가 입었던 옷에, 이름표까지······.

—맞아. 아무래도 그 인형은 실재 아이를 모델로 해서 만들어진 것 같아. 별로 듣고 싶지 않은 결과겠지만.

칼은 다카히로의 마음을 아는 듯했다. 실재 아이를 이름표까지 달린 인형으로 제작해 대량으로 생산할 만한 동기는 그리 많지 않을 것 같다.

출생 기념으로 만들었다면 신생아의 모습이 아닌 게 부자연스럽다. 파티의 답례품이라고 보기에도 표정이 어울리지 않는다. 더구나 헌 옷으로 만든 셔츠를 입혔다는 데서 축하의 마음보다는 추억에 대한 집착이 엿보인다. 할머니가 손자의 이름을 기억하기 위해 만들었다? 아니, 그럼 대량생산할 까닭이 없다.

결국 칼의 말대로 별로 듣고 싶지 않은 결과인 것이다.

이 아이를 기억해줘, 라고 죽은 아이의 인형을 나눠주는 부모는 동정할지언정 행위 자체는 악취미의 극치가 아닌가. 몬테시노스 부부가 인형에게서 슬픈 감정을 이끌어낸 것도 어쩌면 지극히 당연한 결과다.

—타액 DNA 분석은 필요 없지?

칼이 못을 박는다.

—필요 없어. 분석해봤자 그 시대의 일반인을 특정할 수도 없을 테고.

—알았어. 두 분한테는 잘 전달해. 무슨 일 있으면 연락하고.

"이 정도면 될까요?"

다카히로가 칼과 교신을 끊자마자 셸리가 세 사람을 둘러보며 말했다.

모니터에 비친 얼굴은 아까와는 미묘하게 달라져 있었다. 부부는 체념한 듯 힘없이 고개를 끄덕였다.

죽은 아이의 인형일 거라는 사실을 차마 알릴 수 없었던 다카히로는 반사적으로 일을 진행시켜버렸다.

"그럼 제목을 가지고 피라미드 해석을 해보겠습니다."

"피라미드 해석?" 동료는 의심스러운 듯 물었다. "그런 거 처음 들어봐요. 이것도 직접 접속자만의 특권적 수단인가요?"

"'저만의' 방법이라고 해야겠죠? 우선 검토 대상의 문장이나 구절을 므네모시네에게 전달한 다음 지금까지 학습해온 데이터를 바탕으로 그와 관련이 있는 새로운 단어를 몇 개 추출하게 해요. 그걸 몇 번 반복해서 단어의 양을 기하급수적으로 늘린 다음 이번에는 다시 집합적으로 좁혀나가는 거죠. 의미를 일단 피라미드의 저변처럼 넓혀놓는 이유는 문장의 표층뿐만 아니라 비유나 상징을 밝혀내기 위해서예요. 원래 단어로 돌아가는 일은 거의 없고, 잘하면 생각지도 못한 진상이 드러나기도 하죠. 므네모시네를 처음 사용하기 시작했을 때 고안해낸 방법인데, 실제로 적용해보는 날이 올 줄은 몰랐네요."

셸리는 처음으로 다카히로를 감탄의 눈으로 바라봤다.

"분해한 뒤 체계적으로 피라미드를 재구축하면 널방°의 위치도 갓돌°°의 정확한 모양도 밝혀진다, 이런 말이군요."

"그랬으면 좋겠는데. 이번에는 최초의 문장이 너무 많

° 시체가 안치돼 있는 무덤 속 묘실.
°° 피라미드 꼭대기 부분에 놓는 돌로, 캡스톤이라고도 부른다.

아서 유일한 갓돌을 찾으려면 아무리 여신이라도 꽤 애를 먹을 거예요. 자, 그럼 시작해볼까요?"

다카히로는 므네모시네에게 명령을 내리면서도 마음은 붕 떠 있었다.

바라건대 최종적으로 부부가 납득할 만한 문장이 나오기를. 수수께끼 같은 표정의 비밀이 풀리고 기쁨 속에서 인형의 정체를 묻어둔 채 막이 내리기를.

"연산을 마쳤습니다. 확산 방향 5층에서는 말뜻을 좁힐 수 없었습니다."

잠시 후 므네모시네가 말했다.

"그럼 7층까지 넓혀줘."

"알겠습니다. 확산 방향 7층에서 연산을 재개합니다."

방 안이 조용해졌다.

정적이 흐르는 가운데 다카히로의 머릿속에서 이 아이는 누구, 이 아이는 누구, 하는 말이 메아리쳤다.

이 아이의 이름은 뭘까? 왜 이런 표정을 짓고 있지? 이름이 없어서 슬프니? 살아 있지 않아서 슬픈 거니?

"연산을 마쳤습니다. 해석 결과, 첫 번째 단어는 '표류'입니다."

"표류." 셸리가 멍하니 되뇌었다. "정처 없이 떠돌다니는 것? 방랑자를 말하나?"

다카히로는 눈을 감았다. 눈을 감은 채 천장을 올려다보며 아, 하고 신음했다.

"표류. 죽은 사람이 아닐 수도 있어. 그 강아지들처럼. 나는 강아지 털이 묻은 담요 다섯 장을 오랫동안 집 앞에 뒀었어. 길에서 잘 보이는 곳에 펼쳐놓고 누군가 소식을 전하러 와주길 기다렸어……."

"다시로 씨, 왜 그래요?"

루이자가 물었지만 다카히로는 대답하지 않고 눈을 번쩍 뜨며 여신에게 명령했다.

"므네모시네, 칼 오펜바흐를 연결해줘. 타액 DNA 분석을 부탁하고 싶어."

세 사람은 그의 서슬에 눌려 말없이 지켜볼 수밖에 없었다.

"미아였다니……."

다카히로에게서 커피를 받아 들며 네네는 고개를 내저었다.

"옛날에는 아이가 행방불명되는 일이 많았다고 하더라. 우유 팩에 실종된 아이의 사진을 인쇄해 넣기도 했다던데. 아이와 꼭 닮은 인형을 만들어서 아이를 찾으려고 했다니, 그 슬픔이 얼마나 깊었을지…….”

다카히로는 쓴 액체를 한 모금 홀짝이면서 바람이 스쳐 가는 벤치에 걸터앉았다.

“아이가 입던 속옷을 인형에 꿰매 붙인 건 신원 파악에 필요한 DNA를 제공하기 위해서였어요. 지금처럼 신청만 하면 자기 유전자 데이터를 수치로 받을 수 있는 시대가 아니었으니까.”

“그래서 일부러 지저분한 속옷으로 만들었다는 거군. 가발을 씌운 이유도 이제 알겠네. 아마 만들었을 당시에는 아이의 머리카락이 어느 정도 섞여 있었을 거야. 빗이나 방에서 찾아 모은 걸 같이 심었겠지.”

“아마 그랬을 거예요. 인모人毛는 손상이 빠르니까.”

“그래서, 국제경찰 기록에는 어떻게 나와 있었어?”

네네는 옆에 앉은 다카히로를 돌아보며 물었다.

“실종자 목록에서 인형을 쏙 빼닮은 아이는 금방 찾을 수 있었어요. 하지만 아이 행방은 끝내 알 수 없었다고 해요.”

불쌍하게도, 하고 네네가 중얼거린다.

다카히로는 방금 이 결과를 부부에게 전달하고 온 참이

었다.

루이자는 분석실에서 돌아온 인형을 소중하게 쓰다듬으며 감회에 젖어 말했다.

"이제 와서 드는 생각이지만, 우리가 이 아이의 표정이 낯익었던 이유는 학창 시절에 들었던 복안술 수업 때문이었던 것 같아요."

옆에서 인형의 얼굴을 들여다보며 카밀로도 동의했다.

"교수님이 늘 말씀하셨어요. 살을 붙일 때는 감정을 배제하라고. 하지만 아직 뼈를 다루는 작업이 익숙하지 않은 학생들은 거기서 죽음의 그림자를 느끼고 그만 슬픈 얼굴을 만들고 맙니다. 이러면 안 된다고 정신을 차리고 다시 만들면 이번에는 묘하게 웃는 얼굴이 돼버리죠."

"얼굴학자가 왜 이 인형을 싫어했는지도 이제는 이해가 가요. 그분은 이 얼굴에서 학생들이 만든 어설픈 복안상의 인상을 받았던 거예요. 그리고 불친절한 태도를 보였던 것은 학생들과 마찬가지로 감정이 과잉된 우리를 어떻게 대해야 할지 몰라 난감했기 때문이겠죠."

남편은 아내의 어깨를 가볍게 토닥였다.

"우리는 또다시 개체 식별이 아니라 종의 분류를 해버리고 말았어요. 죽음을 의식하지 않으려고 만든 이 인형은 복안상과 같은 종이었던 겁니다."

다카히로는 넌지시 말했다.

"국제경찰에 문의한 결과 아이의 이름이 판명됐습니다. 하지만 이름을 알려면 아이의 불행한 삶을 구체적인 형태로 떠안을 각오가 필요합니다. 어떻게 하시겠습니까?"

부부는 망설임 없이 대답했다.

"이름을 알고 싶어요."

"저는 아내와 함께 이 아이의 가족을 찾을 생각입니다. 만약 그들이 이름을 기억하고 있다면 이 아이를 가족의 품으로 돌려보내겠습니다. 분명 따뜻하게 맞아줄 겁니다."

"만약 기억하지 못한다면 우리가 곁에 두고 사랑해줄 거예요. 머리를 쓰다듬어주고, 손을 잡아주고, 아침저녁으로 이름을 불러주면서."

네네는 그 이야기를 가만히 듣고 있었다. 다카히로는 옆에서 커피를 한 모금 더 마셨다.

그는 여전히 인형을 사랑하는 것에 대해 잘 이해하지 못한다.

아무리 부부가 인형을 사랑해줘도 죽은 아이의 영혼은 구원할 수 없다. 구원할 수 있다고 생각하는 것은 그렇게 믿고 싶은 살아 있는 인간의 이기심일 뿐이다.

하지만 적어도 만든 이의 영혼은 구원한 것이 아닐까. 낳고, 이름을 지어주고, 그 이름에 이런저런 소망을 담았던 부모의 마음만은…….

"아, 또 왔네, 저 개."

고개를 들자, 바람을 맞으며 소녀와 보르조이가 종종걸음으로 다가오는 것이 보였다.

다카히로는 플라스틱 컵을 벤치에 놓고 홀쩍 일어선다.

"안녕?"

그는 소녀에게 다가가 웃음을 지었다.

"개가 참 귀엽구나. 이름이 뭐야?"

Ⅲ
여름에
내리는 눈

"피리 독주회에 왜 아폴론이 끼는 겁니까?"

일찌감치 발을 빼려는 다시로 다카히로에게 허수아비는 짧게 대답했다.

"일단 앉게."

다카히로는 불편한 소파에 털썩 앉으며 크게 한숨을 내쉬었다.

그도 아는 것이다. 박물관 행성 아프로디테의 허수아비 관장 에이브러햄 콜린스가 의자를 권할 때는 이제 무슨 수를 써도 빠져나갈 수 없다는 것을.

"그냥 피리가 아니라고. 재패니즈 뱀부 플루트야."

에이브러햄은 비쩍 마른 몸에 어울리지 않는 둥근 얼굴에 미소를 띠며 말했다.

"그래서요? 뮤즈에도 일본인이 있잖습니까. 게다가 그쪽은 한낱 심부름꾼인 저와 달리 일본 전통음악 전문가라고요."

"늘 그렇지만 사람이 참 냉정해. 미와코는 자네가 이 일을 담당할지도 모른다니까 무척 기뻐하던데."

다카히로는 기운이 빠져 천장을 올려다봤다.

"관장님 때문이었군요. 어젯밤에 집에 갔더니 집 안이 완전히 포목점이 돼 있더니만."

허수아비는 가느다란 목에서 수박 통 같은 머리가 굴러 떨어지지나 않을까 싶게 껄껄 웃는다.

"자네 아내는 기모노를 입고 올 작정인가 보군. 파티 좋아하는 건 여전하네. 아니, 자네 때문에 연락했는데, 아끼던 비서 얼굴을 보니까 그만 말이 많아졌지 뭐야. 일단 내가 직접 얘기하겠다고 일러두긴 했는데, 그런 식으로 다 티가 나버렸구먼. 하하, 역시 미와코다워."

"관장님." 다카히로는 그칠 줄 모르는 상사의 멍청한 웃음을 가로막았다. "저는 미와코가 아니라 일 얘기를 하러 온 겁니다."

허수아비는 얼른 입을 다물고 고개를 끄덕거렸다.

"그렇지, 우선 독주회 기획서를 보여줘야지. 원문은 일본어로 돼 있어. 벽면에 투영할까?"

"아니요, 어차피 받아야 하니까 전송해주세요."

다카히로는 왼팔 손목 밴드에서 얇은 필름을 꺼냈다.

─므네모시네, 접속 개시. 관장님이 전송하는 정보를 출력해줘. 출력처는 F 모니터.

─알겠습니다.

므네모시네의 응답이 곧바로 필름에 출력된다. 그의 두뇌와 연결된 아폴론 전용 데이터베이스 컴퓨터는 비접속자인 에이브러햄의 느린 키보드 조작을 묵묵히 기다렸다가 일련의 문자를 단숨에 쏟아냈다.

기획서를 읽으며 다카히로는 오랜만에 자신의 몸속에 일본인의 피가 흐르고 있음을 자각했다.

"단순한 독주회가 아니라 습명襲名°을 알리는 피로연이군. 광고 회사가 기획한 이벤트까지, 굉장하네. 피리 명인 15대 호샤 게이쇼. 아아, 아직 어려서 그렇군. 열여섯 살이면 광고 회사가 일본 전통음악계의 아이돌 운운하며 홍보할 만도 하지."

● 선대의 이름을 계승하여 이어가는 일로, 주로 실제 이름보다는 칭호나 예명을 물려받는다.

"그래서 말인데……."

허수아비는 똑같은 표정으로 닭발 같은 손가락을 꾸물꾸물 움직여 다른 쪽으로 깍지를 낀다.

"실은 공연기획자와 게이쇼의 매니저가 벌써 와서 6층에서 책임자를 기다리고 있어."

고개를 든 다카히로는 에이브러햄의 표정에서 이상한 낌새를 느끼고 조심조심 물었다.

"책임자라니요?"

"자네."

"저요? 이렇게 갑자기요? 독주회는 사흘 후잖아요."

다카히로가 몸을 기울여 가까이 다가가자, 에이브러햄은 웃음만 남겨두고 뒤로 쑥 물러났다.

"부탁해."

상사는 아기처럼 해맑은 얼굴로 싱글싱글 웃는다.

"책임자라고 해도 이름뿐이야. 전부 공연기획자가 알아서 할 걸세. 우리는 그냥 장소만 빌려주면 돼. 기본적인 사항은 내가 다 처리해뒀어. 암만 그래도 현장에까지 내가 나가는 건 좀 그렇잖아?"

"그렇다면 뮤즈에서 하면 되겠네요."

에이브러햄은 순간 미안한 표정을 지었다.

"일단 좀 더 읽어보게."

이제 고국의 말을 그리워하고 있을 여유는 없었다.

자료를 읽고 안 사실은 이번 공연이 데메테르의 일본 정원에서 열린다는 것, 게이쇼가 가진 피리가 이름난 명기라는 것, 호샤 가문에서 공연에 대한 사례로 유서 깊은 기모노 컬렉션을 아프로디테에 기증하기로 약속했다는 것이었다.

데메테르를 끌어다놓고 뭐? 장소만 빌려주면 된다고? 게다가 유명한 피리에 기모노까지 등판했는데 아테나가 가만있을 턱이 없다. 결국 세 부서가 나란히 모이고 그 이권 다툼을 정리하는 데 아폴론이 필요해진 셈이다.

빌어먹을, 골치 아픈 실무를 나한테 떠넘길 속셈이군.

다카히로는 속으로 욕을 퍼부으면서 이마를 긁적이다가 순간 멈칫했다.

"뭐죠, 이 묘한 홍보 문구는?"

에이브러햄은 여전히 미소를 지으며 책임 회피를 위한 무심한 태도를 고수하고 있었다.

"적힌 그대로야. 선대 당주도 피로연에서 했대."

"3대 게이키인가 하는 은거명隱居名을 쓰는 조부도 게이쇼 습명 피로연에서 이걸 했다고요?"

다카히로는 의아한 듯이 눈썹을 실그러뜨린다.

"여름에 눈을 내리게 하는 기적을?"

"실은 눈이 내리질 않아서 애를 먹고 있습니다."

아폴론 청사 내 전시 준비실에 요란하게 일본어가 울려 퍼진다. 공연기획자인 오다쿠라는 연극을 하듯 과장된 몸짓으로 어깨를 두드렸다.

"뭐, 진짜 눈은 아니고 홀로그램입니다만. '회설回雪'이라는 이름의 여름 기모노가 있는데, 그걸 향해 게이쇼가 '경설勁雪'이라고 불리는 피리를 불면 눈이 팔랑팔랑 흩날리는 식이죠. 그런데 그게 잘 안 되고 있어요."

홀로그램의 기적이라니! 무슨 변두리 유원지도 아니고. 어처구니없다는 말은 이럴 때 쓰는 것이렷다.

다카히로는 홀리듯 무심하게 대답했다.

"장치가 고장 났다면 수리 기사를 부르겠습니다."

오다쿠라는 희끗희끗한 장발을 마구 흐트러뜨린다.

"사실 저도 뭐가 뭔지 잘 모르겠습니다. 집안의 비밀스러운 기예라는데……. 영상이나 기록도 안 남아 있다고 하고, 아무튼 무척 조심하는 분위기예요. 하지만 우리도 일은 진행시켜야 하니까 아키라 군에게 사정사정해서 조금 전에 겨우 리허설을 했어요. 그런데 칼바람처럼 매서운 소리를 내도 눈발 하나 안 날리는 겁니다. 아키라 씨도 모르겠다고만 하고. 공연의 하이라이트인데, 이래서는 아키라 씨 말대로 기적이라는 홍보 문구를 빼고 평범하게 가야 할 판이에요."

남자는 비듬이 소복이 내려앉은 어깨를 비실비실 웅크렸다.

"아키라 씨라고 했나요? 같이 오신 매니저 성함이……."

"네. 아, 마침 납셨네."

다카히로의 등 뒤에서 문이 슥 열렸다.

"늦어서 죄송합니다. 기모노 컬렉션에도 약간의 차질이 생겨서요."

들어온 남자는 생각보다 젊었다. 기껏해야 스무 살쯤 됐을까. 잘생긴 가부키 인형을 좀 더 용맹스럽게 만들어놓은 듯한 얼굴이라고 다카히로는 청년의 하얀 얼굴을 보면서 생각했다.

연회색 벽에 대비돼 짙은 색 기모노가 한층 돋보인다. 검은색에 가까운 남색과 짙은 갈색 잔무늬가 들어간 기모노. 분명 진흙을 이용해 염색하는 도로조메 오시마인가 하는 고급 명주로 지은 기모노다. 다카히로는 일본 전통 의상에 대해 잘 모르지만 미와코가 자랑스럽게 펼쳐놓은 것을 어깨너머로 본 적이 있었다.

잘 지은 기모노는 청년으로부터 형용할 수 없는 긴장감을 끌어내고 있었다. 딱 바라진 어깨에서부터 직선으로 떨어지는 소매. 옷깃을 따라 살짝 엿보이는 흰색 속옷. 호리호리한 몸통에는 아무것도 덧대지 않았는지, 배에 두른 띠를 기어 올라오지 못하도록 양쪽 엄지손가락으로 누르고 있다.

청년이 고개를 숙이자 옆으로 넘긴 앞머리가 스르륵 흘러내렸다.

"인사가 늦었습니다. 15대 게이쇼의 형인 하시즈메 아키라라고 합니다."

형이라고? 일본의 전통 예능계는 대부분 세습제인데, 형을 두고 왜 동생이 뒤를 잇지?

눈을 끔뻑거리는 다카히로에게 아키라는 엷은 웃음을 지어 보였다.

"저도 게이하쿠라는 예명으로 피리를 붑니다만, 할아버지가 동생이 더 뛰어나다고 말씀하셔서요."

입은 웃고 있지만 면도날로 그어놓은 듯이 길게 찢어진 눈은 조금도 웃고 있지 않았다.

─므네모시네, 접속 개시.

다카히로는 얼른 호샤 가문의 자료를 요청하고 나중에 읽겠다고 덧붙였다.

"지금 오다쿠라 씨에게 들었는데, 홀로그램이 잘 안 된다고요?"

"난감한 상황입니다."

그는 슬쩍 시선을 피했다.

"고장 아닙니까?"

"글쎄요, 저는 계승자가 아니라서 눈의 기적에 관해서는 잘 모릅니다. 할아버지 지시대로 전시용 기모노와 공연에 필요한 도구들만 챙겨 왔을 뿐입니다."

"괜찮다면 저희 쪽에서 한번 알아보겠습니다."

"아니, 저 혼자 결정할 수 있는 일이 아니라서요. 할아버지 허락이 있어야 하는데, 지금 동생과 함께 산에 들어가 계셔서……."

"산에요?"

다카히로가 되묻자, 오다쿠라가 사정을 아는 듯 넉살 좋게 끼어들었다.

"특훈인 셈이죠. 작은 선생님은 야외에서 연주한 경험이 별로 없다고 하더군요."

"혹시 연락이 안 되나요?"

"네. 하루에 한 번은 집으로 연락이 온다고 하는데, 지금 이곳 시간이…… 오후 2시인가요?"

아키라는 배에 두른 띠 안쪽에서 회중시계를 꺼냈다. 칠보를 입힌 일본 전통 의상용 시계지만 세계 시간도 표시되는 모양이다. 남자치고는 가느다란 손가락이 살짝 움직여 아프로디테에서 쓰는 그리니치 표준시를 지우고 일본 시간을 불러냈다.

"오늘은 안 되겠군요. 일본 시간으로 밤 10시쯤에 항상 연락하신다고 하니까, 오늘은 시간이 이미 지나버렸네요."

아주 담박하게 말한다.

독주회를 코앞에 두고 이벤트의 성패가 달린 문제가 일어난 이상, 책임자로서 손 놓고 있을 수만은 없다. 다카히로는 가능한 한 성의 있어 보이도록 턱을 바짝 당기며 말했다.

"그래도 일단 조사를 해봐야지 않겠습니까? 피리는 조심해서 다룰 테니 그 부분은 염려하지 마시고요. 분석실 직원들은 전부 아테나 소속 미술품 전문가들입니다. 함부로 다루는 일은 없을 겁니다."

"음, 그렇군요. 그럼 부탁 좀 드리겠습니다. 저로서도 눈의 기적을 취소한다는 건 마음 아픈 일이니까요."

"말은 잘하시네."

작지만 가시 돋친 오다쿠라의 목소리. 다카히로는 깜짝 놀라 두 사람을 번갈아 쳐다봤다.

오다쿠라의 입은 아니꼬운 듯 삐죽거렸고, 그 말을 들은 아키라의 눈에는 차가운 불꽃이 일었다.

이 둘 사이에 무슨 일이 있었는지 궁금하지만 괜히 끼어들었다간 힘들어질 게 뻔하다. 다카히로는 서둘러 화제를 바꿨다.

"그런데 게이쇼는 언제 이쪽으로 오십니까?"

그게 말입니다, 하고 또 오다쿠라가 비듬을 흩뿌리며 말한다.

"당일 아침에 오신다지 뭡니까. 이러다가 리허설도 못 하게 생겼어요."

아키라는 대놓고 비난하는 공연기획자를 눈을 희뜩이며 노려봤다.

"오다쿠라 씨, 전에도 말했지만 우리는 리허설 같은 건 원래 하지 않습니다. 그렇게 걱정되시면 마술쇼 같은 이벤트는 깨끗하게 접고 무대를 담백하게 연출해보시는 게 어떻겠습니까? 그러는 편이 연주회의 격도 올라갈 텐데요."

비위에 거슬렸는지 오다쿠라의 태도가 표변했다. 녹록잖은 상대는 아닌 것 같았다.

"격이라고요. 이래 봬도 저는 전통이라는 이름으로 겨우 명맥만 이어가는 일본 음악계에 도움이 돼드리고자 애쓰는 사람입니다. 그리고 당신이 뭐라고 해도 이미 큰 선생님과 작은 선생님이 다 수긍한 일입니다."

아키라는 눈을 내리깔고 훗 하고 웃었다.

"아하, 그러셨군요."

"그럼 다시로 씨, 경설과 회설은 저기 오동나무 상자에 들어 있으니 잘 좀 봐주십시오. 의항衣桁●도 함께 챙겨 가시면 편할 겁니다."

"카트를 준비하는 게 좋겠군요."

다카히로가 그렇게 대답했을 때, 등 뒤에서 아키라가 획 옷자락을 날리며 방을 나갔다.

책상과 의자와 소파밖에 없는 직접 접속자 전용 개인 사무실에서 다카히로는 커피와 함께 남은 샌드위치를 입 안에 욱여넣었다. 데메테르의 이동식 매점까지 가서 사온 신선한 채소 샌드위치. 분석실에 기모노를 가져다주고 겨우 챙겨 먹는 늦은 점심이다. 거의 씹지도 않고 삼켜버

● 세워두는 형식의 옷걸이로, 기모노를 펼쳐서 걸어둘 수 있다.

린 뒤, 자료를 보면서 먹기에는 과분한 음식이었다고 그는 생각한다.

문자가 나열된 F 모니터를 손으로 터치해 끄고 크게 기지개를 켠다.

"빌어먹을 허수아비 자식, 어쩌면 이렇게 매번 보람 있는 일을 주시는지."

오다쿠라의 말을 떠올리자 또다시 탄식이 흘러나왔다. 그는 아키라가 방을 나가자 폐를 통째로 토해낼 듯이 한숨을 내뱉었던 것이다.

"겉 좋아하시네. 말만 번드르르해선. 누가 봐도 동생을 싫어하는 티가 팍팍 나는데. 다시로 씨, 잘 알아봐주세요. 눈 내리는 게 잘 안 되는 것도 저 기생오라비 같은 녀석의 농간일지 모르니까."

다카히로는 처세술만으로 세상을 살아온 듯한 이 남자의 말을 곧이곧대로 믿지는 않았다. 그러나 최악의 사태에 대비해둬서 나쁠 것은 없다.

사실 아키라의 길게 째진 눈과 냉철한 목소리에서 눈의 기적을 달가워하지 않는다는 것은 충분히 짐작할 수 있었다. 게다가 호샤 가문의 명예가 걸린 무대를 준비하는 그가 눈의 기적을 연출하는 일에 전혀 아는 바가 없다는 것은 이상하지 않은가.

다카히로는 화면으로 눈을 돌려 관장이 차마 건네지 못한 중요한 자료를 다시 열었다. 이걸 보니 에이브러햄이 꽁무니를 뺀 이유를 알 것 같았다. 세계 최대의 인물 데이터베이스 롤콜에 있는 호샤 가문의 사정은 이렇다.

14대 게이쇼, 즉 아키라 형제의 조부는 일본 전통음악계에서 피리 명인으로 이름을 떨치는 한편 독주자로서 전위적인 세션에도 참여하는 등 유연한 예풍을 자랑해왔다. 하지만 고령인 데다 작년에 교통사고로 손을 다쳐 손상된 부위에 인공 조직을 이식했고, 일상생활에는 지장이 없지만 일반인은 알 수 없는 예술상의 문제가 있는 듯 게이키로 개명하고 자문 역으로 물러나게 됐다.

당연히 아키라도 어려서부터 할아버지와 아버지의 가르침을 받았고 게이하쿠라는 예명으로 활동하며 뛰어난 기교를 발휘해왔다. 그러나 정성을 다해 가르쳐줬던 아버지가 15대 게이쇼를 이어받지 못한 채 타계하자, 정기 연주회에서도 왠지 모르게 차츰 밀려나다가 결국 1년 정도 전에 유파의 이사 겸 사무국장으로 취임하면서 연주자로서의 길을 접고 관리와 운영에 전념하게 됐다.

한편 15대 게이쇼를 이어받게 된 동생은 열여섯 살의

나이를 감안하면 당연한 이야기지만 이렇다 할 공적이 없었다. 연주가 거칠고 유치해서 아직 미지수라는 신랄한 비평도 받고 있었다.

왜 뛰어난 형이 무대 뒤로 밀려나고 미숙한 동생이 후계자가 됐을까. 조부의 편애일까, 집안에 어떤 불화가 있는 것일까.

"아무리 아폴론이라도 집안 문제에까지 개입할 순 없지."

푸념한 순간 귓속에서 가랑가랑한 소리가 희미하게 들렸다. 므네모시네가 이야기하고 싶어 하는 것이다.

다카히로는 긴장이 탁 풀렸다. 므네모시네의 신중함이 고맙고 흐뭇했던 것이다. 그녀는 데이터베이스 컴퓨터일 뿐이지만 다카히로가 깊은 고뇌에 빠져 뇌내 전위電位가 올라가 있을 때는 부드러운 목소리로 먼저 양해를 구한다. 이기적인 인간들과는 한참 다르다. 미와코도 이렇게 조금만…… 아니, 아니다. 몸이 없는 여신과 비교하는 것은 관두자.

"괜찮아, 므네모시네. 접속 개시. 용건은?"

─메시지가 도착했습니다. 발신자, 분석실 실장 칼 오펜바흐.

"음성으로 출력해줘."

─알겠습니다. "결과 나왔다, 꼬마야." 이상입니다.

음성 출력의 경우, 므네모시네는 특별한 지시가 없는 한 발신자의 목소리를 그대로 내보낸다. 칼의 나른한 말투에 다카히로는 쓴웃음을 지었다.

—회신해줘. "빠른데, 껑다리."

—이미 발신자로부터 회신이 이뤄진 경우에 대한 답변이 준비돼 있습니다.

"어, 뭐라고?"

—"서두르라고 재촉한 건 너잖아. 나보다 빠른 놈 있으면 데려와 봐. 밟아 뭉개주게."

이상입니다, 하고 므네모시네는 새침하게 말했다.

과학 분석실에서는 매일같이 책상을 두고 자리다툼이 벌어진다. 각 부서에서 보내온 샘플들이 인접한 책상 위를 침범하고, 분석 기기에서 뻗어 나온 코드들은 경계선을 이루며 자유분방하게 꿈틀거리고 있다. 침략당한 쪽은 문서 다발로 방어하거나 기기 사용 대기 리스트에 몰래 꼼수를 부린다.

이 자리다툼은 결코 음험한 것이 아니라, 오히려 치기 어린 유희에 가깝다. 분석실 분위기는 언제나 가족적이고 화기애애하다. 이 바람직한 환경은 따분한 연구에서 즐거움을 찾아내는 데 능한 실장 칼의 인품이 반영된 결과일 것이다.

다카히로가 분석실에 들어서자마자, 어수선한 선반 위로 갈색 곱슬머리가 쑥 올라왔다.

"어이, 꼬맹이! 여기야, 여기!"

터무니없이 큰 목소리. 입구 근처에서 도편陶片을 분석하고 있던 클라우디아 메르카틀라스가 킥킥 웃는다.

"다시로 씨는 완전히 실장님 장난감이네요. 그러다 인형처럼 품에 안겨 다니는 거 아닌가 몰라요."

"좋지. 무릎 위에 올려놓으면 아무리 땅꼬마라도 어퍼컷을 먹일 수 있겠는걸."

선반 위의 살아 있는 잘린 머리는 다카히로가 다가오는 것을 히죽거리면서 지켜보고 있었다.

칼 오펜바흐는 이 일에 아주 적격이다. 인품도 그렇지만 무엇보다 족히 2미터가 넘는 키는 빽빽이 늘어선 분석장치 위로 머리를 내밀기에 더없이 좋다. 동양인치고는 큰 편인 자신을 꼬맹이라고 놀리지만 않는다면 좀 더 높은 점수를 주고 싶다.

다카히로가 유난히 지저분한 그의 자리에 도착하자, 칼은 기다렸다는 듯이 왼손을 들어 손가락을 꼬무락거렸다.

"내 무릎 위에 앉아서 똥침을 한 방 먹고 싶다고?"

"그러다 네가 한 방 먹는 수가 있다." 다카히로는 험악한 얼굴을 하려고 했지만 잘되지 않아 그대로 웃어버렸다. "누구는 독주회 문제로 골머리를 앓고 있는데, 어쩜 이리도 무사태평한지."

성격 좋은 곱슬머리 독일인은 갑자기 진지한 얼굴을 했다.

"아무래도 그 이벤트는 취소해야 할 거 같아."

"역시 고장인 거야?"

"고장이고 뭐고, 일단 와봐."

다카히로는 꼭두각시처럼 휘적휘적 걷는 꺽다리의 뒤를 따라갔다.

미로의 벽 같은 파티션을 몇 개 돌아 들어가자, 돌연 눈부시게 하얀색이 눈앞에 나타났다. 의항에 활짝 펼쳐져 걸려 있는 것은 가로로 이랑이 진 순백의 기모노였다. 눈의 기적에 쓰인다는 회설은 섶까지 집게로 팽팽하게 고정된 채 초연하게 자태를 드러내놓고 있었다.

"와, 문양이 하나도 없네. 그야말로 설산이군."

"이미지가 딱 맞지?"

"무대에서도 이렇게 의항에 걸어놓는다고 하던데, 그럼

설산을 배경으로 서 있는 청순한 무희의 모습, 뭐 이런 걸 표현하려는 건가? 회설은 원래 '바람에 흩날리는 눈'을 뜻하지만, 그런 느낌으로 춤을 추는 모습을 비유적으로 표현할 때도 쓴다고 하니까."

"그렇구나!"

칼은 커다란 손바닥으로 이마를 탁 쳤다.

"그런 의미가 있었구나. 듣고 보니 확실히 펼쳐놓은 기모노는 산의 형상을 하고 있어. 전체상에까지 의미를 부여하다니, 일본의 미의식은 심오해."

깃을 산봉우리로 하는 이 산은 사제師弟 제도의 상하관계를 표현한 것인지도 모른다. 다카히로는 문득 아키라를 떠올렸다.

"그럼 경설에도 뭔가 심오한 의미가 있나, 아폴론 군?"

칼은 보라색 끈이 달린 통을 흔들어 보였다. 눈꽃 문양이 새겨진 칠기가 검게 빛나고 있었다. 그것은 그 유명한 피리가 들어 있는 집이었다. 아키라가 보면 졸도할 광경이다.

칼은 거미 다리처럼 기다란 손가락으로 그 안에서 경설을 꺼냈다. 끈으로 돌돌 감아서 만든 통통한 피리로 지공과 취구에는 붉은 도료가 입혀져 있었다.

다카히로는 솔직하게 고백하기로 했다.

"경설은 '단단해서 잘 녹지 않는 눈'이란 뜻이야. 그 이상은 나도 몰라. 원래 일본 전통음악에 무지한 데다, 다른 일로 바빠서 아직 공부를 못 했어."

"하는 수 없지. F 모니터나 꺼내봐."

칼은 히죽 웃으며 에우프로시네를 호출했다.

아테나의 데이터베이스 컴퓨터가 주인에게 즉답한다. 칼은 허리를 숙여 다카히로의 F 모니터를 가리켰다.

"피리의 종류는 노칸*. 대나무를 여덟 쪽으로 나눠 다시 연결해서 만들었고, 관 안에 별도의 죽관이 든 게 특징이야. 여기 보면 피리 머리에 해당하는 단면에도 피리 집에 있는 것과 똑같은 눈꽃 문양이 있는데, 이 문양에서 대개는 피리 이름이 유래해. 문양을 단순히 붙인 게 아니라 상감기법으로 박아 넣은 것도 노칸이라는 증거지. 뭐 별로 좋은 피리는 아니지만 말이지."

"뭐? 명기라고 들었는데?"

"음질에 대해선 네가 뮤즈에 한번 물어봐. 하지만 적어도 만듦새는 아니야. 몸통에 돌돌 감겨 있는 끈은 자작나

* 일본 전통 예능인 노가쿠에서 사용되는 피리.

무 껍질이 아니라 등나무 껍질이고, 덧칠한 옻도 질이 좋지 않아. 무엇보다 좋은 피리였다면 이런 장치를 달 생각도 안 했겠지."

네모난 손톱 끝이 피리의 머리에서 꼬리 부분으로 이동한다.

"여기가 문제의 홀로그램 발생 장치야. 노칸은 지공이 일곱 개인데, 이 끄트머리 측면에 구멍이 하나 더 있어. 여기서 마이크로파를 조사하는 거지."

"마이크로파? 홀로그램은 레이저로……."

"일반적으로는 그렇지. 근데 파동이 균일하고 규칙적이라면 엑스선이라도 상관없어. 백색광 같은 건 오히려 스펙클*이 생기지 않아서 좋아."

내 생각에는, 하고 칼은 과학자의 얼굴로 말을 이어간다.

"무대를 생각해서 일부러 레이저를 쓰지 않은 것 같아. 야외는 부유 먼지가 많아. 피리에서 광선이 나가는 게 보이면 흥이 깨져버리잖아. 게다가 연주 중에는 연주자의 몸이 많이 흔들려. 발광원이 흔들리면 홀로그램 상태도 좋지 않아. 아마 기모노에는 마이크로파를 받아서 내보낼 영상

---

* 레이더 영상에서 극초단파의 간섭에 의해 발생하는 산재된 반점.

이 여러 겹으로 준비돼 있을 거야. 그게 눈의 움직임이나 깊이를 만들어내겠지. 뭐, 확실한 건 제대로 간섭무늬가 새겨진 진짜 회설을 조사해봐야 알겠지만."

"진짜라니?" 다카히로는 눈을 껌뻑거렸다. "그럼, 지금 이 기모노가……?"

"가짜가 아니라면 기적이라는 것 자체가 있을 수 없다는 거지."

다카히로는 기모노를 바라보며 신음했다.

"이게 회설이 아니라니. 성기게 짜서 생긴 이 줄무늬가 마치 간섭무늬 같은데."

"꼬맹이, 기모노에서 산을 본 건 대단한데 전체적인 분위기에 너무 얽매이는 것도 곤란해. 홀로그램의 줄무늬 간격은 마이크로미터 단위야. 눈으로 볼 수 있는 게 아니라고. 에우프로시네의 직물 카탈로그에 따르면, 저건 그냥 거칠게 짠 여름 옷감이야. 빨리 트릭이 가득한 진짜를 찾는 게……."

칼은 입을 열려는 다카히로의 머리를 위에서 꾹 누르고 말을 이었다.

"네가 무슨 말을 하고 싶은지 알아. 물론 섬유 분석도 해봤지. 아무것도 없어. 그냥 비단이었어. 이건 피리와 달리 질은 좋지만. 왜 그래? 미안, 아팠어?"

다카히로는 고개를 숙인 채 머리를 가로저었다. 그는 단지 하얀 얼굴로 의미심장하게 눈을 뜨고 있는 아키라의 모습을 떠올렸을 뿐이었다.

"기적이고 뭐고, 처음부터 속였는지도 몰라."

"뭐라고?"

"신경 쓰지 마. 혼잣말이니까. 그런데 후사에 씨는 벌써 퇴근하셨어? 피리와 기모노를 주인에게 돌려주러 갈 생각인데 내가 므네모시네에게 배워서 개는 것보다 후사에 씨에게 부탁하는 게 나을 것 같아서."

일본 복식과 생활 공예품을 담당하는 부인의 이름을 말하자 칼의 턱이 툭 떨어졌다.

"뭐야, 너도 몰랐던 거야? 아주 급한 일이라고 하던데."

"무슨 일인데?"

"나도 이 기모노를 좀 봐달라고 하려고 그분을 찾았는데, 3시 출발편으로 지상 출장을 갔다는 거야. 관장이 급하게 보냈대."

"허수아비는 도대체 어디로 보낸 거야?"

칼은 다시 피리 집 끈을 손가락에 걸고 달랑달랑 흔들었다.

"이 피리 명인 집."

　아프로디테가 떠 있는 제3라그랑주점은 지구와 달 사이의 중력 균형점 중에서도 안정도가 낮은 곳이긴 하지만, 꼼꼼한 궤도 수정으로 위치 보전을 위한 바쁜 자전을 면하고 있었다. 따라서 소행성 뒤편에 펼쳐진 데메테르 관할 구역을 제외하면 학예사들의 일은 보통 지상 관례에 따라 오후 5시면 끝난다.

　그러나 일이 정시를 초과하는 것도 지상과 마찬가지였다.

　다카히로는 호텔로 돌아가는 관광객들 사이로 아폴론 전용 금색 카트를 몰고 있었다. 카트 짐칸에는 싸구려 피리와 가짜 기모노를, 마음에는 아키라에 대한 의문을 한 가득 싣고서.

　므네모시네가 후사에가 탄 왕복선에 빈 회선이 생겼다고 전해왔다. 다카히로는 안도의 한숨을 쉬었다. 후사에는 직접 접속자가 아니라서 아프로디테를 벗어나면 연락하기가 쉽지 않다.

　"왜? 무슨 일 있어?"

　허술한 방풍 유리에 끼워진 F 모니터에 반백의 파마머

리와 눈가에 주름이 자글자글한 동그란 얼굴이 나타났다. 고향은 모르지만 그녀의 독특한 일본어 억양은 어딘지 그리움을 불러일으키는 데가 있었다.

"다름이 아니라, 듣자 하니 그쪽에도 기모노가 잘못 도착했다면서요?"

"그랬지. 오늘 아침에 호샤가家에서 짐이 도착해서 팔을 걷어붙이고 첫 번째 상자를 열었는데, 글쎄 목록에 없는 기모노가 꽤 들어 있는 거야. 상자 개수로 봐서 수량은 맞는 것 같으니까, 그렇다면 필요한 게 안 온 건가 싶었지. 전시도 공연에 맞춰 열리잖아. 카탈로그랑 안내판도 이미 완성됐는데, 아주 식겁했다니까."

말은 그렇게 하지만 곤란한 기색은 조금도 느껴지지 않는다.

"그랬겠네요. 그래서 일부러 거기까지 가지러 가시는 거예요?"

"아니, 그때 마침 아키라 씨라는 분이 회설을 가지러 왔다고 들렀거든. 사정을 이야기했더니 아주 정중하게 사과하면서 자기 책임이라고 포장도 자기네 쪽에서 하고 집에도 연락해서 다시 준비해두겠다고 하더라고. 사죄의 뜻으로 국보급 노가쿠 의상도 특별히 빌려줄 테니 가서 마음에 드는 걸로 고르라지 뭐야? 사람이 아주 시원시원하더라고."

"그 사람, 어떤 기모노를 가지고 갔어요?"

"그것까지는 나도 못 봤어. 포장된 종이만 보고 쓱 가져가던데? 왜 회설에 무슨 문제라도 있어?"

다카히로는 간략하게 지금까지의 경위를 설명했다. 후사에는 어머나, 원, 저런, 하고 장단을 맞춰가며 들어줬다.

"정말 야단났네."

"아무래도 고의로 가짜 회설을 보낸 게 아닐까 싶어요. 그 사람은 눈의 기적을 달가워하지 않는 눈치였거든요. 혹시 전시용으로 보내온 것 중에 진짜 같은 건 없었어요?"

그녀는 깊게 주름진 바지런한 손을 가슴 앞에 모으고 미안한 표정을 짓는다.

"미안해. 절반 정도는 열었는데 목록하고 달라서 당황하는 바람에 제대로 보지 못했어. 그리고 아키라 씨가 보여주기 민망한 평범한 기모노도 섞여 있다면서 여는 족족 덮어버리더라고. 내일 중에 직접 정리해서 필요 없는 건 돌려보내겠다고 하던데……."

"행동이 수상한데요."

"듣고 보니까 굳이 그렇게 서둘러 돌려보낼 필요가 있나

싫네. 어쩌면 그 안에 진짜가 섞여 있었는지도 모르겠다."

만약 회설이 반송된다면 돌이킬 수 없다. 지구상에 도착하자마자 바로 되돌려 보낸다고 해도 공연 시간에 맞추기는 어렵다.

"저는 일단 아키라 씨한테 좀 가봐야겠어요. 지금 일본은…… 새벽 2시 반인가? 아직 연락할 만한 시간이 아니네. 후사에 씨, 미안한데요, 아침 일찍 호샤가에 연락해서 진짜 회설이 어떻게 생겼는지 물어봐주세요. 반송하려는 기모노 중에 있는지 확인해볼게요."

"그쯤이야 뭐. 어차피 28시간 이 안에 갇혀 있어야 하니까 남는 게 시간이야."

후사에는 그리고 말이야, 하고 고개를 한 번 끄덕이고 나서 다짐을 뒀다.

"무조건 조심해야 해. 어쨌든 집안 문제니까 밖으로 새어 나가서 좋을 게 없어."

"에이, 겁주지 마세요."

아무래도 일본인은 전통 예능이니 집안의 권위니 하는 것에 약한 것 같다. 다카히로는 후사에도 자신도 지나치게 몸을 사리고 있다는 것을 절감했다.

아키라는 호텔 방에 없었다. 같이 머물고 있는 오다쿠라에게 물어보니 뒤쪽 공원에 피리를 불러 갔다고 한다.

휑뎅그렁한 공원은 이미 짙은 남색으로 저물었다. 시원한 바람을 맞으며 걸어가자 멀리서 피리 소리가 들려왔다.

둥글게 비추는 가로등 불빛 아래 기모노를 입은 남자가 서 있었다.

아키라는 뭔가에 홀린 사람처럼 상체를 격렬하게 흔들며 피리를 불고 있었다. 마치 재즈 플루트 즉흥 연주 같다. 소리는 부드러우나 선율이 현란하다. 평론가가 아키라를 뛰어난 기교자라고 부른 것이 충분히 이해됐다.

기척을 느꼈는지, 아키라는 홀연 연주를 멈췄다. 노칸과 달리 대나무를 뚝 잘라 만들어놓은 듯한 희고 가느다란 전통 피리인 시노부에였다.

"대단하네요. 손가락이 어떻게 그렇게 빨리 움직일까. 지금 연주한 건 어떤 곡입니까?"

어려운 상대에게는 먼저 질문을 해본다는 것이 다카히로의 신조였다. 천하의 아프로디테 학예사에게 뭔가를 설명해준다는 것은 꽤 기분 좋은 일일 테니까. 그러나 아키라의 뺨에 떠오른 것은 옅은 비웃음이었다.

"곡명 따위 없습니다. 가로로 부는 피리류는 원래 다 즉

홍 연주를 위한 악기죠."

"그렇습니까? 그럼 전통곡은요? 합주 부분에는 규칙 같은 게 있을 텐데요."

"네."

아키라는 여전히 냉담하다.

"그런 건 악보가 있나요?"

"악보도 있고, 쇼가를 할 때도 있습니다."

"생강°이요?"

강판에 생강을 가는 시늉을 하자 청년이 손등으로 입을 가렸다. 처음 듣는 작은 웃음소리.

"재미있는 분이시네. 쇼가는 입으로 샤미센 소리를 흉내 내는 것을 말합니다. 칭통샹, 뭐 이런 식으로. 그런 게 피리에도 있어서……."

아키라는 가로등 불빛에 흰 목을 드러내놓고 "오햐라—이, 호우호우히, 오햐휴—우이, 효—이우리, 리—리—리—토—히—토—우로"라고 흥얼거렸다.

"정말 피리 가락 같은데요. 대단합니다."

진심으로 감탄하여 한 말이었지만 아키라의 눈이 순간

° '쇼가'의 발음과 '생강'은 일본어로 같은 발음이다.

희번덕거렸다.

"그런 말에 속지 않습니다, 다시로 씨. 대단하단 말씀을 하러 오신 건 아닐 테고, 경설과 회설에 대해 뭔가 알아냈습니까?"

다카히로는 가능한 한 감정을 드러내지 않으려고 노력했다.

"유감이지만, 아무래도 회설은 가짜인 것 같습니다."

아키라는 굳은 표정으로 옷깃을 슥 여민다.

"그래요? 이거 참 난감하군요."

"진심으로 난감해하고 계신 거 맞으시죠?"

그는 다카히로를 빤히 쳐다보다가 이내 눈을 내리뜨며 한숨을 쉬었다.

"습명 피로연에 이런 불미스러운 일이 생긴 건 매니저로서 진심으로 난감한 일입니다. 하지만 눈의 기적을 못 하게 되는 것이라면 솔직히 안심입니다. 동생은 기교면에서는 아직 멀었는데 할아버지를 닮아 멋을 중요하게 여깁니다. 할아버지는 눈을 내리게 하는 연출이 멋과 운치가 있다고 말씀하시지만, 저는 동생이 실력을 인정받고 나서 그런 장치를 써도 늦지 않다고 생각합니다."

거기까지 말하고 그는 문득 고개를 들었다.

"설마 저를 의심하시나요? 회설을 숨겼다고."

다카히로는 뜨끔했다. 적당히 질문으로 응수하는 수밖에 없다.

"내일 기모노를 반송하신다고요?"

"아, 역시. 그 안에 진짜가 있을 거라고 생각하시는군요."

그는 능숙하게 눈썹만 팔자 모양으로 만들었다.

"그렇다면 제가 짐을 꾸릴 때 함께 계시죠. 남 앞에 내놓기 부끄러운 옷들이지만, 다시로 씨가 보는 앞에서 짐을 싸겠습니다."

의심받은 것이 불쾌했는지 말투가 도전적이었다. 좋아, 도전을 받아주지. 다카히로는 어울리지도 않게 모험에 나선다.

"그럼 사양하지 않겠습니다. 그때쯤이면 호샤가로부터 회설의 문양에 대한 설명도 들은 뒤일 테니까요."

아키라의 눈이 순간 커진 것 같았다. 하지만…….

"그거참 잘됐군요. 저한테도 어떤 기모노인지 좀 알려주십시오. 함께 찾아봅시다."

그도 너구리, 아니 풍채로 봐 여우였다.

"아이고, 아직도 청사에 있었어? 고생이 많네."

철야를 각오한 다카히로에게 왕복선에 갇혀 있는 후사에로부터 연락이 온 것은 밤 9시가 조금 지났을 때였다. 그녀에게 아침 일찍이란 현지 시간으로 아침 6시였던 모양이다. 다카히로는 호샤가가 일찍 일어나는 집이기를 간절히 바라고 있었다.

"다행히도 회설이 어떤 기모노인지 알아냈어."

"그래요? 정말 고마워요."

어지간히 안도한 표정을 지었던 모양이다. 다 안다는 듯 후사에가 화면 너머에서 말했다.

"행복하겠어. 다시로 씨도 금방 알아볼 수 있을 거야. 눈은 문양으로 돼 있대."

"문양이군요?"

구체적인 무늬라면 전통문화에 문외한인 자신도 어렵지 않게 찾아낼 수 있을 것이다. 그 설산처럼 추상적인 의미를 함축하고 있는 것이었다면 큰일 날 뻔했다.

"그 댁에서도 보관실을 한번 확인해보겠대. 그럼 또 연락할게. 고생해."

다카히로는 다시 한번 고맙다고 말하고 통신을 끊었다.

무심코 "정말 행복한데"라고 중얼거렸다. 이렇게 되면 회설은 떼놓은 당상이다.

철야를 면한 다카히로는 기분 좋게 퇴근할 준비를 했다.

이튿날, 다카히로는 사정을 잘 아는 아테나의 베테랑 학예사 네네 샌더스에게 도움을 요청했다.

그녀는 출장 간 후사에를 대신해 기모노 전시를 준비하고 있었다.

복도로 나온 늘씬한 흑인 여성은 "딱히 상관은 없는데" 하며 흑표범 같은 몸짓으로 부드럽게 팔짱을 꼈다.

"내가 도움이 될까? 말이 좋아 후사에 씨 대리지, 목록에 적힌 번호대로 기모노를 늘어놓고 있는 게 전부란 말이야. 일본 문화에 대해선 잘 몰라."

"그 큰 눈이 유리구슬이 아니라면 괜찮아요. 눈 문양 기모노를 찾고 있어요. 눈꽃 무늬요. 피리에 그런 문양이 있었거든요."

그녀는 장난스럽게 후후 웃었다.

"그런 일이라면 뭐. 네가 항상 어려운 문제를 들고 오니까 괜히 긴장했지 뭐야."

"너무하시네."

아닌 게 아니라 그녀를 수고스럽게 한 적이 한두 번이 아니었기 때문에 다카히로는 그 이상의 변명은 할 수 없었다.

"그래도 이번엔 안심해요. 후사에 씨가 행복하겠다는 말을 했을 정도로 간단한 일이니까."

네네는 연극배우처럼 과장된 동작으로 하늘을 우러러 봤다.

"한 사람의 행복을 위해 주변 사람들은 얼마나 많은 불행을 감당해야 하는가!"

다카히로가 때리는 시늉을 하자 네네는 꺅 소리 내어 웃으면서 머리를 감쌌다.

전시회장에 인접한 회의실에는 이미 반송용 기모노가 쌓여 있었다. 네네와 직원들이 목록에 없는 기모노를 미리 빼놨던 것이다.

먼지 한 톨 없이 깨끗하게 청소된 바닥에 부직포가 깔려 있고, 그 위에 대충 헤아려도 150벌은 넘음 직한 기모노가 쌓여 있었다. 무려 전시물의 절반 가까이가 잘못 온 물건이었던 셈이다.

정오가 조금 지나 나타난 남자를 보고 네네는 작은 목소리로 "멋진데"라고 속삭였다.

아키라는 잔 줄무늬 기모노를 입고 있었다. 짙은 녹색 바탕과 갈색 띠의 조합은 수수해서 오히려 그의 젊음을 강조해줬다. 기모노에 눌리지 않으면서 기모노 자체도 돋보이게 하는 것, 맵시가 좋다는 건 이런 걸 두고 하는 말일 것이다.

그는 예의 그 차가운 미소로 인사를 건네더니 부직포 앞에서 슥 조리를 벗었다. 그러고서 새하얀 버선발을 사뿐히 옮겨 두 사람 앞에 앉는다.

"회설은 눈 문양이라고 합니다."

다카히로가 말하자 그는 고개만 한 번 까딱하고는 무릎을 꿇은 채 그대로 방향을 바꿔 기모노 더미로 다가갔다.

"먼저 종이를 벗길까요? 곁에 적힌 메모는 무시해주세요. 무슨 착오가 있었는지 내용물과 꾸러미가 다른 것도 있으니까요. 아, 저는 손대지 않는 편이 좋을까요, 다시로 씨?"

아키라가 하는 말을 에우프로시네를 통해 통역해서 듣고 있던 네네가 눈썹을 살짝 치켜들었다. 불쾌감을 표현하는 방식은 만국 공통인 모양이다.

"아닙니다. 같이 하시죠. 그렇게까지 의심하고 있지는 않습니다."

"그렇게까지라……."

아키라는 쓴웃음을 지으면서 종이에 묶인 노끈을 풀었다.

순식간에 색채의 산이 만들어진다. 황갈색, 황토색, 연분홍색, 옥색, 가지색, 녹색, 연두색…….

"띠는 따로 확인할 필요 없겠죠, 다시로 씨?"

"아, 네."

비단실로 만든 띠가 거침없이 던져졌다.

"그럼 시작할까요? 꼭 나왔으면 좋겠군요, 다시로 씨."

말끝마다 이름을 부르는 것이 거슬렸다. 아키라의 입술은 여봐란듯이 치켜 올라가 있었다.

"회설은 여름옷이라고 하니까 일단 겹옷과 홑옷으로 나눕시다."

안감이 있는지 없는지 구분하는 것은 유치원생도 할 수 있을 만큼 쉬운 작업이었다. 예외적으로 울로 된 겨울옷에는 안감이 없었지만 이건 아예 옷감이 달라 구분이 어렵지 않았다. 네네는 홑겹으로 된 긴 속옷을 여름옷으로 착각했는데, 이것도 홍매화 문양이라 딱히 혼동될 여지는 없었다.

아키라는 자신이 가려낸 겨울옷을 굳이 다카히로 앞에 쌓아놨다. 그리고 그것들을 다시 종이에 싸서 발송용 오동나무 상자에 담았다.

부피가 큰 겹옷이 사라지자 방 안이 시원해졌다. 남은

것은 한색 계열의 얇은 기모노 43벌.

청년의 눈이 천천히 기모노를 둘러본다.

"이 안에 있는 게 맞겠죠, 회설은."

다카히로는 그의 옆모습을 물끄러미 바라봤다. 오만한 표정은 사라지고 눈빛이 부드러워져 있었다.

다카히로는 어깨가 굳어지는 것을 느꼈다. 어쩌면 자신은 이 청년을 공연히 의심했던 것인지도 모른다. 진짜 회설이 나타날 수도 있는 순간에, 범인일지도 모르는 청년의 표정이 이렇게 온화한 것이다.

"속이 거의 다 비쳐 보이네. 곤충 날개처럼 얇아."

네네가 짙은 연지색 옷을 손바닥 위에 올려놓고 감탄한다. 다카히로가 통역해주자 아키라는 밝은 목소리로 설명했다.

"네, 그렇죠. 안에 흰색 명주로 된 긴 속옷을 받쳐 입으면 비쳐서 시원한 느낌을 준답니다."

"아까 잘못 분류했던 홍매화 문양 속옷을 입는 건 안 되나요?"

"그건 좀. 일단 옷감도 계절에 맞지 않고, 색과 무늬가 있으면 덥고 답답해 보이거든요."

"기모노는 나랑 안 맞겠다. 허리에 띠도 매야 하고, 이래저래 입는 법이 까다롭네."

가벼운 웃음소리. 다카히로는 점점 불안해지는데…….
그리고 마침내 걱정하던 일은 현실이 됐다.

아키라는 마지막 한 벌, 에치고산의 고급 삼베라고 설
명한 기모노를 접더니 마치 일본 전통 인형극 분라쿠의
한 장면처럼 두 손을 바닥에 짚고 고개를 푹 숙였다.

"없네요. 눈 문양 같은 건 어디에도 없어요. 그렇죠, 다
시로 씨."

다카히로는 그저 말없이 장기에 진 노인처럼 가부좌한
다리로 시선을 떨구었다.

"다시로 씨, 번거롭게 해드려서 죄송합니다. 이제 어쩔
수 없군요."

부드러운 목소리로 말하며 얼굴을 들더니 아키라는 빙
긋 미소 지었다.

"습명 피로연은 지극히 진지하게 치러질 겁니다. 동생
한테는 잘된 일이에요. 기량은 아직 부족하지만 열심히
하면 사람들도 이해해주겠죠."

아키라가 동생을 생각하는 마음은 진짜인 것 같았다.
다카히로는 죄책감으로 몸이 무거워졌다.

겨울옷을 3시 출발의 왕복선에 싣기 위한 발송 작업은 네네가 맡았다. 그녀는 차분하고 단정한 모습의 청년이 마음에 들었는지, 나중에 특별히 피리 연주를 들려주겠다는 약속까지 받아낸 모양이다. 아키라는 일단 호텔로 돌아가 집안 어른들과 선후책을 상의해보겠다고 말했다. 마침 조부로부터 연락이 올 시간이었다.

그들과 헤어진 다카히로는 경박한 금색 카트를 타는 것이 영 내키지 않았다. 데메테르에서는 오다쿠라와 일본 정원 담당자가 서로 으르렁거리며 그를 기다리고 있는 것이다. 담당자는 무대 작업자들이 정원을 엉망으로 만들고 있다고 항의해왔다. 약속한 구역이 아닌 곳에 조명을 세우고, 공들여 가꾼 여름풀을 반입용 대형 카트가 짓밟고 다녀서 차마 눈 뜨고 볼 수 없다는 것이다. 그런 와중에 눈의 기적이 취소됐다고 말하러 가는 자신이 스스로가 느끼기에도 애처롭다.

마지못해 카트에 올라 F 모니터를 꺼낸다. 므네모시네는 아직 후사에가 탄 왕복선에 빈 회선이 생겼다는 소식을 전해주지 않았다. 지구에 닿을 시간이 가까워지면서 가족이나 친구들에게 귀환을 알리는 여행자들이 좀처럼 긴 이야기를 끝내주지 않는 모양이다.

"진짜 회설은 어디로 갔을까?"

한숨에 섞여 혼잣말이 나왔다. 무희는 호샤가에 오도카니 남겨져 있는 것일까. 그렇다면 16시간 안에 승부를 봐야 한다. 필시 어마어마한 양일 호샤가의 기모노 중에서 회설을 찾아내 당일 아침 10시에 아프로디테행 왕복선에 실으면 어떻게든 공연 시간에 맞출 수 있을 텐데. 아니, 이것도 집에 회설이 남아 있다는 가정하에서다.

만약 회설이 분실된 것이라면 눈 뜨고 못 볼 광경이 벌어질 것이다. 보관물의 파손과 분실은 박물관에 치명적이다.

—통신 회선이 연결됐습니다. 수신자, 다키무라 후사에.

므네모시네의 말이 끝나기도 전에 다카히로는 길가 화단 옆에 카트를 대고 있었다.

"후사에 씨, 그쪽 상황은 어때요? 거기에 회설이 있는 것 같아요?"

모니터 속 후사에가 그의 한마디에 10년은 늙어버린 것 같았다.

"아무래도 없는 분위기야."

그녀의 대답은 다카히로를 10년, 아니 그 이상 훌쩍 늙어버리게 했다.

"최악의 상황을 고려해야 할지도 모르겠어요. 모처럼

후사에 씨한테 행복을 보장받았는데, 결과가 이 모양이라니 한심하기 짝이 없네요."

"뭐?" 하고 후사에가 되묻는다. "행복이라니, 그게 무슨 소리야?"

"지난번에 말했잖아요. '행복하겠어. 다시로 씨도 금방 알아볼 수 있을 거야'라고."

작고 앙증맞은 눈이 휘둥그레지더니 곧 다카히로의 귀에 비명에 가까운 외침이 날아들었다.

"맙소사! 내가 말한 건 샤아와세*야. 비치는 얇은 비단을 두 장 겹쳐서 만든 것 말이야!"

"두 장 겹쳐서!" 다카히로는 인사도 잊은 채 통신을 끊어버린 뒤 외쳤다. "므네모시네! 네네 샌더스에게 연결해 줘, 긴급이야!"

카트를 돌리면서 대시보드의 시계를 흘끗 보았다. 오후 2시 52분. 왕복선 출발 8분 전.

액셀을 밟음과 동시에 "무슨 일이야?" 하고 네네가 모니터에 나타났다. 다카히로는 소리쳤다.

"기모노를 내려야 해요!"

---

*일본어로 행복은 '시아와세'로 '샤아와세'와 발음이 비슷하다.

"왜, 무슨 일인데 그래?"

"당했어요. 회설은 홑옷이 아니에요. 얇은 비단을 두 장 겹쳐서 만든 샤아와세였어요."

미술품 운반용 카트는 터무니없이 느렸다. 관광객을 가득 태운 순환 버스가 카트를 추월해 간다. 그래도 죽을힘을 다해 액셀을 밟아 가까스로 공항에 도착했을 때, 왕복선은 5킬로미터에 이르는 활주로를 막 달리기 시작한 참이었다. 저 안에 기모노가 실려 있었다면, 하고 생각하자 등골이 오싹해졌다.

공항 내 통로를 달리고 있을 때, 왼손에 말아 쥔 F 모니터 안에서 네네가 소리쳤다.

"없어, 다카히로. 왕복선에서 내린 기모노 중에 그런 기모노는 보이지 않아. 어떡해? 우리는 주인의 반환 요청을 무시했어. 규율 위반이야."

"정말로 없어요?"

네네가 기다리고 있는 빈 대합실까지 가는 길이 턱없이 멀게 느껴졌다. 모퉁이를 돌다가 벽에 팔꿈치를 찧었다.

네네는 힘없이 대답했다.

"비슷한 게 네 벌 있는데, 눈 문양이 아니야. 두 벌은 풀꽃이고 한 벌은 일그러진 물방울, 그리고 나머지 한 벌은 강 위에 떠 있는 부채야."

"잘 봐요. 부채 안에 무늬 같은 거 없어요? 아키라가 샤아와세를 겨울옷이라고 속인 이상, 반드시 그 안에 있어야 해요. 아아, 다 왔다."

다카히로는 대합실 문을 열었다.

전원을 끈 대형 스크린 앞에서 네네가 울상을 짓고 있었다. 응접세트 위에 펼쳐놓은 기모노 중에서 한 벌을 들어 올리며 다카히로를 쳐다본다.

"부채에 있는 무늬는 억새야."

그는 널려 있는 네 벌의 샤아와세를 하나하나 손에 들고 살펴봤다. 아른아른하게 이랑이 진 반투명 천은 두 장이 포개지면서 물결무늬를 만들어내고 있었다. 네 벌 모두 안쪽 옷감에 무늬가 새겨져 있다. 그야말로 신비하고 그윽한 정취를 자아내는 기모노였다.

다카히로의 손이 검은색 기모노에 멈췄다. 그는 찬찬히 그것을 들여다보다가 이윽고 힘없이 웃으며 쭈그리고 앉았다.

"다카히로?"

걱정스러워하는 네네에게 손을 내저으며 그는 웃으면

서 일본어로 말했다.

"또 생강을 갈아버렸어요. 그것도 두 번씩이나."

"뭐라고? 생강이 어쨌다고? 정신 차려."

다카히로는 배를 잡고 웃고 있었다.

"잘못 알아들은 거예요. 후사에 씨가 '샤아와세'라고 말했는데 그걸 '행복'이라고 들었고, '설륜雪輪 문양'이라고 말한 걸 또 '눈은 문양'*이라고 잘못 알아들었던 거예요."

눈물을 훔치며 그는 옷자락에 흩어진 물방울무늬를 가리켰다. 테두리가 물결처럼 너울거리는 커다란 동그라미는 분광 스펙트럼의 무지갯빛을 발하고 있었다.

"설륜? 이게 스노우 링이라고?"

"꼭 그렇게 번역할 수는 없을 것 같아요. 상징화한 문양이니까. 일본인은 자연을 기하학적 무늬로 표현하는 걸 좋아해요. 단순한 삼각형을 뱀의 비늘에 비유하거나, 곱은 옥에서 혼백의 형상을 보거나. 돋보기가 없던 시절에 눈을 형상화한 게 이 문양이에요. 일본에서는 눈이 덩어리져 내려서 육각형이 뚜렷하지 않거든요."

• '설륜 모양'이라는 단어와 '눈은 문양'이라는 구절은 둘 다 '유키와모요'로 발음이 같다.

아테나의 학예사는 시선을 허공으로 던졌다. 학구적인 그녀는 에우프로시네에게 전통 문양에 대한 자료를 요청하고 있을 것이다. 다시 정면을 보며 네네는 가볍게 팔짱을 낀다.

"안타깝네. 그 사람, 참 괜찮아 보였는데."

"그런 인간인 거예요. 분명히 뻔뻔하게 나올 거예요. 기모노의 종류에 대해 잘못 알고 있었다느니 문양에 대해선 들은 바가 없다느니 하면서."

다카히로는 다시 왕복선과 교신하기 위해 시선을 F 모니터로 떨어뜨렸다.

"걱정하고 계실 테니 일단 후사에 씨와 호샤가에 이 사실을 알려야겠어요. 공연을 예정대로 진행할 수 있게⋯⋯."

그 순간 문이 벌컥 열렸다.

"여기들 계셨군요."

아키라는 흐트러진 앞머리를 한 손으로 넘기며 숨이 넘어가는 소리로 말했다. 희번덕거리는 눈이 학예사와 회설을 쏘아본다.

"버스를 타고 가는데 다시로 씨가 무서운 얼굴로 카트를 모는 모습이 보여서⋯⋯."

묻지도 않은 말을 주워섬기더니 그는 쓱 손을 내밀었

다. 기모노 소맷자락이 휘릭 울린다.

"그 옷, 돌려주시죠."

"아니, 이건……."

그때 다카히로의 귓속에서 가벼운 소리가 났다.

갑자기 말을 끊은 다카히로를 아키라가 의아하게 바라본다. 다카히로는 잠깐 말없이 있다가 마침 잘됐군, 하고 중얼거렸다.

다카히로는 잠시 침묵한 뒤 말했다.

"아키라 씨, 후계자가 되지 못한 당신의 심정은 이해합니다. 하지만 이런 식으로 동생을 질투하는 건 좋지 않다고 생각합니다."

아키라는 애써 미소를 지어 보였다. 당장이라도 무너질 것 같은 슬픈 표정이었다.

"다들 그렇게 생각하죠. 그래서 저로서는 일을 꾸밀 수밖에 없었습니다. 동생을 전혀 질투하지 않는다고 하면 거짓말이겠죠. 하지만 같은 피리꾼으로서 안쓰러운 마음이 훨씬 더 큽니다. 그 아이는 아직 어립니다. 아직 손가락도 제대로 움직이지 않는데 할아버지의 극성에 후계자가 됐어요. 지금은 괜찮지만, 할아버지가 돌아가시고 후견인이 없어지면 어떻게 될지……."

가녀린 손가락으로 그는 몇 번이나 허리에 두른 띠를 매만진다. 네네가 팔짱을 고쳐 끼며 물었다.

"주변 사람들은 뭐라던가요? 의논해봤어요?"

아키라는 자조 섞인 미소를 던지고 다시 눈을 내리깐다.

"그런 얘기를 하면 사람들은 꼭 안 좋은 쪽으로 소문을 냅니다. 내가 아무리 진심을 말해도 들어주지 않아요. 다들 남의 일이라고 쉽게 말하는 거죠. 질투, 시기, 형제의 난……. 제가 할 수 있는 건 매니저로서 동생을 보호하는 것뿐이었어요. 자, 그만 돌려주시죠. 소유자의 반환 요청입니다, 다시로 씨."

다카히로는 아키라의 얼굴을 정면으로 바라보며 그의 의지가 얼마나 확고한지를 확인한 뒤 조용히 명령을 내렸다.

"므네모시네, 통신 출력처 지정. 공항 내 J 대합실, TV 모니터."

대형 화면이 켜지고 '알겠습니다'라는 문자가 떠올랐다.

"다 들었죠?"

다카히로의 말이 끝나기 전에 화면이 바뀌었다. 아키라는 아, 하고 짧게 외치고 그대로 굳어버렸다.

"형."

화면에서 당장이라도 튀어나올 것만 같은 소년. 여관의 공중 전화기일 것이다. 요시하라쓰나기 무늬* 유카타 어깨너머로 어둠에 잠긴 정원수가 보인다.

15대 게이쇼는 단숨에 말을 쏟아냈다.

"아니야, 형. 눈의 기적은 그냥 개막 공연이고 진짜 연주는 그 후야. 개막 공연에서 입을 풀고 그다음에 아무런 장치 없이 진지하게 곡을 연주할 거야. 그러니까, 그러니까…… 나, 열심히 할 테니까, 앞으로 더 잘할 테니까, 그러니까……."

말을 잃은 세 사람의 귓가에 나무를 흔드는 밤바람 소리만 아련하게 들려왔다.

오스트레일리아 대륙에 필적하는 크기의 인공행성 아프로디테. 그 면적의 약 73퍼센트는 데메테르가 차지하고 있다. 온갖 곳에서 그로모은 생물들은, 어떤 것은 인공 바다나 미니어처 산맥에서 자유롭게 살아가고, 어떤 것은 잘 갖춰진 시설 안에서 극진한 보살핌을 받으며 지낸다.

● 귀퉁이가 안쪽으로 빠진 사각 고리를 비스듬한 쇠사슬 형태로 늘어놓은 일본 전통 무늬.

그날 밤, 앞으로 두 번 다시 이벤트용으로는 장소를 빌려주지 않겠다고 불만을 토로하는 데메테르 직원에게서 다카히로가 겨우 풀려난 것은 습명 피로연 기념 인사가 막 끝났을 때였다.

"딱 맞춰 왔군."

스태프석에 도착하자 뮤즈의 헤르베르트 기무라가 축 늘어진 뺨을 올려붙이며 히쭉 웃었다. 카라얀과 이름이 같은 것을 자랑스럽게 여기는 별난 일본 전통음악 연구자를 보며 다카히로는 쓴웃음을 지었다. 연주를 놓쳤다면 그에게서 사사한 벼락치기 지식이 허사가 될 뻔했다.

무대 왼쪽에 마련된 스태프석에서는 객석이 한눈에 보였다. 관객은 예상보다 많았다. 왕복선과 버스를 갈아타고 온 열혈 청중들은 데메테르가 심혈을 기울여 가꾼 아름다운 여름 들판을 둥글게 에워싸고 있었다.

힘찬 박수가 터져 나오고, 무대에서는 인사말을 끝낸 전대의 게이쇼와 현現 게이쇼가 고개 숙여 인사했다.

몸집이 작은 새로운 게이쇼는 가문의 문장紋章이 들어간 하오리*를 어깨에서부터 미끄러뜨리듯 스르륵 벗어 퇴장

---

* 기모노 위에 덧입는 짧은 겉옷.

하는 조부에게 건넨다. 검은색 무지 기모노에 줄무늬 하카마*를 입은 소년은 정장한 제자가 의항에 회설을 거는 모습을 조용히 지켜보고 있었다.

"에이, 촬영할 수 있으면 좋으련만."

헤르베르트는 원통한 표정이다.

게이쇼가 경설을 손에 쥐자 망루에서 비추는 스포트라이트가 점점 어두워진다.

소년은 스윽 가슴을 펴더니 첫 소리를 내기 위해 숨을 멈췄다.

객석은 물을 끼얹은 듯 조용해지고, 차오르는 것은 그저 기대와 긴장뿐.

그 소리는 바늘처럼 날카롭게 터져 나왔다. 여자의 비명 소리 같은 노칸의 최고음. 4옥타브에서의 F음은 청중의 등을 빳빳하게 했다. 미묘한 손놀림과 숨결로 피치가 내려간다. 단단한 눈이라는 이름의 피리. 이 피리 소리가 예리한 칼날처럼 날아와 꽂히고 다시 F음으로 힘차게 솟아오르자, 청중의 시선은 눈의 환영을 뿜어내는 무지갯빛 설륜 문양의 검은색 기모노로 옮겨갔다.

• 발목까지 내려오는 주름 잡힌 하의.

형의 피리 소리를 빼닮은 격렬한 연주에 맞춰 홀로그램 눈이 난무한다. 아련하게 빛나는 겹겹의 눈의 장막.

다카히로의 마음에 비로소 안도가 찾아왔다.

맹렬하게 울려 퍼지는 피리 소리가 뇌수를 조이고, 어지럽게 흩날리는 눈은 현기증을 일으킨다. 게이쇼은 단단한 실을 풀어내듯 잠시 선율을 눠준 뒤 깨끗한 고음으로 곡을 마무리했다.

모양 좋은 입이 취구에서 떨어진 순간, 모든 조명이 꺼졌다.

제법인걸, 하고 다카히로는 감탄했다. 박수를 제지하는 방법으로서는 나무랄 데 없었다. 관객들은 허공에 손을 치켜든 채 무대 양 끝에 설치된 발광 게시판을 읽는다.

Be quiet. And listen to the murmur of the universe.

(조용히 해주세요. 삼라만상의 속삭임에 귀를 기울여주세요.)

글자가 어둠에 녹아들자 푸르스름한 풋라이트가 켜졌다. 조명 속에 드러난 것은 홀로그램이 사라진 한 벌의 기모노와 소년의 가녀린 실루엣.

물빛 속에서, 게이쇼는 새로운 피리를 들고 이미 자세를 취한 채 꼼짝도 하지 않는다. 그가 손에 쥔 소박하고 고상한 시노부에는 아테나와 뮤즈 양쪽이 모두 탐내는 명피리 '소설韶雪'이다.

게이쇼는 가느다란 눈을 내리뜨고 고개를 살짝 기울이고 있었다. 아직 젖살이 남아 있는 뺨이 발그스름하게 상기돼 있다.

게이쇼는 움직이지 않았다. 언제까지고. 사람들은 점차 긴장감을 견디기가 힘들어지고…….

그때.

살랑 하고 부드러운 바람이 뺨을 어루만졌다. 귀부인의 옷자락 스치는 소리와 닮은 희미한 풀들의 웅성거림.

들녘을 건너는 바람에 실려 피리에서 토오오 하고 단아한 소리가 흘러나왔다.

옆에서 헤르베르트가 힘줘 고개를 끄덕인다.

과연 전문가가 흡족해할 만한 대나무 소리였다. 그는 어제 "나는 조부의 판단이 옳았다고 생각해"라고 다카히로에게 말했다. "형은 확실히 뛰어나지만 소리가 플루트처럼 건조해. 반면에 동생은 기교는 부족해도 대나무 소리를 제대로 낼 줄 알아."

피리 소리는 바람이 멈추면 끊어지고, 바람을 기다렸다가 다시 살아났다. 이번에는 바람과 겨루기를 하듯 짧은 주법으로 바뀐다. 밤바람과 풀 소리와 피리 소리. 뻗어 올라갔다가 떨어지고, 휘감겨 왔다가 달아나고, 안달하다가 확 돌아서는 미묘한 줄다리기.

어느새 벌레 소리까지 더해져 있었다. 초원으로부터 절묘한 응답을 받은 소년이 어렴풋이 눈웃음을 짓는다.

게이쇼는 차츰 가슴속의 격정을 드러내기 시작했다. 그러나 그것은 형의 열정과는 분명히 달랐다. 아키라의 격렬함이 기교로 자신의 주장을 관철하려는 힘이었다면, 동생의 빠른 피리 소리는 자신을 둘러싼 공기에 옥죄어져 골수에서부터 끌려 나오는 듯한 느낌이었다.

호샤 게이쇼라는 소년은 이미 거기에 없었다. 가녀린 몸은 피리 소리에 씻겨 차갑고 투명해져간다.

이제 그는 부는 바람이요, 흔들리는 풀이요, 시간을 초월한 대나무요, 날갯짓하는 벌레요, 이 밤을 벗 삼아 느긋하게 호흡하는 '소리'일 뿐이다.

다카히로가 소리에 몸을 맡기고 눈을 감자…….

희미한 조명을 받아 기모노 안에서 반짝이던 설륜의 잔상이 어른거렸다. 바람에 살랑거리는 옷자락의 움직임 그대로, 홀로그램이 아닌 눈의 환영이 다카히로의 뇌리를 가득 메운다. 은은한 빛을 발하는 눈의 잔상은 여름 들판이 자아내는 선율에 실려 별처럼 반딧불처럼 아른아른 흩날린다.

여름에 내리는 눈. 기적은 일어났다.

예복을 차려입은 아키라와 조부는 무대 뒤에서 나란히 게이쇼를 지켜보고 있었다. 형의 인형 같은 얼굴에 평소 같은 엷은 미소는 없었지만, 다카히로는 그가 마음속으로 미소 짓고 있다는 것을 알 수 있었다.

무대 철수용 대형 카트가 연주의 여운을 뭉개버린다.

다카히로는 으름장에 가까운 데메테르 직원의 넋두리에서 간신히 벗어나 후유, 하고 길게 숨을 내쉬었다.

"다시로 씨."

돌아보니, 아키라가 깊이 고개를 숙이고 있었다.

"여러모로 신세를 졌습니다."

그의 어깨선이 이렇게 부드러웠던가, 하고 다카히로는 생각했다. 처음으로 보여준 나이에 걸맞은 미소 때문인지도 모른다. 청년은 기분 좋게 말했다.

"할아버지께 혼쭐이 났습니다. 그래도 피리는 계속해도 된다고 하시네요. 매니저를 겸한다면 게이하쿠라는 예명은 박탈하지 않겠다고 말씀하셨어요."

"동생을 생각하는 마음이 통했던 거겠죠. 피리는 마음

을 소리로 전하는 것이라고 하잖아요?"

다카히로는 수줍어하는 아키라를 처음 봤다. 네네가 좋아하는 아름다운 표정이다.

"하지만 이제부터는 라이벌입니다. 제가 그런 음색을 낼 수 있을지는 모르겠지만. 물론 동생도 솜씨를 더 갈고 닦아야 하겠죠."

"기대하겠습니다."

"아, 할아버지가 만나 뵙고 싶어 하십니다. 파티에 오실 거죠?"

다카히로는 아아, 하고 한심한 소리를 냈다.

"아쉽지만 못 갈 것 같습니다. 골치 아픈 일들이 줄줄이 기다리고 있어서요."

"그럼 나중에 인사하러 다시 오겠습니다."

"뭘 또 인사를. 아, 대신에 부탁 하나만 합시다."

"뭐든 말씀하십시오."

아키라가 똑바로 쳐다보며 들을 자세를 취한다.

"아니, 별건 아니고요. 실은 파티에 제 아내가 참석할 것 같은데, 혹시 만나게 되면 그 사람이 입고 있는 기모노를 좀 칭찬해주시면 안 될까요? 요즘 바빠서 챙기질 못했더니 좀 쌔무룩해져 있는 것 같아서요. 아키라 씨에게 칭찬을 받으면 기분도 나아질 테고……."

청년의 눈빛이 부드러워진다.

"그렇다면 사전 조사를 좀 해둘까요? 사모님은 어떤 분이십니까?"

"보통 키에 단발머리예요. 하필이면 오늘 가장 할머니 같은 흰색 유카타를 입고 왔지 뭡니까. 무늬는 또 어찌나 정신없는지 보고 있으면 눈이 나빠질 것 같다니까요."

갑자기 키들키들 웃음을 터뜨리는 아키라를 다카히로는 멀뚱멀뚱 쳐다본다.

"그분이라면 이미 만났습니다."

손등으로 입을 가린 아키라는 살랑거리는 앞머리 사이로 장난스러운 눈빛을 보냈다.

"그건 이바라키현에서 생산되는 최고급 견직물로 지은 기모노입니다. 유카타를 50벌은 살 수 있는 값일걸요."

"네?"

"바쁘셔서 다행이었네요."

제가 벌인 소동이 헛되지만은 않았군요, 하고 젊은 피리꾼은 농담을 했다.

IV

바치는
손

박물관 행성 아프로디테. 이곳 제3라그랑주점까지 일부러 찾아오는 사람은 대략 두 부류로 나뉜다.

꿈을 보고 싶은 사람과 꿈을 보여주고 싶은 사람.

꿈을 보고 싶은 사람은 단순 명쾌하다. 이곳에는 1헥타르의 황야에 펼쳐져 있는 환경예술부터, 화성의 채굴 시설에서 변이한 곰팡이까지 박물관이라는 이름 아래 세상의 온갖 것들이 모여 있으니까. 호기심 많은 사람들은 그저 28시간의 공허한 여행만 견디면 된다.

복잡한 것은 꿈을 보여주려고 찾아오는 사람이다. 아프로디테는 예전의 카네기홀 같은 역할을 하고 있다. 즉 사회적 지위를 원하는 족속들이 모험을 하는 장소로도 인식돼 있는 것이다. 이것은 음악과 무대를 담당하는 뮤즈에만 국한된 이야기가 아니다. 공연이든 특별 전시든 학회 발표든 마찬가지다.

그 결과, 야심만만한 기획자나 미술상이 행사를 신청하기 위해 줄을 서고, 데메테르에 식물 소장을 희망하는 종묘업자가 창구 업무를 증가시키며, 신인 가수를 무대에 세우려는 프로덕션은 거의 한 사단을 데려와 인해전술을 펼친다.

박물관에 이권이 개입되면 학예사들이 어렵게 손에 넣은 수집품은 아름다움이라는 무의미한 단위를 가진 화폐로 전락하고 만다.

학예사인 자는 적어도 그 기개만은 잃지 말라는 의미에서 아폴론 청사 로비에 상징적인 계율이 놓여 있었다.

'손바닥'이라는 제목을 가진 르네상스 양식의 여신상이다. 인조 대리석으로 된 반들반들한 뺨, 주름 잡힌 우아한 의상, 풍만하고 완벽한 육체. 그녀는 젖힌 손바닥을 얼굴 앞까지 들어 올려 허공을 향해 내뻗고 있다. 왼손이 약간 더 앞으로 나와 있고, 오목한 두 손바닥 위에는 아무것도 없다.

시타 사다위는 가볍게 뛰어올라 손바닥 안을 들여다봤다.

"누굴 바보로 아나."

그녀는 입을 삐죽 내민다.

그때 등 뒤에서 남자 목소리가 들려왔다.

"거기에는 우리가 아름다움을 올려놔요. 지금 당신의 파pas° 같은 최고의 미를 말이죠."

시타는 남자를 돌아보며 냉소를 지었다. 유난히 크고 치켜 올라간 눈이 흑요석처럼 빛나자, 흑발을 바짝 당겨 묶은 밝은 갈색 얼굴에 선명한 별이 뜬 것 같았다.

"칭찬은 고마운데, 나는 발레리나가 아니에요."

"그럼 당신 춤에서는 점프를 뭐라고 부릅니까?"

연극평론가들이 고풍스럽다느니 동양적이라느니 하며 입을 모아 극찬했던 수수께끼 같은 미소를 다시 한번 던 지고 나서 그녀는 대답했다.

"보이는 그대로요. 뛴다, 도약한다. 솔직하잖아요?"

"그렇군요."

남자는 구두 굽을 뚜벅뚜벅 울리면서 천천히 다가왔다.

"지식이 미흡한 점 사과드립니다. 제가 뮤즈 직원이 아니라서요."

° 발레에서 몸의 중심을 한쪽 발에서 다른 쪽 발로 옮기는 동작.

변명하는 얼굴이 젊어 보였다. 부스스한 누런색 머리도 어딘지 개구쟁이 같고, 흰 셔츠에 청바지를 입은 모습도 미의 전당에 어울리지 않는다.

우아하게 팔짱을 끼고 그 우아함에 걸맞지 않은 의아한 표정을 짓고 있는 시타에게 그는 넉살 좋게 싱긋 웃었다.

"하지만 도약을 뭐라고 부르든, 시타 사다위는 여기에 올려두기에 나무랄 데 없는 댄서예요."

탁탁 하고 그가 여신상의 손바닥을 두드려 보인다.

"고마워요. 내 이름을 알고 있군요."

입꼬리를 한껏 끌어 올리며 말했다. 토할 거 같아, 라고 시타는 생각했다.

"그런데 연출가인 코넬 씨도 혹시 오셨어요? 그분하고 처음 작업하는 거라 인사를 해두고 싶은데. 그리고 아폴론의 다시로 씨는 계속 기다리고 있는데 안 오시네. 뭐, 콜린스 관장이라도 상관은 없지만."

"아, 제가 오늘 대리로 온 겁니다."

"대리?"

왈칵 화가 치밀어 오르는 것을 시타는 간신히 억눌렀다.

나한테는 대리로 충분하다는 거야? 여기까지 불러놓고 입발림 소리나 하는 이 한심한 사람과 미팅을 하라고?

남자는 청바지에 오른손을 쓱쓱 닦더니 그녀에게 악수를 청했다.

"데메테르의 롭 롱사르입니다."

커다란 손을 흘끗 보고서 시타는 하는 수 없이 손을 내밀었다.

"잘 부탁해요. 그런데 왜 동식물 쪽 분이 저를 담당하죠?"

"담당은 아니고요. 무대 기획은 코넬 씨와 다시로 씨가 맡아서 진행하고 있습니다. 뭐, 굳이 말하자면 저는 접대 담당이랄까요."

"지금 장난해요?"

결국 날카로운 목소리와 롭의 손을 뿌리치는 철썩 하는 소리가 살풍경한 공간에 울려 퍼졌다.

"사람을 뭐로 보고 이러는 거예요? 내가 여기 뭐 하러 왔다고 생각해요? 춤추러 왔어요. 그걸 위한 미팅이라고요. 됐어요, 다 알아요. 사람이 까칠해졌다, 자기 실력은 생각하지 않고 고집만 부린다, 그러니 적당히 접대하고 기획 회의에서는 빼라. 결국 그런 거잖아요? 사람을 바보 취급하고 있어."

"아무도 바보 취급하지 않았습니다."

"아니요! 아프로디테에서 단독 공연을 한다는 것 자체가 그 증거예요. 무능한 연출가 같으니라고! 여기서 춤을 추면 삼십 줄의 한물간 댄서가 관심을 받고 싶어서 발버둥 치는 걸로밖에 보이지 않을 거예요. 신비로운 봉납춤으로 이름을 날리던 소녀가 더 이상 신비롭지도 어리지도 않다는 사실은 고양이의 벼룩도 알아요."

롭은 참지 못하고 쓴웃음을 지었다.

"고양이의 벼룩이라고요? 역시 삼십 줄다운 재미있는 표현이네요."

"뭐라고요!"

"당신이 그렇게 말했잖아요."

그 온화한 목소리에 시타는 말문이 막혔다.

"본인이 한 말에 발끈할 정도면 자기 비하는 그만두시죠. 아니면 얄팍한 위로를 원하나요? 이래 봬도 저는 당신 팬입니다. 당신 마음이 편안해진다면 듣기 좋은 소리는 얼마든지 해드릴 수 있어요."

시타의 눈썹이 괴로운 듯 찡그려졌다. 머뭇거리는 그녀의 시선을 느끼고 롭은 한숨을 내쉰다.

"괜찮아요. 입에 발린 소리 따위는 하지 않습니다. 그게 당신을 망가뜨렸다는 사실쯤은 진정한 팬이라면 누구나…… 개의 벼룩도 알고 있으니까."

"당신……."

"롭입니다."

"롭." 그녀는 아몬드 모양의 커다란 눈으로 그를 노려봤
다. "무례하군요."

그는 시타의 반응이 마음에 들었는지 호쾌하게 어깨를
들썩이며 웃었다.

"그럼 이제 일 얘기를 할까요?"

"일? 접대 담당이?"

그는 아무런 대답 없이 왼팔에 찬 손목 밴드에서 얇은
필름을 잡아당겨 꺼냈다.

"탈리아, 동식물원 전도 부탁해. 출력처는 F 모니터."

순간 롭의 얼굴이 빛을 받아 하얘지고, 필름 위에 데메
테르 지도가 나타났다.

시타는 아프로디테의 학예사들이 각각의 분야에 해당
하는 데이터베이스 컴퓨터와 연결돼 있다는 사실을 들어
서 알고 있었다. 머릿속에서 명령만 내리면 반응한다는
사실도.

"명령을 일부러 들리게 하는 것도 접대 중 하나인가
요?"

롭은 살짝 고개를 들었다.

"뭐 그런 셈이죠."

"사람을 바보 취급하는군요."

"하지 않습니다. 저는 공연의 주역에게 예를 갖추려는 겁니다. 당신은 모든 것을 알 권리가 있으니까요."

"기획 회의에도 안 끼워주면서 무슨 주역이에요. 이번에도 나는 그저 시키는 대로 몸을 움직이는 춤추는 인형일 뿐이겠죠."

"그렇지 않아요. 적어도 다시로 씨는 당신 의향을 존중해줄 겁니다. 당신을 빼고 기획을 진행하고 있는 게 아니라, 당신 요구에 응할 준비를 하고 있다고요."

"……무슨 말이에요?"

"코넬 씨도 거기에 찬성했습니다. 무능한 연출가라고 하셨는데, 그건 이번 공연을 시타 사다위가 원하는 대로 진행할 생각이라서 그렇게 보이는 거예요."

롭은 그녀의 코앞에서 F 모니터를 펄럭거렸다.

"자, 뭐부터 볼까요? 공연장 후보지부터 보시겠어요? 아니면 상대역이 돼줄 만한 아주 근사한 나무도 있는데, 어때요? 제 전문이 식물이거든요. 말씀만 해주시면 웬만한 건 옮겨 심을 수 있습니다. 꽃을 꺾는 건 희소 등급에 따라 제한이 있지만."

그녀는 처음으로 당황했다.

"사람을, 바보 취급……."

"하지 않습니다. 대체 뭐 때문에 그렇게 생각하는 겁니까?"

"그러니까 장소와 꽃까지 마음대로 정하라고 하니……."

롭은 짓궂게 침묵을 지켰다.

"이렇게 직접 기획에 관여하는 건 처음이에요. 어떻게 하면 좋을지……."

"이런, 여태까지 그렇게 본인 마음대로 하겠다고 고집을 부려왔으면서. 더 당황스럽게 해드릴까요? 아테나도 당신을 지원할 겁니다. 귀한 전시물을 무대 소품으로 내놓겠다는 건, 당신의 춤에 대한 가장 큰 신뢰라고 생각합니다."

시타는 두 손을 꼭 맞잡고 가늘게 떨기 시작했다.

롭은 F 모니터를 둥글게 말아 여신상의 손바닥을 탁 친다.

"한물갔다는 소리 따위 듣고 싶지 않다면 여기에 올라가십시오. 나이 든 여자가 뭐 어때서요? 아프로디테 전 부서가 당신을 지원하고 있어요. 전대미문의 한물간 댄서 아닙니까?"

"하지만……."

"실패해도 괜찮아요. 완벽한 조건에서 마음껏 춤추세요. 그렇게 해서 당신이 만족하면 그만인 겁니다."

그는 갑자기 진지한 얼굴로 시타의 눈을 들여다봤다.

"틀림없이 당신의 재능과 경력에 걸맞은 화려한 은퇴 공연이 될 겁니다."

그녀는 겁먹은 소녀처럼 톱을 올려다봤다.

조금 전과는 딴판으로 점잖아 보이는 그 얼굴에 슬픔인지 연민인지 알 수 없는 감정이 떠올라 있었다.

아마 동년배일 거야, 라고 시타는 생각했다. 나의 영화와 쇠락을 고스란히 지켜본 세대.

그녀는 처음으로 솔직하게 웃을 수 있었다. 또렷한 눈썹 아래에는 여전히 그늘이 드리워져 있었지만.

이 사람은 알고 있다. 시타 사다위의 모든 것을, 아마도…….

그녀가 한 시대를 풍미했던 것은 벌써 18년 전의 일이다.

인도에서 태어난 그녀는 어릴 때부터 춤을 췄다. 처음에는 TV나 영화에 나오는 무용수를 흉내 냈다. 타고난 음감 덕에 어떤 곡에서도 시타르°나 타블라°° 같은 전통 악기의 박자를 놓치지 않고 스텝을 밟았고, 정확한 타이밍에 멋지게 포즈를 취하면 타고난 미모가 선명하게 꽃을 피웠다. 사람들은 그녀를 영화사에 데려가 보라고 부모에게 권유했다.

그러나 그녀의 부친은 그 성씨로부터 알 수 있듯이 이슬람계로, 귀한 외동딸을 인도 문화에 몸담게 할 생각이 조금도 없었다. 이슬람 부흥 운동의 움직임과 인도 전통 문화 복권의 물결이 거세게 부딪치는 가운데, 불행히도 그녀는 본격적으로 춤을 배우지 못하고 아버지에게 떠밀려 아잔°°°의 소용돌이 속으로 휩쓸려 들어갔다.

음악적인 요소가 다분한 기도문을 들으면서 어린 시타는 생각했다.

'알라는 위대하다'는 오른팔을 하늘하늘 흔들면 어울리겠어. '알라 외에 신은 없다'는 몸을 비틀면서 쓰러지는 거야. 그리고 숨이 끊어질 듯 떠는 거지. '무함마드는 알라의 사도다.' 여기서는 발걸음에 집중하면 재미있을 것 같아.

° 류트계의 발현악기로, 인도 북부에서 발달했다.
°° 인도의 타악기로, 한 쌍의 작은 북으로 이루어져 있다.
°°° 이슬람교에서 하루 다섯 번 예배 시간을 알리는 소리.

실제로 이렇게 해버리면 벌을 받겠지만.

그녀가 벌 받지 않는 이슬람 춤을 만난 것은 열한 살 때였다.

수피즘°의 포교 공연에서 메블라비 교단의 선무旋舞를 봤던 것이다. 장엄한 합창과 민속 악기의 리듬에 맞춰 빙글빙글 도는 남자들. 흰색의 긴 가운 자락이 원뿔 모양을 만들면서 물결치고, 물결치고…….

시타는 어느새 객석 뒤에서 춤추고 있었다. 그들처럼 단순히 선회하는 춤이 아니었다. 네이°°의 선율을 손으로 건져 올리고, 쿠딤°°°의 리듬을 발에 휘감고, 눈의 움직임으로 기쁨을, 꼿꼿하게 세운 척추로 위엄을 표현하며 그녀는 자신만의 신을 위해 하염없이 춤을 추었다.

음악이 끝났을 때, 그녀를 기다리고 있던 것은 벌이 아니라 교묘하게 감춰진 호기심 어린 시선이었다.

이어서 등장한 벡타쉬 교단이 튀르키예의 민속 악기를 들고 음유시인처럼 연주를 시작했을 때도 그녀의 몸은 자연스럽게 움직였다.

° 이슬람교의 신비주의적 경향을 띤 한 종파.
°° 이슬람 문화권에서 널리 사용되는 피리처럼 생긴 목관악기.
°°° 튀르키예의 전통 타악기.

주위 시선이 집중되는 것을 느꼈지만 오로지 춤을 추고 싶은 마음에 그런 건 아무래도 좋았다.

사람들은 봤다. 사즈°와 주르나°°의 선율은 성스러운 의상이 돼 소녀의 몸을 감싸고, 그녀가 천천히 몸을 낮출 때마다 그들의 마음속에도 거룩함이 침잠하는 것을.

이슬람교는 우상숭배를 금지하는 까닭에 드러내놓고 말할 수는 없었지만, 사람들은 눈이 큰 검은 머리 미소녀의 몸짓에서 남몰래 신의 모습을 보고 있었다. 누군가는 그녀의 손짓에서 새로운 코란의 선법旋法을 느꼈다고 말하고, 또 누군가는 선무 이상의 희열에 사로잡혀 황홀경을 경험했다고 고백했다.

하룻밤 사이에 시타 사다위는 화제의 인물이 됐다.

그녀가 알라의 자녀로 남지 않았던 이유는 그날 그 공연에 왔던 도형악보 연구가의 끈질긴 구애 때문이었다. 음악을 그래픽으로 기록하는 키 작은 미국인은 그녀의 움직임은 그야말로 음을 시각화한 것이며 자신은 그 재능을 더욱 키워줄 수 있다고 호언하면서 절호의 타이밍에 당근

° 튀르키예의 전통 발현악기로, 고대 페르시아에서 유래되어 중동 외에 유럽 등에도 같은 계열의 악기가 있는 나라가 많다.
°° 튀르키예의 전통 관악기.

과 채찍으로 부모의 마음을 흔들어놓고는 시타를 데리고 가버렸던 것이다.

소녀는 그에게 양육됐다. 도형악보 연구가는 우선 자신의 연구를 위해 비교적 기보하기 쉬운 서양음악을 시타에게 들려줬다. 그녀는 적당히 통신교육을 받으면서 키이우와 파리, 뉴욕과 런던에서 새로운 춤을 접했다. 때로는 까무스름한 발에 핑크색 토슈즈를 신기도 했다. 하지만 시타는 시타 자신의 춤을 포기할 수 없었다. 배우는 족족 흡수하면서 어느새 그 경험들은 그녀의 피와 살이 됐다. 그러나 서양무용계는 그녀에게서 그녀가 받아들인 것 이상의 무언가를 감지하고 두려움을 느꼈다.

모던발레의 대가는 훗날 이렇게 말했다.

"시타를 내 문하에 둬서는 안 된다고 생각했다. 그녀는 수축과 이완을 마치 호흡하듯이 자연스럽게 구사한다. 신비의 나라에서 태어난 그녀에게 신이 우주의 숨결을 불어넣은 게 틀림없다. 내가 감당할 수 없는 거대한 무언가를 그녀는 가지고 있었던 것이다. 그녀는 우리 발레단의 시타가 아니라 신과 세계를 위한 시타가 되어야 했다."

이리하여 시타는 세계를 위해 춤췄다. 발리에서는 발리음악, 하와이에서는 하와이 음악, 우간다에서는 우간다 음악, 일본에서는 일본 음악에 맞춰 자신의 방식으로 춤을 췄다. 바로크 음악이든 우연성 음악이든 언제나 시타는 시타였다.

그녀가 세계적인 무용가로서 정점에 오른 것은 열네 살 때다. 아비시니안 고양이를 꼭 닮은 눈동자, 꼭 닮은 유연성, 꼭 닮은 기품. 불면 쓰러질 듯 가녀린 몸이 무릎을 구부려 중심을 낮추면 누구도 범접할 수 없었다. 힘을 모았다가 도약할 때면 온몸에 찬란한 섬광이 번쩍였다.

십 대의 시타 사다위는 아무것도 생각하지 않았다. 그저 소리를 듣고, 때로는 침묵을 들으며 자신이 움직이고 싶은 대로 움직였다. 그럴 수 있다는 게 그저 기뻤다.

그녀에게 관객은 방관자에 불과했다. 그래서 공연장에 몰려드는 열광적인 팬들이 많아진 시점에서 주변인들이 미디어 전략에 나섰을 때도 특별히 불만은 없었다.

그녀는 카메라 앞에서 하염없이 춤을 췄다. 관객도 아니고 알라도 아닌, 오직 자기 안의 신에게 육체의 움직임을 바쳤다.

그때는 그저 행복했다.

정말로.

"원하는 대로 하라는 말은 특수 효과를 쓰지 않아도 된다는 뜻인가요?"

2인승 자이로콥터를 조종하는 롭은 정면을 응시한 채 셰익스피어 작품 제목으로 받아쳤다.

"뜻대로 하세요."

"쓰느냐 마느냐 그것이 문제로군요." 그녀는 조금도 웃지 않았다. "라이브 무대가 좋을까요?"

좁은 어깨를 으쓱한다.

"어느 쪽이든. 하지만 결국 당신은 아무런 장치도 없는 라이브를 선택할 거라고 생각해요. 자, 아래를 잘 보세요. 데메테르에는 쓸 만한 것들이 잔뜩 널려 있으니까."

시타는 자이로콥터의 방풍 유리에 살짝 손을 얹고 아래를 내려다봤다.

560만 제곱킬로미터에 이르는 데메테르 관할 구역이 눈 아래 펼쳐져 있었다. 자이로콥터는 때마침 군청색의 해양생물 지대를 지나 광활한 초원 지대로 접어드는 참이었다. 따뜻한 봄바람이 싱그러운 초록 물결을 일으킨다. 물결을 따라 시선을 옮기자, 거기에는 검은 숲이 암반처럼 위엄 있게 버티고 있었다.

"빈의 숲을 재현해놓은 곳입니다." 롭이 처음으로 학예사다운 말을 했다. "취향이 별난 음악가들이 종종 연주 장소로 쓰기도 하죠. '윌리엄 텔의 어드벤처 투어'라는 어린이 프로그램을 진행한 적도 있는데, 너무 유치해서 완전히 아파치 습격전이 따로 없었다니까요."

"나하고는 상관없는 얘기군요."

차갑게 쏘아붙여도 롭은 기죽지 않았다.

"그렇죠. 그리고 저기가 유럽 정원 지대. 관광 명소의 진수라고 할 수 있는 곳이죠. 그만큼 예산도 수고도 많이 들였답니다. 결코 바보 취급한 거 아닙니다. 혹시 몰라서."

"좋겠어요, 이런 공영 기관은. 돈이 많아서."

시타는 비아냥거림에 비아냥거림으로 응수해줬다. 그래, 자금만 충분했다면 자신은 얼마든지 좋아하는 것을 하며 살 수 있었다. 어느새 관객들이 하나둘 스크린 앞을 떠나고, 너는 더 이상 황금알을 낳는 거위가 아니라고 선고받았을 때부터 이 고뇌가 시작됐던 것이다.

조종석의 롭은 그녀의 어두운 표정을 알아채지 못하고 쾌활하게 말했다.

"아프로디테는 반은 민영입니다. 직원들 모두 자기들 밥값 정도는 제대로 벌고 있다는 얘기죠."

"그렇게 관광객이 많아요?"

"그렇진 않고요. 주 수입원은 각 부서의 학술 조사와 연구의 상업적 이용, 그리고 에너지 판매입니다."

"에너지 판매?"

롭은 콧잔등을 긁적였다.

"제가 식물학자라 물리는 잘 모르지만…… 어, 이곳의 중력은 마이크로 블랙홀에 의해 제어되는데, 회전하는 그 마이크로 블랙홀 바깥쪽에 에르고스피어ergosphere인가 하는 영역이 있고, 거기서 자기장을 이용해 에너지를 만들고, 그걸 추출해서…… 아무튼 그걸 팔아 수익을 올리는 모양입니다. 설명하는 게 쉽지 않군요. 죄송합니다."

"정말 요령이 없군요."

"뭐, 그런 거 몰라도 여기서 사는 데는 아무 지장 없습니다. 아무튼 결론은 예술이니 학술이니 하는 허울 좋은 것들을 논할 수 있는 것도 다 그렇게 계산기를 돌리니까 가능하다는 얘기죠."

롭은 시타를 보며 싱긋 웃고는 덧붙인다.

"고고하고 순수한 예술이란 존재하지 않는다. 그것만 명심하면 됩니다."

그녀는 눈을 매섭게 흘겨 떴다.

"지금 나한테 설교하는 거예요?"

"설마요. 저는 이곳 시스템을 설명한 거지 설교한 게 아닌데요?"

변명하는 본새가 부자연스러웠다.

역시 이 사람은 알고 있다.

모든 것을. 잊어줬으면 하는 것까지 전부.

팬이라면 당연한 일이지만, 굳이 일깨워줄 것까지야……

"사람을 바보 취급하는군요."

전 세계에 뿌려진 그녀의 영상은 공전空前의 시타 붐을 일으켰다.

민족성에 얽매이지 않는 자유로운 감성, 발바닥으로 대지에 입맞춤하는 듯한 낮은 자세와 하늘에 닿을 듯한 화려한 도약. 건드리면 깨질 듯한 십 대 중반의 위태로운 아름다움과 불가사의한 미소.

영상 속의 그녀는 모든 사람이 신봉하는 모든 신의 무녀였고, 그 자체로 이미 신격화돼 있었다.

본능으로 춤추는 시타가 생각이란 것을 하기 시작한 것은 이십 대가 돼서였다.

그녀를 추종하는 아류들이 항간에 넘쳐났던 것이다.

힌두교의 가르침과 시타의 유연성을 에로틱하게 해석한 4인조. 유행가의 재히트를 노리는 뻔뻔스러운 아크로바틱 댄서. 오리엔탈리즘과 발레를 접목해 신파를 자청하는 무용단. 최고가 아닐지언정 제2의 시타 사다위를 자처하는 소녀는 또 얼마나 많았는지.

시타는 평소와 다름없이 춤을 췄다. 그러나 한번 달콤한 맛을 봐버린 주변인들은 신흥 세력에게 밀려날 것이 두려워 영상을 더욱더 과장되고 자극적으로 가공하기 시작했다.

회색 스튜디오에서 자유롭게 몸을 움직였는데, 시판된 영상물 속의 그녀는 연못에 핀 연꽃 위에서 한 발짝도 벗어나지 않았다. 꼿꼿한 정지 자세로 무한을 표현하자, 그녀의 모습은 일곱 빛깔 물방울로 산산이 흩어져 헤프게 웃으며 서 있는 기예천伎藝天˚이 됐다. 하느작거리는 팔에는 야자나무 잎이 입혀지고, 전혀 어울리지 않는 케냐인의 연주에 맞춰 사슴이며 코뿔소와 함께 뛰어오르기도 했다.

아니야, 하고 그녀는 스크린 앞에서 입술을 깨물었다.

˚ 시바신이 천계에서 기악(妓樂)을 만들었을 때 머리칼에서 탄생한 천녀(天女)로, 예술의 신이다.

저기서는 한 걸음을 떼서 자리를 옮기는 데 의미가 있다고. 뒤돌아보는 저 동작은 등의 긴장과 곡의 긴장이 딱 맞아떨어졌었는데. 아니야, 시선은 구체적인 대상을 보면 안 된다고! 아니야, 아니라고!

완벽하게 움직였다고 생각한 몸이 남의 손에 의해 끝없이 가공된다. 이건 분명 자신의 표현력이 부족한 탓이다. 어린 시타는 그렇게 생각했다.

어떻게 하면 이 곡을 더 잘 해석할 수 있을까? 이 동작은 좀 더 우아하게 할 수 있지 않을까?

하지만 아무리 노력해도 자신은 점점 망가져간다.

나는 왜 내가 원하는 춤을 출 수 없는 걸까…….

어느 날 시타는 마침내 첫 반발을 시도했다.

"제발 제가 하고 싶은 대로 하게 해주세요."

오래전에 이미 한낱 장사꾼으로 전락해버린 도형악보 연구가는, 그녀가 결심하고 꺼낸 말을 가볍게 일축해버렸다.

"네가 관객한테 서비스를 하지 않으니까 우리가 대신해주는 거야."

서비스. 느껴지는 대로 받아들이고 그걸 순수하게 표현하는 것이 그렇게 나쁜 일인가? 관객을 의식하지 않는 것이 그렇게 잘못된 일인가?

"어유, 그런 얼굴 하지 마. 너는 누가 뭐래도 최고의 댄서야. 한 가지 불행이 있다면 그건 모두가 이미 네 존재를 알아버렸다는 점이지. 이제 자기만족에 급급할 단계는 지났어. 너는 미디어를 통해 세상에 널리 알려져야 하고, 이왕이면 조금, 그래, 아주 조금만 보완하면 잃어버린 소녀의 신비로움까지도 되찾을 수 있어. 불만 없지?"

그는 킬킬 웃었다.

"그리고 스스로는 모르겠지만, 너 자신도 이미 다음 단계로 나아갔어. 물론 네가 필사적으로 네 안의 완벽을 추구해서 여기까지 왔다는 거 알아. 하지만 사람들이 이제 너의 그 고지식함에 답답함을 느끼기 시작했어. 나이도 나이고, 이미지 변신을 하기에 딱 적당한 때야. 한때 최고의 인기를 구가하던 네가 가공된 영상으로 전성기를 되찾으려고 몸부림치는 모습을 본다면 사람들은 틀림없이 환호할 거야. 그러니까 자기밖에 모르는 무녀 행세는 당장 집어치워."

몸을 움직이는 것 말고는 아무것도 생각하지 않았던 시타는 그때 자기 안에서 무언가가 붕괴되는 것을 느꼈다.

자신은 자기 마음속 만족의 신에게 스텝을 바치는 것이

다. 부드럽게 내뻗은 손은 자신 안의 이상을 향한 것이다. 관객은 정말 필요 없는데. 춤추고 싶은 대로 춤출 수 있으면 그만인데.

며칠 후, 시타는 월드넷 희극 프로그램에서 자신의 영상이 사용되는 것을 보고 말았다. 떠들썩한 싸구려 술집 안에서 혼자 공허한 눈으로 열심히 춤을 추고 있었다. 연극평론가는 이 장면을 웃음을 유발하는 연출이라며 크게 호평했다.

시타는 슬프고 우스웠다.

"여기는 모든 것이 완벽하군요. 비록 땅속에서 계산기가 돌아가고 있다고 해도."

산책로에 내려선 시타는 바람에 흩날리는 머리카락을 매만지면서 비꼬듯이 중얼거렸다.

그리니치 표준시는 15시지만 중심 지역에서 멀리 떨어진 광대한 데메테르는 이미 저녁이었다. 대기층이 얇아서 붉은 조명으로 석양을 연출하고 있다는 것을 시타는 알고 있었다.

"중국 정원에는 모란, 풍차 아래에는 튤립. 해바라기밭도 볼만했고, 보리수 열매는 정겨웠어요. 가장 좋은 때를

패치워크해놓은 거죠? ……인공적으로."

그녀는 산책로 양쪽에 핀 덩굴장미를 손톱으로 톡 팅
긴다.

석양빛에 물든 헝클어진 머리를 마치 불길처럼 흔들며
롭이 대답했다.

"최상의 꽃을 보여주려면 품이 제법 많이 듭니다. 종류
에 따라서는 전체를 옮겨심기도 하고, 그게 어려우면 이
렇게 가림막을 해줘야 해요. 사실 이 덩굴장미 울타리 너
머는 아직 듬성듬성한 코스모스밭이랍니다."

시타는 결코 기죽지 않는 남자의 얼굴을 물끄러미 쳐다
봤다. 그는 왜, 하고 말하는 듯이 고개를 살짝 내민다.

그녀는 한숨을 내쉬며 하늘을 바라봤다.

"사람을 바보 취급하는군요."

"또 그 소립니까?"

"이곳이 너무 완벽해서 부담스럽다는 말이에요. 당신,
내 팬이라고 했죠? 이번 공연을 아프로디테가 적극적으로
지원한다고도 했고. 그렇다면 물을게요. 지금의 시타 사다
위는 이 완벽한 세계를 자유롭게 이용할 만한 가치가 있
는 댄서라고 생각해요?"

롭은 계속 미소 짓고 있었다. 시선도 피하지 않았다.

"한물간 댄서잖아요. 겁이 나는 게 당연합니다."

가슴이 욱신거렸다. 그래, 이 사람은 자기 비하는 그만 두라고도 말했다.

"관객이 줄어든 원인이 억지스러운 연출에 있었다고 알고 있습니다만, 그게 아니더라도 지금의 당신은 예전에는 가능했던 4회전 도약을 겨우 2회전만 하고 마치는 형편입니다."

시타는 붉은 세계 속에서 멈춰 섰다.

롭은 빙글 돌아서서는 심술궂게 말한다.

"바보 취급한다고 화 안 내요?"

그녀는 대답 없이 두 손을 꼭 움켜쥔 채 꼼짝 않고 서 있었다. 롭은 두 걸음 되돌아와 그녀 옆에 선 뒤 가녀린 손을 잡아 자기 팔에 걸었다.

그는 잠시 말없이 걸으며 시타의 마음이 진정되기를 기다렸다.

장미 울타리가 자귀나무 가로수로 바뀐다. 푸르스름한 어스름 속에서, 나무가 졸린 듯이 잎을 접으려 하고 있었다. 연분홍색 꽃이 하늘 가득한 별 같았다.

앞에서 노부부가 걸어오고 있었다. 편안한 담소 소리가 살랑살랑 귓가에 들려오고, 표정은 보이지 않지만 만족스럽게 미소 짓고 있는 것을 알 수 있었다.

옆을 지나칠 때 롭은 노부부에게 가볍게 고개를 숙였
다. 그러자 다정한 인사가 되돌아온다.

부부의 모습이 멀어지자 그는 자신의 팔에 감긴 그녀의
손을 톡톡 두드렸다.

"그래도 저는 당신 팬입니다. 2회전이 1회전이 돼도 상
관없어요. 시타 사다위는 기술적인 것쯤이야 표현력으로
얼마든지 메울 수 있는 댄서라는 걸 아니까요. 본인이 아
프로디테를 이용할 만한 가치가 있다고 생각한다면 아무
것도 거리낄 게 없어요. 어때요, 열렬한 지지자가 있어서
든든하죠?"

시타는 가볍게 웃었다. 웃으면서 이 얼굴을 그가 봐줬
으면 좋겠다고 생각했다.

"지난 2년, 당신은 정말 힘들어 보였어요. 천박한 영상
물에 상처받고, 그래서 더 자신을 보여주려고 안간힘을
쓰는데 그럴수록 점점 더 본래의 모습에서 멀어져가는 것
같았거든요."

"그건……." 그녀는 헛기침하며 목소리를 가다듬었다.
"그건 아니에요. 난 관객은 신경 쓰지 않아요. 어렸을 때부
터 그랬어요. 그저 춤추고 싶어서 췄던 거예요. 지금도 마

찬가지예요. 그런 조악한 영상에 만족하는 수준 낮은 관객은 필요 없어요. 그들에게 진정한 내 모습을 보여주려고 한 적도 없어요. 나는 내 안의 행복을 위해서만 손과 발을 쓰는 거예요."

그녀는 단단한 미소를 지으며 롭을 쳐다봤다.

"처음에 당신이 말한 대로 이번 공연은 은퇴 무대가 될 거예요. 나는 내가 원하는 대로 할 거예요. 사람들은 영상과 너무나 다른 나이 든 댄서를 보게 되겠죠. 화려한 연출 없는 날것에 실망해도 어쩔 수 없어요. 나는 관객을 무시한 채 끝까지 춤추고, 그리고 그들과 깨끗이 결별할 거예요."

"사람을 바보 취급하는군요."

롭은 가로수길 끝을 응시한 채 툭 내뱉었다.

"어머, 대신 말해주는 거예요?"

"아니요. 당신이 저와 관객들을 바보로 취급하고 있다는 겁니다. 제가 말한 은퇴와 당신이 말한 은퇴는 의미가 다릅니다."

"그게 무슨 말이에요?"

날카로운 목소리로 묻자 그는 숨을 크게 한 번 내쉬었다.

"당신이 번뇌에 빠져 더 이상 자신의 춤을 출 수 없게 됐다면 이번 무대에서 원 없이 마음껏 춤추고 만족스럽게 은퇴하는 것도 나쁘지 않다고 생각해요. 하지만 은퇴라는 최후의 수단을 이용해서 관객을 정면으로 조롱하려는 것이라면 그건 옳지 않습니다."

"도대체 지금까지 뭘 들은 거예요? 나는 원래 관객에게 환심을 사려고 춤추는 댄서가 아니라고 말했잖아요! 나는 나만 만족하면 그만이라고요!"

시타는 그의 팔을 뿌리치려고 했다. 하지만 롭은 그녀의 손을 지그시 누른다.

"그럼 왜 가공된 영상에 거부 반응을 보였던 거죠? 마음껏 춤추고 그걸로 만족했다면 어떤 식으로 유포되든 상관없잖습니까. 이번에도 마찬가지예요. 자신에게 충실하려고 할 뿐이라면 원하는 걸 아프로디테에 당당하게 요구하면 그만인 일입니다. 관객의 환멸 따위는 왜 신경 쓰며, 결별이니 하는 말은 왜 꺼냅니까? 당신에게서 만족을 앗아가고 당신에게 은퇴라는 말을 운운하게 하는 것은, 정작 주변 사람들이 아니라 자존심을 지키기 위해 그 사람들을 애써 무시해온 당신의 왜곡된 마음 아닌가요?"

시타의 큰 눈이 더욱 커다래졌다. 칠흑 같은 눈동자에 경악과 두려움이 떠오르고, 이윽고 시선이 아지랑이처럼 흔들리다가 바닥으로 떨어진다.

"왜냐하면 나는⋯⋯ 춤에 대한 내 순수한 충동이 더럽혀지는 것만 같아서⋯⋯."

롭은 또다시 그녀의 연약한 손등을 몇 번인가 부드럽게 토닥였다.

"있잖아요, 시타. 고독한 예술 따윈 없어요. 아무리 순수하고 고고한 걸 내세워도 그 기운 자체가 저 같은 사람을 끌어당기는걸요. 그건 어떻게 할 수 있는 일이 아니에요. 주변을 배척하는 데 쓸 에너지를 춤에 쏟아부으세요. 예전처럼 시타 본연의 모습으로 있어요. 그렇게 할 수 있는 자신감을 되찾아줘요."

이런 말을 하면 아테나 사람들에게 뭇매를 맞을 텐데, 하고 중얼거리고 나서 그는 쑥스러운 듯이 말했다.

"코 없는 스핑크스가, 〈밀로의 비너스〉가, 〈사모트라케의 니케〉가 우리에게 강렬한 인상을 주는 이유는 당당한 모습으로 거기에 있기 때문이에요. 완벽한 아름다움을 추구했기 때문에 없어지고 깨진 부분은 상상력으로 보완해도 충분하다, 이런 자신감으로 유유히 존재하고 있는 거죠. 캔버스에 선 하나를 그었을 때, 저에게는 없고 몬드리안에게는 있는 것이 그 자신감입니다. 아이가 주먹으로 피아노를 두드리는 것과 뮤즈가 높이 평가하는 톤 클러스터°가 다른 것도 바로 그 부분이고요. 제가 좋아하는 시타는 설령 상대역으로 바퀴벌레를 합성해서 바퀴벌레 나라에 영상물을 팔게 되더라도 자신감이 있는 한 빛을 잃지 않을 겁니다."

어느새 가로수길이 끝나 있었다.

눈앞에 펼쳐진 것은 조명이 없는 들판이었다. 약간의 잔광 속에 양귀비를 닮은 꽃들이 밀집해 피어 있었다.

"내가 사람들 시선을 의식하기 때문에 자신감을 잃었다는 거로군요? 하지만 설사 그렇다고 해도 이미 그렇게 돼버린 마음을 어떻게 바꿀 수 있겠어요? 지금까지도 온몸으로 거부해왔는데, 그조차 춤에 있어서는 사념이었다는 건가요?"

그는 아무 말 없이 그대로 무릎을 꿇더니 식물학자다운 몸짓으로 꽃 한 송이를 집어 들었다.

"탈리아, 일루미네 시스템 부탁해. 지휘자 등록. 모니터링 대상, 시타 사다위. 내 옆에 있는 사람이야."

"나?"

롭이 일어섰다. 그가 뒤로 물러서자 어둠 속에 웃는 얼

● 피아노를 손바닥이나 팔로 쳐서 연속된 음을 동시에 내는 연주법.

굴이 녹아든다.

"탈리아, 일루미네 작동."

"잠깐만요. 뭘 하려는 거죠?"

롭에게 다가가려던 시타는 아연실색했다.

꽃이 빛난 것이다. 들판에 연두색 빛의 띠가 나타나더
니 천천히 희미해진다.

"……롭."

시타는 손끝으로 입을 막았다. 그러자 그녀의 동작을
읽은 것처럼 다른 곳이 아롱아롱 빛났다.

팔을 내리면 빛의 파도가 내달리고, 비틀거리는 발걸음
에는 불안정한 깜빡임으로 화답해준다.

"롭!"

"이야, 그렇게 깜짝 놀라주시다니 감격스러운데요."

꽃의 희미한 빛을 받으며 데메테르 직원은 한가롭게 말
했다.

"좀 더 움직여봐요. 재미있죠?"

그녀가 고개를 돌리자 작은 불빛이 꽃밭에 파문을 그려
나갔다.

"발광하는 꽃입니다. '일루미네'라고 이름을 붙였어
요. 양귀비의 원형질체에 발광 효소인 루시페라아제의

cDNA[●]를 전기천공법으로 도입한 겁니다. 탈리아가 당신의 움직임을 맵으로 전환해 뿌리에 전하$_{電荷}$를 주면, 편모처럼 생긴 생체 마이크로모니터가 움직이고 루시페린 생성낭이 눌려서 반응이……."

롭은 순간 쓴웃음을 흘렸다.

댄서는 과학자의 장광설 따위 듣고 있지 않았다. 팔을 들어 허공을 더듬고, 손가락을 하느작거리고, 왼발을 축으로 몸을 이리저리 움직여보고 있었다.

그녀의 팔이 부드럽게 밤공기를 가르자 베일 같은 빛이 휘어졌다.

발을 휙 차올리자 들판 끝까지 섬광이 내달렸다.

이윽고 롭 바로 앞에 있는 꽃들이 서서히 밝아졌다. 바람에 하늘거리는 얇은 꽃잎들이 은은한 빛을 둥글게 펼쳐 나간다. 그리고 시타의 즐거워하는 얼굴.

"근사해요. 생각대로 잘 되진 않지만."

"그래서 더 좋은걸요. 당신의 움직임을 꽃은 확실하게 감지하지만 엉뚱한 곳에서 화답하거나 하죠. 변덕스러운 관객처럼 말이에요."

● 상보적 DNA(complementary DNA)의 약자.

넋이 나가 있던 시타가 문득 미간을 찌푸렸다. 꽃밭에 치직 하고 불안한 빛이 들어온다.

"관객들은 영상 속 당신에게 실시간으로 반응해줄 수 없었어요. 그건 당신에게 다행한 일이었을까요, 불행한 일이었을까요. 저는 당신에게 아무것도 해줄 수 없다는 게 내내 안타까웠어요. 점점 필사적인 모습으로 변해가는 당신에게 따뜻한 박수조차 보낼 수 없었어요."

"주제넘군요."

"그래요. 하지만 일루미네를 보고 근사하다고 느낀 감정은 당신의 스텝에 반영되잖아요? 당신은 소리와 세계를 춤에 투영할 수 있는 댄서예요. 당신의 예리한 감각에 관객의 반응이 침투한다면 대체 어떤 춤이 될까요? 그러면서도 그 반응에 얽매이지 않고 당신 안의 신에게만 오롯이 춤을 바친다면, 팬으로서 더없이 기쁠 겁니다."

"정말 제멋대로 구는군요."

롭은 두 팔을 벌렸다.

"어쩔 수 없어요. 저는 저 로비의 여신상이에요. 두 손을 내밀고 기다리고 있어요. 그냥 그렇게 기다릴 수밖에 없어요. 미를 가진 사람 앞에서 좋은 것을 달라고 일방적으로 조르는 거죠."

양귀비꽃이 남실거리고 겹겹의 물결이 들판 끝에서 포개졌다.

시타는 자신의 팔을 주체하지 못해서 손바닥으로 때리고 있었다.

"난 그렇게 친절하지 않아요. 모든 걸 혼자 떠안아야 하는 이 상황에서, 심지어 관객을 앞에 두고 춤을 춘다고요? 사람들의 반응을 느끼자마자 그 자리에서 졸도할지도 몰라요. 그러면 그야말로 무의미한 은퇴 공연이 되는 거죠."

"모든 결정은 당신에게 달렸습니다. 저는 당신이 만족한다면 그걸로 됐어요."

들판의 빛이 심하게 흔들린다.

"……사람을 바보 취급하는군요."

연두색 빛을 받으며 그녀는 미소 짓고 있었다.

공연 전의 분주함이 다카히로의 발걸음을 재촉하고 있었다.

회색 청사가 여느 때보다 더 을씨년스럽다.

텅 빈 홀에 들어서는데 "다시로 씨" 하고 롭 롱사르가 그를 불러 세웠다.

"이번에 수고 많으셨어요. 정말 감사합니다."

"수고는 무슨. 이번에는 또 어떤 문제가 터질까 하고 긴장하고 있었는데, 맥 빠질 정도로 아무 일도 없었어. 꼬투리를 잡으려고 기웃기웃하는 매스컴은 관장한테 맡겨버렸고."

"아하하, 잘하셨네요. 시끄러운 참새를 쫓아버리는 건 허수아비의 역할이니까요."

아무래도 데메테르에까지 관장의 별명이 알려진 모양이다.

그런데, 하고 다카히로는 고개를 살짝 기울여 롭의 얼굴을 들여다본다.

"모처럼 전 부서가 지원하겠다고 나섰는데, 기껏 요구한 게 〈손바닥〉 상 하나뿐이라니 왠지 아쉬워. 공연장도 특별할 것 없는 뮤즈의 헬리콘 홀이고."

롭은 눈썹을 활처럼 한껏 치켜올리고 가슴을 폈다.

"그러니까 시타 사다위죠. 솔직히 그녀가 이번 무대를 관객의 입맛에 맞춰 화려하게 연출하려고 했다면 저는 아프로디테를 그만뒀을지도 몰라요."

다카히로는 깜짝 놀랐다.

"그건 또 무슨 소리야?"

"단단히 각오하고 시작한 일이었어요. 안 그랬으면 일

루미네가 수익성이 좋다는 걸 빌미로 관장님에게 공연 기획을 들이밀지도 않았을 겁니다. 천하의 실력파 연출가 코넬 씨를 구슬리는 데도 상당한 배짱이 필요했고요."

롭은 아무렇지 않아 보였다. 그만큼 시타를 신뢰하고 있는 것이다.

다카히로는 롭의 팔을 툭툭 쳤다.

"곧 시작이야."

"네, 곧 제가 가장 좋아하는 시타가 돌아옵니다."

열렬한 팬의 얼굴에 웃음이 번졌다.

입고 있던 작업용 흰색 셔츠와 청바지를 슈트로 갈아입은 데메테르 직원은 무대가 잘 보이는 열두 번째 줄 중앙에 앉아 있었다.

헬리콘은 아홉 개의 홀 중에서 가장 작다. 그럼에도 시와 음악의 신들이 사는 중요한 산의 이름을 붙인 이유는, 미美는 관객 동원 수가 아니라 질로 측량되는 것이라고, 다분히 양가적인 가치 사이에서 의지를 발휘한 결과일 것이다.

시타 사다위의 춤을 보기에는 딱 좋은 크기라며 롭은 만족스러워한다.

왜냐하면 아주 가까이에서 볼 수 있기 때문이다. 한 시간 반 동안 그녀의 그리운 미소를.

음악은 동양 여러 나라의 민족음악으로 다행히 아프로디테가 모두 소장하고 있는 음원들이었다. 무대에는 왼쪽에 〈손바닥〉 상이 놓여 있을 뿐. 효과라고 하면 조명 색깔이 약간 바뀌는 정도다.

시타는 춤췄다. 아무것도 꾸미지 않은 채로.

무녀는 자기 안에 강림한 무도의 신을 그대로 몸짓에 품었다.

그녀의 나이는 화장으로 감출 수 없었고, 일찍이 신의 딸이라 불리던 소녀의 위태로운 아름다움은 어디에서도 찾아볼 수 없었다. 도약과 회전에는 예전의 날렵함이 없었다.

그러나 그게 어떻다는 건가.

그녀는 십 대 때와는 또 다른 느낌으로 계시를 소화해냈다. 힘에 압도돼 휩쓸리는 것이 아니라, 오히려 그 힘을 부드럽고 우아하게 거느렸다.

낮은 자세로 춤을 추면 대지를 향한 사랑과 평안함이 넘쳤다. 큰 눈동자를 두리번거리면 그녀를 지켜주는 거대한 힘이 주위에 가득 차 있는 것을 느낄 수 있었다. 이완

된 팔 끝에서 가녀린 손가락이 숨이 막힐 정도로 팽팽하게 젖혀진다. 힘차게 내디딘 발이 잡신을 물리치듯 바닥을 쿵쿵 울리고, 제고그° 소리와 복잡하게 뒤섞이며 유구한 시간의 흐름을 전해온다.

관객들은 숨죽이고 그녀의 모든 움직임을 지켜봤다.

시타는 이제 그들의 시선을 거부하지 않았다. 그녀는 그들의 존재를 팔로 더듬고 허리로 잡아끌어, 발놀림으로 가볍게 받아넘겼다.

객석에서 느끼는 것을 그녀가 어떤 식으로 받아들이고 있는지는 롭도 알 수 없었다.

다만 그녀는 무척 행복해 보였다. 모든 속박에서 벗어나 자유롭게 춤추는 그녀는 마지막 곡에 이를 때까지 계속, 계속 빛났다.

롭은 그것만으로도 좋았다.

그런데 그때, 시타가 〈손바닥〉 조각상으로 다가갔다.

아직 음악이 끝나지 않았는데, 하고 롭은 걱정이 된다.

시타는 여신상의 손바닥을 살며시 어루만진다. 확인하듯이, 기도하듯이…….

● 죽통을 엮어 만든 인도네시아의 전통 타악기.

제고그도, 큰당˚도 아직 요란하게 울리고 있었다. 신들의 섬에서 온 음악에 둘러싸여, 그녀는 손에 손을 얹고 여신상을 마주 봤다.

타악기인 쳉쳉˚˚이 치잉 하고 울리자 음악은 끝을 향해 가며 서서히 느려진다.

마른침을 삼키는 관객들을 앞에 두고 시타는 무대 중앙으로 돌아가 한 번 생긋 웃었다.

느슨해지는 리듬을 타고 까무잡잡한 몸이 천천히 움직인다.

그녀는 속의 것을 전부 긁어내듯 가슴을 쓸어 올리더니 그대로 팔을 앞으로 내뻗었다.

"앗!"

저것은 〈손바닥〉 조각상이다.

동시에 차랑 하고 음악이 끝났다.

시타는 움직이지 않았다.

롭은 아득히 먼 곳에서 생각했다.

저 손바닥은 받기 위한 것이 아니라 바치기 위해 내민

˚ 북면이 두 개인 인도네시아의 전통 북.
˚˚ 심벌즈처럼 생긴 타악기.

것이다.

그는 가슴 앞에서 손바닥을 내밀고 무대를 향해 미소를 보냈다.

관객들도 깨달았다. 그들은 그제야 정신을 차리고 대지를 뒤흔드는 박수갈채를 보내기 시작했다.

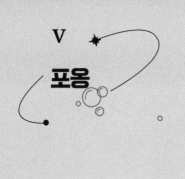

V

포옹

역시 뵈젠도르퍼 임페리얼 그랜드라니까, 게다가 '97 건반의 흑천사'라니, 하고 미와코는 들뜬 목소리로 말했다.

　아무리 생각해도 모르겠다. 어떻게 아내가 철야의 이유를 알고 있을까. 자신은 그냥 복잡한 일이 생겨서 퇴근을 못 한다고 말했을 뿐인데.

　뮤즈와 아테나의 전시품 다툼은 일상다반사이기 때문에 관장의 수석 비서였던 아내가 눈치껏 넘겨짚는다고 이상할 것은 없다. 하지만 브랜드까지 맞혀버리면 므네모시네가 주방 단말기에 가십을 흘리고 있는 게 아닐까 의심하고 싶어진다.

　"어차피 한가한 허수아비 관장이 줄줄 늘어놨겠지."

다카히로는 눈앞의 F 모니터에 떠 있는 수많은 현안을 바라보면서 허수아비 관장 에이브러햄 콜린스를 저주했다.

깐깐한 노老피아니스트를 주인으로 모시는 '흑천사'는 아직 포장용 비닐에 싸여, 물론 검역도 받지 못한 채 창고에서 잠자고 있다. 뮤즈의 조율사 마누엘라는 피아노 상태를 걱정해 장문의 항의 글을 다카히로 앞으로 보내왔다.

비접속자이지만 기량이 뛰어난 마누엘라는 어떻게 하면 이 담보 상태에서 벗어날 수 있는지를 조목조목 나열하고 있었다. 진지한 태도에는 진지하게 응해야 한다. 다카히로는 왜 일이 순조롭게 진행되지 않고 있는지 상세하게 적고, 혹여 각 부서를 험담하는 식의 말이 들어가 있지 않은지를 신중하게 검토한 다음, 마지막에 자신도 곤란한 상황이라는 것을 조심스럽게 덧붙였다.

그녀에게 답장을 쓰는 동안, 모니터에는 새로운 검토 과제가 세 개나 늘어 있었다. 그중 하나는 '회의 결과 대기'로, 요컨대 잠시 더 이 살풍경한 청사에 머물러야 함을 의미했다.

최근 들어 부쩍 부서 간 조정 업무가 늘어났다. 허수아비가 속 편한 행동을 하고 아내가 순진한 소리를 할 때마다 다카히로는 왈칵 피로가 밀려오는 것을 느꼈다.

조정 업무는 학예사의 주된 업무가 아니다. 때때로 물건을 감정하는 과정에서 실랑이가 벌어지기도 하지만, 대부분은 눈치만 조금 있다면 충분히 대응할 수 있는 내용이다. 그런데 모두, 관장까지도 문제가 생기면 아폴론 학예사에게 떠넘겨버린다. 자기들보다 큰 데이터베이스에 연결돼 있다고 해서 뭐든 해결해줄 수 있다고 여기는 것일까.

하지만 우수한 여신을 곁에 두고 있기에 다카히로는 오히려 억울한 기분이 든다. 귀찮은 잡무 처리 때문이 아니라 학예사로서의 정신적 충족감을 위해 여신을 불러낸 것이 대체 언제였을까. 이것이야말로 자원 낭비다. 이런데도 사람들 눈에는 아폴론의 직접 접속자는 무엇이든 처리할 수 있는 신으로 보이는 모양이다.

"아, 그 사람도 계속 신경이 쓰이네."

다카히로는 관자놀이를 문지르면서 낮에 찾아온 손님까지 저주했다.

서니 R. 오베이는 이렇게 의기소침해 있는 직접 접속자의 모습을 상상할 수 없을 것이다. 나이지리아 출신의 액체 예술가인 그는 임시 담당인 뮤즈를 거치지 않고 직접 아폴론 학예사를 찾아와 호소했다.

"당신이라면 이해해줄 것 같아서⋯⋯."

그는 시선을 바닥에 떨군 채 웅얼웅얼 말했다.

오베이는 아프로디테의 저중력 구역에서 퍼포먼스를 하고 싶다고 했다. 가변 제어가 가능한 투명한 막 안에 액체를 가둬 넣고 그 안에 문자를 그린다는 것이다. 막에서는 때때로 화학물질이 방출돼 내부의 액체를 다양한 색으로 물들일 거라고 한다.

그는 시종일관 고개를 숙이고 있었다. 과학이나 마술처럼 보이는 요소를 끌어들여 예술을 한다는 것에 다소 열등감을 가진 눈치였다. 귀까지 붉혀가며 간신히 꺼내놓은 이야기에 따르면, 자신은 퍼포먼스를 통해 '언어란 모호한 것이어서 다른 것에 쉽게 물들며 금방 무너지는 것'임을 보여주고 나아가 '그래도 언어에는 위대한 힘이 있다'라는 메시지를 전하고 싶다는 것이다. 그러나 그의 뜻을 뮤즈는 이해해주지 않는다고⋯⋯.

"내가 말주변이 없어서요. 그러니까 내가 표현하고 싶은 건⋯⋯ 액체가 그려내는 단어에 의해 뭐랄까, 화악 하고 확산되는 것? 그리고 제약되는 것? 뭐 이런 것들이 한꺼번에 흐물흐물 허물어지면서 반어로 바뀌거나⋯⋯ 우르르 하고 휩싸이는 듯한 느낌, 뭐 그런 건데⋯⋯. 퍼포먼스로서도 시가나 언어에 얽매이지 않는, 충분히 매력적인 종합 예술이라는 것을, 그 뮤즈인가 하는 곳에 대신 좀 전해주십사 하고⋯⋯. 당신네는 머리에 컴퓨터가 달려 있어서 생각만 하면 척 하고 영상으로 만들고 그러잖아요. 그러니까 내가 무슨 말을 하고 싶어 하는지도 알 거 아니에요. 나는 설명을 잘하지 못해요. 또 설명하기 어려우니까 예술인 거고. 아무튼 잘 좀 전해줘요."

오베이의 발언은 오해의 산물 그 이상도 이하도 아니었다. 다카히로는 뮤즈의 학예사들도 '머리에 컴퓨터가 달려' 있고, 그 시스템의 유무와 퍼포먼스를 인정할지의 여부는 별개의 문제임을 힘줘 설명했다.

하지만 자칭 예술가는 들을 생각도 하지 않고 막무가내로 매달렸다. 당신은 모르는 게 없잖아? 이 마음속의 모호함도 그 머리에 있는 컴퓨터에 입력하면 확실한 형체로 변환해 볼 수 있잖아? 그러니까 사람들에게 말해줘. 나는 설명을 잘하지 못해. 당신은 잘 알 거야⋯⋯.

결국 다카히로는 자기 앞으로 신청 서류를 갖춰서 제출하라고 말해버리고 말았다.

자신은 진 것이다. 중재자 역할에 지친 학예사에게 보내는 알맹이 없는 찬사의 불편함에.

다카히로는 F 모니터 옆에 놓인 커피 잔을 손에 들었
다. 책상과 의자와 소파밖에 없는 직접 접속자용 개인 사
무실, 플라스틱 컵에 담긴 식은 커피, 오전 1시를 넘긴 시
계, 푸르스름하고 침울한 모니터 불빛, 그 빛이 만들어내
는 난제들.

속절없이 울적함이 밀려든다. 지난주까지 뮤즈에서 개
최했던 '의성어' 행사의 일본인 패널이었다면 이 상황을
'에구구'라고 표현했을 것이다.

'에구구' 대신 '똑똑' 하고 누군가 조심스럽게 문을 두드
렸다. 실제로 사람을 방문할 때만큼은 손으로 신호한다는
것이 직접 접속자만의 독특한 신념이다. 이런 시간에 태양
신 아폴론을 회유하러 찾아온 직접 접속자는 과연 페가수
스의 주인들인 뮤즈일까, 황금 갑옷의 주인인 아테나일까.

"이 시간까지 일하고 있었던 거야?"

"아, 웬일이에요?"

이 아테나는 황금 갑옷을 입지 않았다. 대신에 윤기 나
는 검은 피부와 아름다운 미소를 걸치고 있다. 네네 샌더
스는 어깨가 축 늘어진 다카히로를 연민의 눈길로 바라
봤다.

"또 치정 싸움에 휘말린 아저씨처럼 우왕좌왕하고 있었

구나? 그래도 집에는 들어가야지. 자꾸 그러다 너 미와코한테 이혼당해."

그는 힘없이 웃었다.

"미와코는 매일이 행복할걸요. 식물전이다, 콘서트다, 쫓아다니느라 바빠요. 집에 가면 감탄사만 연발하는데 속 편해서 좋겠어요. 난 이런 일을 하면서도 미술품을 찬찬히 들여다볼 겨를도 없는데, 미와코가 들떠서 그런 얘기를 할 때마다 자기혐오에 빠져서 확 피곤해져요."

"저런, 그럼 집에 못 가는 게 아니라 안 가는 거란 소리네."

역시 그녀는 이해가 빠르다. 다만 말이 많았다.

"상황이 그렇다면 이혼은 네가 제기해야 하는 건가? 힘내, 다카히로. 본인 이혼 조정까지 하고 싶지는 않을 테니까."

"무슨 소리 하는 거예요. 오밤중에 남자 혼자 있는 방에 쳐들어와서 이혼이라니, 너무하네요."

"그럼 쳐들어온 김에 커피 한 잔 얻어 마실까? 아까부터 졸렸거든."

"그쪽도 무슨 문제 생겼어요? '유라시아 도예전' 준비하고 있죠?"

진공관으로 수송된 플라스틱 컵을 건네자 네네는 흑표
범처럼 유연한 몸짓으로 소파에 앉았다.

"동정 좀 해줘. 전시회 준비는 순조로워. 문제는 너희 쪽
신입. 우리 직원 푸념 들어주다가 시간이 이렇게 된 거야."

"신입? 지금 그쪽에 배속된 연수생이라면……."

"매슈 킴벌리. 지난달에 데메테르에서 우리 쪽으로 왔
어. 맡긴 했는데, 정말……. 너한테는 미안한 말이지만, 완
전히 아폴론 체질이야."

"무슨 말씀이신지요, 누님?"

다카히로의 장난스러운 말투에 네네의 뺨이 그제야 느
슨해졌다.

"한마디로 카리테스를 아주 우습게 봐. 물론 우리 아테
나가 사용하는 에우프로시네에서는 상위 데이터베이스인
므네모시네에 접속할 수 없어. 카리테스 간 연계 게이트
도 풀 오픈이 아니라 조건부고. 모든 걸 다 볼 수 있는 건
높은 곳에 계시는 빛나는 태양신뿐이지. 하지만 그렇다고
하위 시스템이 멍청하냐 하면, 그렇지도 않잖아."

"설마 매슈가 멍청하다고 말했어요?"

"그건 아닌데. 말한 거나 다름없어. 신뢰를 못 받는걸."

유연하게 움직이는 섬세한 손이 컵의 보온 덮개를 거칠

게 벗겨낸다.

"오늘도 말이야, 전시회에 맞춰 들여온 발굴품을 우리 젊은 직원이 감정하고 있었어."

"클라우디아 말이군요."

"맞아. 그 친구 실력은 너도 알잖아. 물건은 중국 징더전 지역의 청백자인데, 아주 일품이라고 클라우디아가 잔뜩 들떠 있었어. 그런데 글쎄 매슈 도련님께서 말이야, 전문가를 앞에 두고 딱 잘라서 이 도자기는 별로라는 거야. 설명해줘도 듣질 않아. 아무래도 꽃문양이 걸렸던 모양인데, 아폴론의 특권을 사용해서 데메테르의 탈리아로 찾아봤더니 초목 문양첩에 비슷한 게 있었다나. 대단하지 않아? 별로인 이유가 단지 비슷해서라고 하잖아."

네네의 컵 안에서 커피가 일렁거린다.

"도대체 미술품의 가치를 어디서 찾는 걸까? 물건을 손에 들었을 때 전해지는 섬세함, 유약이 흐른 자국의 색과 느낌, 문양의 우아한 흐름……. 클라우디아가 아무리 설명해도 소용이 없어. 끝까지 진실은 데이터에 있다는 거야. 도련님은 전혀 몰라. 좋은 건 좋은 거야. 우리는 그게 독선이 아닌지 확인하기 위해 에우프로시네를 사용하는 거라고. 좋다고 느낀 부분은 어디인가. 형태인가, 빛깔인가, 좀 더 복합적인 것인가. 그렇게 해서 아름다움이란 무엇인가, 라는 궁극의 과제와 맞붙는 거야. 그렇잖아? 디자인이 표절인 걸 확인하고 득의의 미소를 짓기 위해 여신님의 힘을 빌리는 게 아니라고."

그녀는 열변을 토하다가 잠깐 뜨거운 커피를 홀짝였다.

"문물의 가치를 결정하는 건 지식의 양만이 아니야. 그러면 이 시스템이 생기기 이전에 활동하던 감정가들은 다 뭐가 되겠어. 물건의 좋고 나쁨은 먼저 피부로 전해지는 법이야. 피부 감각은 많은 물건을 접하면서 점점 예리해진다고. 우리는 그 경험을 쌓아온 전문가고. 그런데⋯⋯ 아, 그 세상 거만한 불쾌한 웃음은 정말!"

네네는 뜨거운 커피를 그대로 꿀꺽 마셔버렸다. 그러고 나서야 다카히로의 표정을 살핀다.

"이런, 내가 말이 좀 심했나? 네가 미안해할 건 없어. 매슈 문제니까."

"아니요. 당연히 우리 문제인걸요."

지금 다카히로는 동료에 대한 네네의 신랄한 비판을 허투루 받아넘길 수 없었다.

"안 그래도 마침 그런 생각을 하던 참이었어요. 좋은 조건에서 시스템을 사용한다는 건 어떤 것일까. 제대로 사용하지 않으면 의미가 없어요. 사용할 수 있다는 것 자체에 기쁨을 느끼는 단계에 있는 매슈가 차라리 부럽네요."

"너 많이 지쳤구나."

희끗희끗한 짧은 머리 아래로 보이는 그녀의 눈이 무척이나 다정했다.

"혹시 매슈의 인터페이스 버전이 뭔지 알아요?"

"액세스 셸? 글쎄, 내가 6.1이고 네가 나보다 4세대 뒤였나?"

"8.37j. 올해 신입들은 8.80이에요. 마이너한 개정이지만 시각연합영역의 과부하가 현격히 낮아졌어요. 해마에서의 피드백도 좋아져서 휙휙 달아나는 심상도 잘 확정하고."

네네는 그게 왜? 하고 눈으로 물었다.

"우리는 모두 여기서 도망칠 수 없어요. 일을 그만둔다는 건 액세스를 중단한다는 것이지 뇌외과 수술 이전의 몸으로 돌아간다는 걸 의미하진 않아요. 말하자면 이 일을 선택한 순간부터 자신의 아이덴티티를 데이터베이스와 연결된 이상적인 학예사라는 데 둘 수밖에 없다는 거죠. 매슈는 정도를 벗어나긴 했지만, 최신 버전을 탑재한 꿈 많은 신입이 능력을 과시하고 싶어 하는 건 어쩔 수 없는 일인지도 몰라요."

"나도 같은 처지니까 이해 못 하는 건 아닌데……."

"이러나저러나 조금만 참아줘요." 다카히로는 간신히 싱긋 웃었다. "그 친구도 곧 깨달을 거예요. 아무리 넓은 평원에 접근할 수 있어봐야 아폴론은 여신들의 심부름꾼에 불과하다는 걸요."

"뭐야, 그게."

네네가 콧잔등을 찡긋거리며 웃었다.

'97건반의 흑천사' 문제로 다카히로는 이틀 더 청사에 머물렀다. 마누엘라가 비교적 얌전히 물러난 것도 잠시, 이번에는 목공예 담당인 어니스트가 구조 조사 신청서를 보내온 것이다. 그 와중에 또 데메테르의 케이트가 피아노 해머에서 양모를 조금 채취하고 싶다고 요청해왔다. 다카히로는 포장을 뜯고 싶어도 피아노 주인이 허락해주지 않는다고 연거푸 설명하다가 퍼뜩 정신이 들었다. 기진맥진한 나머지 미처 생각하지 못했는데, 피아노를 둘러싼 이 훌륭한 동시성은 물밑 협의 없이는 있을 수 없다. 요컨대 짐을 풀지 않으면 본격적인 소유권 다툼도 불가능하다는 것을 깨달은 세 부서가 오월동주로 야합하여 아폴론을 압박하고 있는 것이다.

다카히로는 한숨을 푹 내쉬며 마누엘라가 재차 보내온 메일을 읽지도 않고 보류로 처리해버렸다.

주변에서 벌어지는 이 어수선하고 시끄러운 일들을 전부 내팽개쳐버리고 싶었지만, 역시 그럴 수는 없었다. 이 제부터 데메테르 화단 구석에 놓을 시비詩碑에 뮤즈의 이름을 넣느냐 마느냐 하는 실로 하찮은 문제를 처리하러 금색 카트를 몰고 나가야 하는 것이다.

참 쓸데없다. 붙임성 좋은 사무원이 생긋 웃으며 '가위 바위보로 정하세요' 하면 끝나는 일 아닌가? 왜 학술과 무관한 일로 학예사가 끌려다녀야 하는 거지?

카트에 올라탄 다카히로는 구원을 바라듯 하늘을 올려다봤다. 눈부신 햇살에 피곤한 눈이 시렸다.

"날씨 한번 좋네."

자신은 이렇게 울적한데.

갑자기 전람회가 보고 싶어졌다. 지금 하고 있는 거라면 뭐든 좋다. 당장 이 영혼을 적셔줄 아름다움의 비말을 원한다. 미와코처럼 마음껏 향유하고 단순히 기뻐하고 싶다. 그냥 오늘 하루는 제쳐버릴까…….

그런데 그때 귓속에서 가랑거리는 부드러운 소리가 났

다. 므네모시네가 말하고 싶어 하고 있다.

"접속 허가. 용건은?"

—아울 홀에서 출동 요청이 왔습니다. 긴급도 D 단계.

D 단계라면 대단한 문제는 아니다. 하지만 다카히로는 반사적으로 카트의 액셀을 밟아버렸다. 열심히 일하는 자신이 불쌍했다.

—므네모시네, 출동 요청에 대한 상세한 내용은?

—남성 한 명이 전시실에서 졸도. 의료팀은 이미 출동했습니다. 생명에는 지장이 없다고 합니다.

"왜 나를 호출하는 거지?"

—이름, 마삼바 오자칸가스. 아프로디테 전 직원, 직접 접속자입니다. 지구 거주자로 현지에 가족은 없습니다. 홀을 관리하는 아레나의 네네 샌더스가 지인을 자처하며 현재 곁을 지키고 있습니다. 출동 요청은 네네 샌더스에게서 온 것입니다. 어떻게 답신할까요?

—갈 테니까 플라스틱 컵에 든 인스턴트커피 말고 진짜 커피를 준비해놓으라고 전해줘.

—알겠습니다.

아프로디테 직원이었던 사람이 쓰러졌는데 왜 나를 부르지? 내가 격무에 시달리고 있다는 것을 모르는 것도 아니고. 아폴론을 불러야만 하는 사태란 대체⋯⋯. 그 사람에 대해 미리 조사해두는 편이⋯⋯.

―마삼바 오자칸가스에 대한 자료를 직원 리스트에서 검색했습니다. 출력할까요?

핸들을 잡은 손가락이 화들짝 놀랐다.

"⋯⋯그래, 그렇게 해줘."

―알겠습니다. 출력은 음성으로 유지할까요?

다카히로는 잠깐 망설이다가 다른 질문을 했다.

―므네모시네, 내가 검색의 필요성을 검토하고 있을 때 내 무의식 레벨은 얼마였어? 아직 명령 전이었을 텐데.

―무의식 레벨 3에서 7. 명령할 것으로 판단하고 검색을 시작했습니다.

무의식 레벨 7. 간신히 언어의 형태가 갖추어진 사고 상태다. 예전에는 므네모시네가 알아차릴 수 없었던 심층. 금년도 개정으로 정밀도가 높아진 것은 알고 있었지만 예상 이상의 튜닝이었다.

머릿속은 피로에 찌들어 반쯤 죽어 있었다. 거기에서 뭔가 석연치 않은 것이 뭉게뭉게 피어올라 다카히로는 여신에게 다음 질문을 했다.

―므네모시네, 직접 접속자의 최신 버전은?

─버전 8.98이 임상 시험 중입니다.

뭉게뭉게 피어난 것은 묵직한 무게로 바뀌어 다카히로의 금이 간 마음에 스며들었다.

도대체 어디까지 가는 걸까, 학예사와 여신들은.

아름다움을 탐구하는 기술은 눈부시게 발전하고 있다. 이대로라면 머지않아 학예사가 사소한 문제로 골머리를 앓을 일도 없어지지 않을까. 조정이나 고충에 시달리지 않는 학예사의 행복한 미래가 기다리고 있지 않을까.

자신은…… 예술을 접할 틈도 없는 무능한 학예사는 거기에 따라갈 수 있을까.

"무슨 생각을 하는 거야."

다카히로는 가볍게 고개를 흔들고 운전에 집중했다.

아울 홀 사무실에 들어서자 긴 의자 앞에 꿇어앉은 네네의 뒷모습이 먼저 눈에 들어왔다. 검은 올인원을 입은 그 등이 평소보다 왜소해 보인다. 기척을 느끼고 뒤돌아본 그녀의 얼굴에 안도의 빛이 떠올랐다.

그녀가 몸을 비키자 긴 의자에 축 늘어져 기대앉은 흑인 노인이 눈에 들어왔다. 데이터에 따르면 74세. 나이보다 늙어 보인다. 짧게 깎은 머리도 아무렇게나 자란 수염도 흰 털이 성성하고, 흑단처럼 윤이 나는 얼굴에는 주름이 깊게 패었다. 손발은 사람의 것이라고 생각되지 않을 정도로 가늘고 길었고, 그 위로 타탄체크 양복이 헐렁하게 덮여 있었다.

그는 제과 회사 로고가 들어간 붉은 줄을 목에 걸고 있었다. 그 끝에 매달린 너덜너덜한 마분지 조각에는 아이들이 좋아할 만한 만화풍의 인물이 귀퉁이에 그려져 있고 중앙에 정성스럽게 쓴 글자가 있었다.

"처음 뵙겠습니다. 종합 관리 부서의 다시로 다카히로입니다."

마삼바 오자칸가스는 눈꺼풀에 꾹 힘을 주고 다카히로를 올려다봤다.

"종합 관리 부서라고? 그럼 내 직속 후배로군. 하기야 그때는 부서가 하나밖에 없었지만. 지금은 아폴론이라고 부른다고?"

다카히로가 고개를 끄덕이자 오자칸가스는 가볍게 웃었다.

"성가시게 해서 미안하네. 옛날 방식으로 검색을 좀 하고 있었던 건데, 사람들 눈에는 지친 늙은이가 쓰러져 있는 것처럼 보였나 봐. 나처럼 이 패도 한물간 모양이야. 요즘 사람들한테는 이런 게 이제 필요 없겠지. 아무렴, 모르는 게 당연해. 아무튼 정말 미안하게 됐네."

그는 긴 손가락을 움직여 목에 걸린 패를 벗었다. 무릎 위에 올려놓고 부드럽게 한 번 어루만진다. 패 가운데에는 '검색 중'이라는 장식적인 글자가 큼지막하게 적혀 있었다.

그가 현역 학예사이던 시절에는 이 패에 중요한 역할이 있었을 것이다.

오자칸가스의 인터페이스 버전은 2.00 C-R. 아프로디테 여명기의 것이다.

당시에는 부서도, 카리테스도 분화돼 있지 않았다. 학예사들이 사용하던 데이터베이스는 아프로디테라고 불리던 소규모 컴퓨터 한 대뿐이었다. 므네모시네와는 비교도 안 되는 성능으로, 이미지 검색도 실용화 버전이라고는 하지만 조잡한 수준이었다. 그러나 의욕 넘치는 학예사들은 아직 흙도 깔지 않은 번번한 암반이나 건설 중인 홀 안에서, 혹은 한산한 전시실 한쪽 구석에서 그 패를 목에 걸고 흥분된 마음으로 미의 여신을 불러냈던 것이다.

하지만 비록 그들의 시대였을지라도 여신의 반응이 그 유치하고 어설픈 패를 목에 걸고 다녀야 할 만큼 둔했을 것이라고는 생각되지 않는다. 데이터베이스란 것이 생겨났을 때부터 빠른 처리 속도는 가장 중요한 개발 목표였고, 무엇보다 직접 접속자 전원이 손수 만든 패를 지니고 다녔다는 것은 상상하기 어렵다.

아프로디테의 후예에게 묻자 그녀는 조용한 알토 톤으로 대답했다.

그것은 데이터베이스의 문제가 아니라 그가 C-R 방식의 직접 접속자였기 때문이라고…….

노인은 고목처럼 쓸쓸하게 앉아 있었다.

다카히로는 진심을 담아 말했다.

"아무튼 무사해서 천만다행입니다. 괜히 참견해서 접속에 방해가 되지나 않았는지 걱정이군요."

마삼바 오자칸가스는 줄이 매달린 종이를 옆으로 치우고 손을 느릿느릿 내저었다.

"아니, 별로 중요한 건 아니었어."

"아, 맞다. 나 커피 내올게."

갑자기 네네가 일어섰다.

그녀가 문을 닫고 나가자 노인은 눈을 지그시 뜨며 말했다.

"아줌마가 다 됐어. 내가 은퇴할 때만 해도 아직 미숙하고 당돌한 아가씨였는데."

"당돌한 건 여전합니다. 저 같은 사람은 맨날 당해요. 궁금하시면 아줌마라고 한번 불러보세요."

노인은 풍선에서 바람이 빠지는 듯한 소리를 냈다. 그게 웃음소리인 모양이었다.

"이곳은 정말 많이 좋아졌어. 아무것도 없던 황량한 땅에 저렇게 많은 것들을 수집해놓다니. 열심히 해줘서 고마워."

"아니, 뭘요."

"내가 원하는 것도 찾을 수 있으면 좋을 텐데."

그는 눈을 내리깔았다. 다카히로는 문득 오베이의 먹먹한 표정을 떠올렸다.

"뭔가를 찾으려고 이곳에 오셨어요? 은퇴 후에 지구로 돌아가신 걸로 아는데요."

"맞아. 그런데 내가 원하는 건 지구에는 없었어. 사실 여기서도 찾을 가능성은 희박해."

"뭘 찾으시는지 여쭤봐도 되겠습니까?"

오자칸가스는 미소를 지으며 나직한 목소리로 대답했다.

"네네에게도 말했지만, 이건 늙은이의 아집이야. 지극히 개인적인 결핍을 채우려고 이러는 거지. 그러니까 신경 쓰지 말게. 굳이 알고 싶으면 네네에게 물어보든가. 듣고서 과거의 망령을 붙잡으려 한다고 비웃으면 안 되네."

"아, 그게……."

"마삼바, 쓰러졌다면서요?"

쩌렁쩌렁 울리는 목소리가 귀에 익었다. 고개를 돌려 목소리의 주인을 확인하고 다카히로는 눈을 의심했다.

"오베이 씨? 여긴 어떻게……."

액체 예술가는 태양신이 던진 원반에 치명상을 입은 히아킨토스 같았다. 쓰러지지는 않았지만 아아, 하고 맥없는 소리를 내며 시선을 바닥으로 툭 떨어뜨린다.

"어허, 물 예술가 양반. 이 전도유망한 학예사와 아는 사이인가?"

"뭐, 그냥…… 그 기획 건으로……."

오자칸가스는 어리둥절해 있는 다카히로에게 말했다.

"호텔 라운지에서 알게 됐어."

"할아버지는 기분이 좋으시던데, 선배는 아닌가 봐요?"

"할머니 나이에 가까워지면 이런저런 것들을 알게 돼 버려."

네네 샌더스는 창가에 서서 굳게 팔짱을 긴 채 가로등

불빛을 받으며 호텔로 돌아가는 두 사람의 모습을 눈으로 배웅하고 있었다.

날은 이미 저물었다. 후배에게 들려주는 오자칸가스의 옛날이야기는 끝날 줄 몰랐다. 그는 진심으로 학예사 일을 좋아했던 것이다. 그러나 즐겁게 이야기하는 선배 옆에서 네네가 우울한 얼굴을 하고 있는 것을 다카히로는 놓치지 않았다.

"다카히로, 내가 커피를 내온다고 자리를 비웠을 때 오자칸가스 씨가 뭘 찾고 있는지 얘기 들었어?"

"구체적인 건 못 들었어요. 자세한 건 선배한테 물어보라던데. 과거의 망령인가, 뭐 그런 말을 했어요."

창밖에 시선을 둔 채 네네는 다시 물었다.

"오자칸가스 씨의 버전 넘버, 알아봤어?"

"2.00 C-R. 각막$_C$-망막$_R$ 투영 방식이죠?"

"얼마 안 돼 사용이 곧 중지됐어. 버전은 1년 만에 갑자기 3으로 건너뛰었지."

"알고는 있어요."

네네는 발뒤꿈치에 힘을 실어 빙글 몸을 돌렸다. 살짝 고개를 기울이고 입가에 복잡한 미소를 머금는다.

"다카히로, 연민과 동정은 달라. 그렇지?"

"그렇죠. 남한테 동정을 받는 건 기분이 별로죠."

"나, 오자칸가스 씨를 동정하고 있는 것 같아. 싫다, 이러는 내가."

네네가 미간을 문지른다. 밝은 실내에 있는데도 바깥의 어둠이 그녀를 삼켜버릴 것처럼 보였다.

그녀의 기분은 다카히로도 이해할 수 있었다.

세상은 '과도기'라는 한마디로 C-R 넘버 학예사들을 정리했다.

뇌내 지도가 밝혀지고 나노 기술로 의식의 원천에서 정보를 건져 올리는 데 성공한 인간은 속속 기술을 발전시켜나갔다. 언어가 아닌 뇌파 단계에서 지령을 내리는 사고제어 기술은 눈 깜짝할 사이에 내성內聲이라 불리는 발화 전 단계의 언어를 감지하는 장치를 만들어냈다. 청각 보조 분야에서도 극소 이어폰과 인공 내이는 단순 기술로 일축되고, 연구는 오로지 와우 신경으로의 접근을 거쳐 측두엽 청각령에 직접 접속하는 데 집중됐다. 후각 분야에서도 콧물을 묻혀가며 일하는 것은 임상 의사뿐이고, 대부분의 학자들은 쾌적한 연구실에서 안와 전두 피질에 호기심을 기울이고 있었다.

그 시대 과학자들은 새로운 장난감을 얻은 아이나 다름

없었다. 이것도 할 수 있고 저것도 가능하다고 천진난만하게 떠드는 아이들.

1,500그램의 미지의 대해는 곧 유리수의 비말로 분해돼 심층에 숨은 심리마저 들여다볼 수 있게 됐다. 이들의 다음 소망은 미지근한 물 밑바닥을 헤엄치는 '생명체'를 잡는 것이었다. 좀처럼 찾을 수 없고 무심코 꺼냈다가는 죽고 마는, 과학의 낚싯바늘에 걸리지 않는 창조성과 예술성이라는 이름의 심해어를.

박물관 행성은 이 들뜬 분위기 속에서 탄생했다. 일부 직접 접속자에게 C-R 방식이 채용된 것도 그저 새롭고 신기한 장난감을 시험해보고 싶은 마음만으로 벌어진 일인지도 모른다.

C-R 방식은 시각 정보를 해마나 대뇌 신피질 시각령과 연계시키는 방식이었다. 본 것은 데이터로 저장하고, 반대로 생각한 것을 망막으로 호출할 수 있었다. 다만 당시의 기술력으로는 그 이외의 성능은 포기할 수밖에 없었다.

영상 이미지를 확정하기 위해서는 가공할 만한 집중력이 필요했다. 힘들게 데이터를 저장해도 그 안에서의 검색은 가정용 단말기보다도 느렸다. 반투과 각막에 의한 시력 저하와 데이터를 망막에 투영할 때 눈을 감아야 하는 점, 움직일 수 없는 시점, 클로즈업을 할 수 없어 일일이 상세 도판으로 전환해야 하는 번거로움.

그럼에도 버전 2.00 C-R은 당시 최첨단 기술로 불렸다.

"오랜 경험과 예리한 감을 지닌 훌륭한 학예사를 나 같은 애송이가 동정하면 안 되겠지."

4세대, 아니, 매슈와 비교하면 6세대 뒤떨어진 학예사는 자신의 몸을 꼭 감싸 안았다.

"하지만 최첨단이라고 추대되던 기술이 비효율적인 것으로 전락해버리고 자신은 과도기의 사람이 돼버렸을 때, 그분은 어떤 기분이었을까 생각하면……"

다카히로는 잠시 생각한 뒤 입을 열었다.

"오자칸가스 씨는 과감했어요. 그분은 말이 빨라진 여신들의 신탁을 받아들이기 위해 버퍼 메모리를 이식받았어요. 시스템으로서의 아프로디테가 므네모시네와 카리테스로 분할돼 C-R 접속으로는 따라가지 못하게 됐을 때, 오자칸가스 씨는 한탄하지 않고 그 방법을 택했던 거예요. 학예사로서 과감하고 훌륭한 결단이라고 생각하지 않아요?"

그 말을 하면서 다카히로는 이것이 오자칸가스만의 이야기는 아니라고 생각했다.

네네는 알고 있을까. 시대로부터 점차 소외돼갈 우리도 그 동정의 대상에서 예외일 수 없다는 것을.

조정 업무에 치여 정체성을 잃어가는 학예사는 과연 오자칸가스처럼 과감할 수 있을까……

다카히로는 기운을 차리기 위해 일부러 힘줘 말했다.

"시스템이 망막 투영에 대응하지 않게 된 후에도 오자칸가스 씨는 F 모니터를 지급받아 계속 학예사로 일했어요. 미에 대한 열정만 있으면 훌륭한 학예사로 남을 수 있는 거예요. 기술이며 버전이 뭐가 중요해요. 매슈를 비난할 때의 선배는 어디 간 거예요? 오자칸가스 씨를 동정하지 마요. 보고 배워야지."

네네는 진지한 얼굴로 다카히로를 쳐다봤다.

"오자칸가스 씨가 찾고 있는 건, 그 학예사 정신이 낳은 망령이야. C-R 접속과 함께 포기했던 것을 되찾으려 하고 있어."

"무슨 소리예요?"

"당시 시각 정보의 망막 투영은 시점 제어에 대응할 수 없었어. 영상이 단지 눈앞에 펼쳐질 뿐이었지. 시점을 옮길 수도 없고 어디 한 곳을 집중해서 볼 수도 없고, 그저 시야 가득 그림이 펼쳐져 있는 거야. 그런 감각, 상상할 수 있겠어? 학예사로서 최고의 행복이었다고 그분은 말했어. 그림은 세상 그 자체였고, 그림의 압도적인 힘에 전율을 느꼈다고 해. 그림에 에워싸여 그림에 의해 살아가고 있는 느낌. 한번 체험하면 F 모니터든 일반 전시든 프레임이 방해돼 그림이 아주 왜소해 보인다는 거야. 지구에 돌아가서 여행을 다니며 광활한 풍경을 찾아다녔지만, 자연의 웅대함은 역시 예술 작품이 내뿜는 에너지와는 결이 달랐다고도 말했어."

그림에 폭 감싸이는 느낌을 다카히로는 상상해봤다. 오래된 대성당에서 천장화를 올려다보는 감각과 비슷할까. 아득하게, 그러나 확실하게 눈앞에 있는 그림 속으로 빨려 들어가는 듯한 느낌.

"다카히로, 그분은 다시 한번 그 예술의 힘을 느껴보고 싶다고 했어. 비록 퇴물이지만 직접 접속 학예사였다면 충분히 꿀 수 있는 꿈이 아니냐면서. 그래서 여기까지 왔다고…… 그렇게 말하면서 웃는 거야."

"하지만 우리 시스템은 이제 C-R을 지원하지 않잖아요. 왜 이제 와서?"

네네는 유리창에 손을 얹었다. 유리창 너머 어둠 속에 두 사람의 모습이 어렴풋이 떠올라 있었다.

"당시의 기술이 마침내 안정성을 갖추게 돼서 지난달부터 사용되기 시작한 모양이야. 매슈의 그 8.80 버전에 대응하는 여신들은 해마 영역에 깊숙이 관여하고 있어. 결국……."

"아! 그러니까 C-R 방식 폐지 이후 보류됐던, 해마를 경유하는 시각 정보 처리 연구가 8.80 버전에서 되살아났군요."

"그렇지. 물론 이제 망막 투영은 하지 않겠지만. 연구자들은 이미지 검색의 효율화를 모색하는 와중에 C-R 방식으로 개척한 과거의 영역에도 발을 들여놓은 거야."

"그렇다면" 하고 다카히로는 한 손으로 턱을 만진다. "오자칸가스 씨가 찾는 건 그림이나 공예 카탈로그의 한 페이지가 아니었군요. 검색은 시험적으로 해본 것에 불과했어요. 8.80 버전을 에뮬레이션할 수 있지 않을까, 매슈의 처리 방식으로 C-R 출력 형태를 되살릴 수 있지 않을까, 그렇게 생각해서……."

"정답이야."

네네의 말투는 전혀 칭찬하는 것처럼 들리지 않았다.

"하지만 무리야. 기술의 진보는 비정해. 지금 시스템에 낡은 방법으로 무리하게 비집고 들어가면 오자칸가스 씨에게 어느 정도의 부하가 갈지 알 수 없어. 위험하다고 말렸지만 묵묵부답이야. 내가 할 수 있는 건 만약을 대비해 시스템 관리국에 오자칸가스 씨의 접근을 막아달라고 부탁하는 것뿐이야."

이쪽으로 돌아선 베테랑 학예사는 울먹이는 표정을 하고 있었다.

"이곳에는 수많은 예술품이 있어. 그건 우리의 자랑이고. 하지만 예술에 평생을 바칠 각오로 직접 접속 학예사의 길을 택하고 박물관 행성을 일궈낸 선배가 찾고 있는 건 지금 여기에 없어. 그분의 목표였던 예술과 과학의 아름다운 조화는 전시품 쟁탈전과 끊임없는 말썽 속에서 공염불이 돼버렸어. 그분을 행복하게 했던 압도적인 미의 향유는 과도기 기술이라는 한마디 말로 봉인되고 말았고. 그분에게 뭐라고 말해야 할지 모르겠어. 당신의 꿈은 사라졌다? 그런 소리를 어떻게 할 수 있겠어."

맥없이 시선을 떨어뜨리는 그녀를 다카히로는 조용히 지켜봤다.

"선배는 그분을 동정하는 게 아니라 부러워하고 있는 거예요."

"어째서?"

"학예사로서의 순수함을 간직하고 있으니까. 순수함을 잃은 우리는 그분이 너무 솔직해서 서글픈 거예요. 사실은 말이죠, 마음 깊은 곳에서는 나도 비슷한 생각을 해요. 분석가도 운반책도 매니저도 중재자도 아닌, 그저 구혼자로서 미의 여신에게 안길 수만 있다면 죽어도 여한이 없다고. 열심히 꿈을 좇을 수 있는 그분이 난 부러워요."

네네는 천천히 팔짱을 풀고 어둠이 깊어지는 창밖으로 다시 시선을 돌린다.

"넌 잊고 있을 뿐이야. 네가 말한 꿈은 실현 가능할 거야. 하지만 오자칸가스 씨의 꿈은 한 번 손에 쥐었던 것인데도 C-R 접속이 불가능한 이상 다시는 이룰 수 없어. 그런데 시스템이 재가동됐다는 소식을 듣고 혹시나 하는 마음에 빨간 줄에 매달린 패를 꺼내 들고 소년처럼 들떠서 여기로 올 준비를 했을 테지. 아름다움을 희구하는 그 순수함을 알기 때문에 순수함을 잃은 후배는 그분을 동정하고 또 부탁하고 싶어지는 거야. 제발 더 이상 좇지 말라고."

창문에 비친 네네는 조용히 눈을 감았다.

그녀가 눈을 감고 보고 있을 광경이 다카히로에게도 보이는 듯했다.

젊은 흑인 학예사는 천천히 빨간 줄을 손에 쥔다. 한자리에 꼼짝 않고 있는 자신을 보고 아이들이 겁먹지 않도록 귀여운 그림을 곁들인 '검색 중' 패를 목에 건다.

그리고 그는 소리 없는 목소리로 미의 여신을 부르며 눈을 감는다.

이윽고 까마득한 어둠 속에 한 장의 그림이 떠오른다.

그를 감싸는 것은 그토록 열망하던 그림. 유혹하듯 스쳐 가는 것은 과학자의 낚싯바늘에는 걸리지 않는 순결한 심해어.

그 순간 세상에는 그와 그림만이 존재한다. 그의 의식은 그림에 녹아들고 그림은 오직 그만을 받아들인다. 미의 압도적인 힘은 그에게 평가하는 것을 잊게 하고 최고의 행복을 선사한다.

그는 마음의 팔을 활짝 벌린다. 시야 가득 펼쳐지는 더없는 아름다움을 고스란히 끌어안기 위해.

네네가 불쑥 말했다.

"그분이 보고 있었던 건 손에 닿을 듯 말 듯 한 미의 여신이 아니라, 기술의 여신이 만든 잔혹한 환영이었어."

다카히로는 아폴론 청사를 나섰다. 오늘도 하늘은 파랗

다. 이번에 비가 내리는 것은 닷새 후다. 예고대로 내리는 단비가 관광객을 기쁘게 해주고 정확히 12시간 후에 걷힐 것이다.

요즘 다카히로는 자신이 이 인공적인 풍경 속에 녹아들 것만 같아서 견딜 수가 없었다. 자신이 학예사도 인간도 아니고 이 행성을 기능하게 하는 부속품에 지나지 않는 것처럼 느껴진다. 유일하게 아내만이 묘하게 인간미가 있어 보였다. 그녀는 매일 자료실에서 임페리얼 그랜드 피아노의 음원을 산더미처럼 빌려와 황홀해하며 듣고 있었다.

설명하기 어렵기 때문에 예술이라는 서니 R. 오베이의 말은 어떤 면에서는 핵심을 찌르고 있다고 다카히로는 생각한다. 므네모시네도 현재의 학예사들도 예술을 해체하려는 그 행위로 인해 과학자의 위치로 내려앉은 것이 아닐까. 아름다움을 향유할 자격 따위 이미 잃었는지도 모른다.

"저기, 다, 다카히로 씨?"

길 건너편에서 누군가 커다란 가방을 들고 종종걸음으로 다가오고 있었다.

오베이였다.

절묘한 등장이다. 다카히로의 얼굴에 미소가 번진다.

"어떻게 돼가고 있습니까, 신청서는?"

"아, 그게, 마삼바가 해주는 얘기를 듣고 나니까 내가 하고 싶은 게 뭔지 조금씩 보이는 것 같아요. 그분이 원하는 힘? 뭐 그것과 내가 표현하고 싶은 모호한 감정이 아주 비슷해서요."

"잘됐네요. 이제 당신이 생각하는 미학을 신청서에 짜 넣기만 하면 되겠군요."

미학을 신청서에 짜 넣는다고? 자신의 말에 구역질이 날 것 같았다. 삼킨 침마저 쓰다.

"오자칸가스 씨는 잘 계시죠? 한가롭게 미술관 순례라도 하시면 좋을 텐데."

다카히로의 질문에 오베이는 어깨를 움찔하더니 알아들을 수 없는 대답을 입 안에서 웅얼거렸다.

"무슨 일, 있어요?"

"별일은 아닐 거예요, 분명. 아니, 얌전하게 있어요. 그 뭐냐, 데이터베이스인가 하는 거에 들어갈 수 없다고 풀이 죽었는데, 또 요 며칠은 방에서 단말기를 만지작거리면서 즐겁게 잘 지내는 것 같더라고요. 근데 뭐랄까, 그 느낌이 꼭 가면 우울증 같기도 하고……."

"무슨 우울증이라고요?"

아무것도 아니에요, 하고 오베이는 고개를 파들파들 흔들었다. 잠시 기다렸지만 더 이상 아무 말도 하지 않았다.

"그럼 저는 이만. 신청서 기다리고 있겠습니다. 아, 그리고 오자칸가스 씨에게 호텔 단말기가 쓰시기에 불편하면 저한테 말씀하시라고……."

"다시로 씨?"

다카히로는 태엽이 풀린 인형처럼 그 자리에서 꼼짝하지 않았다. 대화 도중에 가볍게 승인한 므네모시네의 음성 출력이 오자칸가스의 액세스 사고를 보고했기 때문이다.

호텔 거리는 미술관과 콘서트홀에서 가깝다. 오자칸가스의 방에는 이미 네네가 와 있었다. 의료진도 도착해 막막한 모습으로 오자칸가스의 뇌를 모니터한 입체 영상을 지켜보고 있었다.

"이번에는 진짜로 쓰러졌다면서요? 도대체 어떻게 액세스한 거예요?"

"이거야."

네네의 손바닥 위에는 동전만 한 동그란 물건이 마치 발굴품처럼 놓여 있었다.

"구형 동조기래. 이걸 이용해서 호텔 단말기와 동기화

하는 데 성공했던 것 같아."

"하지만 설사 시스템에 연결됐다고 해도 일반 회선에는 암호가 걸려 있을 텐데요. C-R과 관련된 영역에는 절대 들어갈 수 없어요."

"여신님에게는 맹장이 있었나 봐."

"뭐라고요?"

"과거의 그 아프로디테는 므네모시네에 어떤 문제가 생길 경우에 대비해서 대체 수단으로서 남아 있었어. 거기에 잔존하는 게이트가 있었던 모양이야. 아무도 몰랐어. 그럴 수밖에. 그 길로 들어갈 수 있는 사람은 버전 2 이전 직접 접속자들뿐이니까."

그때 다카히로를 밀치고 오베이가 안으로 들어왔다.

"마, 마삼바는? 상태가 어때요?"

"연결은 끊었는데, 데이터가 버퍼에 걸려서 이러지도 저러지도 못하는 상황이에요."

"그럼 C-R 접속인지 뭔지에 성공했군요!"

희색이 만면하던 오베이였지만 이내 네네의 표정을 알아차렸다.

"……아닌가 보네."

네네의 시선이 침대에 누운 노인에게로 향한다. 가슴팍

의 붉은색 줄이 유난히 선명하다.

"상황이 안 좋아요, 오베이 씨. 현재 저희 쪽에 수록된 도판은 정밀도 문제로 C-R로는 볼 수 없다고 해요. 버퍼에 입력된 게 신기할 정도라고……. 지금 의료진도 손을 못 쓰고 있어요. 현대 건축학자들이 유적을 발굴하는 것이나 다름없다고 하네요."

그녀의 한숨 소리가 떨리고 있었다.

"우리가 아는 건 오자칸가스 씨가 혼자 어두운 곳에서 그림을 보고 싶은 일념에 발버둥 치고 있다는 것뿐이에요. 입력한 데이터가 온통 종교화였어요. 분명 위험은 각오하고 있었을 거예요."

"그렇게까지 해서……."

다카히로는 그렇게 말하는 것이 고작이었다. 네네는 더 이상 아무 말도 하지 않고 천장을 올려다보며 다시 떨리는 한숨을 내쉬었다.

오베이는 눈치를 살피며 네네에게 물었다.

"그럼 의식이 없어요?"

"네."

"외부 자극은요? 동공 반응은 있어요? 아니, 있을 거예요."

"어, 글쎄요……. 저기, 오베이 씨?"

액체 예술가는 기민하게 돌아서서 백의의 일꾼에게 다가갔다.

"미안한데, 잠깐 활성도 좀 봅시다. 뭐지, 이게? 여기가 버퍼예요? 내출혈이나 기관 손상은 없는 것 같고, 부위에 따른 이상 침체와 이상 흥분만 보이는군요. 음, 이런 활성 분포는 처음 보는데. 투약도 어렵겠어. 핀포인트 자극은 해봤어요? 아, 해마 영역이 이렇게…… 혈압은?"

"55, 73입니다."

젊은 의사가 반사적으로 대답했다.

"낮군. 당신들 소견은 어떻습니까? 이게 단순히 생체에 한정된 문제일까요, 아니면 심리적 요인에 의해 환자 스스로 깨어나길 거부하고 있는 걸까요."

"저희는 생체와 기계 사이의 정보 전달 오류로 보고 있습니다. 원인을 한 가지로 단정할 순 없지만, 심리적 혼란이 하나의 원인임은 부정할 수 없습니다."

오베이는 고개를 한 번 끄덕인다.

"지금 어떻게 손을 써야 할지 결론을 못 내린 것 같은데, 그런가요?"

아무도 대답하지 않았다. 그는 그것을 대답으로 받아들

였는지 다시 한번 고개를 끄덕이고 들고 온 가방을 열었다.

"그렇다면 내가 한번 해볼게요. 어제 마삼바가 말해준 방법으로."

"잠깐만요." 다카히로는 황급히 그에게 달려갔다. "뭘 어쩌려는 겁니까? 오베이 씨는 직접 접속자에 대해 아무것도 모르시잖아요."

가방에 한쪽 손을 넣은 채 오베이는 똑바로 다카히로를 응시했다.

"모르죠, 암. 하지만 마삼바의 생각을 이해하는 방법에 관해서는 전혀 초짜도 아니지. 여기 있군."

그는 가방에서 커다란 밀봉 팩을 꺼내더니 익숙한 손놀림으로 입구를 열었다.

독한 소독약 냄새가 실내에 퍼졌다.

오베이는 의료용 투명 겔 시트를 펼치며 다카히로를 향해 미소를 짓는다. 쑥스러워하는 듯한 그 표정이 낯이 익었다.

"욕실 좀 빌립시다. 내 본업이 정신요법사요."

다카히로는 놀라서 입을 떡 벌리고 말았다.

마삼바 오자칸가스의 야윈 알몸은 지금 고치 안에 있다.

오베이가 욕조에 펼친 자루 모양의 시트는 목에서부터 다리까지 그의 몸을 폭 감싸고 있었다. 그 안에 주입하는 38도의 물이 고치를 점점 부풀려간다.

"시트가 찢어지겠어요."

"괜찮아요. 물 주입구와 견갑골 접착면만 단단히 붙어 있으면 7기압까지는 버티니까."

"오자칸가스 씨!" 마분지 조각을 손에 움켜쥔 네네가 그의 귓가에서 외쳤다. "패는 뺐어요. 돌아와요, 오자칸가스 씨!"

"아니, 마삼바라고 불러요. 가족이랑 목소리가 비슷하면 운이 좋은 거고. 분명 반응이 있을 거예요. 잘될 거예요. 조건은 좋으니까."

조금 전 준비를 하면서 오베이는 말했다. 오자칸가스는 이미 요법의 첫 단계를 마쳤다고.

노인은 호텔 로비에서 오베이와 예술에 대한 담론을 나눠왔다. 그가 추구하는 것을 예술가로서의 오베이가 동조해준 것은 뜻밖에도 신경증을 치료하는 지지요법과 같은 것이었다. 자신을 이해하는 사람이 있는 것과 없는 것은 제자리로 돌아올 기력을 되찾는 것부터가 다르다는 것이 정신요법사의 설명이었다.

인물 데이터베이스 롤콜에 따르면, 오베이는 대화 형식의 치료보다 물리요법에 일가견이 있었다. 특히 인공 근육 등에 사용되는 기계 화학적 변환 겔 섬유로 인공 자궁을 만들어 그 안에 환자를 들어가게 함으로써 마음을 치유하는 요법이 그의 주특기였다.

"이 정도면 된 것 같군."

그는 물을 잠그고 곁에 있는 컨트롤러를 가볍게 건드렸다.

투명한 막이 순식간에 수축한다. 오자칸가스의 배가 수압으로 인해 푹 꺼졌다.

곧이어 물이 다시 주입되면서 처음 상태로 돌아갔다.

노인의 입에서 공기 새는 소리가 났다.

"지금이에요. 이름을 불러요."

"마삼바!"

오베이는 한숨 돌린 뒤, 노인의 얼굴을 바라보다가 이번에는 온도를 43도로 올려 뜨거운 물을 채우기 시작했다.

물소리에 섞여 힘없는 말소리가 들린다.

"단지 생리학적인 문제라면 나도 어쩔 도리가 없어요. 기계 쪽 문제라면 뭐 말할 것도 없고. 압력 자극이 컴퓨터에 통할 리가 없지."

다만, 하고 오베이는 고개를 숙이고 중얼거렸다.

"마삼바의 마음은 잘 알아요. 난 이 일을 오랫동안 해왔기 때문에 뭔가에 감싸이고 싶은 그 기분을 충분히 이해할 수 있었어요. 같이 얘기를 나누다가 내가 하려고 하는 액체 예술도 뿌리는 같다는 걸 깨달았어요. 내가 액체로 그려내려는 건 말이나 문자이고, 그것들은 역시 세계를 내포하는 존재로…… 굉장히 넓고 깊은 존재인 말들이 허공에 떠서 모습을 바꾸고 의미를 바꾸고…… 보는 사람을 확 감싸는 그런 느낌……. 어때요, 마삼바가 말하는 것과 비슷하죠? 분명 내 예술은 마삼바가 가장 잘 이해해줄 거예요. ……지금이에요, 불러요!"

화들짝 놀란 듯 반사적으로 네네가 이름을 외친다.

오베이는 입술을 깨물고 물의 온도를 30도로 낮췄다.

"……알 것 같다고 마삼바도 말해줬어요. 그리고 어제, 자신이 그런 일을 시도한다면 겔 시트로 몸을 감싸주지 않겠느냐고 말했어요. 그립고 아늑하고 그저 자신을 품어주는 미지근한 액체 속에서라면 홀로그램이나 틀에 갇힌 그림밖에 볼 수 없다 해도 참을 수 있을 것 같다고……."

오베이는 무릎을 꿇고 목각 인형처럼 굳은 다카히로를 흘끗 바라본다.

"두 사람 앞에서 이런 말을 하려니 좀 쑥스럽지만, 마삼바는 학예사다운 얘기도 들려줬어요. 아름다움은 오감만으로 향유하는 것이 아니다, 학예사로서 경험을 쌓으며 체득한 직감이나 육감 같은 것이 무엇보다 중요하다……. 그걸 갖추지 못하면 분석 기기나 데이터베이스만으로 예술을 이해해버리게 된다……."

"마삼바! 당신 말이 맞아요! 말해봐요, 마삼바! 후배들에게 당신이 경험한 걸 더 들려줘요!"

네네의 새된 목소리에 겹쳐 욕실 밖에서 의료진의 소리가 들려왔다.

"반응이 있습니다."

"정말요?"

"압력을 조금 더 올릴게요. 얼음을 준비해줘요."

오베이는 냉정했다. 목 주변 접착 상태를 확인하면서 거침없이 물을 채웠다. 이제 물소리도 나지 않는다. 방추형으로 부풀어 오른 겔 시트는 무서울 만큼 계속 팽창하고 있었다.

긴장된 분위기 속에서 오베이가 다시 입을 열었다.

"마삼바는 이런 말도 했어요. 눈앞에 펼쳐진 그림에서 뿜어져 나오는 아름다움의 힘을 받아들이는 건 오감이 아닌 바로 그 직감이나 육감 같은 무언가라고. 그때 느끼는 행복은 도저히 말로 표현할 수 없다고 해요. 그림의 품에 하염없이 안겨 있다 보면 언젠가는 그 감의 정체를 알아낼 수 있을 것 같다고……. 마삼바는 지금, 무엇에 안겨…… 아, 접속이 제대로 안 됐다고 했지. 적어도 꿈이라도 꾸고 있으면 좋으련만."

"꾸고 있을 거예요, 틀림없이." 다카히로는 물이 가득한 시트에 손을 얹고 희미하게 웃었다. "부드럽고 포근한 미의 여신에게 안겨 시야 가득 아름다운 꿈을 꾸고 있을 겁니다."

"의외로 로맨티시스트시네."

오베이가 쿡쿡 웃는다.

"다들 언변이 좋아요. 나도 마삼바나 당신처럼 멋지게 말하고 싶은데. 내가 표현하고 싶은 물의 언어를, 확 하고 밀려오는 아름답고 불확실한 그 느낌을 제대로, 사람들에게……."

갑자기 수도꼭지에 붙어 있던 주입구가 찢어졌다.

그야말로 물의 폭발이었다. 마삼바를 둘러싸고 있던 세 사람은 크림색 벽으로 날아가 부딪혔다.

"의식이 돌아오고 있어요!"

물바다가 된 욕실로 의료진이 뛰어 들어왔다.

"마삼바!"

"얼음!"

오베이는 얼음을 받아 움켜쥐고 흑단 같은 뺨에 갖다 댔다.

오자칸가스는 우지끈 소리가 날 것 같은 움직임으로 얼굴을 찡그렸다.

"마삼바, 정신이 들어요?"

오베이가 얼음을 더 세게 문질렀다.

검은 눈꺼풀에 균열이 생기고 흰자위가 드러났다.

"천사의…… 천사의 그림이었어."

메마른 목소리로 노인은 중얼거렸다.

"접속이 됐던 거야, 그렇지? 시야 가득 진줏빛 날개가…… 그 따뜻한 품에 안겨…… 이제 죽어도 여한이 없어."

"죽으면 안 돼요, 오자칸가스 씨." 다카히로는 미소를 머금은 채 아이처럼 울먹였다. "신청서 쓰는 걸 도와주셔야죠. 당신의 소중한 친구는 표현력이 부족하잖아요."

오베이의 시선이 허둥지둥 바닥으로 떨어진다.

네네는 엉망이 돼버린 마분지 조각을 움켜쥐고 힘없이 웃고 있었다.

비가 보슬보슬 내리고 있다. 기상대 직원은 5월의 비 같지 않으냐며 자못 뿌듯해했다.

이 땅에서 로맨티시스트는 나만이 아니라고 오베이에게 말해줘야지.

"뭐야, 왜 히죽히죽 웃어. 나는 또 네 후배 때문에 골치가 아파 죽겠는데."

건성으로 듣고 있는 것을 들켜버린 모양이다. 네네가 샐쭉한 표정을 짓는다.

"그깟 일로 투덜댄다고 하겠지만, 비 오는데 일부러 이 먼 아폴론까지 직접 뵈러 온 거라고. 그만큼 댁의 도련님이 애를 먹이고 있단 얘기야. 알겠어?"

"나도 노력은 하고 있어요. 어제는 목덜미를 잡고 어울리지도 않는 설교까지 했다고요."

"미온적이야. 할 수만 있다면 회선을 뜯고 패주고 싶어."

"회선을 뜯는 건 무리여도 선배라면 괴롭혀서 쫓아낼 수는 있을 것 같은데요? 말리진 않을게요."

"어라, 진심이야?"

다카히로는 자신이 꽤 온후한 편이라고 생각하지만 끊임없이 말썽을 일으키는 매슈 킴벌리에게는 학을 뗐다.

야단을 쳐도 전혀 반성하는 기색이 없다. 반성은커녕 걸 핏하면 버전 넘버를 들먹인다. 자신감 과잉의 권위주의자 는 정말이지 처치 곤란이다.

"알아서 처리해줘요. 그쪽에서 내쫓아주면 내가 잘 포 장해서 왕복선에 던져 넣을게요."

"그거 좋은데. 아, 맞다. 왕복선 하니까 생각났는데, 오 자칸가스 씨 말이야, 내일 지구로 돌아가신대. 오베이 씨 신청서는 어떻게 됐어?"

"퇴짜 놨어요."

"뭐? 박정하네."

네네가 손으로 뺨을 감싸며 과장되게 반응했다.

"기획이 너무 엉성했어요. 관객을 겔 시트로 싸서 물 글 자를 감상하게 하겠다는데, '자궁 안에서 꿈에 감싸여'라 는 오글거리는 홍보 문구만 있고 기본적인 내용은 쏙 빠 져 있더라고요. 관객 한 명 한 명을 겔 시트로 포장하겠다 는 건지, 아니면 어이없게 전시장 전체를 감싸겠다는 건 지. 하고 싶은 게 뭔지는 알겠는데, 정리가 전혀 안 돼 있 었어요."

"그렇구나. 오자칸가스 씨가 도와줬는데, 좀 아쉽네."

"그분도 아직 완전히 회복된 게 아니니까요. 돌아가면

몸조리 잘하시라고 말씀드렸어요. 그 두 사람의 뜻을 실현하기 위해서라도 하루빨리 아스클레피오스(의술의 신)가 아폴론 담당이 돼야 할 텐데요."

"아스클레피오스는 아폴론의 아들이야. 참고로 아폴론도 의술에 능했어."

"오오, 그래요?"

네네는 까딱까딱 손가락을 흔들었다.

"적어도 자기 부서에 관한 내용은 공부 좀 해둬." 그렇게 말하고 그녀는 자리에서 일어선다. "아무튼 매슈는 좀 더 견뎌볼 테니까 대책을 좀 강구해봐."

"알겠어요."

문이 닫히자 방 안에 정적이 가득 들어찼다.

창문 너머로 아테나의 파란색 카트가 축축한 노면에 그림자를 드리우고 돌아가고 있었다.

청회색으로 물든 세계가 바다의 밑바닥 같다고 다카히로는 생각했다.

익숙한 이 공간 어딘가에 아직 보지 못한 심해어가 잠들어 있다. 오자칸가스의 손에서 재빨리 빠져나간 환상의 물고기가.

막막한 바다에 사는 그 심해어는 과학의 바늘로는 낚을

수 없고 일상의 그물에도 걸리지 않는다. 아마도 순수한 마음과 따뜻한 두 팔로 건져 올려야 하지 않을까…….

정말 조용했다. 사람의 목소리도 빗소리도 들리지 않는다. 그저 쏟아지는 비의 무게만이 좁은 방으로 틈입해 온다.

미의 여신을 감싸는 부드러운 비는 세 시간 후면 그친다.

VI

영원의
숲

———————●———————

  박물관 행성 아프로디테의 값비싼 기자재들은 미를 추
구하기 위해 마련돼 있어. 뇌에 데이터베이스를 연결한
직접 접속 학예사의 존재 의의도 거기에 있고. 학예사는
단순한 직감을 이론으로 확정하기 위해 여신의 이름을 가
진 데이터베이스를 불러내지.

  우리는 우선 대상물에 애정을 가져야만 해. 문물을 보
고, 만지고, 느끼고, 은유를 알고, 주제를 이해해야 하지.
예를 들어 해학적인 시에 대해 '첫 키스의 맛을 레몬 맛으
로 느끼는 파와 바닐라 맛으로 느끼는 파가 있다'라고 멍
청하고도 인간다운 해석을 한 다음, 애정을 가지고 읽었
는가, 반대로 편애에 빠져 있지는 않은가 같은 것을 여신
의 객관적인 시각을 빌려 검토하는 것이지.

"자, 이렇게 한칼에 후려친 다음, 조금 띄워주는 거지."

물론 너의 호기심은 높이 평가해, 매슈. 나도 직접 접속 학예사야. 여신에게 막연하게 '이런 느낌' 하고 물었는데 뜻밖의 연관성이 도출되면 그 순간 나도 가슴이 뛰어. 하물며 너는 액세스 셸 버전이 높아. 이미지의 확정률이나 피드백의 선명도는 2세대 뒤처진 나와는 비교가 되지 않아.

하지만 매슈, 너도 알겠지만 모든 건 그 능력을 어떻게 사용하느냐에 달렸어. 사용하는 사람의 태도가 무엇보다 중요하다는 얘기야.

"학예사는 같은 그림 찾기를 하는 사람이 아니야. 오케이, 이런 식으로 말하면 되겠어."

다카히로는 설교할 내용을 정리하고는 혼자 고개를 끄덕였다.

박물관 행성을 종합 관리하는 아폴론의 신참 학예사 매슈 킴벌리가 다른 부서에서 연수를 받던 석 달 동안, 직속 선배인 다카히로에게는 족히 50건이 넘는 고충 상담이 들어왔다. 그 내용을 한마디로 요약하면 '좀 높은 곳에 있다고 머리에 피도 안 마른 신참이 건방지게 나선다'였다.

아폴론 학예사에게는 다른 부서에 없는 권한이 부여돼

있다. 이들에게 연결돼 있는 데이터베이스 컴퓨터 므네모시네는 카리테스라 불리는 각 부서의 데이터베이스에 자유롭게 접근할 수 있다. 부서 간에 얽힌 복잡한 문제를 최종 결재하는 것도 이들의 역할이다. 뇌외과 수술을 받으면서까지 학예사가 되려는 젊은이들이 이런 특권을 자랑스럽게 여기는 것은 어쩌면 당연한 일이다.

다카히로는 어떻게든 매슈를 엄호하려고 했지만 후배의 무소불위無所不爲는 도를 넘어서는 것이었다.

데메테르의 직원은 "동물 관리와 탁상공론의 차이를 몸소 깨닫게 해줄 테니 녀석을 우리에 처넣게 허락해달라"고 씩씩거렸고, 뮤즈가 초빙한 젊은 지휘자는 콘서트가 끝난 후 새벽까지 다카히로를 위한 길고 긴 독주회를 열어줬다. 그 연주는 '자존심에 상처를 입은 자의 넋두리'라는 주제로 제시부에서 매슈의 행동 하나하나에 의미를 부여한 뒤, 지휘자의 자기 비하로 이뤄진 전개부를 거쳐, 재현부에서 박진감 넘치는 넋두리로 돌아가는 더할 나위 없이 완벽한 소나타 형식이었다.

아테나의 베테랑 학예사 네네 샌더스는 최근 들어서는 불평도, 욕도, 설교도 할 의욕을 잃은 것처럼 보였다.

"이제 포기했어. 전문가 중 한 사람으로서 조언도 해봤는데 소용없더라고. 자기 몸에 있는 계산기가 네 것보다 훨씬 좋으니까 됐다는 식이야. 다카히로, 난 그 전지전능하신 병아리를 훈육할 여유가 없어. 미안하지만 그 도련님, 내가 담당하는 예술품 근처에는 얼씬도 못 하게 해줘."

네네처럼 깨끗하게 포기할 수 있다면 좋으련만, 하고 다카히로는 아폴론 청사 회색 복도에서 길게 한숨을 쉬었다.

부서가 같으면 도망칠 곳이 없다. 설상가상으로 자신은 요령부득한 인간임을 인정하지 않을 수 없었다. 어영부영하다가 동료들에게 떠밀려 병아리의 보호자 신세가 돼버렸으니까.

어쨌든 매슈에게는 단호하게 말해줘야 한다. '닮은꼴과 영향'이라는 허무하고 실속 없는 주제의 기획전은 기존 우주의 기록을 방대하게 보유하고 있는 아프로디테에는 어울리지 않는다고.

다카히로가 연거푸 한숨을 내쉬고 있을 때, 귓속에서 가르릉하는 부드러운 소리가 났다. 므네모시네의 호출이다.

—접속 허가. 용건은?

그의 내성內聲을 받아 므네모시네가 조용히 보고한다.

—메시지가 도착했습니다. 발신자, 아폴론의 매슈 킴벌리.

다카히로는 눈알을 빙글 돌린 다음 대답한다.

—들어야지 어쩌겠어. 출력은 음성으로.

—알겠습니다. 출력을 시작합니다.

므네모시네는 다카히로의 귓속에 매슈의 쨍쨍거리는 목소리를 충실하게 재현했다.

—"다시로 씨, 그 기획, 관장님이 승인해주셨습니다." 이상입니다.

"뭐라고?" 무심결에 소리 내어 말했다. "므네모시네, 그게 다야?"

—이상입니다.

"허수아비는 대체 무슨 생각인 거야?"

매슈의 기획인 '닮은꼴과 영향'은 주판과 유리구슬, 고글과 브래지어를 한데 전시하는 격인데.

허수아비 관장 에이브러햄 콜린스의 둥근 얼굴을 떠올리면서 다카히로는 엄지손톱을 깨물었다.

그때 한 남자가 무겁게 걸어가는 다카히로를 앞질러 갔다. 회색 일색인 복도에서 구불구불한 금발이 시선을 끈다. 그 유난히 밝은 금색을 보고 다카히로는 길게 한숨을 내쉬었다.

"······매슈."

"왜 그러십니까?"

금발에 푸른 눈을 가진 후배는 태연한 얼굴로 돌아봤다.

"일단은 내 1미터 뒤에 있었으면서 굳이 므네모시네를 통해 연락한 이유부터 들어볼까?"

"편하잖아요." 하얀 덧니가 쏟아질 듯하다. "산책하시는 데 방해도 안 되고, 저도 이게 말로 하는 것보다 빠르고. 어? 혹시 선배님 세대에서는 생각하는 것보다 말하는 게 더 빠릅니까?"

그 멸시의 눈초리를 다카히로는 애써 참았다.

"우리 구세대 인간들은 시간보다 예의를 중시하지. 그나저나 허수아비, 아니 관장님은 뭐라고 하면서 승인하셨을까? 내가 보기에 그 기획은 범위가 너무 넓고 막연하던데."

매슈는 히죽 웃었다.

"주제가 없다고 분명하게 말씀해주셔도 괜찮습니다. 맞아요. 근데 신경 쓸 거 없어요. 주제는 사실 뭐든 상관없어요. 이번 기획은 리허설이니까."

"리허설? 무슨 리허설?"

흐음, 하고 후배는 어깨를 으쓱한다.

"뻔하잖아요. 제 버전부터 채용된 새로운 데이터 등록

방식을 시험해볼 겁니다. 므네모시네한테 아무 얘기도 못 들었습니까?"

다카히로는 아내보다도 가까이 지내온 기억의 여신이 멀리 떠나버린 것 같은 기분이 들었다.

"매슈 버전에서는 대뇌변연계 정동情動 부위에 대한 접근이 개선됐다고 들었어."

네네는 다카히로에게 커피를 건네주면서 무심하게 툭 말했다. 아테나 청사 안에 있는 그녀의 사무실은 은빛으로 통일돼 있어서 검은 올인원을 입은 모습이 유난히 돋보였다.

그녀의 쪽잠용 소파에 살짝 걸터앉은 다카히로는 플라스틱 컵의 보온 덮개를 힘없이 벗기고 있었다.

"므네모시네의 튠업은 기대 이상이지만, 설마 직접 접속자 쪽도 대대적인 개정이 이루어졌을 줄은 상상도 못 했어요. 버전 넘버만 봐서는 새로운 기능이 추가됐다고 짐작하기 어렵잖아요. 우리는 예술을 접했을 때의 감동까지는 기록할 수 없는데 말이죠."

네네는 사무용 의자에 모양 좋은 엉덩이를 털썩 내려놓는다.

"그렇지. 감동을 명확한 기록으로 얻을 수는 없지."

"맞아요. 지금 단계에서는 시냅스의 변화를 저장하는 정도예요. 병아리가 새 장난감을 손에 넣었으니 가지고 놀고 싶어서 안달이 난 거죠."

네네는 콧방귀를 흥 뀌고서 흑표범처럼 부드럽고 날렵한 동작으로 다리를 바꿔 꼬았다.

"예술에 대한 안목도 제대로 갖추지 못한 신출내기가 뭘 기록할 수 있을지. 단순한 데이터 등록도 특기할 내용을 파악할 수 있게 되기까지는 오랜 경험이 필요한데 말이야."

그녀는 뜨거운 커피를 벌컥벌컥 들이켰다. 상당히 화가 난 모양이다.

"도대체 데이터베이스에 주관적 인상을 혼입시키다니 말도 안 돼요. 아름다움을 받아들이는 방식은 천차만별이어야 하잖아요. 감상이 딸린 미술 해설은 사상 통제나 다름없다고 봐요."

"허수아비나 지구 공무원들은 그렇게 생각하지 않는 것 같아. 감상할 때의 감정을 축적해서 최종적으로는 우리의 여신들에게 감동을 가르칠 작정인 거야. 기계가 감동을 이해할 수 있게 되면 미의 본질도 0과 1의 그물로 잡을 수 있다고 믿는 거지."

네네는 커피 컵을 들어 건배하는 시늉을 했다. 다만 콧등에는 주름이 잡혀 있고 입은 어색하게 벌어져 있다.

다카히로는 그보다는 조금 자연스럽게 웃을 수 있었다.

"매슈 말로는 '닮은꼴과 영향'은 자신의 능력을 최대한으로 활용할 목적으로 기획했다고 해요. 비슷한 물건들을 늘어놨을 때 문양의 공통성에서 시대의 흐름을 느끼는가, 아니면 단지 카피로 간주하고 코웃음을 치고 마는가. 이 미묘한 인상의 차이를 므네모시네에게 가르치겠다고 하더라고요."

잠깐 생각하는 듯하더니 네네는 심각한 표정으로 입을 열었다.

"다카히로, 그건 더더욱 안 좋은 징후야. 아무리 그래도 시험을 치고 학예사가 된 사람이 역사적 관련성과 카피 제품의 차이를 구분하지 못할 리가 없잖아. 매슈는 학예사의 본분을 망각하고 단순히 자신의 업적을 남기고 싶어서 그러는 거 아닐까?"

"내 생각에도 그래요. 므네모시네에 영원히 자신의 업적과 이름이 남는다는 건 떨쳐내기 어려운 유혹이니까."

"이 얘기, 매슈한테 해봤어?"

"했죠. 부정하지 않던걸요. 자기는 영구 보존의 가치가 있는 일을 하는 거니까 이름이 남아 마땅하다고 오히려 당당하게 나오더라고요. 용의주도한 녀석이에요. 단판으로 승부를 낼 전시품을 확보하고 있어. 재현 불가능한 아름다움을 감상하는 건데 정동 기록도 없이 등록하기는 아깝지 않으냐고……. 그런 녀석이에요."

"참, 대단하다." 네네의 얼굴에 씁쓸한 표정이 역력하다. "허수아비가 흔쾌히 허가한 것도 무리는 아니네. 그래서 승부수란 게 뭐야?"

다카히로는 일단 커피를 한 모금 홀짝였다.

"생체 시계. 이게 전시의 주인공이에요."

"생체 시계? 요즘 시대에?"

예상대로 네네의 눈이 휘둥그레졌다.

생체 시계는 20여 년 전에 유행했다. 유전자 조작 기술로 생장과 변화에 규칙성을 부여한 식물을 사용해 그 변해가는 모습으로 시간을 재는 우아한 시계다. 손바닥만 한 들판에 붉은 꽃이 피면 아침 10시. 생장이 제어된 나무에 단풍이 들면 오후 3시. 유행 후반에는 변형균의 운동성이나 마이크로 모터를 이용해 동물들이 움직이며 숲속 생활을 보여주는 형태의 시계도 등장했다.

대부분 생체 시계는 외부 환경의 영향으로 시간이 어긋나는 것을 막기 위해 투명 혹은 편광 기밀 케이스에 담겨 있다. 밀봉된 미니어처 자연은 그 무렵 급증한 우주 거주자들 사이에서 큰 인기를 끌었다. 변화가 없는 인공조명 아래, 주인은 작은 버튼을 눌러 케이스 안에 채워진 불활성 인자를 제거한다. 그러면 작은 숲은 잠에서 깨어나 숨을 쉬기 시작한다. 생체 시계는 삭막한 초기 우주 시대를 낭만적인 녹색 초침으로 새겨나갔던 것이다.

"매슈가 준비한 생체 시계는 최상품이에요. 게다가 아직 개봉도 안 된 물건이고."

"승부수를 제대로 던졌네. 그 덧없는 시계의 작동부터 사멸까지를 그 잘난 감수성 따위로 버무려서 기록할 작정이군."

"그런 셈이죠."

다카히로가 대답하자 네네는 연민의 눈길로 그를 바라봤다.

"근데 그런 이유로 개봉되는 그 시계도 참 안됐다. 살아 있는 걸로 단판 승부를 볼 거면 차라리 데메테르에서 기르는 삼색 쥐를 대상으로 사육 일기를 쓰는 편이 낫지 않나? 털 색깔이 순식간에 변한다, 깨소금색, 대리석색, 소

용돌이 형태의 기하학무늬, 굉장해, 이번에는 세계지도와
의 유사성을 보인다……. 이러고 혼자서 얌전하게 감탄해
주면 좋을 텐데."

"말했잖아요. 우리 신참은 용의주도하다고."

"무슨 소리야?"

"동물원 견학에는 찬조금이 나오지 않아요. 과거의 인
연을 매듭지을 수도 없고."

네네는 의자에서 등을 떼고 고꾸라질 듯 앞으로 몸을
기울였다. 그녀는 에누리 없이 중년이라고 불릴 나이였지
만 미간을 찡그리고 입을 삐죽이는, 곤혹스러울 때 짓는
이 귀여운 표정을 다카히로는 좋아했다.

그는 무언의 재촉에 질문으로 응했다.

"매슈 킴벌리의 기획 콘셉트는?"

"온갖 유사품의 잡동사니 시장이겠지."

"그렇다는 건 생체 시계도 유사품과 나란히 전시된다는
얘기예요. 아직 감이 안 와요?"

"어어."

"허수아비가 그 기획을 흔쾌히 통과시킨 이유는 생체
시계를 전시하면 찬조금을 받을 수 있기 때문이에요. 찬
조금의 출처는 시계 주인. 이래도 아직 모르겠어요?"

"잠깐만. 귀한 컬렉션이 유사품 취급을 당한다는데 굳이 돈을 낸다?"

"아니, 그 반대예요. 내가 진품이고 옆에 전시된 다른 시계가 가품이라는 걸 인정받고 싶은 거예요. 그 생체 시계는 딱 한 점 제작됐어요. 판매용으로 대량 생산된 게 아니란 말이죠. 아프로디테가 검증해준다면 진품이란 게 영원히 기정사실화되는 거예요. 세간의 이목을 신경 쓰는 대기업으로서 충분히 찬조금을 내놓을 만한 상황인 거죠."

"잠깐만 기다려봐."

네네는 팔랑팔랑 손을 흔들었다. 동시에 목까지 흔들린다.

"혹시 그 시계, 라클로사社의 〈이터니티(영원)〉?"

"딩동댕."

"그렇다면 매슈가 같이 진열하려는 물건은 그 표절 시비로 재판을 벌였던 오르골……."

말하면서 네네는 손목 밴드에서 얇은 막을 꺼냈다. 내성으로 아테나의 데이터베이스 에우프로시네를 호출했는지 F 모니터를 펼치자마자 도판과 글자가 출력됐다.

라클로사는 생체 시계의 선구적 기업이다. 당시의 사장 애덤 라클로는 생물학 분야 출신이었다. '손바닥 숲'으로 재산을 쌓아 편안한 노년을 맞은 그가 사후 공개를 조건으로 제작한 것이 바로 〈이터니티〉였다. 한 변이 1미터 3센티미터나 되는 이 시계는 안에 숲과 들판이 배치돼 있고, 작동시키면 음악과 함께 나무숲 안쪽에서 변형균의 포식 활동을 이용해 움직이는 작은 인형이 모습을 드러내는 형태였다.

재작년에 매스컴이 애덤 라클로의 사망 소식과 함께 이 대작의 도판을 기사화한 직후, 라클로사는 저작권 침해로 피소됐다. 원고는 인형 작가 로잘린드 매닝의 유족이었다.

매닝가의 주장은 애덤의 〈이터니티〉가 2년 전에 세상을 떠난 로잘린드의 작품과 흡사하다는 것이었다. 로잘린드와 애덤은 오래된 고향 친구로 같은 대학에서 함께 유전자공학을 공부했다. 생체 시계에 대한 아이디어는 그 시절에 로잘린드가 구상한 것이라고 유족은 주장했다.

자산가인 애덤이 아이디어를 도용해 한 시대를 풍미했던 반면, 로잘린드는 학자로서 오랫동안 청렴하게 살다가 말년에 인형 작가로 변신했다. 그녀는 주로 생물학적 장치가 가미된 인형을 만들었는데, 대표작으로 꼽히는 시리즈가 인형과 미니어처 나무를 조합한 오르골이었다. 초록 나무 그늘에서 3센티미터 크기의 소녀가 천천히 움직인다. 음악에 맞춰 꿈꾸듯이. 소녀의 티롤리안˚풍 스커트 안쪽에 음향성 변형균이 있어서 그것이 바닥에 설치된 움직이는 음원을 따라가는 구조였다.

로잘린드의 유족들은 순진한 그녀에게서 생체 시계에 대한 아이디어를 가로챈 라클로사를 늘 고깝게 여기고 있었다. 급기야 변형균을 이용해 동물 인형까지 넣은 제품이 나오기 시작하자, 그들은 〈이터니티〉가 없어도 소송을 생각하고 있었다. 하지만 라클로사는 로잘린드가 가진 음향성 변형균의 DNA 특허에 대해서만은 규정 절차를 밟으면서도 좀처럼 허점을 드러내지 않았다.

그러나 〈이터니티〉는 아무리 봐도 위작이라고 유족들은 말했다. 〈이터니티〉의 숲 테두리 장식이 로잘린드의 만년의 걸작 〈기대〉에 사용된 티롤리안 테이프의 문양과 똑같았기 때문이다. 테이프의 문양은 로잘린드가 직접 디자인한 것으로 애덤이 도판을 통째로 베꼈다고밖에 생각할 수 없으며, 이 파렴치한 소행은 나아가 라클로사의 전 제품이 로잘린드 매닝의 저작권을 계속 침해해왔다는 증거가 되기도 한다는 것이었다.

˚ 오스트리아 서부의 알프스 티롤 지방에서 착용하는 복식.

라클로사는 당초 이렇게 반론했다. "티롤리안 테이프는 두 사람이 같은 고장 출신인 만큼 문양이 비슷한 건 어쩔 수 없다. 그리고 〈이터니티〉에는 음향성 변형균을 사용하고 있지만, 그것은 특허 신청이 늦어진 것일 뿐 애덤이 독자적으로 연구 개발한 신종이며, 로잘린드의 DNA 특허를 일부 사용한 것만으로 그녀의 지적재산권을 침해했다고 보기는 어렵다. 따라서 〈이터니티〉는 로잘린드의 작품을 표절한 것이 아니라 애덤이 순수하게 제작한 창작물로 인정해야 한다. 덧붙여 생체 시계에 대한 아이디어는 두 사람이 잡담을 나누던 중에 나온 것으로 애초에 어느 한쪽에 소유권이 있을 수 없다. 당사는 매닝가의 제소가 근거 없는 트집에 지나지 않는다고 판단한다."

그러나 결국 라클로사가 한발 양보하면서 재판은 일단 종결됐다. 원래대로라면 〈이터니티〉를 작동시켜 〈기대〉와의 유사성을 심사해야 했지만, 라클로사는 회사 설립자의 대작이 미술계 유산으로 남길 원했기 때문에 섣불리 증거로 제출할 수 없었던 것이다.

고개를 숙이고 있던 네네는 F 모니터 위로 한숨을 내쉬었다.

"매슈가 〈이터니티〉 옆에 전시하려는 건 로잘린드 매

닝의 〈기대〉구나. 오르골은 밀봉식이 아니기 때문에 제작 연대로부터 역산하면 동작 보증 기간은 1년 남은 건가?"

네네는 모니터 한쪽에 로잘린드의 작품을 동영상으로 불러냈다. 반복이 많은 경쾌한 곡이 영롱하게 흘러나오고, 떡갈나무를 손질해 만든 듯한 미니어처 나무 그늘에서 키 37밀리미터의 티롤리안 소녀가 빙글빙글 돌며 춤추고 있었다.

"인형 소재는 비스크 같아. 표정이 좋네. 기대에 찬 얼굴이야. 꼭 누군가를 기다리고 있는 거 같아."

그렇게 말하면서 네네는 어깨를 축 늘어뜨렸다.

"확실히 용의주도하네. 이 정도면 〈이터니티〉의 상대로 부족함이 없어. 분명히 화제가 될 거야. 허수아비가 아니라 누구라도 이 전시는 허가했을 거야. 정동 기록 방식 공개, 오랜 논쟁에 종지부, 게다가 물건은 극상품, 심지어 한판 승부."

"거기에 더해 그 극상품인 생체 시계는 협찬금으로 포장돼 있고, 심지어 자기 이름을 영구히 남길 수 있다는 리본 장식까지 달려 있어요."

네네는 이마를 탁 치며 의자 등받이로 나자빠졌다.

"오, 신이시여. 부디 매슈에게 계시를. 학예사는 단지 아름다움을 살펴 찾아내는 사람이지 장사꾼도 재판관도 아니라는 것을 알게 해주소서."

"자비로우시네. 나는 악마한테 부탁했는데."

다카히로가 머쓱하게 말한 그때였다. 누가 사무실 문을 요란하게 두드렸다.

네네가 대답하기도 전에 잠겨 있지 않은 문이 난폭하게 열렸다. 혼비백산이 돼 뛰어 들어온 사람은 데메테르의 젊은 학예사였다.

"여기 계셨군요, 다시로 씨. 전할 말이 있어요."

균류를 다루는 한월옥은 짧게 자른 검은 머리를 쓱 쓸어 올리더니 다카히로를 매섭게 노려봤다.

"매슈 킴벌리를 어떻게 해서든 말려야 해요."

낮게 깐 목소리가 묘하게 박력이 있었다. 기세에 눌려 다카히로는 주춤거리며 물었다.

"매슈가 무슨 문제라도?"

"매슈 킴벌리가 '닮은꼴과 영향' 전시 책임자죠? 전시 예정 작품은 기획자가 사전에 조사해둬야 하는 거 아닌가요? 내일 도착하는 그 멍청한 시계, 잘못했다가는 아프로디테를 파멸시킬지도 몰라요."

"뭐라고?"

월옥은 손목 단말기에서 잡아 뽑듯이 F 모니터를 꺼냈다.

"지구의 상세 데이터를 확인했더니 이런 게 나왔어요."

그것은 디자인은 훌륭하지만 결코 보고 싶지는 않은 마크였다.

"라클로의 〈이터니티〉, 기밀 케이스 안의 내용물은 바이오해저드(생물학적 재앙)를 유발할 가능성이 있어서 위험 물질로 지정돼 있어요."

"도대체 뭐가 문제입니까?"

잔뜩 벼르고 있는 세 사람 앞에서 매슈 킴벌리는 천연덕스러웠다.

"그 사무라이 가문의 문장처럼 생긴 마크는 케이스 안의 내용물에만 해당되는 겁니다. 〈이터니티〉 자체는 지정받지 않았어요. 그만큼 단단히 봉인돼 있다는 겁니다. 세분 논리대로라면 데메테르의 격리실에 바이오해저드 경고 마크가 난무하는 이 아프로디테는 전역에 마크가 붙어야겠군요."

안 그래요? 하고 매슈는 웃었다.

"〈이터니티〉의 내용물도 애덤이 위기평가위원회에 DNA 분석을 신청하지 않은 채 무덤에 들어가버리는 바람에 일단 지정된 거에 불과합니다. 알고 보면 치즈의 푸른곰팡 이보다도 안전할지 모른다고요."

"상당히 낙관적이군."

월옥도 웃는다. 다만 가늘게 치켜 올라간 눈은 영롱한 칼날처럼 빛났다.

"네, 저는 전혀 걱정하지 않습니다. 라클로사의 생체 시계에는 폐기 시 안전성을 고려한 내부 사멸 시스템이 장착돼 있거든요. 무슨 일이 생기면 그 버튼만 톡 누르면 그만입니다."

"형태가 있는 건 언젠간 망가져요. 케이스와 사멸 시스템이 지금도 제대로 작동한다는 보증은 있는지 궁금하군요."

"정말 걱정을 사서 하시네. 괜찮습니다. 아무 일도 일어나지 않을 겁니다. 멍청한 전문가가 샘플을 채취한다고 케이스를 때려 부수지만 않는다면 말이죠."

"바이오해저드의 무서움을 아는 멍청한 전문가는 절대 그런 짓은 하지 않겠죠."

월옥은 다시 피식 웃는다. 매슈도 지지 않고 푸른 눈을 가늘게 떴다.

아폴론 청사 회의실에서, 다카히로와 네네는 나란히 관자놀이를 누르고 있었다.

아담한 체구의 데메테르 학예사는 또랑또랑한 목소리로 탈리아를 호출해 라클로사로부터 오늘에야 받아낸 도판을 호출했다.

"일단 보세요, 이게 〈이터니티〉입니다. 외부에 유출되는 걸 꺼려서 현재로선 평면 도판밖에 없다고 합니다."

회의실 프로젝터가 켜진다.

도판이 거칠어서 오히려 진짜 숲 사진처럼 보였다. 왼쪽에서 오른쪽으로 내려가는 완만한 언덕은 활엽수 숲으로, 빽빽하게 잡초까지 자라 있었다. 언덕 아래는 잔디 같은 풀로 뒤덮인 좁은 들판이었다. 아마 케이스 안의 불활성 인자를 제거하면 형형색색의 꽃들이 매시간 앞다퉈 피어날 것이다.

"레이아웃이 좋은데. 숲과 들판의 밸런스가 훌륭해."

네네가 말했다. 데메테르 학예사의 표정이 조금 누그러진다.

"네, 조경이 아주 뛰어납니다. 나무들의 높낮이와 완사면의 비율이 개방감과 안정감을 주고 있어요. 보고 있으면 멍하니 빠져들게 되죠."

그렇게 말하고 그녀는 신속하게 확대도로 전환했다.

"여기에 사용된 균류에 대해 조금 설명해드릴게요."

확대도는 화질이 훨씬 더 거칠었다. 월옥은 눈을 가늘게 뜨고 신중하게 프로젝터의 한 부분을 가리켰다.

"왼쪽은 줄기의 표피로, 보시다시피 단순한 미니어처 단풍나무입니다. 이건 네오 분재와 마찬가지로 안티센스 RNA*로 생장을 억제하고 있을 뿐이라 해가 되지 않습니다. 도판에서 수목으로 식별되는 것 대부분이 이 유형에 속하죠. 문제는 잡초 부분인데, 균류도 서식하고 있어요."

"축소한 풀에, 축소할 필요가 없는 균류를 섞은 거군. 훌륭한 아이디어네. 해상도가 낮아서 그런지 전혀 곰팡이인 줄 모르겠어. 그냥 풀이 무성한 들판처럼 보여."

감탄하는 다카히로를 곁눈질로 확인하고 나서 월옥은 계속 말을 이어간다.

"균류의 DNA를 개조해서 초목처럼 보이게 하는 건 라클로사가 자랑하는 기술입니다. 다른 생체 시계에도 많이 사용되고 있죠. 하지만 〈이터니티〉의 균류는 도무지 정체를 알 수가 없습니다."

"천하의 한월옥이? 도판이 허접해서 그런가?"

"그것도 무시할 수 없죠. 이 도판만으로는 균사의 격벽

---

* mRNA(메신저 리보핵산) 등에 대하여 상보적인 염기 순서를 갖는 RNA의 총칭.

유무도 확인할 수 없고, 조균류인지 자낭균류인지도 구분할 수 없으니까요. 그런데 그것보다 제가 신경 쓰이는 건 콜로니의 형상이에요. 숲에 있는 잡초와 초원을 확대해보면 각종 균이 분포해 있는데……."

월옥은 도판을 색별하여 보여줬다. 균의 콜로니는 으깬 토마토나 게걸스럽게 포식하는 대식세포macrophage°의 형상을 하고 있었다.

네네가 콧잔등을 찡그린다.

"무성해 보이게 하려고 일부러 그랬다고 보기에는 전체적인 밸런스를 깨버릴 만큼 디자인적으로는 마이너스야."

"맞아요. 그래서 저는 이 균류가 신종 점균이 아닐까 의심하고 있어요."

"점균이라면 변형균을 말하는 거지? 그럴 법하네. 라클로사는 음향성 변형균을 생체 시계 동물 인형에 사용하고 있었어. 〈이터니티〉의 음향성 변형균은 애덤이 개발한 신종인 것 같고."

"이 숲의 땅속에도 음원이 묻혀 있으니까 음향성 변형균이 사용됐다고 이상할 건 없어요. 하지만 어째서 동물

° 세포 찌꺼기나 비정상적인 단백질 등을 집어삼켜서 분해하는 기능이 있는 세포.

인형이 아니라 들판이나 잡초일까요?"

들고 보니 그렇다. 애덤 라클로에게 풀을 꿈틀거리게 하는 취미가 있었다면 모를까.

"과연. 그래서 바이오해저드의 가능성을 의심한다, 이 얘기군."

"맞습니다."

"그래서"라고 입을 연 것은 매슈였다. "기밀 케이스가 깨지면 정체불명의 신종 점균이 끈적끈적 기어 나와 습격이라도 한다는 건가요?"

홋 하고 날카로운 숨을 내뱉은 후 월옥은 산뜻하게 웃어 보였다.

"아니요. 내가 걱정하는 건 상동 재조합˚입니다. 신종 개발에 유전자 적중법˚˚이 이용됐다면 바이오해저드의 위험성은 훨씬 높아지죠. 전문가가 아니어도 알 만한 내용인데, 균류는 공중에 떠다니는 포자를 생성합니다. 습격을 한다면 끈적끈적한 액체 상태의 물질이 아니라 둥둥 떠다니는 움직이는 유전자가 될 겁니다."

˚ 유사한 서열을 가진 한 쌍의 DNA 사이에 유전적 교환이 일어나는 것.
˚˚ 개체 안의 특정 유전자를 상동 재조합의 방법으로 파괴하거나 주입하는 유전학적 기술.

─므네모시네, 접속 개시.

다카히로는 황급히 명령했다.

─뭐부터 갈까……. 일단 트랜스포존에 의한 유전자 변형 자료부터. 중학생 수준으로 부탁해. 출력은…….

F 모니터를 펼치면 자신의 무지가 드러나겠지, 하고 다카히로는 순간 망설였다.

여신은 그의 사고의 흐름을 포착해 말한다.

─P 모니러 승인까지 출력 대기하겠습니다.

다카히로는 옆에서 머리를 쥐어뜯고 있는 네네를 발견하고 가볍게 웃으며 명령한다.

─므네모시네, 네네 샌더스에게도 P 모니러로 자료를 전달해줘.

─알겠습니다.

왼손에 찬 손목 밴드가 움찔 움직였다. 세로 200, 폭 25로 배열된 압력 소자가 단어를 축소한 특수 도형 문자를 손목에 전달한다. 시작은 두 개의 기호로 이루어진 '출력 시작' 메시지.

조금 늦게 네네가 흠칫하며 얼굴을 들었다. 에우프로시네가 요청을 승인한 것이다. 그녀는 손목을 누르더니 매력적인 윙크로 답례했다. 아무래도 선물이 마음에 드신 모양이다.

다카히로는 신경전을 계속 벌이고 있는 두 사람에게 시선을 고정하려고 애썼다. 물론 신경은 손목에 집중돼 있다. 고속으로 출력되는 자료는 월옥의 걱정이 단순한 기우가 아님을 알려줬다.

최근에는 DNA 지도에 따라 유전자를 직접 구축하는 것도 가능해졌지만, 〈이터니티〉가 제작된 시대에는 이중나선의 절단과 연결에 벡터°라고 불리는 효소나 미생물의 힘을 빌리고 있었다. 운반되는 것 중 하나가 트랜스포존이라고 불리는 특수한 염기 서열이다. 트랜스포존은 DNA에 변이를 일으키면서 여기저기 옮겨 다니는 성질이 있다. 이것을 전사 인자°°로 제어하면서 일하게 하면 원하는 대로 형질 전환을 할 수도 있는 것이다.

유전자 조작의 안전성은 당시에도 물론 중요시됐지만, 정상 유전자라도 세포분열을 하는 과정에서 비슷한 배열의 다른 부분과 혼동을 일으킬 수 있다. 즉 일부러 혼동을 일으키도록 조작된 것은 명령을 위반하는 워커홀릭 벡터

° DNA 운반체로, 유전자 재조합 기술에 필요한 DNA 전달체.
°° DNA의 특정 부위에 결합하여 유전자의 발현을 촉진하거나 억제하는 단백질.

를 포함하고 있을 가능성이 높은 것이다.

만약 생체 시계의 균류에 비정상적인 워커홀릭 벡터가 존재한다면……. 케이스가 손상되는 순간, 균의 포자는 바람을 타고 들뜬 마음으로 데메테르의 동족에게 선물을 전하러 날아갈 것이다. 잘 드는 가위와 끈끈한 풀을 가지고 말이다.

게다가 생체 시계는 또 하나의 공포도 내포하고 있다. 생장을 통해 시간을 표시하기 위해 타임머신 바이오테크 기술이 도입됐다는 것이다. 제품 중에는 토양의 호르몬 조작과 어우러져 아름다운 사계절을 단 하루에 보여주는 타입도 있다고 한다. 이주한 유전자들은 분명히 엄청난 기세로 일을 해낼 것이다.

"알았어요. 그럼 반입합시다. 볼썽사납겠지만 어쩔 수 없죠."

매슈의 목소리가 다카히로를 현실의 시간 축으로 돌려놨다. 뭘 반입한다는 거지? 역시 쇼토쿠 태자˚처럼은 될 수 없는 모양이다.

˚일본 아스카 시대의 정치가로, 10명이 동시에 꺼낸 이야기를 정확하게 알아듣고 답변을 했다는 일화로 유명하다.

금발의 학예사는 거칠게 일어나 세 사람을 향해 얇은 입술 끝을 끌어 올리며 말했다.

"전시회장인 아테나의 올리브 뮤지엄에 데메테르의 바이오해저드 방지 밀폐관을 반입한다. 이러면 불만 없죠?"

"불만은 있지만 말해봤자 소용없을 것 같군요."

월옥은 팔짱을 끼고 툭 내뱉었다. 매슈는 이죽거리며 퍼석퍼석한 금발을 뒤척거린다.

"아아, 영광스러운 기술 혁신이 아프로디테의 역사에 기록되는 순간을 그런 멋대가리 없는 뚜껑과 함께해야 하다니. 뚜껑에 뚜껑을 덮는 거, 너무 후지지 않아요? 저기요, 아테나의 예술적 관점에서 봤을 때 어떻게 생각하세요, 샌더스 씨?"

"어? 뭐라고?"

그제야 네네가 매슈를 똑바로 쳐다봤다. 그녀의 버전은 6.1. 아직 P 모니터 출력이 끝나지 않은 것이다.

매슈는 네네가 왼쪽 손목을 누르는 것을 흘낏 봤다.

"아무것도 아니에요. 그럼 저는 이만."

건성으로 인사하고 문을 연다.

다카히로는 그가 "고물들" 하고 말하는 것을 똑똑히 들었다.

매슈가 모아놓은 물건들은 전시 담당인 아테나의 직원들을 당황하게 했다.

비록 비슷한 점 찾기 게임일지라도 어느 정도의 심미안을 갖추고 골라냈다면 최소한 디자인의 변천에 대한 공부라도 될 것이다. 그러나 그의 선택은 그저 기괴할 뿐 좀체 종잡을 수가 없었다.

잉카의 태피스트리와 몽골의 숄에 둘 다 직선으로 이뤄진 인형 무늬가 있는 것은, 모방이 아니라 직조 기술이 곡선을 표현할 만큼 발달하지 않았기 때문이라고 해석하는 편이 마땅하지 않을까.

나뭇잎 문양이 있는 것만으로 원산지도 시대도 제각각인 접시를 130장이나 늘어놓은 가운데, 마이센의 찻주전자와 징더전의 연적을 한데 묶어놓은 것을 발견하고 도자기 전문 학예사 클라우디아 메르카틀라스가 "내친김에 그에도시대 도공 가키에몬의 요강도 갖다 놓지?"라고 묘령의 여성답지 않은 실없는 소리까지 하는 형편이었다.

다카히로는 네네의 비아냥거림이 특히 마음에 들었다.

"매슈의 빈틈에 감사해. 양쪽 다 동그란데, 스쿼시 공과 지구를 나란히 놓지 않았잖아."

정말이지 적혈구와 치질용 방석을 짝지어놓지 않은 것이 신기할 정도였다. 이 허술함은 매슈의 한 방이 어디까지나 〈이터니티〉와 〈기대〉에 있다는 것을 말해주고 있었다.

실제로 그는 라클로사의 짐을 영접하러 우주 공항까지 직접 납셨던 것 같다. 거기서도 운송 방법을 놓고 데메테르와 한바탕한 모양이지만, 다행히 보지는 못했다. 다카히로가 목격한 것은 이후 전시실에서 벌어진 화려한 말다툼이다. 매슈는 돌고래 표본도 들어갈 만한 커다란 세균 밀폐관 앞에서 한월옥과 설전을 벌이고 있었다. 투박하긴 해도 만일의 경우에 유용하게 쓸 수 있는 머니퓰레이터*를 밀폐관 내부에 설치할지 말지로 옥신각신하고 있었던 것이다.

짐만 보내버린 라클로사와는 달리, 〈기대〉는 로잘린드 매닝의 가족이 직접 가져왔다. 어수선한 전시실에서 매슈와 다카히로가 인사를 하자, 여자는 조심스럽게 자신을 소개했다.

"타냐 매닝입니다. 로잘린드는 제 고모할머니예요."

삼십 대 후반으로 보이는 여자는 포장된 〈기대〉를 유골

---

* 방사능 위험 노출을 피하기 위해 방사성 물질을 먼 곳에서 조작하기 위한 기구 또는 장치.

함처럼 끌어안고 있었다. 매슈는 그걸 보고 입맛을 다실 따름이었다.

"이쪽으로 주시죠. 바로 전시하겠습니다."

타냐는 입술을 한번 깨물었다. 부드럽게 물결치는 갈색 머리와 통통한 볼이 〈기대〉의 인형을 떠올리게 했다. 다만 37밀리미터의 비스크 인형이 평온하게 웃고 있었던 반면, 그녀는 눈에서 금방이라도 눈물이 흘러내릴 것 같았다.

"전시하기 전에 먼저 할머니의 원수를 보고 싶어요."

20년간의 갈등이 지금 다시 비어져 나오려 한다.

다카히로는 그렇게 생각했다.

투명한 이중 케이스 안에 사방 1미터의 숲이 어둠 속에 잠들어 있었다. 들판은 완만한 곡선을 이루고, 숲의 나무들은 따분한 듯 서서, 윌옥이 실물을 보고 역시 신종 변형균이라고 말한 잡초에 짙은 그림자를 드리우고 있었다.

타냐는 바이오해저드 방지 밀폐관의 무반사 강화유리에 코를 박고 〈이터니티〉를 들여다보고 있었다.

"할머니에게 〈기대〉는 회심작이었어요." 그녀는 혼잣말처럼 작은 목소리로 말했다. "할머니는 말씀하셨어요.

평생 혼자 살았지만 인생의 마지막에 예쁜 딸을 얻었다고…….. 그런데 그 사람은 어떻게 이런 짓을…….."

"불쾌할 정도로 비슷한가요?"

다카히로가 말을 걸자 그녀는 휙 돌아보며 안고 있던 상자를 똑바로 내밀었다.

"여기요. 옆에 두면 누구라도 알 거예요. 인형은 점균의 불활성 인자를 녹인 액체 속에 담겨 있어요. 액체는 돌아갈 때도 써야 하니까 꺼낼 때 멸균한 도구를 사용해주세요."

매슈는 말이 채 끝나기도 전에 부리나케 〈기대〉를 받아들었다.

"그럼 잘 부탁드립니다, 다시로 씨."

"잘 부탁한다니……"

"매닝 씨한테 차라도 대접해야죠, 먼 길을 오셨는데. 저는 작업에서 손을 뗄 수가 없어서……"

"매슈, 이제 그만 손 떼도 될 것 같은데."

기다리고 있던 아테나와 데메테르 연합군이 옆에서 재빨리 〈기대〉를 낚아챘다. 이것은 전문가 집단 안에서의 '떡은 떡집에'라는 친절한 가르침이지만, 매슈는 굴하지 않고 어이없는 지시를 연발하면서 그들의 뒤를 따라갔다.

"저 자식, 인사도 안 하고. 미안합니다, 매닝 씨. 저 친구가 열심이긴 한데, 도무지……."

"킴벌리 씨가 작품을 전시하고 싶다고 하셨을 때……." 타냐는 그들을 멍하니 바라보았다. "많이 고민했어요. 저 분 말대로 할머니의 오명을 씻을 좋은 기회라고는 생각했 지만."

매슈는 아무래도 비겁한 방법으로 그녀를 설득한 모양 이다. 다카히로는 속으로 혀를 찼다.

"하지만 과연 할머니가 기뻐하실지……. 자신을 버린 사람 옆에 나란히 놓이는 거잖아요."

놀란 나머지 다카히로는 혀를 깨물고 말았다.

애덤이 로잘린드를 버렸다고? 매슈는 미의 전당에 소 유권 분쟁을 끌고 들어온 걸로도 모자라 이번에는 남녀의 치정 싸움까지?

타냐는 큰 결심을 한 듯한 표정으로 다카히로를 쳐다 봤다.

"하기로 한 얘기, 지금 이 자리에서 해도 될까요?"

"하기로 한 얘기?"

"학예사들이 작품을 제대로 감상하려면 제대로 된 정 보가 있어야 한다고 킴벌리 씨가 말하더군요. 전시회장에 도착하면 종합 관리 부서의 다시로 씨에게 할머니의 삶이며 애덤과의 관계에 대해 전부 들려줬으면 좋겠다고 했는데……."

정말 매슈는 용의주도하다. 성가신 선배를 현장에서 쫓아낼 준비도 게을리하지 않았다니. 다카히로는 그 자식의 얼굴에야말로 바이오해저드 경고 마크를 붙여야 한다고 버럭 소리를 지르고 싶었지만 꾹 참고 타냐에게 친절한 영업용 미소를 지어 보였다.

"일단 로비에서 차라도 한잔하시죠."

긴 오후였다.

다카히로는 개인 사무실에서 소파에 몸을 뉘었다. 집에 가서 아내를 상대할 기운도 없다. 오늘은 여기서 묵자.

창밖에는 끈적끈적한 어둠이 무겁게 깔려 있었다. 삭막한 아폴론 청사의 밤은 숨이 막힐 정도로 색이 없다. 지금쯤 올리브 뮤지엄에서는 매슈가 화려한 시계를 깨우고 있을 텐데, 이곳은 시간이 멈춘 것이 아닐까 걱정될 정도로 어둠과 정적만이 가득하다.

타냐의 입에서 띄엄띄엄 흘러나온 묵직한 과거가 현재의 시간을 붙들고 있는 것만 같았다.

그녀 안에는 할머니의 비애가 퇴색되지 않은 채 그대로

남아 있었다.

"로잘린드 할머니는 조용한 분이셨어요. 늘 꿈을 꾸고 있는 것처럼 보였죠."

타냐의 목소리에서 슬픔과 그리움이 배어났다.

"애덤에게 그렇게 안팎으로 배신당하면서도 할머니는 젊은 날의 추억을 잊지 못하셨어요."

흔한 실연 이야기였다. 학창 시절에 같은 학교에서 같이 연구하며 연인으로 발전했다는 것. 자산가인 애덤에게 연분이 나타나면서 로잘린드가 물러나게 됐다는 것. 마음씨 고운 로잘린드는 그런 애덤을 미워하지 않고 평생 묵묵히 독신으로 지냈다는 것. 미니어처 숲과 음향성 변형균을 도용해 그가 막대한 부를 쌓았을 때도 그저 가만히 있는 그녀를 보고 주위 사람들이 더 속상해했다는 것.

"할머니는 돌아가실 때까지 애덤을 그리워했어요. 〈기대〉를 가장 소중하게 여겼던 건 거기에 애덤과의 추억을 담았기 때문이라고 말씀하셨어요."

두 사람이 다닌 대학 뒤편에 떡갈나무 한 그루가 있었다.

매일 오후 로잘린드는 나무 그늘에 서서 연인을 기다렸다.

봄에는 연초록 잎이 그림자를 드리우고, 여름에는 시원

한 바람이 불고, 가을에는 호사스러운 색채, 겨울에는 정다운 나뭇결의 온기.

떡갈나무의 변화하는 표정을 바라보며 연인을 기다리는 일은 즐거웠다. 자신이 꿈 많던 소녀 시절로 돌아간 기분이 든다. 이렇게 나무 밑에서 기다리고 있으면 시간의 오솔길 저편에서 그가 걸어올 것 같아서…….

그래서 그 작품의 제목은 '기대'. 고향의 전통 문양으로 장식한 치마를 입고 소녀는 천천히 나무 주위를 돈다. 돌면서 행복을 기다린다. 어린 날의 노래를 흥얼거리면서.

"할머니는 인생의 가장 행복한 순간을 인형에 담아 영원한 시간 안에 가둘 수밖에 없었던 거예요."

어스름이 내리는 로비 테라스에서 타냐는 말했다.

"어떻게 생각하면…… 할머니는 꿈을 꾸며 행복하게 돌아가셨어요. 저는 〈기대〉를 볼 때마다 할머니가 끝내 미워하지 못했던 그 사람을 아직까지도 설레는 마음으로 기다리고 있는 것만 같아요. 하지만…… 돌아온 건 과거의 연인이 아니라 그 사람이 만든 위작이었어요."

그녀는 가느다란 손가락으로 찻잔을 들어 식어버린 밀크티를 무표정하게 마셨다.

"저는 〈기대〉의 인형에게만은 불행을 안기고 싶지 않아요. 그동안의 다툼은 두 사람의 죽음으로 흐지부지 끝나버렸지만, 작품은 남아 있어요. 그래서 저는 킴벌리 씨의 제안을 받고 그 아이에게 말을 하게 해주기로 마음먹었어요."

"인형에 발성 기구도 달려 있나요?"

"설마요." 다카히로의 바보 같은 질문에 그녀는 조용히 미소를 지었다. "하지만 인형은 그 유사한 형태로 〈이터니티〉를 매도할 거예요. 나란히 있는 것만으로도 로잘린드 할머니의 딸은 그 존재로서 애덤에게 복수할 수 있어요."

타냐의 눈이 가늘어졌다. 그것도 미소일 테지만 너무 서늘해서 그렇게 보이지 않았다.

그녀는 마지막에 낮은 목소리로 이런 말을 했다.

"애덤은 이미 죽었어요. 하지만 애덤이 받아야 할 고통은 어느 한쪽의 생명이 다할 때까지…… 아니, 킴벌리 씨의 말을 빌리면 아프로디테의 데이터베이스 안에서 영원히……."

머릿속에서 타냐의 목소리가 저주처럼 메아리쳐 다카히로는 좀처럼 잠을 이룰 수 없었다.

단념하고 몸을 일으킨다.

움직이는 〈이터니티〉를 앞에 두고 매슈가 어떤 감정을 품었을지 궁금했다.

'완전히 똑같아, 역시 위작이었어'일까? '로잘린드의 가족들은 피해망상인가'일까?

그가 들떠서 기록했을 정동의 미세한 흔들림은 다카히로의 버전에서는 읽을 수 없다. 하지만 일지에는 뭔가 적혀 있을 것이다.

—므네모시네, 접속 개시. 매슈 킴벌리의 일지를 부탁해.

므네모시네는 정중하게 대답한다.

—매슈 킴벌리가 등록한 오늘의 일지는 없습니다.

—이상하네. 아직 전시실에 있나? 므네모시네, 영상을 부탁해. 올리브 뮤지엄 제2전시실의 카메라를 내 F…… 으악!

말하는 도중에 므네모시네가 괴성을 질렀다. 긴급 경보다. 방 스피커에서도 날카로운 소리가 쏟아져 나왔다.

"긴급 출동. 장소는 올리브 뮤지엄 제2전시실. 잠정 C단계 바이오해저드 태세. 발령자, 데메테르 학예사 한월옥. 권한 B."

한밤중의 청사에 요란한 사이렌 소리가 울려 퍼졌다. 다카히로는 문에 몸을 부딪치면서 방을 뛰쳐나갔다.

C단계는 아프로디테 직원에게만 발령되는 경보로, 호텔이 들어선 번화가 주변은 딴 세상처럼 조용했다.

아폴론 전용 금색 카트가 밤거리를 질주한다. 머릿속 사이렌이 겨우 침묵한 것은 올리브 뮤지엄의 이오니아식 기둥 옆에 카트를 내던지듯 세웠을 때였다.

경보를 멈춘 사람은 네네였다. 해제 통고에는 그녀의 메시지가 딸려 있었다.

—아레나 학예사 네네 샌더스, 권한 B 보유자입니다. 현장 학예사와 논의 후 바이오해저드 경보는 잠정 C 단계에서 G 단계 태세로 전환했습니다. 위험물이 든 밀폐관은 아직 안전하며, 위험이 외부에 미칠 가능성은 거의 없습니다. 만약을 위해 제2전시실은 격벽으로 폐쇄하고 물질이 밀폐관에서 누출되지 않도록 여압 상태를 유지 중입니다.

옆의 제3전시실에서는 출동 명령을 듣고 달려온 직원들이 급히 설치된 프로젝터 앞에 모여 제2전시실 상황을 지켜보고 있었다.

네네는 제3전시실로 들어가려는 다카히로를 입구에서 붙잡고 작은 목소리로 말했다.

"이쪽으로 와. 지금 매슈의 선배가 들어가면 질문과 주먹이 동시에 날아들 거야."

"녀석은요?"

"위험물은 격리하는 게 방침이잖아. 아직 제2전시실 안에 있어."

"뭐라고요?"

"안심해. 생체 시계 케이스만 파손됐고 데메테르가 준비한 밀폐관은 무사하니까. 매슈 때문에 월옥만 고생이지."

맥이 풀린 탓인지 현기증이 일었다.

"월옥도 저 안에 있어. 숙적과 힘을 합쳐 머니퓰레이터로 〈이터니티〉의 사멸 시스템 버튼을 누르려고 고군분투 중이야. 버튼이 밑면에 붙어 있나 봐. 매슈가 하는 말 따위는 무시하고 팔을 하나 더 달았어야 했는데. 옆에 있는 〈기대〉를 건드리지 않으면서 사방 1미터나 되는 중량물을 한 손으로 뒤집는 게 보통 일이 아니야. 이리 와봐. 솜씨 구경이나 하자고."

네네는 다카히로를 조용한 소전시실로 데리고 갔다.

"특등석이야."

벽면에 프로젝터가 켜져 있고 복잡한 화음의 오르골 소리가 희미하게 흘러나오고 있었다. 대형 화면 앞에는 이미 한 여자가 앉아 있었다. 타냐 매닝은 다카히로가 들어온 줄도 모르고 화면을 응시하고 있었다.

"우와, 저게 뭐지?"

영상을 본 다카히로가 무심결에 소리를 질렀다. 〈이터

니티〉의 케이스 한 귀퉁이가 녹고, 거기에서 초록색 줄기가 뻗어나가 〈기대〉와 연결돼 있었던 것이다.

"변형균이야. 〈이터니티〉의 들판에서 뻗어 나갔어."

도저히 균이라고는 생각되지 않는 아름다운 초록 오솔길을, 놀랍게도 로잘린드의 인형이 천천히 걸어서 라클로의 숲으로 향하고 있었다.

"이변은 처음부터 일어났어. 매슈가 혼자 해결하려고 했었나 봐. 익숙하지 않은 정동 기록 때문에 보고가 늦어졌던 건지, 문제를 은폐하려고 했던 건지는 모르겠지만."

매슈가 〈이터니티〉를 흔들어 깨웠을 때부터 조짐이 좋지 않았다고 네네는 말했다.

〈기대〉의 오르골은 순조롭게 작동했고 인형도 우아한 선무를 시작했지만, 〈이터니티〉는 불활성 인자를 제거해도 숲속에서 전혀 소리가 흘러나오지 않았다.

제작 당시의 불량인지 20년 동안의 잠이 너무 길었던 탓인지 매슈도 알 길이 없었다.

그는 들판의 풀이 순조롭게 싹 트는 것을 확인하자 방임이라는 조치를 취했다. 라클로사의 기록에 따르면 〈이터니티〉에도 숲 깊숙한 곳에 음향성 변형균 인형이 설치돼 있다고 한다. 숲에서 음악이 흘러나오지 않는다면 인형은 볼 수 없다. 어쩌면 적의 선물을 받아들일 수도 있지 않을까. 그는 그런 마음에 잠시 지켜보기로 했던 것이다.

그런데 오르골 소리에 반응한 것은 숲에 사는 동물 인형이 아니라 싹트기 시작한 들판이었다. 꿈틀거리는 들판을 보고 매슈는 처음에 발아 열로 대류가 발생해 풀이 흔들리는 것이라고 생각했다고 한다. 말도 안 되는 일이 벌어지고 있음을 깨달은 것은 들판의 가장자리 풀이 투명 케이스에 닿으면서 그것을 녹이기 시작했을 때부터였다.

월옥에게 도움을 청하는 것은 자존심 때문에 잠시 보류했다. 익숙하지 않은 머니플레이터와 씨름하는 그를 데메테르의 전문가가 발견했을 때는, 이미 녹색 변형균은 티롤리안 문양의 테두리를 넘어 소리가 나는 곳을 향해 기어가고 있었다.

"내가 도착했을 때 월옥은 밀폐관 앞에서 다른 소리로 변형균을 멈출 수 없는지 시험하고 있었어. 하지만 소용없었어." 네네가 탄식한다. "아무래도 애덤의 신형균은 그냥 소리가 아니라 특정 선율에 대해 지향성을 가지고 있는 것 같아. 줄기는 〈기대〉를 향해 오직 일직선으로 뻗어나가고 있어."

"그럼 애덤은 처음부터 〈기대〉를 염두에 두고 〈이터니티〉를 설계한 건가? 뭣 때문에?"

다카히로의 말에 나직한 목소리가 대답했다.

"보나마나 할머니를 조롱하기 위해서였겠죠. 왜냐하면……."

프로젝터 불빛에 비추인 타냐는 몹시 늙어버린 것처럼 보였다.

입을 닫은 타냐를 대신해 네네가 말을 이었다.

"그뿐만이 아니야. 저기 보면 로잘린드의 인형이 천천히 〈이터니티〉로 향하고 있잖아. 무슨 말인지 알아? 줄기 한쪽 끝이 인형의 발에 닿은 순간 〈이터니티〉의 음원이 갑자기 작동하기 시작했어. 소녀의 음향성 변형균이 반응하도록 〈기대〉의 오르골 소리보다 큰 소리로."

"그럼 지금 양쪽에서 다 소리가 나고 있는 건가?"

"전혀 모르겠지? 멋들어진 한 쌍의 선율이야. 뮤즈에서 알아봤는데 티롤 지방의 전통 윤무곡이래. 애덤은 모든 걸 다 계산했던 거야. 이건 뭐 거의 로잘린드의 인형을 유인하기 위해 작정하고 만들었다고밖에 볼 수 없어."

뭣 때문에, 라는 질문에는 이미 타냐가 대답했다.

애덤은 순수한 영혼을 가진 어리석은 여자를 죽어서도 조롱하기 위해 '영원의 덫'을 놨던 것이다. 〈이터니티〉가

소송을 당할 정도로 〈기대〉와 비슷했던 것도 이로써 설명된다. 애덤은 이 두 작품이 나란히 전시되기를 바랐던 것이다. 일생을 자신에게 매여 독신으로 살았던 여자가, 시간을 초월해 영원히 자신의 손아귀에서 놓여나지 못하는 모습을 조롱하기 위해.

로잘린드의 인형은 아무것도 모르고 숲으로 향한다. 부드럽게 물결치는 풀밭 위를 설레는 마음으로 똑바로 나아간다. 단풍이 들기 시작한 숲이 붉은빛을 발해 소녀의 뺨을 발그스름하게 물들인다.

타임머신 바이오테크 기술은 라클로의 숲을 순식간에 단풍으로 물들였다. 쌀알만 한 나뭇잎들이 붉은색과 황금색으로 바뀌고, 이윽고 네모난 세계를 집요하게 흔들어대는 머니퓰레이터의 영향으로 빠르게 떨어지기 시작한다.

"아, 저게 〈이터니티〉의 인형인가 봐요!"

넋 놓고 지켜보던 다카히로의 귀에 매슈의 쾌재가 날아들었다. 네네가 기민하게 반응한다.

"에우프로시네, 확대해줘. 내 시선을 따라와. 숲속이야."

잎이 떨어져 시야가 조금 트이자 숲 안쪽에서 뭔가 움직이는 것이 보였다. 동물의 실루엣이 아니다. 소녀와 비슷한 크기의 인형이었다.

확대된 인형은 깃털로 장식한 모자를 쓰고 있었다. 바지를 입은 두 다리가 꼭 붙어 있는 것은 변형균의 접지 면적을 확보하기 위해서일 것이다. 티롤리안 소년은 깊은 숲속에서 완만한 턴을 반복하며 맞잡아줄 상대를 기다리듯 한쪽 손을 내밀고 있었다.

"이럴 수가……."

타냐가 일어섰다. 소년에게 손을 맡기려는 듯이 오른손을 화면을 향해 내뻗는다.

"……애덤?"

인형은 대답하지 않는다. 회전하는 음원 위에서 계속 춤을 출 뿐.

"로잘린드 할머니, 저건 애덤인가요?"

소녀도 물론 대답하지 않았다. 아니, 설령 말할 수 있다고 해도 누구의 말도 귀에 들어오지 않을 것이다.

들판을 건너온 소녀는 숲으로 들어가려 하고 있었다. 음악 소리가 가까워질수록 소녀의 발걸음은 마치 달려가듯 빨라지고 있었다.

이윽고 소녀는 소년과 나란히 서서 함께 빙글빙글 돌기 시작했다.

고향의 노래가 흐르고, 하염없이 떨어지는 오색찬란한

낙엽이 소리 없는 갈채를 보낸다.

"기다리던 쪽은 애덤이었어요……."

잠에서 깨어난 작은 숲에서 기다림을 끝낸 두 사람은 언제까지고 즐겁게 춤을 춘다.

"그들은 괴사necrosis가 아니라 자연사apobiosis였어요."

고지식한 월옥까지도 인형을 '그들'이라고 부르는 것을 듣고 다카히로는 쓴웃음을 삼켰다.

"접촉 전도된 그들에게서 흘러나온 변형균은 종이 다른 데도 서로 거부하지 않고 합쳐지다가 돌연 죽어버렸습니다. 융합된 영양체의 원형질과 핵에서 파괴의 흔적도 전혀 발견되지 않았어요."

"그래서 개인적인 감상은?"

"감상?" 월옥은 웬일로 눈을 동그랗게 뜬다. "글쎄요, 굳이 말하자면 이 또한 애덤의 계획이 아니었을까 싶어요. 그런 대단한 물건을 만들 정도의 실력이었다면 노화 유전자의 스위치를 켜는 순간쯤은 선택할 수 있었을 거라고 생각해요."

월옥은 자신이 로맨티시즘에 지배당하고 있다는 것을 깨닫지 못하는 눈치다.

"그래, 고마워. 나중에 정규 보고서도 꼼꼼히 읽어볼게. 바쁜데 붙잡아서 미안해."

그녀는 자로 잰 듯 반듯하게 인사하고 서둘러 가던 길을 갔다.

아폴론 청사 복도에 홀로 남겨진 다카히로는 이 말을 들으면 매슈가 어떤 표정을 지을까 상상해봤다.

큰 잘못을 저지른 병아리는 비로소 인생이 무엇인지를 알아가는 중이다. 전시물을 훼손한 것에 대해서는 경위가 경위인 만큼 라클로사와 매닝가 양쪽에서 온정을 베풀어준 것 같지만, 찬조금이 무산되면서 허수아비로부터는 점균도 울고 갈 집요한 잔소리에 시달리고 있다. 평소 말발 좋은 매슈가 허수아비의 공격에 무방비로 있는 까닭은 자존심에 큰 상처를 입었기 때문이다. 회복되는 데 시간이 좀 필요할 것 같다.

매슈의 어중간한 정동 기록은 본인의 요청에 따라 삭제됐다. 므네모시네에는 지금까지와 마찬가지로 여신이 기록한 영상과 더불어 월옥과 네네의 보고가 무기명으로 저장됐을 뿐이다.

매슈는 정신을 흐트러뜨리는 그런 사건만 없었다면 완벽한 기록을 남길 수 있었다고 뒤에서 구시렁대고 다니는

모양이다. 그렇다면 가르쳐줘야 할 것이 있다고 다카히로
는 생각한다.

매슈, 실패를 외면하면 아무리 시간이 지나도 학예사로
서의 경험치는 올라가지 않아.

"이렇게 일단 한칼 내리치고 나서, 잽싸게 다시 휙. 음,
좋았어."

다카히로는 키득키득 웃으면서 설교할 내용을 정리한다.

매슈, 너는 이번 일을 발판 삼아 딛고 나가야 해. 수십
번 수백 번 기록을 꺼내서 보고 또 봐야 하는 거지.

여신의 기억 속에서 끝없이 울려 퍼지는 변화하는 숲의
윤무곡, 그 영원의 가치를 깨달을 때까지.

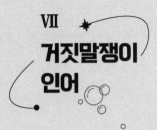

VII
거짓말쟁이
인어

인간과 예술의 관계에 대해서는 두 가지 사고방식이 있다.

하나는 아름다움은 아낌없이 주어져야 한다는 것. 심미안이 없는 사람도 예술에 계속 노출되다 보면 언젠가는 아름다움이 무엇인지를 깨닫게 된다는 이른바 성선설의 친척뻘 되는 생각이다.

또 하나는 예술은 무척 오만해서 희구하는 자에게만 비로소 모습을 보인다는 것. 아름다움을 외면하는 인간은 아름다움으로부터 외면당하고, 섣부르게 추구해서는 영원히 진가를 알아낼 수 없다.

학예사는 후자를 믿고 연구에 힘쓴다. 아무리 하찮아 보이는 대상이라도 겁 많은 아름다움이 어딘가에 숨어 있지 않은지, 음흉한 아름다움이 어디선가 비웃고 있지는 않은지 최선을 다해 점검한다.

반면에 일반 사람들의 이상은 어디까지나 전자다. 학예사는 전문가적 입장에서 그들의 이상을 현실로 이끌어줘야 한다. 따라서 어릴 때부터 예술품과 친숙해질 수 있도록 환경을 조성하는 것도 학예사의 역할 중 하나다.

하지만…….

―므네모시네, 여기까지야.

마음속으로 그렇게 말하자, 곧바로 귓속에서 풍부한 알토 톤의 목소리가 울려 퍼졌다.

―알겠습니다. 일기를 기록하겠습니다. 마지막 역접 접속사도 저장할까요?

―무시해도 좋아. 푸념하려던 거였어.

―역접 접속사를 삭제합니다. 기록을 완료했습니다.

다카히로는 데이터베이스와 통신을 끊고 무거운 한숨을 내쉬었다.

헬리콘 홀은 바다 밑처럼 고요했다. 유리문을 통해 오후의 빛이 비스듬히 비쳐 드는 공연 전의 로비는 조금 전까지 아이들이 괴성을 지르며 탐험 놀이를 하던 장소라고는 생각되지 않는다.

"어린이를 위한 박물관 행성 투어라니, 정말이지 공무원들 머릿속에서 나오는 기획이란……."

묵묵히 있는 다카히로 옆에서 알렉세이 트래스크가 툭 내뱉었다.

"어이, 다카히로. 보호자 동반으로 어떻게 좀 바꿀 수 없어? 유익하긴, 얼어 죽을. 자식들 보내놓고 맘 편히 휴가를 즐기려는 부모들과 정부 보조금으로 배 불릴 생각만 하는 관광업자만 좋은 거지. 정작 애들은 미의 전당이라는 말조차 이해하지 못한다고. 그냥 좀 특이한 놀이공원쯤으로 생각하겠지. 이건 박물관 입장에서는 자원 낭비라고, 자원 낭비!"

므네모시네에게 생각을 몽땅 털어놓은 직후여서 다카히로는 상대의 기분에 휩쓸려 동조하는 것만은 피할 수 있었다.

"그래도 감수성이 예민한 나이에 좋은 걸 많이 봐두면 언젠가 도움이 되지 않겠어?"

우등생의 대답에 알렉세이는 마른 어깨를 과장되게 들썩이며 쳇, 하고 투덜거린다.

"이 친구 참 답답하네. 그럼 우린 어떡하고. 이제 옷을 버리는 정도로는 끝나지 않을 거라고. 꼬맹이들한테는 버추얼 회선이면 충분해. 놀이공원인지 박물관인지도 모르는 천둥벌거숭이들한테 실물을 보여줄 필요가 뭐가 있어? 버추얼이면 뭘 해도 걱정 없잖아. 원한다면 소프트아이스크림을 들고 극장 로비를 뛰어다닌다는 옵션을 추가해도 좋고."

"알렉, 애들이라고 다 그렇진 않을 거야."

옆구리에 묻은 끈적끈적한 아이스크림을 닦으면서 다카히로는 스스로도 들리지 않을 만큼 작은 소리로 대꾸했다. 소프트아이스크림을 철퍼덕 부딪혀 온 범인은 사과의 말 대신 달리는 데 방해가 됐다는 듯 눈을 한 번 흘기고 쌩하니 가버렸다.

"역시 종합 관리 부서는 관대해. 거긴 지켜야 할 대상이 구체적으로 있는 게 아니니까 그럴 만도 하지. 하지만 나는 못 참아. 미술관에서도 이 모양인데 해변에서는 어떨지. 생각만 해도 아찔해."

달콤한 바닐라 향기가 다카히로를 한심하게 만든다. 소프트아이스크림 테러범 덕분에 옷뿐만이 아니라 알렉세이와의 사전 교섭까지도 엉망이 돼버린 것 같다.

데메테르의 비접속 학예사인 알렉세이는 애초에 이번 대면을 내켜 하지 않았다. 안 그래도 현재 건설 중인 원형 해상 극장 '키르케'가 자신들 해양학자들이 힘들게 일궈낸 티레누스 해변을 진부한 관광지로 전락시켜버릴지도 모른다고 계속 주장해온 터였으니까.

티레누스 해변은 아프로디테의 숨은 명소였다. 산호초가 깔린 에메랄드빛 바다, 상아 가루를 뿌려놓은 듯 반짝이는 모래사장. 해저 산책로를 거닐면 원색의 물고기들이 코끝을 스쳐 가고, 심해의 투명하고 짙푸른 빛깔은 보는 이의 의식을 녹여버릴 정도다.

문제는 티레누스 해변이 관광지로서는 터무니없이 불편한 곳에 자리하고 있다는 것이었다. 지구의 지체 높으신 양반들은 데메테르의 능력을 과소평가했던 것 같다. 초기 학술 주제였던 '바다의 재생'이 이렇게까지 훌륭하게 실현될 줄 알았더라면 벌써 옛날에 관광 개발을 시작했을 것이다. 요컨대 생각지도 않게 아름답게 조성된 바다를 보고 부랴부랴 관광객을 유치하려고 나선 결과가 키르케 홀의 건설 계획인 것이다.

다카히로는 알렉세이를 깊이 동정하고 있었다.

불모의 소행성에 수집해놓은 섬세한 생명의 요람을, 기상대나 수도국의 오만불손함을 참아가며 겨우 '바다'라고 부를 만한 상태로 만들어놓고 마침내 연구를 시작하려는

데 난데없이 극장을 짓겠다고 나오니 이건 알렉세이가 아니라도 충분히 분통 터질 상황인 것이다.

다카히로는 알렉세이를 조금이라도 안심시키고 싶어서 오늘 이 자리를 어렵게 성사시켰다.

이곳 헬리콘 홀 임원실에서 키르케의 책임자로 내정된 미하일 파니날과 대면한 알렉세이는, 미하일의 곧은 태도에 마음을 조금 누그러뜨린 듯 보였다. 아마도 풍채가 좋은 새 책임자가 당당하게 "물론 많은 사람이 찾아오겠지만, 정성이 깃든 이 아름다운 바다를 본다면 아무도 함부로 더럽히지는 못할 겁니다"라고 말한 것이 효과가 있었던 것 같다.

한데 알렉세이는 소프트아이스크림 테러범 때문에 깨닫고 말았다. 아이들이란 주위 환경일랑은 신경 쓰지 않고 천방지축으로 뛰어다니는 존재란 것을. 그리고 물론 이것은 공연에 열중한 부모가 아이를 깜빡하거나 어린이 투어에 해변이 포함되거나 하면 눈 깜짝할 새에 티레누스의 바다가 쓰레기장으로 변해버린다는 것을 의미한다.

그러나 아무리 촌철살인의 해양학자라도 오랫동안 무르익어온 키르케 홀 건설 계획을 이제 와서 뒤집을 수는 없다. 이제 그에게는 아프로디테의 총무라고도 할 수 있는 아폴론 직원을 괴롭히는 것 말고는 시름을 달랠 방법이 없는 것이다.

"이 정도 수준이면 키르케 홀 오프닝은 아주 볼만할 거야."

알렉세이가 삐딱하게 말한다. 다카히로는 휴지를 둘둘 말면서 애써 웃어 보였다.

"그게 무슨 말이지?"

"텅 빈 무대는 보나마나 훌륭한 놀이터가 될 거야. 아이들은 신나서 야단법석을 떨겠지."

"개관 무대가 텅 비어?"

"왜 이래, 나도 들어서 알고 있어. 키르케의 화려한 시작을 장식하기 위해 소행성대 개발 기지에서 어렵게 들여온 '97건반의 흑천사'가 피아노 주인의 반대로 아직 검역도 못 마쳤다며."

알렉세이는 히죽히죽 웃고 있었지만 다카히로는 미소를 쥐어 짜내야 했다.

"그분도 그 귀한 피아노를 계속 그렇게 두고 싶지는 않을 거야. 개관식까지 아직 석 달 남았으니까 그때쯤이면 검역도 끝나 있겠지."

"그럼 다행이고. 피아노가 준비되지 않아서 공연이 취

소되면 관객들이 가만있지 않을 거야. 애고 뭐고 다 팽개치고 우르르 몰려와서 항의할걸. 그렇게 되면 네가 와서 애들 봐라. 안 그러면 내가 어떻게 할지 몰라. 부모들이 꽥꽥거리는 틈에 꼬맹이들이 무대에 올라가서 바다로 다이빙이라도 하면 내가 서비스로 특대형 상어를 풀어놓을 수도 있어. 물론 일주일쯤 굶긴 녀석으로 말이지."

"아이들이 꽤나 눈엣가시인 모양이네."

알렉세이는 짙은 갈색 눈동자로 다카히로를 쳐다봤다.

"애들이 싫어서 이러는 게 아니야. 자정 작용이 약한 좁은 바다를 깨끗하게 유지하기 위해 우리가 얼마나 애쓰고 있는지 알려고도 하지 않는 인간들이 애들을 앞세워서 발붙이는 꼴이 괘씸해서 그래. 그러니 만일 키르케 홀 추진파가 완공을 축하하며 신나서 뛰어들 경우에도 상어는 서비스로 내드릴 생각이야."

알렉세이는 아직 할 말이 많은 것 같았지만 다카히로는 힘없는 미소로 대답을 대신하고 먼저 로비를 나왔다.

이후에 그의 논리가 어떻게 전개됐을지 친구로서 쉽게 상상이 간다. 바다를 우습게 여기지 마라, 너희들도 바다 때문에 사는 거다, 뭐 이런 식이었을 테지.

소행성대에서 끌어온 바윗덩이를 개조한 마이크로 어

스에서 바다는 지구의 바다 그 이상의 가치를 지닌다. 알렉세이를 비롯한 해양학자들은 생명을 유지하겠다는 투철한 사명감을 가지고 아프로디테에 산소와 물을 공급하고 있었다.

─므네모시네, 접속 개시.

다카히로는 푸르스름한 하늘을 올려다보면서 머릿속으로 명령한다.

─일기 계속. 무의식 레벨은 낮게 설정해줘. 방심하면 신세타령할 것 같으니까.

─알겠습니다. 무의식 레벨을 2로 설정했습니다. 기록을 시작합니다.

므네모시네는 다카히로가 머릿속에서 생각을 말로 정리하는 동안 조용히 대기했다.

인간과 예술의 관계에 대해서는 두 가지 사고방식이 있다…….

다카히로는 한숨을 내쉬면서 그렇게 시작했다.

하나는, 예술은 인간의 손에 의해 만들어진다는 것이다. 자연계의 사물과 현상은 그것을 아름다움으로 느끼는 인간이 없으면 그저 물질에 지나지 않으며 인간에 의해 가공돼야 아름다움을 가진다. 말하자면 주관적 관념론의 친척뻘 되는 생각이다.

또 하나는, 아름다움은 우주 만물에 깃들어 있으며 인간은 어설픈 위작자 혹은 아름다움을 추구한다는 미명 아래 영리를 추구하는 비겁한 존재에 지나지 않는다는 것. 바다 그림은 진짜 바다가 주는 감동과는 거리가 멀고, 건축물은 아무리 그 디자인이 뛰어나도 자연미를 파괴하는 편의적 존재에 불과하다.

이상적인 것은 이 두 가지 설의 신봉자가 서로 조금씩 양보하는 것이다. 자연은 단순한 물질의 나열이 아니라 미학의 좋은 선생이며, 인간은 자연계에 존재하지 않는 인공의 미를 만들어낼 수 있으니까.

그러나…….

헬리콘 홀 뒤편 주차장에 들어선 알렉세이가 "뭐야?" 하고 말하며 인상을 찌푸렸다.

그가 주차한 데메테르 전용 녹색 카트에 열 살 전후의 소년이 기대어 있었다.

"빌어먹을, 저 녀석도 소프트아이스크림 무리 중 하나군. 야, 너!"

다카히로가 말릴 틈도 없이 알렉세이는 오른손을 들고

소리쳤다.

"카트에서 떨어져. 그건 네 엉덩이나 닦는 물건이 아니라고!"

까만 머리의 소년은 놀라서 펄쩍 뛰며 카트에서 떨어지더니 갈팡질팡 제자리걸음을 했다.

"저기, 혹시 동식물 부서에서 일하시나요? 기다리고 있었거든요."

"용건이 뭔데?"

대놓고 귀찮아하는 알렉세이 앞에서 소년은 조금도 기죽지 않고 싹싹하게 웃음을 지었다.

"저는 니코라고 해요. 니코 에스테반. 바다 담당자를 찾고 있어요."

알렉세이의 눈썹이 꿈틀 움직였다.

"용무의 내용에 따라서는 소개 못 해줄 것도 없지."

그 말은 용무에 따라서는 모른 척하겠다는 뜻이다. 다카히로는 부디 이 영리해 보이는 소년이 이 이상 알렉세이의 심기를 건드리지 않기를 바랐다.

"예전에 아빠랑 해저 산책로에 간 적이 있어요. 엄청 예뻤어요. 그래서 한 번 더 가보려고 어린이 투어에 참가 신청했는데, 공사 중이라서 못 들어간대요."

세상에, 맙소사, 큰일 났군. 다카히로는 반걸음 물러서서 하늘을 우러러봤다.

"티레누스 해저 산책로 말이구나. 산호가 예뻤지. 그건 데메테르 해양부의 자랑이었어."

"자랑이었다고요? 산책로, 없어졌어요?"

니코는 어리둥절해 있었다. 알렉세이는 허풍스럽게 어깨를 으쓱해 보인다.

"지금은 출입 금지만, 아직 있기는 해. 다만 공사가 끝나도 네가 바라는 광경은 없을 거다. 거기에 어처구니없는 초대형 해상 극장이 들어설 예정이거든. 해류가 바뀌면 생태계도 바뀌어. 아마 산책로도 극장 손님들 입맛에 맞춰 유치찬란하게 꾸며지겠지. 더 황당한 건, 불가시 수조를 가라앉혀서 극지 물고기와 적도 물고기, 얕은 물에 사는 게와 심해의 게를 한꺼번에 견학할 수 있도록 한다는 거야. 어떠냐, 애니미즘의 신들이 길을 잃을 만한 성대한 향연이지?"

다카히로는 알렉세이에게 분풀이를 당하는 소년이 안타까워서 보고만 있을 수가 없었다.

"음, 예전하고는 다르겠지만 그 나름대로 재미있을 거야. 석 달 뒤에 꼭 다시 오렴."

니코는 초조한 듯 시선을 이리저리 움직였다.

"물고기나 게는 아무래도 상관없어요. 제가 궁금한 건 거기서 수영할 수 있는지 어떤지……."

해양학자는 눈을 부라리며 소년을 냅다 밀쳐냈다.

"알렉!"

다카히로의 말을 무시하고 알렉세이는 카트에 홱 올라탔다. 다음 순간 녹색 카트는 이미 저만치 가버리고 없었다.

"제가 뭘 잘못했나요?"

니코는 풀이 죽어 중얼거렸다.

"네가 바다에서 수영하면 바다가 더러워진다고 생각하는 거야. 저 아저씨가 바로 네가 찾는 해양학자란다."

"정말요? 아아, 어떡하지. 물어볼 게 있었는데."

다카히로는 니코의 어깨에 손을 얹고 잘 타일렀다.

"미안하지만, 수영을 할 수 있느냐는 질문이라면 답은 '아니오'야. 아까 그 아저씨도 말했지만, 여러 바다의 물고기를 수용할 수 있는 보이지 않는 수조가 많이 가라앉아 있어서 위험해."

"그럼……." 소년은 쌍꺼풀진 큰 눈을 빼꼼히 들었다. "거기 있던 인어는 지금 어떻게 됐어요?"

"인어라고?"

무심결에 목청을 높였다. 데메테르의 유전자 기술로도 역시 인어는 만들 수 없다.

어떡하지? 교육의 일단을 담당하는 학예사라면 이런 경우에 장단을 맞춰줘야 하나? 아니면 꿈이라도 꾼 것이 아니냐며 가볍게 받아넘겨야 할까.

니코는 입을 딱 벌리고 있는 다카히로를 빤히 바라본다.

"뭘 그렇게 놀라세요? 진짜 인어가 아니라, 인어 조각상을 말하는 건데."

"조각상……."

"당연하잖아요. 진짜 인어가 있으면 엄청난 특종이죠."

다카히로는 헛기침을 하고 자세를 바로잡았다.

"듣고 보니 그러네."

"제가 찾는 인어는 바다 밑에 있는 조각상이에요. 아마 인어만 만드는 라리사 고즈베크라는 분의 작품일 거예요. 여기 오기 전에 알아봤어요. 그분, 지금 아프로디테에 와 계시죠?"

"아, 알겠다. 생각났어. 잠깐만."

—므네모시네, 접속 개시.

손목 밴드에서 F 모니터를 꺼냈다. 니코가 흥미진진하

게 들여다본다. 다카히로가 주차장 갓돌에 걸터앉자 니코도 옆에 나란히 앉았다.

"카리테스를 대상으로 종횡 검색을. 제작자 이름은, 라리사 고즈베크. 인어 조각상이야."

"누구랑 얘기하는 거예요?"

니코가 고개를 갸우뚱한다. 다카히로는 싱긋 웃고는 검색을 계속했다.

"티레누스 바다 밑에 가라앉아 있었다고 해. 출력은 F 모니터로."

양손으로 펼친 얇은 막에 문자가 나타난다.

—검색을 완료했습니다. 제작자, 라리사 고즈베크. 작품명 〈덧없는 꿈〉. 시리즈로 제작된 것으로 해당 작품이 1,038점 있습니다. 표시 방법을 지정하십시오.

"그렇게 많아? 범위를 좀 좁혀야겠는데. 그걸 다 확인하다간 날이 저물겠어."

"저기요." 니코가 얼굴을 들이밀었다. "제가 본 인어는 꼬리 부분이 떨어져 나가 있었어요."

다카히로는 난감했다. 인어상이 왜 가라앉아 있었는지 설명해줄 용기가 없었던 것이다.

"다른 특징은 없었어? 포즈는 기억나?"

"당연히 기억나죠. 이런 모습이에요."

소년은 한쪽 팔을 들어 허리와 목을 비틀어 보인다.

다카히로가 고개를 한 번 끄덕이자 곧바로 F 모니터에 다섯 개의 영상이 표시됐다.

"굉장하다. 아무 말도 안 했는데." 니코는 겨드랑이털을 깎는 남색 같은 자세로 동그랗게 눈을 뜨고 있었다. "그거 데이터베이스인 줄 알았는데, 아니에요?"

"데이터베이스 맞아. 그런데 아주 친절하고 똑똑해서 머릿속으로 이미지만 떠올려도 척척 찾아주지. 자, 이 안에 네가 좋아하는 인어공주가 있어? 꼬리를 다치기 전의 모습일 거야."

눈을 깜박깜박하더니 소년은 열심히 모니터를 들여다봤다. 분할 화면 하나를 손가락으로 가리키려다 거두고, 다른 것을 짚으려다 또 망설이고, 그러다 입이 점점 울상이 돼간다.

"여기 오른쪽 위에 있는 게 닮긴 했는데…… 잘 모르겠어요. 아저씨, 그냥 진짜를 보여주면 안 돼요?"

"흐음." 다카히로는 신중하게 말을 골랐다. "실은 말이다, 니코. 일부러 여기까지 온 너한테는 미안한데, 이 인어상은 이제 없어."

"그럼 어디에 있어요?"

"어디에도 없어."

다카히로는 아이의 눈을 똑바로 보고 대답했다. 그것은 인어를 만나려고 먼 지구에서 여기까지 찾아온 아이에 대한 최소한의 성의였다.

"인어공주 이야기의 결말은 알지? 이 인어들도 똑같아. 물거품이 돼버렸단다."

"아저씨, 보기와는 다르게 로맨티시스트구나. 아니면 제가 어리다고 놀리는 거예요? 금속이 어떻게 물거품이 돼요. 보여줄 수 없다면 솔직하게 이유를 말해줘요."

아이에게까지 로맨티시스트라는 소리를 들을 줄은 몰랐다. 다카히로는 쓴웃음을 지으며 말했다.

"물거품은 좀 과장이었나? 하지만 보여주고 싶어도 정말 이제 없어. 이 인어들은 바닷물에 서서히 녹는 특별한 금속으로 만들어졌거든. 네가 본 인어도 그래서 꼬리 끝이 없었던 거야."

"왜요? 왜 녹아버리게 만든 거예요?"

다카히로는 F 모니터에 과거의 영상을 불러냈다. 물고기 한 마리 없는 수돗물 같은 바다와 암석이 그대로 드러난 황량한 해저의 모습이었다.

"바다는 그냥 짠물이 아니야. 눈에 보이지 않는 복잡한 것들이 아주 미묘한 균형을 이루면서 변화하는 살아 있는 생물인 거지. 이곳 바다는 너무 좁아서 금방 병들어버려. 이때 이 바다는 앙상하게 마른 병자나 다름없었어. 그래서 철분이 필요했지. 철은 바다에 좋은 약 중의 하나야. 식물 플랑크톤을 늘려주거든. 라리사의 인어들은 모습을 바꿔 바다를 풍요롭게 해준 거야."

"그럼 이제 없는 거네요? 제가 너무 늦게 왔나 봐요."

고개 숙인 니코는 울먹이고 있었다. 다카히로는 당황했다.

"그렇게까지 만나고 싶다면 아까 그 무서운 아저씨한테 부탁해보렴. 이름은 알렉세이 트래스크야. 자료용으로 해저 홀로그램을 많이 보관하고 있으니까, 잘하면 네 인어도 나올 거야."

소년은 작은 목소리로 뭐라고 중얼거렸다.

"뭐라고? 안 들려."

"어린애 취급, 하지 말라고요!"

니코는 거칠게 고개를 들며 소리쳤다.

"가짜 같은 건 필요 없어요. 홀로그램을 볼 거면 여기까지 오지도 않았어요. 저는 그 진짜 인어를 직접 만나고 싶다고요."

니코는 씩씩거리며 일어섰다.

"미안, 미안해. 그럴 생각은 아니었어."

다카히로가 팔을 붙잡았지만 소년은 세차게 뿌리쳤다.

소년은 입술을 꽉 깨물더니 "사과해야 하는데……" 하고 허공을 바라보며 중얼거렸다.

다카히로의 반응은 느렸다. 누구에게? 무엇을? 사과하고 있는 건 이쪽인데? 이 세 가지 질문이 목구멍에서 서로 나오려고 다투고 있었기 때문이다.

주춤거리는 사이에 니코는 대단히 빠른 기세로 달려가 버렸다.

그 뒷모습을 바라보며 다카히로는 어깨를 축 늘어뜨린다.

"므네모시네, 아까 쓴 일기 좀 출력해줘."

갈라진 목소리가 한심하기 이를 데 없었다.

"예술품과 친숙해질 수 있도록 환경을…… 이 부분. 읽으면서 잠시 반성하고 싶어."

헬리콘 홀로 향하는 정장 차림의 남녀가 갓돌에 처량하게 앉아 있는 남자를 보고 눈살을 찌푸렸다.

이상을 향한 열정을 잃어버린 학예사에게 어울리는 시

선이구나, 하고 다카히로는 생각했다.

"응, 그 애라면 라리사를 만나러 왔었어."

으르렁거리는 기계음에 질세라 아테나의 베테랑 학예사는 목청을 돋워 대답한다.

"왜 만나주지 않는지, 아무하고도 만나지 않는다는 게 사실인지, 끈질기게 묻더라고. 린다가 이유를 말해주니까 단념하고 돌아갔어. 그게 다야. 만나려는 목적이 사과인지 뭔지는 모르겠어."

"그렇군요."

네네 샌더스는 의아한 듯이 고개를 갸웃거린다.

"다카히로, 일부러 여기까지 온 걸 보니까 그 꼬마가 꽤나 신경 쓰이나 보네?"

"네, 좀."

첫 가압 단계가 지났는지 포효는 점차 낮은 신음 소리로 변해갔다.

다카히로는 내압 유리 너머에 있는 인어에게로 눈길을 돌린다.

티레누스 해변 근처의 데메테르 해양 실험실. 내압 유리 안에 채워진 30톤의 해수는 압력이 서서히 높아짐에 따라 라리사가 만든 인어상을 시시각각으로 완성해가고 있었다.

수압을 이용하는 CIP(냉간 정수압 성형)은 원래 세라믹이나 금속 등의 분체를 성형하는 기술이었다. 뒤틀림 현상이 나타나는 일반 소결燒結˚과 달리, 수중에서는 주위로부터 균등한 압력이 가해져 정밀도가 높은 제품을 만들 수 있다. CIP는 정밀 부품 분야에서 한때 각광을 받았지만 이후 품이 많이 든다는 이유로 점차 사라지게 됐다.

그러나 인어를 생애 모티브로 삼아온 라리사 고즈베크만은 달랐다. 마흔 초입의 이 여성 조각가는 젊은 시절부터 줄곧 '핸드메이드파'에 속해 있었다. 핸드메이드파는 가급적 기계나 공구에 의지하지 않고 자기 손으로 직접 작품을 만드는 것을 지향하는 그룹으로, 얼마 전 그녀는 '인어는 바다에서 태어난다'라며 심해 수압을 이용한 CIP로 작품을 만들겠다고 밝혔다. 산소 태블릿을 물고 바다에 들어가 흰 퍼티처럼 생긴 특수 소재로 형상을 빚은 다음 CIP 가공을 하는 것이다. 그러면 고향이 있는 진정한 인어가 탄생할 것이라고 그녀는 말했다.

˚ 분말 입자들을 단단하게 응고시키기 위해 열과 압력을 가하는 공정.

사실 그녀의 작품 의도로 보면 지구의 바다에서 작업하는 것이 맞지만, 마이크로 블랙홀로 중력을 제어하는 아프로디테에서는 수심에 비해 높은 수압을 얻을 수 있기 때문에 결과적으로 비용이 절감된다. 작업 시 철분이 투입되면서 얻을 수 있는 이득도 있고, 더욱이 이번에는 직접 접속 시스템에 관여하는 의료 기관 메디 C 코퍼레이션이 그녀의 스폰서로 나섰다. 리허설 장소로 실험실도 흔쾌히 내주고, 모든 환경이 그녀가 원하는 대로 갖춰졌다.

"그 소년만은 만나보고 싶은 마음이 든다고 나중에 말하더군요."

메디 C에서 파견된 장신의 린다 맥클라우드는 네네 옆에서 생긋 웃으며 말했다.

"라리사는 사고 전에 작업한 작품들을 떠올릴 때면 여러 가지로 마음이 복잡한 모양인데, 아프로디테에 납품한 시리즈만큼은 정말로 물거품이 됐다는 점에서 무척 만족스러워했어요. 그걸 잊지 않고 기억해주는 소년이 있다는 걸 듣고 상당히 기뻤을 거예요."

"맞아." 실험실로 이어지는 해치가 열렸다. "뭐, 작품이 남아 있지 않으니까 미화된 부분도 있겠지만."

탄력 있는 목소리와 함께 실험실에 바다 냄새가 훅 끼

친다. 허리까지 내려오는 갈색 머리에서 물을 떨어뜨리며 천천히 다가오는 라리사의 모습은, 그녀 자체가 바다에서 태어난 생물인 듯했다.

"도와드릴까요?"

"고맙지만 괜찮아요. 물에서 올라오면 잠깐은 감각이 이상해요."

다카히로의 말에 그녀는 조금도 웃지 않고 대답한다.

사정을 아는 다카히로조차 당황할 정도의 무표정함이다. 라리사 고즈베크가 사람을 만나지 않는 이유는 바로 이 때문이었다.

5년 전, 그녀는 작업 도중 용해된 금속이 담긴 대형 도가니에 깔려 빈사의 중상을 입었다. 현재 그녀의 두 다리는 의족이고, 얼굴에도 인공 근육과 피부를 이식했으며, 목소리는 교묘하게 숨겨진 스피커에서 출력되고 있다. 메디 C의 수준 높은 의료 기술로도 역시 복잡한 안면신경을 완전히 복구할 수는 없었던 모양이다. 라리사는 '사람의 표정을 표현하는 일을 하는 자로서 마음과 모순된 가면이 소통을 얼마나 방해하는지 알고 있다'라고 하며 면회를 최소한으로 제한했다.

그녀는 산소 태블릿을 린다에게 건넨 뒤 의자에 걸터앉

아 손에 묻은 퍼티를 수건으로 꼼꼼히 닦아내기 시작했다.

"균형감은 어땠어?" 린다가 물었다.

"땅에서보다 움직임이 더 편해."

"넘어지는 걸 방지하기 위해 무게중심을 다리에 둬서 그래. 사고제어 반응은 괜찮았어?"

린다는 핸디 호버에 얹힌 큼지막한 상자에 산소 태블릿을 꽂으면서 물었다.

익숙하지 않은 금속 메시로 된 상자는 한 변이 150센티미터 정도의 크기로, 메디 C 마크 아래에 라리사의 바이털 사인이 표시되고 있었다. '유전공학 연구에서 대형 병원까지'를 표방하는 대기업 메디 C 코퍼레이션이 분야가 다른 박물관 행성에 기자재와 담당자를 보낸 것은 물론 예술 후원을 통해 기업 이미지를 향상시키려는 의도도 있겠지만, 라리사의 사이보그화에 대한 데이터 축적과 연구가 큰 이유일 것이다.

"응, 평소랑 별 차이 없었어. 마치 내 몸처럼 자연스럽게 움직여. 온점, 통점도 문제없는 것 같고, 피부를 감싸는 물의 감촉도 느껴졌어. 주걱을 밟았을 때는 깜짝 놀라기도 했고."

"모니터링이 꽤 꼼꼼한걸요. 사고제어 시스템은 물에

약합니까?"

다카히로가 묻자 린다의 얼굴이 순간 굳어졌다.

"아니요. 왜 그렇게 생각하시죠?"

"아, 불쾌했다면 사과드리겠습니다. 지극히 기본적인 것들을 확인하셔서 무슨 문제라도 있나 하고. 여차하면 저희도 해수욕을 삼가야 하니까요. 귀에 물이 들어가서 데이터베이스 시스템과 대화가 단절되면 정말 큰일이거든요."

린다가 미소를 지었다. 영업용치고는 꽤 매력적인 미소였다.

"걱정할 필요 없어요. 라리사의 사고제어 시스템은 학예사들 것과는 약간 달라요. 내성이나 이미지만을 확정하는 거라면 간단하지만, 이 신체를 움직이고 있는 시스템은…… 음, 조금 더 새롭고 섬세합니다."

"기술의 발전은 정말 눈부시구나."

네네는 한숨 섞인 목소리로 어깨를 으쓱했다. 라리사는 우아한 동작으로 젖은 머리카락을 손가락으로 꼬면서 네네의 말에 대꾸했다.

"정말로 눈부시지. 창작력도 그랬으면 좋겠는데. 나는 아직도 저 바닷속 인어들을 뛰어넘는 작품을 못 만들고 있어. 슬럼프에 빠졌을 때 자포자기한 심정으로 응한 일이었는데."

"응한 게 아니지. 보수는 상관없으니까 맡겨달라고 나한테 매달렸으면서."

혜살을 놓는 네네를 라리사가 흘끗 쳐다본다.

"기억력 좋은데."

목소리에 웃음기가 없었다면 그것이 비난의 눈빛인지 옛 친구를 향한 따뜻한 눈짓인지 알 수 없었을 것이다.

"그만큼 절박했던 거야. 그때는 지금보다 더 내 작품이 형편없어 보였어. 만들 때는 세계 최고의 걸작으로 느껴지는데, 완성하는 순간 싫어지는 거야."

"핸드메이드파들은 약간 그런 경향이 있지."

"맞아. 수작업에 많은 시간을 쏟아붓고 나면, 그때까지 들인 시간과 노력에 비해 결과물이 턱없이 초라해 보일 때가 많아. 그래서 그런 것에 집착할 여유가 없을 만큼 많은 양의 작업을 하면 뭔가가 달라지지 않을까 생각했던 거야. 그렇다고 대충 작업하진 않았어. 포즈를 다양하게 해서 개성을 입히려고 노력했어. 웃고 떠들고, 슬퍼하고 탄식하고, 고고한 척하고, 무리 지어 놀고……. 생기 넘치는 내 인어들이 태어나고, 이윽고 사라져 아주 조금 바다가 풍요로워졌을 때, 나는 비소로 내 작품을 아끼고 자랑스러워할 수 있었어."

"그때 너는 마치 천체불千體仏°을 봉헌하는 불교도 같았어."

네네가 능청스럽게 고개를 내두르며 말하자, 라리사는 눈썹 하나 까딱하지 않고 킬킬거린다.

"본질은 같아. 결과적으로 당시의 내 번뇌는 물거품이 돼 승천했으니까. 고맙게 생각해. 게다가 따분한 예비 실험 때문에 온 이런 날, 뜻하지 않게 내 인어가 어린 소년의 마음에 키스 마크를 남겼다는 얘기까지 들었으니. 미의 여신은 새로운 것에 도전하는 조각가에게는 친절한가 봐."

그녀는 정성스럽게 수건을 접으면서 굳어가는 신작을 내압 유리 너머로 찬찬히 바라봤다.

"라리사, 일단 숙소로 돌아갈까? 바닷속 작업 데이터도 정리하고 몸도 좀 정비해야지."

린다가 재촉했다.

"알았어."

하지만 그녀는 흔들리는 물속에 서 있는 인어를 응시한

● 비슷한 모양과 비슷한 크기를 가진 천 개의 불상.

채 움직이지 않았다.

"다시로 씨." 라리사가 불쑥 다카히로를 불렀다. "그 애가 진짜가 아니면 싫다고 말했다고요."

"네."

그녀는 무릎 위에 얹은 자신의 손을 쥐었다 폈다 했다. 나이를 가늠할 수 없는 그 손은 인어의 그것처럼 매끄러웠다.

"스스로는 모르겠지만 그 애는 핸드메이드파의 이상을 정확하게 이해하고 있어요. 손끝은 혼과 맞닿아 있고, 손으로 직접 빚어낸 유일무이한 실체야말로 진짜다, 진짜만이 힘찬 고고의 소리로 아름다움을 말할 수 있다……. 그 애가 누구에게 뭘 사과하고 싶은지는 모르겠지만, 내가 그 애에게 사과해야 하는 건 분명해 보이는군요. 그렇게나 그 인어를 좋아해주는데, 난 이제 결코 그 애에게 진짜를 보여줄 수 없어요. 내가 그때의 나로 돌아가지 않는한……."

"그게 진보라는 겁니다. 지금 그 애에게 해줘야 할 건 사과가 아니에요. 지금의 라리사 고즈베크의 손으로 최고의 진짜를 만들어 소년의 머릿속에 있는 과거의 작품을 밀어내고 보여주는 겁니다."

라리사는 다카히로를 똑바로 쳐다봤다.

"참 좋은 분이시군요."

그녀의 목소리는 얼굴 이상으로 감정을 읽을 수 없어서 다카히로는 어떻게 대답해야 할지 알 수 없었다.

밤이 되면 바다는 자기주장을 시작한다. 어둠 속에서 파도 소리는 선명하게 귀에 와 부딪치고 바다 냄새는 콧속 깊이 파고들어 오래도록 떠나지 않는다.

태양이 비추는 불순한 시간을 나른하게 받아넘기고 깜깜한 밤이 돼서야 집요하게 자기 존재를 주장하다니, 바다란 참으로 모성적인 존재인 것이다.

다카히로는 데메테르 건물 안 카페 발코니에서 멍하니 키르케 홀 건설 현장을 바라보고 있었다. 잔잔한 물가에 작업등이 줄지어 켜져 있고, 그 끝에 원형으로 펼쳐진 건설 현장에서는 몇 대의 크레인이 촉수처럼 꿈틀거리고 있다. 불빛에 비친 초대형 해상 구조물은 마녀 키르케의 거처라기보다는 바다에 들러붙은 하얀 진드기 같았다.

다카히로는 가볍게 머리를 흔들고서 차가운 화이트 와인을 한 모금 마신다.

이러면 안 돼. 아폴론 직원은 항상 중립을 지켜야 하는

데. 자신도 모르는 사이에 알렉세이에게 전염된 모양이다. 저 키르케 홀도 완성되면 아름답게 조명을 밝힌 멋진 해상 시설이 될 것이다.

"어허, 다카히로, 왜 이런 데서 농땡이를 부리고 있는 거야?"

땡그랑 얼음 소리를 내며 버번을 한 손에 든 네네가 옆에 나란히 선다.

"와인 드시려고 티레누스에 남은 거였어? 알렉세이와의 면담은 어땠어?"

"연락받고 바로 달려갔어요. 수중 크레인이 불가시 수조 자재를 건드린 모양이에요. 지금쯤 원격조종을 한 크레인 기사와 주먹다짐하고 있을걸요."

"넌 안 가봐도 돼?"

"가면 뭐 해요."

"아니, 사고잖아. 다각도에서 판단할 수 있는 권한 A 보유자가 있으면 수습이 빨라."

"나는 제삼자예요. 오른쪽을 보고도 옳소, 왼쪽을 보고도 옳소, 그러다가 결국 양쪽에서 얻어터지기나 하겠죠. 뭐, 어느 한쪽이 조정을 요청하면 안 가고 배길 수야 없겠지만."

"다카히로에게 휴식의 신이 미소 짓기를."

네네는 동정의 표시로 가볍게 잔을 들어 보였다.

"시간이 이렇게 날 줄 알았으면 미와코를 불렀을 텐데. 여기는 바람이 좋네요."

"어머, 웬일이야? 네가 미와코를 귀찮아하지 않는 거 처음 봐."

선배는 눈을 동그랗게 뜨고 말한다. 억울하게도 진심으로 놀란 것 같다.

"무슨 심경의 변화일까? 평소에는 자꾸 외출하고 싶어 해서 못 살겠다느니, 일에 대해 꼬치꼬치 캐물어서 성가시다느니 하던 사람이. 뭐 좋은 일이라도 있었어?"

"그 반대예요. 그 사람, 내일 아침에 가출해요."

네네는 대놓고 폭소를 터뜨렸다. 발코니 난간을 두드리기까지 한다.

"가출을 예고하고 하다니!"

"웃지 마요. 부부의 위기니까."

저도 모르게 입이 삐죽거렸다. 네네의 얼음은 아직도 가늘게 떨리고 있었다.

"미와코는 네가 붙잡아주길 바라고 있을 거야. 너도 그 정도 눈치는 있지?"

"물론 말렸죠. 요즘 계속 바빴잖아요. 좀 신경이 쓰여서 일부러 일찍 퇴근하기도 하고 쇼핑할 때 따라가기도 하고 했는데, 어쩐지 이번에는 심상치가 않아요."

"예를 들면?"

"뭐랄까……." 다카히로는 멍하니 검은 바다로 시선을 던진다. "포기한 건지 질려버린 건지, 사람이 조용해졌어요. 전에는 내가 머릿속에 여신님을 숨겨두고 둘이서만 얘기한다고 성질을 냈었거든요. 그런데 이번에는 지구에 가서 므네모시네와 친구가 되는 방법을 찾아오겠대요."

네네도 같은 생각을 했는지 흠칫 놀라며 얼굴을 들이민다.

"설마 학예사가 되려는 건 아니겠지?"

"그럴지도 모르죠. 취미 삼아 학예사 통신교육을 받았으니까. 그래 보여도 머리가 좋은 사람이라 시험에 덜컥 붙을 수도 있어요. 그렇다면 그건 그것대로 오케이. 여신들과 공생하는 감각은 말로 백날 설명해도 전해지는 게 아니잖아요. 직접 겪어보면 본인이 얼마나 직접 접속 학예사를 미화하고 있었는지 깨닫게 되겠죠. 돌이킬 수 없는 건 안타깝지만, 그 사람이 결정한 일이라면 존중해주려고요."

"그렇구나." 네네는 숙연하게 고개를 끄덕였다. "미와코가 직접 접속자가 된다면 너희 둘 사이의 갈등은 없어질까?"

"글쎄요."

"미와코가 버전이 더 높을 거야. 매슈처럼 정동 기록 능력을 갖게 될지도 몰라."

"그렇겠죠."

무심결에 손톱을 깨물고 있던 다카히로의 팔꿈치를 네네는 동생을 대하듯이 살짝 눌렀다.

"나는 말이야, 미와코가 정말 학예사가 된다면 아주 순수한 정동 기록을 할 수 있을 거란 예감이 들어. 문제는 그걸 마주하는 우리지. 우리는 기록된 정동을 믿을 수 있을까? 타인의 감동이라는 필터 너머에 있는 미술품을 어떻게 판단해야 할까?"

다카히로는 난간에 팔꿈치를 얹고 바다 냄새를 깊게 들이마셨다.

"판단하기 어려우면 '진짜'를 보면 돼요. 정동 기록은 결국 타인의 감동일 뿐이니까. 미와코의 생각을 전부 이해해줄 수는 없어요. 하지만 무조건 이해하고 믿으려고 애쓰는 게 아니라, 미와코가 보는 것을 함께 나란히 본다면 그 자체만으로 뭔가가 전해지지 않을까 하는 생각이 들어요. 미와코가 학예사가 된다면 내가 왜 이런 식으로 생각하는지도 진짜 예술품이 미와코에게 말해주겠죠."

"진짜에는 진짜만이 뿜어내는 진실의 빛 같은 것이 있으니까."

"맞아요. 우리가 찾고 있는 궁극의 미란 진짜가 가진 그 빛일지도 몰라요. 그래서 핸드메이드파의 주장이 일면 납득이 가요. 손으로 직접 빚어낸 것만이 진실한 아름다움이다…… 염원 같기도 하고 기도 같기도 한, 실체를 알 수 없는 아름다움의 힘이 작가의 손끝에서 작품으로 직접 흘러드는 거니까."

검은 그림자가 나란히 난간에 팔꿈치를 괴었다. 네네의 손끝에 매달린 버번 잔이 동그라미를 그리며 땡그랑 소리를 낸다.

"라리사의 고민도 거기에 있는 것 같아."

"왜요, 계속 진짜를 만들어왔잖아요. 소년의 마음을 사로잡아버릴 만큼 훌륭한 작품들인데."

"나도 그렇게 말은 했지. 원래 자신에게 엄격한 사람인데 몸의 일부를 기계로 대체한 후로 그 정도가 더 심해졌어. 뭘 만들어도 이건 진짜가 아니라는 거야. 이전처럼 다

작을 해서 슬럼프를 이겨내면 좋겠지만, 그 몸으로 무리할 수도 없고."

그때였다.

공사 현장이 하얗게 빛났다. 조명을 한꺼번에 밝힌 것이다.

"무슨 일이지, 갑자기?"

움직이는 빛은 대형 탐조등이었다. 여러 개의 흰 빛줄기가 시커먼 바다 위에 차례로 꽂힌다.

"바닷속에 무슨……."

말을 하던 다카히로의 뇌에 므네모시네가 긴급 통신을 전했다.

─아프로디테 관장 에이브러햄 콜린스로부터 긴급 지령이 내려왔습니다. 지금 바로 키르케 홀 건설 현장으로 출동하십시오.

"대체 무슨 일이 일어난 거야!" 다카히로는 버럭 소리를 질렀다.

─긴급 메시지 착신. 강제 출력합니다.

귓속에 울려 퍼지는 알렉세이의 목소리는 다카히로의 노성을 몇 배는 웃돌고 있었다.

"다카히로! 너 대체 꼬맹이한테 무슨 소리를 한 거야!

사고가 나서 애가 지금 불가시 수조 사이에 끼여 있다고!"

와인 잔이 바닥으로 떨어졌다.

불가시 수조는 아직 조립 전으로, 작업이 용이하도록 전하를 주입하여 청회색으로 발광시켜놓은 상태였다. 그런데 현장 인근 해저에 모아뒀던 그 유리판을 원격으로 움직이는 해저 크레인이 들이받은 것이다.

눈으로 확인할 수 없게 돼버린 유리판은 가장 큰 것이 길이 500미터, 가장 작은 것이 산호용 케이스로 사용될 약 1미터짜리다. 크레인도 유리판에 깔려 움직일 수 없는 상태였다.

"초기 대응이 늦어진 건 내 책임이야. 하지만 밤바다에 아이가 들어갔을 거라고 누가 상상이나 했겠어? 유리판 위치를 확인하다가 레이더에 간신히 포착됐어."

잔교 위에서, 머리에 헤드셋을 쓴 알렉세이는 어둠 속에 떠 있는 입체 영상을 턱으로 가리켰다.

눈에 보이지 않는 미궁 속, 깊이 15미터 정도 되는 곳에 니코가 축 늘어진 모습으로 허공에 매달려 있었다. 물결에 이리저리 흔들리는 작은 몸이 까닭 모를 섬뜩함을 느끼게 했다. 소년의 입가에서는 방울방울 거품이 피어올랐지만 그 양은 아주 적었다.

"기적적으로 아이는 유리와 유리 사이 빈 공간에 끼였어. 하지만 보다시피 유리는 약한 물결에도 흔들릴 정도로 불안정한 상태야. 무너지면 압사야."

"중장비로 한 장씩 걷어낼 순 없어?"

"모래성에 꽂은 깃발을 쓰러트려보고 싶다면 말리진 않겠어. 다만 중장비를 바다에 투입하는 것만으로도 무너질 우려가 있어. 구하러 내려갔던 잠수부들도 일단 철수시킨 상황이야. 유리판 무더기에 쏟아 넣은 감지기를 이용해 이리저리 계산해봐도 성인의 체격으로 통과할 수 있는 루트가 없어."

빈 공간을 시각화한 노란색 영역이 입체 영상으로 나타났다. 개미집처럼 복잡했다. 기호가 표시된 모든 루트에 빨간 가위표가 명멸하고 있었다.

"이렇게 되면 음향 도플러 유속계로 해류를 관찰하면서 수작업으로 와이어를 치고 그다음에 중장비를 투입하는 수밖에 없어. 지금 잠수부들이 준비하고 있는데, 문제는……."

알렉세이는 하고 싶지 않은 말은 잘 못하는 성격이다.

다카히로는 손톱을 깨물었다. 이번에는 네네도 팔꿈치

를 누르지 않았다.

"알렉, 저 산소 태블릿은 얼마나 견딜 수 있지?"

"몰라. 원래는 최대 두 시간인데, 녀석이 언제부터 물속에 있었는지……."

세 사람은 서로 짠 듯이 동시에 입체 영상을 바라봤다. 다카히로는 영상을 향해 팔을 뻗고 싶은 충동을 억눌렀다. 여기에 보이는 소년은 가짜인 것이다. 아무리 손을 뻗어도 안아 올릴 수 없다.

할 수 있는 모든 일에 이미 명령이 발동된 상태였다. 가장 가까운 거리에 있는 의무반은 곧 도착할 예정이다. 므네모시네에게는 좁은 곳에서도 자유롭게 움직일 수 있는 장비들을 전부 조사시켰다. 산소 태블릿을 교체해주기 위해 원격으로 조종하는 소형 청소기를 요청했지만 시내에서 반입하려면 아무리 서둘러도 한 시간은 걸린다고 한다.

왜 그랬어?

다카히로는 소년의 환영에게 물었다.

니코, 인어는 이제 거기 없다고 말했잖아. 왜 거기 들어간 거야? 사과하기 위해서? 누구에게? 뭘?

영상은 대답하지 않는다.

"라리사, 그만둬!"

해안가 쪽에서 고함 소리가 들렸다. 돌아보자, 하늘색 롱드레스를 입은 라리사가 한 손에 와이어 다발을 들고 불편한 다리를 굼뜨게 내디디며 잔교를 건너오고 있었다. 린다가 상자가 얹힌 핸디 호버를 가지고 종종걸음으로 쫓아온다.

"선배, 두 사람을 돌려보내야 해요. 이 아이가 그 소년인 걸 절대로 알게 해선 안 돼요."

"응, 무슨 얘긴지 알겠어."

네네가 걸음을 내디딘 것과 동시에 라리사의 스피커가 포효했다.

"내가 할게요! 나라면 C-4 루트를 통과할 수 있어요!"

"……거기서 이 넘버가 보여요?"

"얘기는 나중에 해요. 다녀올게요!"

라리사가 산소 태블릿을 입에 문다. 린다의 비명과 물소리가 거의 동시에 들렸다. 펄럭이는 드레스 자락. 그 잔상이 머릿속을 가득 채워서 다카히로는 아무 말도 할 수 없었다.

"젠장." 알렉세이가 발을 쿵 구른다. "거길 어떻게 통과하겠다고. 대체 무슨 생각인 거야."

그는 헤드셋을 홱 벗어던지더니 소형 이어폰을 귀에 꽂

고 부랴부랴 태블릿을 입에 물었다.

"여길 부탁해." 그는 다카히로에게 검지를 세워 보이며 두 걸음 물러섰다. "유리에 부딪칠 것 같으면 알려줘." 세 걸음째, 그의 발은 파도를 가르고 있었다.

"린다, 어떻게 된 거예요? 라리사는 이런 무모한 짓을 할 사람이 아니잖아요."

네네가 매섭게 힐문한다. 얼이 나가 있던 린다는 그 목소리에 정신을 차렸다.

"자리 좀 내줘요. 저도 도와야죠."

"린다?"

그녀는 호버의 스위치를 끄면서 다카히로와 네네에게 힘없는 미소를 보냈다.

"라리사에게는 그렇게 무모한 짓이 아니에요. 물속에서 움직이는 방법은 꾸준히 연습해왔고, 특히 라리사의 눈은 거의 레이더 수준이에요. 자, 봐요."

입체 영상에 연한 하늘색이 펄럭였다. 드레스를 벗은 라리사는 속옷 한 장만 걸치고 있었다. 의족을 추로 이용하면서 거침없이 C-4 루트로 나아간다. 그녀 주위에서 일렁거리는 거품이 마치 진주알 같았다.

"린다, 괜찮을까?"

갑자기 호버 위의 상자에서 라리사의 목소리가 흘러나왔다. 내성 데이터를 이쪽으로 전송하고 있는 모양이다. 린다는 상자 상부를 열고 컨트롤 패널을 펼쳤다.

"어쩔 수 없지. 알아서 해. 본인 명령이 항상 우선이니까."

패널이 붉게 물들고 합성음이 왕왕거렸다.

"유저가 다리를 분리하려고 합니다. 유저가 다리를 분리하려고……."

"라리사, 다시 한번 승인해."

린다가 말하자 갑자기 패널이 조용해졌다.

"이런 거였군."

다카히로는 영상을 보면서 멍하니 중얼거렸다.

두 다리가 고관절 부위에서 분리돼 그대로 가라앉기 시작했다. 가지런히 모아진 다리는 마치 착지하려는 발레리나 같았다.

상체뿐이라면 C-4 루트를 통과할 수 있다.

다카히로는 떨어져 있던 헤드셋을 집어 들었다.

"알렉, 들려? 그대로 진로를 유지하면서 라리사 쪽으로 가줘. 라리사가 와이어를 풀기 시작했어. 끝을 잡아."

내성을 전할 수 없는 학예사는 알았다는 뜻으로 한쪽

손을 든다.

"그리고 나한테 권한 A를 행사하게 해줘. 잠수부들을 투입시켜서 C-4 루트에 조금씩 접근해가면서 주변에 고정 와이어를 설치하게 할 거야. 한 군데 폭이 아주 빠듯한 곳이 있어. 최악의 경우, 사용 루트 이외의 유리판을 허물고 구출해야 할 것 같아."

알렉세이의 손이 한 번 더 올라가는 것을 확인한 뒤 다카히로는 잠수부 대장과 협의에 들어갔다.

라리사는 유연한 팔로 물을 헤치며 진입로로 다가가 보이지 않는 유리판에 확실한 동작으로 손바닥을 댔다.

"많이 흔들려. 트럼프로 만든 집이 지진을 만난 느낌이야."

라리사는 가면 같은 얼굴을 기울이고 있어서 말처럼 여유만만하게 보이지는 않았다.

잠수부와 나누던 대화를 중단하고 다카히로는 손목 밴드에서 F 모니터를 꺼내 네네에게 던졌다. 필름은 희미하게 발광하면서 공중에서 펼쳐져 그녀의 가슴팍으로 떨어진다.

"음향 도플러 유속계와 링크한 영상을 므네모시네에게 부탁해놨어요. 해류가 시각화돼 있을 거예요. 파도에 맞춰

코너를 돌면 조금 수월할 테니까 라리사에게 타이밍을 알려줘요."

"알았어."

육상의 움직임이 긴박해질수록 입체 영상 속의 시간은 무섭도록 느리게 흘러가는 것 같았다.

알렉세이는 와이어 끝을 쥔 채 움직이지 않았다. 규칙적으로 뿜어내는 기포와 천천히 휘젓는 다리의 움직임이 유난히 두드러져 보였다.

라리사는 루트를 신중하게 나아갔다. 그녀가 파도에 맞춰 몸을 비틀면 얼어붙은 얼굴에, 드러난 젖가슴에, 속옷으로 구분된 허리에 긴 갈색 머리카락이 휘감겼다. 고개를 숙이고 유리판을 피하는 모습은 마치 바다 생물들에게 인사하는 것처럼 보였다.

라리사가 니코에게 도착했을 때 잠수부들의 노력으로 루트 확보도 90퍼센트가 끝나 있었다.

그녀는 부드러운 몸짓으로 니코의 머리를 감싸 안더니 태블릿의 산소량을 확인했다.

"아직 괜찮은 것 같아. 혹시 모르니까 내 것과 교환할게."

흰 팔이 움직여 소년의 겨드랑이 밑에 와이어 고리를 끼운다. 니코는 알렉세이의 신중한 손놀림에 이끌려 천천히 움직이기 시작했다.

다카히로는 식은땀이 났다.

"라리사, 조심해. 거기가 어려운 코스야."

"응."

그녀가 대답한 직후, 니코의 겨드랑이에 두른 와이어가 아래로 미끄러지면서 팔을 움직였다. 소년의 팔꿈치와 유리가 부딪치는 둔탁한 소리는 현장에 있는 사람들의 귀에 굉음처럼 울려 퍼졌다.

입체 영상은 트럼프 하우스가 삐걱거리며 크게 기울어지는 모습을 포착하고 있었다.

다카히로는 무심결에 팔을 화면으로 뻗었다. 진짜였다면 잡아줄 텐데…….

외부에서는 도저히 고정할 수 없었던 중앙부. 라리사의 등 뒤에서 유리판 한 장이 천천히 기울기 시작했다.

라리사는 힘껏 니코의 몸을 앞으로 밀어냈다.

"당겨요, 힘껏!"

상자에서 출력되는 새된 목소리는 알렉세이의 귀에도 닿은 듯했다. 그는 찰나의 망설임 후, 고정 와이어에 발을 걸고 소년의 생명줄을 당겼다. 두 사람분의 질량을 끌어당긴다는 마음으로, 힘껏.

코너에 팔이 걸린 소년이 괴로운 자세로 비틀렸다. 앙상한 어깨가 유리 모서리에 부딪친다.

니코의 몸이 루트의 좁은 지점을 비집고 나왔을 때, 라리사가 뚝 떨어졌다.

"라리사!"

"안 돼!"

다카히로와 네네가 동시에 외쳤다.

충격으로 산소 태블릿을 놓친 그녀는 4미터 폭의 유리판에 깔려 가라앉기 시작했다.

영상 속에서 점점 작아지는 그녀의 얼굴은 역시 무표정했다.

침묵 속에서 바닷바람이 두 번 잔교를 훑고 지나갔다.

바람이 지나가자 네네는 왈칵 울음을 터뜨리며 손으로 얼굴을 덮었다.

다카히로는 그녀를 위로하고 싶었지만 한심하게도 옴짝달싹할 수 없었다.

"이곳 바다는 그리 깊지 않아, 라리사. 아, 태블릿만 물고 있었다면⋯⋯."

"네네."

상자에서 자신의 이름이 흘러나오자 네네는 펄쩍 뛰듯

이 얼굴을 들었다.

"물고 있었어도 소용없었을 거야. 그 애의 태블릿, 사실은 거의 비어 있었어."

"라리사? 괜찮은 거야?"

"응, 여기 있는걸."

"여기라니, 어디!"

"그러니까⋯⋯." 그녀의 목소리는 부끄러워하는 듯했다.

"이 안."

라리사의 목소리를 토해내는 상자에는 바이털 사인이 여전히 표시되고 있었다.

그 옆에서 린다는 미안한 듯 고개를 움츠렸다.

다카히로도 네네도 상황이 이해되지 않아 입만 딱 벌리고 있을 뿐이었다.

니코가 사과하고 싶었던 대상은 바다였다.

"그때 인어는 다친 꼬리를 돌아보며 무척 괴로워하고 있었어요. 저는 안전한 통로에서, 인어를 도와줄 수도 위로해줄 수도 없었어요. 너무 슬프고 너무 속상했어요. 그래서 꼭 이 바다에 다시 와서 사과해야겠다고 생각했어요. 부드럽게 만져주면서, 그때는 미안했다고 말해주고 싶었어요."

인어는 바다에 녹아버렸다. 하지만 인어는 사라진 것이 아니라 바다의 성분으로 모습을 바꿨을 뿐이다. 그렇다면 바다가 그녀, 그녀가 바다다.

"사진은 안 돼요. 유리 너머보다 더 미안해요. 알갱이라도 좋으니까 그 인어를 어루만져주고 싶었어요. 내 손과 목소리로 직접, 진짜 인어에게 사과하고 싶었어요."

처음에 니코는 인어가 녹아 있는 바닷물을 만지는 걸로 만족할 생각이었지만 막상 바다에 들어가자 욕심이 생겼던 것 같다. 어린이다운 모험심으로 혹시라도 남아 있을지 모를 인어의 조각을 찾아 나섰던 것이다.

"어루만져주고 싶었구나. 트라우마라기보다 해묵은 사랑 같아."

다카히로의 개인실에서 사정을 듣고 난 네네가 빙긋 웃는다.

"이 얘기를 들으니까 네 트라우마도 조금은 치유되지 않았어, 라리사?"

"전혀." 바이털 사인을 그리며 상자는 대답한다. "그 인어들은 내 손으로 직접 만든 것들이었어. 앞으로 만들어질 작품들이 다시 한번 그 소년의 마음을 사로잡을 수 있을지, 솔직히 잘 모르겠어. 과연 재회를 갈망할 만큼의 진심이 담길지⋯⋯."

다카히로는 온화한 목소리로 말했다.

"당신이 생각하고, 당신이 만들고, 이제 됐다고 생각한 순간에 그 작품은 좋든 싫든 라리사 고즈베크의 진심이 담긴 진짜가 되는 거예요. 만드는 사람의 손은 따뜻한 피가 흐르는 손이든 원격으로 조종되는 의수든 상관없어요. 본인 의지대로 움직인다면 그 손가락은 영혼과 온전히 맞닿아 있는 것 아닐까요?"

"음, 그래요."

라리사는 작게 중얼거렸다. 그 목소리에는 수줍음과 만족의 빛이 섞여 있었다.

네네는 커피를 린다에게 건네고 상자로 다가가더니 표면을 톡톡 쳤다.

"핸드메이드를 고집하는 네가 팔을 잃었으니 어떤 심정이었을지 이해하지 못하는 건 아니지만, 그래도 나한테까지 숨길 필요는 없었잖아. 사고제어 시스템으로 몸 전체를 원격으로 조종하고 있는 줄은 꿈에도 몰랐어."

"핸드메이드의 이념만 고집했던 건 아니야. 알잖아."

"그건 그렇지."

이번에는 네네의 손이 상자를 부드럽게 쓰다듬는다.

"원래 모습이 남아 있지 않을 정도로 심하게 다쳤으니 남들을 의식하게 되는 건 당연해. 숨길 방법이 있다면 그렇게 할 수도 있겠지. 하지만 라리사, 자신을 속이지는 마. 앞으로 메디 C가 아무리 정교한 몸을 준다고 해도 그건 진짜 네가 아니야. 네가 자신을 속이고 그렇게 믿어버리면 왠지 나는 네 내면까지 잃어버릴 것만 같아. 너는 라리사 고즈베크야. 인어상으로 정평이 나 있고, 이제는 힘든 사고제어 훈련을 습득한 훌륭한 현역 예술가라고."

"고마워."

"네 진정한 모습을 아는 사람들이 주위에 있고 그들과 외부 입출력 장치를 통해 자연스럽게 얘기를 나눌 수 있게 됐을 때, 비로소 네 정신과 육체는 올바른 관계를 맺게 될 거야."

"응, 그래."

라리사는 오랜 친구의 잔소리에 가벼운 웃음을 흘렸다.

"바다에 아픈 다리를 두고 와버렸으니, 이제는 육지 위를 경쾌하게 누비고 다닐 수 있으려나?"

다카히로는 맑게 갠 창밖으로 눈길을 돌리며 살며시 므네모시네를 호출한다. 그리고 여신에게 전했다.

인간과 예술의 관계에 대해서는 확실히 두 가지 사고방식이 존재한다.

하나는 예술이 인간에게 힘을 준다는 것. 인간은 아름다움에 의해 치유되고, 아름다움에 의해 힘을 얻는다. 예술이야말로 사람을 살아가게 한다.

또 하나는 인간이 예술에 힘을 불어넣는다는 것. 구현된 아름다움은 예술가의 벌거벗은 영혼의 표현이나 다름없다. 궁극의 미가 존재한다면 그것이 뿜어내는 눈부신 빛이란 인간의 진실 그 자체가 아닐까.

이상적인 것은 어디까지나 둘 다.

다카히로는 창문을 열고 심호흡을 한다.

미와코가 탄 왕복선은 제시간에 날아오르고 있었다.

작은 은빛 물방울 하나가 떠가는 하늘은 마치 진짜 바다 같았다.

VIII

반짝반짝
빛나는 별

제3라그랑주점에 떠 있는 박물관 행성 아프로디테.

사람들은 이곳을 컴퓨터 여신들의 영지, 우주 구석구석에서 수집해온 온갖 아름다움이 찬연히 빛을 발하는 천상계라고 격찬한다.

하지만 유감스럽게도 실상은 그렇지 않다. 부서나 데이터베이스가 아무리 신의 이름으로 불리더라도 실제로 일하는 학예사들은 어리석은 인간일 뿐 전지전능한 신이 아닌 것이다.

"오늘도 그럭저럭 넘겼군."

다카히로는 개인 사무실에서 혼자 중얼거렸다.

소파에 드러누워 플라스틱 컵에 든 커피를 입으로 가져간다. 조금 전에 끝난 기자 회견 내용을 다시 한번 확인해

두는 편이 좋겠지만 모니터를 켤 엄두가 나지 않았다. 화면을 메우는 기자들의 아우성을 또다시 들을 생각을 하니 짜증부터 밀려온다. 얼마 전까지만 해도 무심한 예술부 기자를 상대로 정례 보고를 하면 그만이었는데, 이제 아프로디테는 전 세계가 주목하는 대상…… 아니, 표적이 돼버렸다.

이렇게 정신을 못 차릴 만큼 바쁘기는 처음이었다.

인류가 갑자기 아프로디테에 주목한 것은 불과 2주 전부터다. 소행성대에 있는 자원 개발 기지가 미지의 물체를 발견한 것이 일의 발단이었다. 이들은 토성 근처에서 되돌아온 소행성 이달고Hidalgo를 탐사했고, 거기서 지름 1센티미터 정도의 식물 종자 두 개와 한 변이 14밀리미터에 두께가 3밀리미터인 오각형 채색편彩色片 수백 개를 찾아냈다.

아무리 인류가 별난 취미를 갖고 있다고 해도 굳이 씨앗이나 타일을 소행성에 갖다 놓지는 않을 것이다. 가십지에 따르면 '어쩌면 외계인의 분실물'일지도 모르는 그 물체를 아프로디테가 맡아서 분석하게 됐고, 이리하여 다카히로의 일터는 전 인류의 호기심 어린 시선을 받게 됐다.

아프로디테가 이 임무를 맡은 것은 만일의 경우에 지구

로부터 격리할 수 있다는 지리적 조건과 직접 접속 학예사들의 우수한 종합 고찰력이 인정됐기 때문이지 다른 이유는 없었다. 그런데도 매스컴은 여신의 신탁이니 어쩌니 하며 시끄럽게 떠들어댔다.

그런 게 정말 있다면 학예사들이 고생할 일도 없을 것이다. 직접 접속 학예사가 모호한 이미지나 인상을 말로 표현하지 않고 데이터베이스에 전달할 수 있는 것은 사실이다. 최신 버전의 학예사라면 감정의 변화까지 기록할 수 있다. 하지만 그것은 학예사가 제대로 일을 해야만 활용할 수 있는 능력이지, '외계인의 메시지를 천상의 여신이 해독한다'라는 식으로 속 편하게 말할 수 있는 것이 결코 아니다.

무책임한 헤드라인에 마음이 산란하지만 그래도 학예사들은 열심히 일하고 있다. 골치 아픈 일이 일어난 순간 회의를 핑계 삼아 지구로 줄행랑을 친 관장과는 달라도 한참 다르다.

"그래도 오늘은 롭 덕분에 살았어."

다카히로는 롭 롱사르가 있는 방향, 즉 지면을 향해 가볍게 고개를 숙였다. 데메테르의 광대한 영토는 이 천체의 뒤편에 있다.

롭은 이달고의 종자를 조사하고 있다. 그가 기자들이 반색할 만한 성과를 내준 덕에 오늘 회견은 모처럼 실속이 있었다.

온화한 성격에 인망이 두터운 그는 번뜩이는 기자들의 시선을 웃는 얼굴로 가볍게 받아넘기며, "타임머신 바이오테크 기술을 이용해 종자의 클론 배양을 시도한 결과 해수면 위에서 생육한다는 사실이 확인됐습니다"라고 발표했다.

회견장은 순식간에 술렁였고 기자들은 질문을 쏟아냈다.

롭은 싱글벙글한 얼굴로 대답했다. "아니요, 그 타임머신이 아니라, 생물의 성장을 가속하는 기술입니다." "네, 물론 클론체는 충분히 확보해놨습니다. 아직 연구해야 할 것들이 많으니까요." "견학은 어려우니 양해해주십시오. 조만간 영상을 배포하겠습니다." "지구의 식물과 눈에 띄는 차이는 보이지 않습니다." "글쎄요, 아마 꽃도 피우겠죠." "음, 종자는 지구에서 날아간 것이라고 치고, 그럼 채색편은 어떻게 운반됐을까요?" "초고대 문명? 고대 가상의 대륙인 무 대륙이나 아틀란티스를 말하는 겁니까? 그런 가설은 잘 몰라서요." "아니, 외계인이 실재하는지는 잘…… 종자만 봤을 때 원산지는 지구와 비슷한 해양을 가진 별이 아닐까 추측만 하고 있을 뿐입니다."

롭은 "그럼 이쯤에서" 하고 회견을 마칠 때 다카히로에게 장난스러운 미소를 던졌다. 시계는 정확히 종료 예정 시간을 가리키고 있었다. 불쌍한 종합 관리 부서가 가끔은 숨 돌릴 수 있도록 최대한 시간을 써준 것이다.

그러나 행운은 거듭 찾아오지 않는 법이다. 이번 같은 클린 히트를 연달아 날릴 수 있으리라고는 기대하지 않는다. 다음번에는 자신이 또 총알받이가 되겠지. 생각만 해도 다카히로는 우울해서 견딜 수가 없다.

한편 오각형 채색편을 맡은 아테나는 분석에 난항을 겪고 있었다.

조성은 간단히 알아냈다. 현대 과학으로는 아직 불가능한 크기의 '알루미늄-망간-실리콘으로 이루어진 준결정'이다. 보라색을 띠는 채색 원료는 잔금이 많이 생기는 유리질의 유약이다. 그러나 작은 오각형이 원래 무엇을 구성하고 있었는지, 채색 의도는 무엇인지, 제작자의 정체를 밝힐 수 있는 중요한 대목에서 설득력 있는 가설이 나오지 않고 있었다.

채색편 담당자는 도자기를 전문으로 하는 클라우디아 메르카틀라스. 성실한 그녀는 아테나 담당의 분석실에서 밤낮없이 오각형 퍼즐에 매달리고 있다. 좀처럼 성과가 나오지 않아 필시 초조해하고 있을 것이다. 외부 학자가 초빙돼 그녀를 돕고 있다는데, 그 학자를 불러들인 이가 다름 아닌 아폴론의 문제아 매슈 킴벌리인 터라 과연 도움이 되고 있을지 의문이다.

커피를 한 잔 더 마시려고 일어섰을 때, 다카히로의 귓속에서 부드러운 소리가 들렸다. 나무 구슬이 데굴데굴 굴러가는 듯한 소리. 아폴론의 데이터베이스 컴퓨터 므네모시네의 콜이다.

다카히로는 커피를 포기하고 소파에 다시 앉았다.

"좋아, 므네모시네. 용건은?"

─통신 요청이 들어왔습니다. 발신자, 분석실 실장 칼 오펜바흐. 출력처 지정, F 모니터.

다카히로는 "굳이 F 모니터?"라고 중얼거리면서 왼팔에 찬 손목 밴드에서 얇은 필름을 꺼냈다.

"연결해줘."

─알겠습니다. F 모니터로 출력합니다.

필름이 희미하게 발광한다. 뿌연 빛은 그대로 칼 오펜바흐의 새집 같은 머리카락으로 바뀌었다.

"참새 떼 쫓느라 어지간히 힘들었나 봐, 다카히로."

칼은 싱글싱글 웃고 있었다.

"그 웃는 얼굴, 왠지 빈정거리는 것처럼 보이는데."

다카히로가 말하자 칼은 입술 끝을 과장되게 끌어 올렸다.

"알아주니 고맙네. F 모니터로 지정하길 잘했군."

불길한 예감이 들었다. 그리고 곧 그 예감은 적중해버렸다.

"다카히로, 클라우디아가 오각형 채색편에 대한 분석을 제대로 못 하는 이유가 뭔지 알아? 다 너희 매슈 도련님 때문이야."

"매슈가 또 왜?"

다카히로는 기어드는 소리로 물었다. 지금까지 매슈가 일으킨 사건 사고들이 한꺼번에 뇌리를 스치고 지나갔기 때문이다. 이 대책 없는 루키는 차마 눈 뜨고 볼 수 없는 선민주의자로 번번이 경험 풍부한 선배 학예사들을 바보 취급해왔던 것이다.

"매슈가 직접 뭘 한 게 아니야. 그 자식이 클라우디아에게 보낸 왕자님이 문제라고."

"왕자님? 아아, 도형학자라는 라인하르트 비치코프. 듣고 보니 왕자 이름 같긴 하네."

"아무튼 그 친구 때문에 일을 할 수가 없어. 매슈 도련님, 역시 실망시키지 않아."

"정말 미안……" 하고 반사적으로 사과하다가 다카히로는 퍼뜩 정신을 차렸다. "잠깐만. 근데 왜 나한테 그래? 문제가 있으면 매슈한테 직접 말해."

이번에는 칼의 웃음이 너그러워졌다.

"물론 그렇게 했지. 그런데 얘기를 반도 안 듣고 통신을 끊어버렸어. 급하게 정동 기록을 해야 할 일이 생겼다나. 그러고서 착신 거부 상태야."

"또 정동 기록이야?"

"이번에야말로 자기 능력이 실제로 도움이 된다는 걸 증명해 보이시겠대. 뭐라더라, 멀리 지구에서 찾아온 할머니의 잃어버린 물건을 찾아주겠다나 뭐라나."

"정동 기록으로 잃어버린 물건을 찾는다고? 어유, 대체 또 무슨 짓을 하려고 그러는 거야."

다카히로는 저도 모르게 이마를 짚었다.

직접 접속 시스템의 최신 버전에 적용된 정동 기록은 매슈의 선민주의를 부채질했다. 마음의 굴곡을 그대로 데이터베이스에 기록할 수 있는 능력은 분명 매력적이다. 지구 경찰에 배치된 매슈의 동기는 이른바 형사의 촉을 기록해가고 있다고 하고, 동물학자도 야생동물이 느끼는 낌새 같은 것을 이론화하려고 하고 있다. 언젠가는 예술 분야에서도 축적된 정동 데이터에 의해 미의 본질이나 궁극의 미가 어렴풋하게나마 윤곽을 드러낼지도 모른다. 정동 기록은 분명히 기대되는 샛별이다. 그것을 과시하고 싶어 하는 루키가 공을 세우려고 안달하지만 않는다면.

"뭘 할 생각인지는 모르겠지만, 귀여운 후배가 바쁘시다면 든든한 선배가 한 번쯤은 대신 행차해주는 것도 나쁘지 않을 것 같은데."

"알았어."

다카히로는 양손을 올리고 마지못해 대답했다.

"13시에 분석실로 와. 당장 뛰어오라고 말하고 싶지만 커피 한 잔 마실 시간 정도는 줘야 하지 않겠어? 이게 내 최소한의 배려야."

칼은 체셔 고양이처럼 득의양양한 웃음을 남기고 F 모니터에서 사라졌다.

박물관 행성의 오후는 평화롭다. 아테나의 미술관을 돌아보다 지친 사람들은 공원에서 한가롭게 아이스크림을 먹고, 데메테르의 광대한 영토에서 돌아온 관광객들은 밤에서 낮으로의 전환을 재미있다는 듯이 이야기하고 있다. 뮤즈가 바빠지는 콘서트 타임은 아직 조금 남았다.

그러나 나른한 거리를 걷는 아폴론 직원의 머릿속은 라인하르트 비치코프에 대한 데이터로 들끓고 있었다. 매슈가 선배의 통신까지 거부하고 있어서 도형학자의 프로필을 므네모시네를 통해 일일이 조사해야 했던 것이다.

라인하르트 비치코프는 지구의 도형학 데이터베이스 '마크'에 연결된 직접 접속 학자로, 이달고의 오각형 조각 분석을 돕겠다고 자청해왔던 모양이다. 걸으면서 펼친 F 모니터 속 라인하르트 비치코프는 왕자의 흰색 타이츠가 전혀 어울릴 것 같지 않은 투박한 인상이었지만, 자신과 비슷한 연배인데도 늙은 신하를 떠올리게 하는 온후한 눈을 하고 있어서 호감이 갔다.

인물 데이터베이스 롤콜에 따르면, 라인하르트 비치코프는 상당히 학구적인 사람이었다. 분야를 굳이 꼽자면 수리학이 되겠지만, 흥미 대상이 광범위해서 디자인이나 미술사 관련 통신교육도 수료했다.

데이터만 봤을 때는 클라우디아와 팀을 이루기에 최적의 인재로 보인다.

다카히로는 손톱을 깨물면서 큰길에서 벗어나 뮤즈 청

사 뒤편에 있는 네모반듯한 분석동으로 향했다. 온순해 보이는 똑똑한 왕자님이 도대체 무슨 문제를 일으키고 있을까 의아해하면서.

분석실 문을 연 다카히로는 평소와 사뭇 다른 공기에 순간 주춤했다.

웃음소리로 늘 시끌벅적하던 분석실이 묘한 정적에 싸여 있었던 것이다. 정적은 살기에 가까운 긴장감을 품고 있었다. 18명의 직원은 모두 자기 자리에 앉아 일에 집중하고 있다. 마치 시끄러운 세상사로부터 의식을 단절하려는 듯이.

"분위기가 왜 이래?"

무심코 툭 내뱉었을 때 방 안쪽, 요새 같은 파티션 너머에서 텁수룩한 머리가 불쑥 올라왔다. 키가 껑충한 칼은 기재들 위로 머리만 둥둥 떠서 다가와 다카히로의 팔꿈치를 잡았다.

"잘 왔어. 작다리 양반한테도 잘 보이도록 특등석을 마련해놨지."

"뭔데?"

"와보면 알아."

반쯤 끌려가다시피 하며 방 한쪽 구석으로 향했다. 배

선을 넘고, 분석물 적재함을 돈다. 그렇게 파티션의 미궁을 빠져나와 최후에 떠밀려 들어간 곳은 기재 선반과 책장 사이였다.

"저것 좀 봐."

칼은 벽으로 밀어붙인 연인을 대하듯 긴 몸을 굽혀 속삭였다.

기재들 틈으로 금발을 단정하게 묶어 올린 뒷모습이 보였다. 클라우디아 메르카틀라스다. 책상에 팔을 괴고 관자놀이를 누르고 있는 것으로 봐 아테나의 전용 데이터베이스 에우프로시네와 교신 중인 모양이다. 가녀린 어깨가 뾰족하게 솟아 있었다.

그녀의 왼쪽에서 일없이 서성거리고 있는 땅딸막한 남자가 라인하르트 비치코프다.

그는 클라우디아를 흘끔거리고는 얼른 눈을 내리깔고, 다시 짧은 다리를 총총 움직여 오른쪽으로 이동하더니 또똑같이 그녀를 슬쩍 훔쳐보고는 눈을 내리깐다. 마치 주인의 명령을 기다리는 강아지 같았다.

"저 친구 지금 뭐 하는 거야?"

"본인은 도와줄 셈으로 저러는 것 같은데." 칼은 빈정대는 목소리로 대답했다. "암만 그래도 적당히 해야지. 채색편 조합법을 글쎄 하루에 거의 300개나 들고 와. 심지어 클라우디아가 다 확인할 때까지 가지도 않고 옆에 딱 붙어 있어. 한마디로 온종일 저러고 있다는 얘기지."

이달고에서 발견된 오각형 채색편의 개수는 816개. 각각의 색이 미묘하게 다른 걸로 봐서 모자이크 타일처럼 어떤 대상을 구성하는 재료일 것으로 추정되고 있었다.

"클라우디아는 정십이면체를 검증하고 있는 중 아니었어?"

오각형은 육각형이나 삼각형처럼 평면을 빈틈없이 메울 수 있는 형태가 아니다. 그래서 완성품을 입체로 가정하고 어떻게 짜 맞출 것인지 시행착오를 거듭하고 있다고 다카히로도 들어서 알고 있었다.

칼은 미안한 듯이 인상을 구겼다.

"참새들 귀에 들어가면 시끄러워지니까 아직 아무한테도 말하진 않았는데, 정십이면체 가설은 점점 의심스러워지고 있어. 총 개수가 12로 나눠떨어져서 그렇게 추정한 건데, 채색편에 알 수 없는 각도가 있어."

"각도? 딱 72도씩이 아니야?"

"꼭짓점 말고, 단면 말이야. 두께가 3밀리미터 남짓밖에 안 되는데 단면이 수직이 아니라 다 제각각이야. 게다가 오각형 면 자체도 아주 미세하게 요철이 있어. 제작 정밀도가 떨어져서 그런 건지 의도된 건지도 잘 모르겠어."

"정십이면체를 만든다고 해도 어그러지고 말겠군."

분석실 실장은 전문가답게 진지한 얼굴로 고개를 끄덕인다.

"클라우디아도 판단을 못 내리고 있어. 어그러져도 정십이면체를 고집할지, 빠진 조각이 있음을 상정하고 형태에 대한 집착을 버릴지."

"정십이면체라는 전제가 없어지면 더 힘들어지겠어. 상상할 수 있는 형태가 무한이 돼버리니까."

"그래서 그 무서운 영역에 뛰어들기 전에 클라우디아는 정십이면체라는 전제하에 모든 가능성을 시도해보고 있어. 에우프로시네를 통해 시뮬레이션한 방대한 조합을 검토하면서 초조하게 기다리고 있는 거지. 색채의 변화와 표면의 왜곡이 미술 관계자인 자신을 납득시켜줄 순간을 말이야. 아주 지난한 작업이지. 나라면 벌써 나가떨어졌을 거야. 그런데……."

부스스한 머리를 짜증스럽게 긁적이면서 칼은 라인하르트를 노려본다.

"저 작자는 순열과 조합으로 적당히 만들어낸 일그러지

고 사이키델릭한 정십이면체 데이터를 부지런히 찾아다 나르는 거야. 일단 객원이고, 도형학자의 관점에 대한 기대도 아주 없지는 않으니까 클라우디아도 저렇게 일일이 검토해주고 있는데, 이제 인내심도 바닥이 났어. 아마 앞으로 두 번 더 저러면 더 이상 쓰레기를 가지고 오지 말라고 소리를 꽥 지를걸."

다카히로는 고개를 돌려 가만히 두 사람을 관찰했다.

클라우디아는 도형학자에게 눈길 한 번 주지 않는다.

라인하르트는 여전히 안절부절못하며 주변을 맴돌고 있다.

다카히로는 칼을 올려다보며 물었다.

"칼, 라인하르트가 과연 정말로 도움이 되지 않는 걸까? 저렇게 쫓아내지 않는 걸 보면 150개 중에 하나 정도는 클라우디아의 미의식에 부합하는 조합이 있는 걸 수도 있잖아."

"어째서 150개야?"

"그냥, 왠지 모르게……."

칼이 눈을 부릅뜨고 노려봤다. 다카히로의 눈앞에 칼의 손가락이 다가와 우뚝 선다.

"잘 들어, 다카히로. 나는 이달고 뉴스를 들은 이후로 한

번도 집에 가지 못했어. 참고로 이 방에서 나가는 건 화장실과 샤워실에 갈 때뿐이야. 밥도 여기서 먹어. 그런데 나는 클라우디아가 저 도형학자에게 감사하는 모습은 단 한 번도 본 적이 없어. 졸졸 따라다녀서 귀찮다는 말은 들은 적이 있지만."

"알았어." 위에서 으르대는 바람에 다카히로는 항복하고 말았다. "저 사람하고 얘기 좀 해볼게. 분석 계획을 어떻게 세우고 있는지 한번 들어보지 뭐."

칼은 어이없다는 듯 입을 딱 벌렸다.

"다카히로, 너 알면서 시치미 뗀 거지?"

"뭐가?"

"너 설마 진심으로 저 작자가 일 때문에 클라우디아 꽁무니를 따라다닌다고 생각하는 거야? 아내가 왜 도망갔는지 알 만하다."

다카히로는 당황했다. 왜 여기서 미와코 얘기가 나온단 말인가.

"미와코는 도망간 게 아니라, 학예사가 되려고 지구에 공부하러 간 거야."

"그 얘기를 믿는다고? 너도 참 대책 없는 인간이구나."

칼에게 어떻게 설명할지 망설이다가 입을 빼끔 연 순

간, 클라우디아의 목소리가 들렸다.

"잘 봤어요, 비치코프 씨."

다카히로와 칼이 동시에 선반 틈새로 얼굴을 들이밀었다.

클라우디아의 옆모습이 보였다. 미소 띤 얼굴에 지친 기색이 역력했다.

"아쉽지만 이번에도 느낌이 딱 오는 게 없었어요."

"그렇습니까?" 라인하르트는 보기에도 안쓰러울 정도로 어깨를 축 늘어뜨렸다. "오늘도 여신님 눈에는 차지 않았나 보군요. 역시 저 같은 사람이 천상계의 미학을 이해하기란 불가능한가 봅니다."

"아이, 또 그런 말씀을." 클라우디아의 목소리는 웃고 있었지만 눈은 생기가 없었다. "누차 말씀을 드렸지만 저희는 천상계의 주민이 아닙니다. 물론 다른 별에 사는 외계인도 아니고요. 저는 단지 제 나름의 심미안으로 검토하고 판단해서 그 결과를 솔직하게 전하는 것일 뿐이에요. 그러니까 비치코프 씨, 도와주는 건 고맙지만 이제 저는 신경 쓰지 말고 도형학자로서 본인 나름의 새로운 가설을 세워보는 게 어떻겠어요?"

클라우디아가 생긋 웃는다. 고개를 갸우뚱하는 그 몸짓

은 그녀를 잘 아는 사람이라면 '이제 지긋지긋하니까 하고 싶으면 네 마음대로 해'라는 뜻인 줄 알겠지만, 순박한 왕자님에게는 너무 고도의 처세술이었던 것 같다.

라인하르트는 손바닥을 비비면서 이렇게 대답했다.

"그건 그렇지만, 저는 당신을 돕고 싶어서…… 새로 해서 가져올게요. 확인해주실 거죠?"

다카히로 옆에서 칼이 "아이고" 하며 목덜미를 잡는다.

클라우디아는 실장보다는 인내심이 강한 듯했다. "네, 그럼요" 하고 대답하더니, 다시 한번 생긋…….

왕자님은 품위와는 거리가 먼 태도로 인사를 하고 나서야 비로소 자리를 떠났다.

그가 분석실을 나감과 동시에 클라우디아가 책상에 엎드려 왈칵 울음을 터뜨렸다.

이어서 분석실은 평소의, 아니 평소 이상의 소란스러움을 되찾았다. 동정의 말과 노성과 한숨.

"공주님은 이쪽에서 위로할 테니까 왕자님은 네가 맡아. 둔감한 사람들끼리 잘해봐."

칼은 다카히로의 등을 퍽 떠밀며 말하고는 굳이 엄지로 출구를 가리켰다.

데메테르의 정원 예술 전문가가 꾸민 분석동 안뜰은 요새에 틀어박혀 지내는 분석실 직원들에게 소중한 휴식처였다.

잔디에서 피어오르는 푸르른 기운, 저녁녘의 대기에 녹아드는 꽃향기.

라인하르트는 화단 옆 벤치에 걸터앉아 잔디밭 한복판에 서 있는 느릅나무를 멍하니 바라보며 말했다.

"그렇군요. 오펜바흐 씨가 그렇게 말씀하셨군요. 일이 아니라 다른 데 목적이 있다……. 혜안이 있으시네요."

"그 말씀은?"

스스로 생각해도 멍청한 질문이었다.

도형학자는 그것을 친절함으로 받아들였는지 표정을 약간 누그러뜨렸다.

"동기가 불순합니다. 저는 클라우디아 메르카틀라스 곁에서 시중을 들고 싶었던 겁니다. 그녀는 제게 둘도 없는 여신이자 천공에 빛나는 닿을 수 없는 별이니까요."

다카히로는 기함할 뻔했다. 더 이상은 둔감하고 얼빠진 자신을 보여줄 수 없었다. 그래서 조심스럽게 이렇게 물었다.

"실례되는 질문인 줄 알지만, 그럼 클라우디아 때문에

협력을 자청하신 건가요?"

"맞습니다. 4년 전쯤에 통신교육에서 식물 세밀화 수업을 같이 들은 적이 있어요. 수강 기간 중에 딱 한 번 수강생들이 화상으로 얼굴을 마주하고 하는 수업이 있었는데, 그때 클라우디아는 정말로 빛이 났답니다."

라인하르트는 자기 무릎에 팔꿈치를 괴고 "물론 그녀는 저를 기억하지 못하지만" 하고 힘없이 중얼거렸다. 둥글둥글한 코에 땀이 송골송골 맺혀 있다.

"제게 그 수업은 꽃차례나 줄기의 꼬임을 도형학적으로 바르게 인식하기 위한 하나의 수단일 뿐이었습니다. 하지만 클라우디아는 달랐어요. 그녀의 넓은 식견은 저를 압도했습니다. 왜 인간은 영상 기록이라는 수단을 가지고 있으면서도 굳이 4H 연필로 세밀화를 그리는가. 화가가 자연에서 배워야 할 것은 무엇인가. 자기만족을 위한 그림과 남에게 보여주는 것을 전제로 한 그림은 무엇이 다른가. 왜 꽃을 아름답다고 생각하는가. 그녀는 아름다움에 대한 인간의 본능이라고 할 만한 그런 주제에 대해 은퇴한 노인들과 취미 삼아 공부하는 부인들 앞에서 거침없이 의견을 말했습니다."

"클라우디아답군요."

다카히로가 말하자 라인하르트는 어린아이처럼 고개를 끄덕였다.

"식물 세밀화는 비록 백과사전의 도판으로 취급될지언정 틀림없는 예술이라고 그녀는 금발을 반짝이며 열변을 토했어요. 그 터치 하나하나에 생명의 형태를 기록하려는 인간의 갈망이 담겨 있기 때문이라고. 갈망이라니, 저는 같은 수업을 들으면서도 그런 생각을 해본 적이 단 한 번도 없었습니다. 세상의 근본은 형태이고, 형태의 본질만 알면 삼라만상을 전부 해독할 수 있다고 믿고 있었어요. 그런데 그녀는 인간의 갈망을 얘기하는 겁니다. 잎이 매달린 모양을 피보나치수열로 확인하거나 꽃봉오리의 형상을 플라톤의 다면체로 해석하고 있던 비속한 저를, 그녀는 높은 예술의 경지에서 관조하고 있었던 것이죠. 그렇게 빛나는 사람을 저는 지금까지 본 적이 없습니다."

도형학자의 얼굴이 붉게 물들어 있었다. 그는 눈을 지그시 뜨고 이야기를 이어갔다.

"강좌를 수료하고 얼마 지나지 않아 클라우디아가 아프로디테의 직접 접속 학예사가 됐다는 소식을 전해 듣게 됐어요. 저는 그녀가 마침내 진짜 신의 자리에 올랐다는 사실에 감동했습니다. 미의 여신의 이름을 가진 천공의 별. 높은 안목을 지닌 그녀에게 이보다 더 어울리는 장소는 없다고 생각했죠. 제 상상 속에서 그녀는 이미 하늘거리는 천을 두른 미의 여신이 돼 있었던 겁니다. ……이런 제가 이상해 보이나요?"

다카히로는 헛기침을 하고서 느릅나무로 시선을 돌리며 조심스럽게 말을 꺼냈다.

"아니요, 클라우디아를 여신처럼 우러러보고 찬양하는 마음은 이해합니다. 다만 일에 진척이 없어 초조해하고 있는 상황에서 조언을 가장해 주변을 맴도는 건 누구에게도 도움이 되지 않는다고 생각하는데요."

라인하르트는 다카히로를 똑바로 응시했다. 작은 눈동자에 처음으로 자부심의 빛이 떠올랐다.

"다시로 씨, 그 말은 조금 섭섭하군요. 동기는 불순했어도 저도 할 일은 하는 사람입니다. 어떻게든 도움이 되려고 최선을 다해 노력하고 있단 말이죠. 하지만……."

그는 천천히 고개를 가로저었다.

"아무래도 저는 여신의 언어를 이해하지 못하는 것 같습니다."

"말이 안 통하나요?"

"그렇다기보다는 애초에 취지가 달라요. 저에게 아름다

운 도형이란 '군더더기 없는 형태' 혹은 '언뜻 군더더기처럼 보이는 요소를 유효적절하게 포함한 형태'입니다. 거기에는 수식과 양식밖에 없어요. 예를 들면 오각형······ 마크, 접속 개시."

라인하르트는 지상의 컴퓨터에 접속을 시도한 뒤 왼손을 눈높이로 들어 올렸다.

굵고 짧은 세 개의 손가락이 '왼손 법칙'의 형태, 즉 XYZ 축을 만들어낸다.

"멀어서 그런가, 반응이 느리네."

그가 말하는 동안 손가락 사이로 서서히 영상이 나타났다. 빛을 발하는 흰색의 오각형이 허공에 둥둥 떠 있다.

눈이 휘둥그레진 다카히로를 보며 라인하르트가 쑥스러워하며 말했다.

"놀라셨군요. 도형학은 시각적인 자료가 반드시 필요한 분야라서 고찰이나 논쟁을 할 때 간편하게 꺼내 볼 수 있도록 화상 단자를 손가락에 심어놨습니다."

그가 손가락을 움직이자 어느새 흰색 오각형 안에 별 모양의 파란색 대각선이 그어져 있었다.

"다시로 씨는 이 도형을 어떻게 생각하십니까? 아름답다고 생각하시나요, 아니면 너무 단순해서 미학의 영역에는 포함시킬 수 없다고 생각하시나요?"

"솔직히 말하자면 후자입니다."

"그렇군요." 라인하르트는 나직하게 웃었다. "제 눈에는 이 오각형이 밤하늘에 반짝이는 별만큼이나 아름답고 가치 있어 보입니다. 평면을 채울 수 없다는 점이 장난꾸러기 같아서 사랑스럽고, 대각선을 이렇게 손을 떼지 않고 한 번에 그릴 수 있는 점도 재밌고, 또 한 변의 길이와 대각선의 길이가 황금비를 이룬다는 점은 단연 최고입니다. 미술사를 보면 이 대각선이 그려내는 오각별은 마귀를 쫓는 부적 역할도 했던 모양이에요. 과거의 누군가가 이 형태의 완벽함을 깨달았기 때문이라고 저는 생각하고 있습니다."

그의 손안에서 오각형이 천천히 돌아간다. 마치 반짝반짝 빛나는 별처럼.

갑자기 도형이 정십이면체로 바뀌었다. 클라우디아가 만들어내려고 하는 형태다.

"이 플라톤의 다면체에 대해서도 저는 똑같이 매력을 느낍니다. 하지만 이것만으로는 클라우디아에게 도움이 되지 않아요. 예술가 기질이 있는 그녀는 채색이나 미묘한 곡률을 중요하게 여깁니다. 제가 군더더기라고 생각하는 요소에 클라우디아는 미학적인 가치를 두는 거죠. 솔직히 제가 이해하기 어려운 영역입니다. 식물 세밀화에서 인간의 갈망을 읽어내는 그 식견을, 사물과 인간을 결부해 언급할 수 있는 그 신의 관점을 저는 가질 수 없습니다. 다시로 씨, 저는 진심으로 도움이 되고 싶습니다. 예술을 이해하지 못하는 어리석은 인간은 여신이 마음에 들어 할 만한 조합을 부지런히 찾아 나르는 것 말고는 달리 할 수 있는 게 없습니다."

"그럼 비치코프 씨는 클라우디아를 돕겠다는 일념에 본인의 이상에 맞지 않는 조합을 계속 만들어냈던 겁니까? 클라우디아의 이상은 자신의 이상과 다르다고 생각해서요?"

그는 말없이 고개를 끄덕였다. 그러고는 손가락을 오므려 입체도형을 지웠다.

느릅나무 우듬지에 석양이 걸려 있었다. 붉은빛에 물든 라인하르트의 얼굴에는 고뇌의 그림자가 떠돌았다.

다카히로는 고개 숙인 라인하르트의 얼굴을 들여다보며 말했다.

"연애의 기술로서만이 아니라 협력하는 태도로서도 역시 그건 바람직한 방법이 아니라고 생각합니다. 클라우디아가 할 수 있는 일은 클라우디아에게 맡겨두면 됩니다. 비치코프 씨, 클라우디아가 정말로 필요로 하는 건 자신에게 없는 발상이라고 생각되지 않습니까? 무엇보다 이번 상대는 인간이 아닙니다. 어설픈 미술론보다 당신의 엄격한 분석이 정답일 수도 있다는 거죠. 당신이 오각형의 완벽함을 중요시한다면 그걸 발전시키면 되는 겁니다."

"하지만 발굴품에는 애초에 색이 입혀져 있고, 그건 곧 제작자 역시 클라우디아처럼 무용함의 미학을 잘 아는 사람이 아닐까 하는 생각이 드는데……."

다카히로는 길게 한숨을 쉬며 하늘을 우러러봤다.

"우리는 학예사의 눈으로 그 형태에서 '별'을 봅니다. 하지만 실제로 거기에 무엇이 표현돼 있는지는 알 수가 없어요. 백 보 양보해서 외계인에게 예술혼이 있다고 해도 그것을 인류의 미학으로 해독할 수 있다는 보장은 없습니다. 그러니까 비치코프 씨, 학예사의 관점에 얽매이지 말고 도형학자만이 가진 시선으로 대상을 보고 아이디어를 내주세요. 우리에게는 보이지 않는, 어쩌면 존재하지 않을지도 모르는 '별'을 당신이 찾아낼 수도 있지 않을까요?"

라인하르트가 자리에서 벌떡 일어섰다. 용수철이 튀어오르는 듯한 격한 동작에 다카히로는 흠칫 놀라고 만다.

"존재하지 않는 별!"

그는 흥분된 목소리로 외쳤다.

"죄송합니다, 제가 괜한 소리를 해서 오히려 의욕을 떨어뜨리게 만든 것 같군요."

다카히로가 황급히 변명했지만 그는 듣고 있지 않았다.

"그래. 보이지 않는 것도 중요한 군더더기야. 마크, 오각형 타일링을 출력해줘. 대상은 독일 예술가 뒤러와 천문학자 케플러, 그리고 일본 물리학자 후시미."

그는 양손 엄지와 검지를 벌려 프레임을 만들었다.

곧바로 그 가상의 프레임에 세 종류의 복잡한 기하학패턴이 떠올랐다. 모두 수십 개의 오각형을 평면에 배치한 것으로 배열이 저마다 달랐다.

라인하르트는 화상을 차례차례 확대하면서 흥분된 목소리로 말했다.

"정오각형으로 평면을 채우려고 하면 어떻게 해도 빈틈이 생겨버립니다. 맨 오른쪽 패턴은 변과 변을 최대한 접해서 배열한 것인데 빈틈에 예쁜 오각별과 십각형의 구멍이 같이 나타나죠. 왼쪽 패턴은 최대한 균일하게 배열한것으로 길쭉한 마름모꼴 구멍이 다섯 방향으로 똑같이 뻗어 나가 있습니다. 가운데 그림은 '후시미 타일링'이라고

해서 그 중간적인 형태로 볼 수 있죠."

"빈 공간의 오각별이 이지러져 있군요. 마름모꼴의 위치도 의미가 없어 보이고."

"맞습니다. 저도 이건 아니라고 생각합니다."

후시미 타일링이 사라졌다. 다카히로는 그의 자신감이 어디에 근거하고 있는지 알 수 없었다.

"비치코프 씨, 지금 뭘 하려는 겁니까?"

라인하르트는 조바심이 나는지 말이 빨라졌다.

"군더더기, 별 모양의 공극空隙이라는 군더더기, 이게 바로 보이지 않는 별입니다. 완벽한 도형에 굳이 곡률이나 색을 더하는 생명체라면 빈 공간이라는 군더더기에도 의미를 부여했을지 모릅니다. 저도 클라우디아도 입체도형을 구상하는 데만 골몰해 있었어요. 그 오각형 조각들은 평면에 펼쳐놓고 공극을 감상하기 위한 어떤 물건일지도 모릅니다."

"공극을 감상한다? 너무 동양적인 발상 아닌가요?"

왕자는 마음이 다른 곳에 가 있는 것 같았다.

"아니, 아니에요. 그들은 분명 오각형에 집착하고 있는 거예요. 같은 물리학 법칙을 따르고 있다면…… 채색편을 구성하는 준결정도…… 오각형, 공극의 오각별, 이렇게 군더더기 없는 메시지를…….”

다카히로는 상세한 설명을 기다렸다. 그러나 도형학자는 자신의 사고 속에 갇혀버린 듯 입을 다물어버렸다.

─므네모시네, 준결정 자료를 음성으로 출력해줘. 칼이 파일링 하고 있을 거야. 요점은…….

설명하자니 답답해서 도형, 기하학, 별의 이미지를 동시에 보냈다. 므네모시네는 애매한 지시를 정확하게 주워 듣고 응답한다.

─알겠습니다. 검색 완료. 출력처, A 모니터. “준결정. 정오각형의 비주기적 테셀레이션을 연구한 펜로즈가 예언한 것. 준결정 분자는 결정학적으로는 있을 수 없는 정십이면체나 정이십면체를 구성하며 명료한 5회 대칭성을 갖는다. 예언대로 발견됐을 때 과학 잡지는 그것을 마치 금속 하늘에 반짝이는 별과 같다고…….”

다카히로는 관자놀이를 누르면서 므네모시네에게 일시 중지를 명령했다.

물질을 설명하는 데까지 ‘별’이 나온다고?

타일링의 오각별에 생각이 미친 라인하르트는 이렇게 거듭되는 우연을 마침내 필연으로 간주하기로 한 것일까.

준결정체를 도판으로 확인하려고 다카히로는 손목 밴

드에서 F 모니터를 꺼내려고 했다.

그런데 그 순간, 몸이 훅하고 가벼워졌다.

체중이나 중력의 변화가 아니었다. 머릿속에서 므네모시네의 기척이 사라진 것이다.

머릿속에서 몇 번이나 불렀지만 대답이 없다. 이런 일은 처음이다.

"므네모시네!"

다카히로의 외침에 라인하르트가 뒤돌아봤다.

그때 낯선 목소리가 귓속에서 웅얼거렸다.

—므네모시네 및 하부 시스템 카리테스가 정지됐습니다. 이제부터 박물관 행성은 보조 시스템 아프로디테가 운영합니다.

"뭐라고?"

시스템으로서의 아프로디테는 박물관 행성 여명기에 사용됐던 것이다.

라인하르트가 의아하게 바라봤지만, 다카히로는 우두커니 서 있을 뿐 아무 말도 할 수 없었다.

박물관 행성은 어둠에 휩싸였다. 그것은 심리적 어둠이었다.

반려자를 잃은 직접 접속 학예사들은 처참할 정도로 우왕좌왕했다. 딱히 용건이 없는데도 동료의 사무실을 들락거리고, 용건이 있을 때는 "그거 있잖아, 붉은 옷을 입고 있고, 종교화고, 빌어먹을, 작가 이름이 생각이 안 나" 하는 식으로 실어증 증세를 보였다. 단말기에 단어나 도판을 정확히 지정해 넣어야 하는 원시적인 검색 방법에 지쳐버린 사람들은 혹시라도 시스템 복구 소식을 들을 수 있을까 싶어 아폴론 청사로 모여들었다.

그들 중 누군가는 매슈 킴벌리를 두들겨 패주러 왔을 것이다. 시스템을 다운시킨 장본인이 다름 아닌 매슈였으니까.

다카히로는 자책감에 사로잡혔다. 자신은 매슈가 통신을 거부하고 뭔가를 꾸미고 있었을 때 억지로라도 사정을 확인했어야 했다. 칼이 말한 '할머니의 잃어버린 물건 찾기'가 설마 전자범죄의 서막이었을 줄은…….

그 노파는 "얼마 전에 남편이 세상을 떠났다우" 하며 매슈에게 접근했다고 한다. 헌신적으로 간병해주는 늙은 아내를 위해 남편이 마지막으로 값비싼 선물을 준비했는데 그걸 병실에서 도둑맞았다고 그녀는 말했다. 자신은 실물을 본 적이 없으며 그저 〈반짝반짝 작은 별〉이란 노래가 떠오르는' 다이아몬드 목걸이라고만 남편에게 들었다고 한다. "귀한 목걸이라 혹시라도 아프로디테에서 구입해 보관하고 있을지도 모르겠다 싶어 늙은 몸을 이끌고 이렇게 찾아왔다우. 좀 알아봐주시겠수?"

도난 일시 이후 아프로디테에 반입된 미술품 가운데 그런 목걸이는 없었다. 즉 노파의 소원을 들어주기 위해서는 〈반짝반짝 작은 별〉이란 노래가 떠오르는'이라는 애매한 힌트를 바탕으로 전 세계에 있는 다이아몬드 중에서 그 물건을 찾아내야만 했다.

무리한 이야기였다. 매슈도 바보가 아닌 이상 알았을 것이다. 그러나 오만한 루키는 한편으로 정동 기록의 실적을 올리고 싶기도 했다. 결국 그는 〈반짝반짝 작은 별〉의 이미지만으로 어느 정도의 일이 가능한지 시험해보기로 결심했다.

혈기왕성한 직접 접속 학예사는 국제경찰기구의 데이터베이스 '가디언'을 상대로 "반짝반짝 작은 별, 너는 대체 누구니"* 하고 노래를 불렀다. 운이 좋으면 동기인 직접 접

---

* 세계적으로 유명한 동요 〈반짝반짝 작은 별〉의 원래 가사. 국내 동요 가사는 일부 구절과 길이가 달라졌다.

속 경찰관이 도난품 데이터베이스에 그 목걸이의 특징에 대한 정동 기록을 남겼을지도 모른다고 생각하면서.

그 순간에 므네모시네가 다운됐다. 여신이 범죄자의 크래킹으로부터 자신을 지키려고 한 결과였다.

불법 뇌외과 수술로 유사 직접 접속자가 돼 데이터베이스에 침입하는 무리가 있다는 소문은 다카히로도 익히 듣고 있었다. 하지만 최신 시스템인 정동 기록이 표적이 되리라고는 아무도 예상하지 못했고, 하필 오만방자한 매슈가 그 능력을 가지고 있었던 것은 아프로디테의 불행이라고밖에 말할 수 없었다.

여신의 신전을 여는 열쇠는 〈반짝반짝 작은 별〉이었다. 어릴 때 누구나 한 번쯤 불렀을 추억의 동요. 매슈도 그 노래를 머릿속에 떠올렸을 때 기억에 관여하는 해마 영역이 활성화됐다. 노파 크래커 일당의 예상대로.

아프로디테의 유치장에 들어가 있는 노파의 말에 따르면, 유사 직접 접속 수술을 받은 일당 중 한 명이 〈반짝반짝 작은 별〉에 의해 해마가 자극될 것을 예측하고, 어떤 멍청이가 걸리기를 회선 상에서 기다리고 있었다고 한다. 정동 변화에 대한 예측은 훌륭하게 적중했고, 어떤 멍청이는 크래커들을 아프로디테로 초대하고 말았던 것이다.

그들의 침입 목적은 바로 므네모시네가 축적한 정동 기록 데이터. 타인의 마음의 움직임을 획득해 일종의 환각제로 사용할 계획이었다.

할 수 있다면 다카히로도 매슈의 얼굴에 주먹을 한 방먹여주고 싶었지만, 잇따른 불행에 그는 의료동 깊숙한 곳에서 의사의 검사와 시스템 관리 부서의 조사를 받고 이미 나가떨어진 상태였다.

사무실에까지 로비의 소란스러움이 들려온다.

다카히로는 창문에 기대어 거리를 내다봤다.

바깥 풍경은 평소와 다를 게 없는데 자신만 홀로 다른 세계에 격리돼 있는 것 같았다. 소리를 지르면 누군가 돌아봐 주겠지만, 늘 곁에 있던 여신의 부재가 세계 그 자체의 부재로도 느껴지는 것이다.

지식의 결손이 현실감의 상실을 불러오고 있음을 다카히로는 통감했다. 자신은 마음속 깊이 여신에게 의지해왔던 것이다. 언제든 무엇이든 조사할 수 있다는 안심감이 아폴론 학예사로서의 자기상을 붙들어주고 있었는데…….

여신이 침묵하는 지금은 가로수 이름조차 가물가물하

다. 포플러였던 것 같은데, 아닐지도 모른다. 이름을 잃은 나무는 꿈속의 존재처럼 아련하게 보인다. 가로수는 그대로인데 그 이름을 모르는 자신은 자신이 아닌 것만 같다.

그는 아직 직접 접속 수술을 받지 않았던 시절을 떠올려보려고 노력했다. 하지만 그 기억은 정든 여신이 함께 가져가버린 듯 흐릿하기만 했다.

현실 속 자신은 언제나 므네모시네와 함께였다. 함께 세상을 바라보고 함께 세상을 접했다. 그녀도 자신도 결코 전능하지 않지만, 함께였던 그때를 떠올리며 전능에 가까운 한 팀이었다는 슬픈 환상에 사로잡힌다.

뒤에 조용히 서서 사람과 세계를 이어주는 것, 그것은 분명 신이라는 이름에 걸맞은 존재였다.

다카히로는 지상으로 가버린 미와코의 말이 새삼 가슴에 사무쳤다. 그녀는 가끔 이렇게 말했다. 당신은 므네모시네가 있어서 좋겠어. 그리고 나도 므네모시네와 친구가 돼 돌아올게, 라는 말을 남기고 집을 나갔다. 아내는 전뇌의 여신이 어떤 존재인지 정확하게 이해했던 것이다.

칼의 말이 옳았다. 미와코는 도망간 것이다. 남편과 여신의 밀월 생활을 견딜 수 없어서.

여신도, 아내도 잃은 다카히로는 이제 깊은 탄식만 되

풀이할 뿐이었다.

미와코, 비접속자의 일상이 이렇게 고독한 줄 몰랐어. 정말이야. 정말 몰랐어…….

아내는 남편과 함께하는 므네모시네를 부러워했을까, 아니면 혼자만 행복한 나를 부러워했을까. 다카히로는 생각하며 쓴웃음을 흘렸다.

자신은 지금 라인하르트를 부러워하고 있다. 이 행성에서 유일하게 직접 접속 라인을 확보하고 있는 그는 마크의 능력이 허락하는 한 무엇이든 견문할 수 있고, 능력을 발휘할 수 있고, 무엇보다 고독하지 않다.

이 순간에도 도형학자는 분석실에서 느린 반응에 혀를 차며 마크와 이야기하고 있을 것이다.

오각형을 평면으로 짜 맞추기 위해 그는 말없이 마크에게 지시를 내린다. 마크는 말로 설명하기 어려운 그의 도상圖像을 손가락 사이에 띄워준다. 유약의 잔금이나 색채 구축에 관해 클라우디아가 발언하고 있을 것이다. 그러나 그 말에 반응하는 것은 그녀의 에우프로시네가 아니라 왕자의 하인이다.

바라건대 그녀가 질투나 선망에 사로잡히지 않고 평온하게 판단을 내리기를…….

갑자기 전자음이 울렸다.

그것이 책상에 놓인 단말기에서 나는 소리임을 알기까지 다카히로는 2초의 시간이 필요했다.

키보드를 두드려 통신을 승인하자, 화면에 롭 롱사르의 얼빠진 얼굴이 나타났다.

"아, 깜짝이야. 드디어 연결됐네. 오랜만에 쓰니까 영 헷갈리는데요."

"나는 착신음을 듣고도 몰랐어."

"이래저래 불편하네요."

롭은 조용하게 웃었다. 그 웃는 얼굴을 보자 다카히로는 조금 안심이 됐다.

"상황이 이래서 제대로 시뮬레이션은 못 했지만, 그 종자 말입니다, 정체가 어렴풋이 밝혀졌어요. 해상 배양 상태를 보면 줄기가 극단적으로 짧고, 도톰하고 긴 타원형 근생엽根生葉* 위에 직접 연꽃을 닮은 꽃을 피우는 것 같습니다. 잎과 꽃잎의 배열도 놀랍게도 각도가 정확히 137.5도입니다. 잎차례에 대한 비치코프 씨의 가설이 옳았어요."

"가설?"

---

* 뿌리나 땅속줄기에서 땅 위로 돋아 나온 잎.

롭은 의외라는 듯 눈썹을 치켜들었다.

"모르세요? 비치코프 씨가 시스템 다운 직후에 이쪽 단말기에 메시지를 보내왔어요. 오각형 채색편과 함께 발견된 식물의 잎차례와 꽃잎의 배열은 틀림없이 피보나치수열을 따르고 있을 것이다, 라고요."

므네모시네, 하고 참고 자료를 요청하다가 다카히로는 어깨를 떨구었다.

"미안한데, 롭, 좀 더 알아듣기 쉽게 설명해주겠어?"

아, 그렇죠, 하고 롭도 사과한다.

"줄기에 잎이 배열되는 방식은 자연의 법칙을 따르고 있어요. 결코 제각각으로 달리거나 하지 않습니다. 가장 많은 유형이 줄기를 나선으로 돌면서 잎이 붙는 호생 엽서인데, 이 경우 한 잎이 다음 잎과 이루는 각도는 피보나치수열에 근거한 '심퍼-브라운의 법칙'을 따릅니다. 예를 들면 두 바퀴 도는 동안 잎이 다섯 장 붙는 유형을 5분의 2라고 하고, 각도는 144도입니다. 세 바퀴에 여덟 장 붙는 8분의 3은 135도. 13분의 5, 21분의 8로 계속 이어지겠죠. 모두 실제로 존재하는 잎차례 유형입니다. 줄기를 네 바퀴 도는 동안 잎이 열일곱 장 붙거나 하는 일은 없어요. 자연은 원래 이렇게 피보나치수열과 친한데, 이달고의 연꽃은 특히……."

"잠깐만. 피보나치수열이 뭐지? 많이 들어봤는데 잘 모르겠네."

"정신 차리십시오." 롭은 쾌활하게 웃었다. "아무리 그래도 학예사라면 황금비의 출처 정도는 스스로 기억해 두셔야죠. 피보나치수열은 처음 두 항의 합이 셋째 항의 값이 되고, 둘째 항과 셋째 항의 합이 넷째 항의 값이 되는 비주기 수열이에요. 그리고 이웃한 두 항의 비는 점차 1.618로 수렴되죠. 이것은 곧……."

롭이 시선을 떨어뜨렸다. 오른팔이 미세하게 움직이는가 싶더니, 그는 옛날 방식으로 뭔가를 적은 종이를 들어 보였다.

$$\emptyset = \frac{1 + \sqrt{5}}{2}$$

"황금비입니다."

다카히로는 그제야 기억을 떠올리고 고개를 주억거린다. 그것은 미의 본질을 탐구하는 자에게는 중요하고 특별한 수식이었다. 밀로의 비너스에 깃들어 있고, 파르테논 신전을 떠받치고 있으며, 에도시대의 목판화가 호쿠사이의 파도를 들어 올리는, 가장 아름답다고 일컬어지는 비율.

"비치코프 씨는 외계의 메시지에 황금비가 숨겨져 있을 지도 모른다고 말했습니다."

"황금비라……. 그러고 보니 오각형의 변과 대각선은 황금비를 이룬다는 말도 했던 것 같아."

"정오각형의 한 대각선은 교차하는 다른 대각선에 의해 황금비로 나뉘기도 하죠. 아무튼 채색편들이 만들어내는 공극도, 소재인 준결정도 모두 오각형을 내포하고 있습니 다. 오각형은 황금비의 보고이고, 준결정 발견에 이른 펜로즈 타일링의 연구에서도 황금비는 빼놓을 수 없는 요소예요. 그리고 외계의 꽃도 역시 황금비에 의해 엄격하게 지배되고 있어요."

"그럴 수가……."

이달고에서 발견된 것들은 모두 황금비였던 것이다.

"꽃 얘기를 하다 말았죠." 롭이 약간 흥분을 억누르고 말한다. "제가 아까 말한 잎의 수와 회전수는 모두 피보나치수열에 나타나는 숫자입니다. 숫자가 작을 때는 오차도 크지만, 법칙에 따라 잎과 회전수를 늘려가면 각도는 점차 황금각이라 불리는 137.5도에 가까워지죠. 우리가 알고 있는 식물의 잎차례는 대부분 이 황금각으로 이뤄져 있다고 해도 무방한데, 정확히 137.5도는…… 게다가 꽃잎의 배열까지 딱 맞아떨어지는 식물은 그렇게 쉽게 볼 수 있는 게 아니거든요. 저는 도형학자는 아니지만, 생명체에까지 부여한 이 엄격한 각도 제한은 이제 어떤 메시지라고 단언해도 좋다고 생각합니다."

황금이라는 말을 붙일 정도로 인류가 사랑해온 아름다움의 요소. 이달고에 타일과 씨앗을 운반한 자는 아름다움이 무엇인지 알고 있었던 것일까.

멍하니 있는 다카히로를 보며 롭은 싱긋 웃는다.

"다행이에요, 다시로 씨. 이번 기자 회견은 분명 박수로 마무리될 겁니다. 저는 비치코프 씨가 옳은 길을 가고 있다고 믿어요. 곧 수수께끼 같은 별에 이르겠죠. 도형학자의 손을 거친 채색편이 어떤 모습을 드러낼지 무척 기대됩니다."

다카히로는 여전히 머리가 잘 돌아가지 않았다.

영혼 없이 롭에게 인사를 하고 통신을 끊었다.

그러고서 그는 작게 노래를 부르기 시작했다.

"반짝반짝 작은 별, 너는 대체 누구니?"

동요의 노랫말이 된 영국 시인 제인 테일러의 시 〈별〉

에 따르면, 마지막 구절은 다음과 같다. '너의 밝고 작은 반짝임이 어둠 속 나그네를 비추지. 네가 누구인지는 몰라도, 반짝반짝 작은 별.'

복구된 므네모시네가 뮤즈의 아글라이아로부터 이 데이터를 찾아 읽어줬을 때 다카히로는 경건한 마음이 들었다.

어둠 속 나그네는 아직도 자신을 인도하는 것의 정체를 모른다. 그러나 그 작고 밝은 빛을 발견한 이상 이제 거기서 눈을 뗄 수가 없다. 바라는 건 오직 하나. 더 빛을 내줘. 내가 거기에 다다를 때까지 밝은 빛을 잃지 말고 내게 꿈과 희망을 줘.

자신은 아직 반짝이는 것의 정체를 모른다. 황금비를 사랑하는 자의 정체도, 아름다움의 본질도. 그러나 〈반짝반짝 작은 별〉을 열심히 흥얼거리면서 전뇌의 여신들과 손을 잡고 나아가면 마침내 빛으로 가득한 신전에 이를 수 있지 않을까.

므네모시네, 부디 그때까지는 꺼지지 말아줘. 다카히로는 간절한 마음으로 기도한다. 두 번 다시 무력과 고독의 어둠 속으로 내던져지고 싶지는 않으니까.

시스템이 정상화되고 이틀 뒤, 라인하르트 비치코프와

클라우디아 메르카틀라스의 작업이 마무리됐다.

완성된 오각형 조각들은 도저히 평면이라고 보기 어려운 모양새였다. 미묘한 곡률은 겹치고 겹쳐 아이스크림 스푼처럼 볼록한 모양을 하고 있었다.

오각별과 십각형의 공극이 균일하게 흩어져 있는 것을 보고 칼은 "왕자님은 소쿠리 장인이었나 보군" 하고 한마디 했다. 비아냥처럼 들리지만 장인이라는 말을 쓴 걸로 봐 그에게는 최고의 찬사였음이 틀림없다. 색채의 미묘한 그러데이션과 자연스럽게 이어지는 잔금의 모양, 그리고 접착 면의 각도까지, 왜 이 방법을 이제야 알았는지 의아할 만큼 흠잡을 데가 없었다.

남은 과제는 이 물건이 무엇인가 하는 것이었다. 전 세계에 공개된 이달고의 소쿠리는 곧 학자들의 골치를 썩임과 동시에 기자들의 먹잇감이 됐다. 설마 정말 소쿠리는 아니겠지? 단순한 장식품인가, 먼 은하의 지도인가? 아니면 지능 테스트를 위한 도구?

막중한 임무를 완수하자마자 숨 돌릴 사이도 없이 이번에는 용도를 둘러싸고 이전보다 더 심한 압박이 들어오자 다카히로는 기자들에게 완전히 정이 떨어졌다.

보람이 없기는 라인하르트도 마찬가지였다. 그는 학자

로서의 주가는 올랐지만 간절히 바라던 것은 얻지 못했다.

"협조해주셔서 감사합니다, 비치코프 씨."

클라우디아는 그를 똑바로 바라보며 진심 어린 미소를 지어 보였다. 그뿐이었다. 악수도 하지 않았다. 그가 예전에 같이 통신교육 수업을 들었다는 사실도 여전히 기억해내지 못했다.

라인하르트는 돌아가기 전에 잠깐 만나고 싶다고 다카히로에게 연락해왔다. 넋두리를 들을 각오로 대합실에 들어서자 그는 엄청나게 큰 낡은 가방을 옆에 두고 허둥지둥 일어났다.

"그동안 고마웠습니다, 다시로 씨. 저를 불러주신 킴벌리 씨에게도 안부 전해주세요."

단신의 왕자는 정중하게 인사한 뒤 가방을 치우고 다카히로에게 의자를 권했다.

"그리고…… 제 불순한 동기를 끝까지 비밀로 해주셔서 고맙습니다. 덕분에 여신의 옷자락이나마 만져볼 수 있었으니 저는 충분히 만족합니다."

"정말 만족하십니까?"

말하고 나서 다카히로는 후회했다. 하지만 라인하르트는 고개를 살짝 기울이며 미소를 지어줬다.

"감사의 말을 들은 걸로 충분합니다. 솔직히 그 이상은 바라지도 않고요."

다카히로가 의아한 표정을 짓는 것을 보고 그는 쿡쿡 웃었다.

"이상한가요? 별이나 여신에 대한 동경이란 그런 것이라고 저는 생각하는데요."

라인하르트는 대합실 테라스로 눈길을 줬다. 삼삼오오 모여 있는 관광객들과 활주로에 대기하고 있는 왕복선이 보였지만, 그의 눈은 그 어느 것도 보고 있지 않았다.

"지상에 돌아가면 후회할 수도 있겠죠. 더 많은 얘기를 나눴더라면, 더 좋은 점을 보여줬더라면, 하고요. 하지만 그건 기분 좋은 후회일 겁니다. 이곳에 오기 전까지 저는 제 마음의 공극을 제대로 이해하지 못했습니다. 그게 불안하고 초조하고 끝도 없이 헛헛해서 견딜 수가 없었죠. 하지만 이젠 압니다. 내가 여신에게 어떤 것을 바쳤고, 마음에 어떤 구멍을 냈는지 잘 알고 있어요. 공극을 공극으로서 충만하게 자각할 수 있다는 건 행복한 일이에요."

그렇게 말하고서 그는 황홀한 표정을 지었다.

"게다가 마음의 공극을 들여다보면 언제든 이 별이 보입니다. 이곳에서의 추억이 또렷한 영상이 돼 언제까지고 눈앞에 재생됩니다. 이곳에는 여신들이 살고, 클라우디아가 일하고 있습니다. 그렇게 조용히 회상하면서 저는 아프로디테에서 일한 자신을 평생 자랑스럽게 생각할 겁니다. 하늘에 이 별이 있는 한."

다카히로도 그를 따라 테라스로 시선을 옮겼다.

라인하르트처럼 자신도 순수한 눈으로 아프로디테라는 별을 보고 싶었지만, 이곳을 삶의 터전으로 살아가는 일상에 찌든 사람이 지구 왕자의 고아한 시각을 가지기란 어려운 일이었다.

"아테나의 베테랑 학예사가 한 말인데요" 하고 다카히로는 운을 뗐다. "조각품 중에는 조각품 그 자체보다 공간, 즉 여백을 돋보이게 할 목적으로 만들어지는 것도 있다고 합니다. 없는 것을 알려면 먼저 있어야 한다. 있는 것을 알려면 허무의 늪을 들여다봐야 한다. 뭐 이런 관점이겠죠. 비치코프 씨의 공극에 관한 고찰을 듣자니, 있는 것이 당연했던 것들을⋯⋯." 아내나 여신을, 하고 다카히로는 마음속으로 덧붙인다. "한번 잃어보는 것도 나쁘지만은 않다고, 스스로를 위로할 수 있을 듯한 기분이 드는군요."

"소중함을 알게 되니까요. 같은 의미에서 동경의 대상도 꼭 실체가 있을 필요는 없겠죠."

라인하르트가 장난스럽게 웃었다. 그 순간 대합실에 탑승 안내 방송이 흘러나왔다.

"이런, 중요한 얘기를 안 하고 있었네."

그는 콧등에 난 땀을 손수건으로 부랴부랴 닦더니 다카히로 쪽으로 돌아앉았다.

"그 소쿠리의 용도는 알아냈습니까?"

"아니요, 아직. 실없는 농담들만 난무하고 있답니다."

"함께 출토한 종자 말인데요, 분명 해수에서 자란다고 했죠? 생육에 필요한 염분 농도나 불순물 비율은 밝혀졌나요?"

"네, 그건 뭐."

이야기의 취지를 알 수가 없어서 다카히로는 애매하게 대답했다.

"그렇다면 꼭 시험해봐야 할 게 있습니다. 소쿠리의 높은 쪽 면, 그러니까 아이스크림 스푼으로 치면 손잡이가 있어야 하는 곳에서 해수를 조금씩 흘려 넣는 겁니다. 물은 오각형 조각의 이음매나 유약의 금을 따라 흐르다가 빈 공간을 만나면 똑똑 떨어지겠죠. 그 물방울을 데이터화 해보세요. 중력을 바꿔가면서 여러 번 시도해보면 더 정확한 결과가 나올 겁니다."

눈만 껌뻑이는 다카히로를 옆에 두고 그는 손수건을 주머니에 찔러 넣으면서 자리에서 일어났다.

"이곳엔 음악 전문가들도 계시니까, 제 예측이 맞는다면 그분들이 특히 좋아하실 겁니다."

"그 말은…… 그게 악기란 뜻인가요?"

짤따란 손가락이 가방 손잡이를 잡았다. 볼품없는 품새로 가방을 들더니 그는 회심의 미소를 지어 보였다.

"저는 베토벤과 베를리오즈도 구별하지 못하는 사람입니다. 그래도 속는 셈 치고 이 고지식한 위인의 가설을 받아들여준다면 아마 반짝반짝 빛나는 황금 리듬을 들으실 수 있을 겁니다."

그렇게 말하고 그는 다시 한번 빙긋 웃고는 탑승 게이트로 걸어갔다.

다카히로가 꾸린 공동 프로젝트팀은 이달고 소쿠리에롭이 제시한 성분의 해수를 주입하는 시뮬레이션 작업을 므네모시네를 통해 실시했다.

입체 영상 속에서, 보라색 소쿠리로 흘러든 해수는 이음매에서 분기해 잔금의 지류를 어렵사리 지나 공극의 오각별 끝에서 그리고 십각형 가장자리에서 차례로 흘러 떨어졌다.

해수는 표면장력에 의해 복잡한 움직임을 보였다. 물방울을 톡 떨구고 나면 잠시 동안 그곳에 이르는 루트가 끊겼다가, 분기점에 모인 물이 둑을 터뜨리면 다시 물방울을 맺기 시작한다.

"랜덤한 소리로밖에 들리지 않아." 클라우디아가 팔짱을 끼며 말한다. "싱커페이션°이 복잡하게 얽힌 느낌이야."

"잠깐만, 그래프를 좀 봐."

뮤즈의 에드윈이 영상 한 귀퉁이에 그려져 있는 공극의 낙하 간격 그래프를 가리켰다.

"이 리듬은 황금비야."

"뭐라고?"

"각각의 물방울이 피보나치수열을 역으로 한 간격으로 떨어지고 있어. 이 음을 한번 봐. 힘차게 떨어지다가 이윽고 천천히. 역수열적으로 점점 느려지다가 끊겨. 조금 기다리면, 이렇게 또 다음 주기가 시작돼서 역수열 간격을 형

° 한 마디 안에서 센박이 여린박, 여린박이 센박이 되는 현상으로, 당김음이라고도 한다.

성해. 어쩌면 음들 사이에도…… 다카히로, 알기 쉽게 다시 배열해줘. 조건은 아글라이아를 통해 넘겨줄 테니까."

각 부서의 데이터베이스는 므네모시네에 관여할 수 없다. 다카히로는 아글라이아를 경유하는 에드윈의 요청을 주의 깊게 수신했다.

그래프가 X축을 기준으로 바뀌어 물방울의 평균 간격이 짧은 것이 위로, 그 아래로 긴 것이 순차적으로 나열됐다. 에드윈은 세로의 시간축을 정렬하는 타이밍을, 말도 아니고 수치도 아닌 애매하고도 정확한 이미지로 므네모시네에게 전달했다.

"아아."

다카히로는 탄식했다.

물방울이 떨어지는 방식을 나타내는 가로축은 확실히 피보나치수열로 구성돼 있었다. 게다가 임의의 간극과 그 다음으로 빨리 물이 떨어지는 간극의 낙하 간격 비율은 1.618배. 이것도 황금비 ∅였던 것이다.

"비치코프 씨가 말한 대로 정말 악기일까요?"

클라우디아가 물었다.

"그렇게 단언하고 싶지는 않아. 악기일 수도 있고, 황금비를 기록한 메모일 수도 있어."

대답하는 에드윈의 목소리는 잠겨 있었다.

다카히로는 엷은 미소를 짓는다.

"한 가지 확실한 건 이걸 만든 자는 도형학자에 필적하는 못 말리는 외골수라는 거지."

클라우디아가 어렴풋이 미소를 지었다. 다카히로는 그 부드러운 표정을 라인하르트에게 보여주고 싶다고 생각했다.

반짝반짝 작은 별, 너는 대체 누구니…….

뒤얽히는 방대한 싱커페이션을 들으면서 다카히로는 마음속으로 노래를 부르고 있었다.

별의 세계에 사는 자는 황금비를 전하고 싶어 한다. 천공에 빛나는 별, 인간을 유혹하는 그 별에 황금색으로 빛나는 미의 본질이 잠들어 있다.

Ø를 속삭이는 자는 어떤 생명체일까. 언젠가는 그들을 만나 궁극의 미학에 대해 이야기할 수 있을까. 그때의 조력자는 여신의 이름을 가진 컴퓨터일까. 아니면 궁극의 미를 아는 자에게만 모습을 드러내는 진짜 여신일까.

여신과 함께 천상에 사는, 그러나 어둠을 헤매는 자의 앞길에는 실체 없는 동경만이 그저 빛나고 있었다.

반짝반짝 작은 별 Twinkle Twinkle Little Star

반짝반짝, 작은 별
너는 대체 누구니!
세상 저 높이 위에 있는
하늘의 다이아몬드 같구나!
반짝반짝, 작은 별
너는 대체 누구니!

타오르는 햇님이 떠나고
아무것도 빛나지 않을 때
너는 작은 빛을 보여주지.
반짝반짝, 밤새도록.
반짝반짝, 작은 별
너는 대체 누구니!

그러면 어둠 속의 나그네가
너의 작은 불빛에 감사하겠지.
그는 길을 찾을 수 없었을 거야.
네가 그렇게 반짝이지 않았다면.
반짝반짝, 작은 별
너는 대체 누구니!

검푸른 하늘 안에 머물며
좀좀 내 커튼 사이로 반짝이지.
너는 결코 눈을 감지 않아.
하늘에 햇님이 떠오를 때까지.
반짝반짝, 작은 별
너는 대체 누구니!

너의 밝고 작은 반짝임이
어둠 속 나그네를 비추지.
네가 누구인지는 몰라도,
반짝반짝, 작은 별.
반짝반짝, 작은 별
너는 대체 누구니!

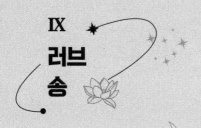

IX
러브
송

—뵈젠도르퍼 임페리얼 그랜드. 빈의 뵈젠도르퍼사가 제작한 그랜드 피아노. 건반이 88개인 보통의 콘서트 그랜드보다 1옥타브 음역이 넓고 건반 수는 97개.

"키보드를 이용해 소리를 들어보고 싶어. 출력은 외부 스피커를 사용해줘."

—알겠습니다. 음성 데이터와 터치감을 스페이스 바에 출력합니다. 보이싱 상태를 설정해주세요.

"잘 모르니까 알아서 해줘."

므네모시네는 건성으로 한 대답을 성실하게 받아들인다.

—알겠습니다. 키 중량 50그램, 애프터 터치 0.5밀리미터. 피치를 빈 필하모니 기준 445헤르츠로 설정하겠습니다.

다카히로는 책상 위에 놓인 키보드를 오른손 검지로 두

드렸다.

소리가 풍성하고 좋다. 하지만 그 외에 다른 감상은 없었다. 자신은 아폴론 직원이지 뮤즈의 전문가는 아닌 것이다.

왼손에 턱을 괴고 땡땡 소리를 내본다. 그런다고 달라지는 것은 없겠지만.

그때 노크 소리가 들렸다.

문을 열자 검은색 올인원을 입은 네네가 히쭉 웃고 있었다. 그녀는 늘 그렇듯 흑표범 같은 몸놀림으로 훌쩍 안으로 들어왔다.

"여기서도 피아노, 저기서도 피아노. 아주 미치겠어. 언제부터 여기가 어린이 음악 교실이 된 거야?"

"애들은 임페리얼 그랜드 근처에 얼씬도 하지 말라는 소리를 들었을 때부터."

"명쾌하네. 10점 줄게."

반년 전, 소행성대에 있는 개발 기지에서 마침내 뵈젠도르퍼 임페리얼 그랜드를 들여왔다. '97건반의 흑천사'라고도 불리는 오래된 명품 피아노로, 소유자는 세계적인 피아니스트 나스타샤 지노비예프. 이 호화스러운 피아노는 티레누스 해변에 건설 중이던 해상 시설 키르케 홀의 개관 공연을 위해 마련된 것이었다.

그러나 나스타샤는 무슨 이유에선지 아프로디테의 검역을 계속 꺼렸고, 결국 피아노는 포장도 풀지 못한 채 몇 달 동안 창고에 잠들어 있었다. 검역관이 외관만이라도 보게 해달라고 사정사정해서 천사의 존안만 잠깐 알현하고 겨우 서류 작업을 마친 것이 지난달 일이다. 그런데 검역이 끝나자 그녀는 곧바로 피아노를 호텔의 음악가용 특별실로 옮겨가더니 이번에는 모든 면회를 거부하고 나왔다. 게다가 개관 공연과 관련해 터무니없는 요구까지 해오고 있는 형편. 이 고집불통 할머니 덕분에 학예사들은 보지도 못한 천사를 그리워하며 처량하게 스페이스 바를 두드리는 신세가 되고 말았다.

일흔두 살의 늙은 피아니스트가 그렇게 까탈을 부리는 데는 이쪽에도 일부 책임이 있다고 다카히로는 순순히 인정하고 있다. 피아노를 어느 부서에서 담당할 것인가를 둘러싸고 뮤즈는 물론이고 아테나와 데메테르까지 나와 삼파전을 벌이고 있는 상황인 것이다.

명성이 자자한 '흑천사'는 나스타샤 사후에 아프로디테가 양도받기로 일찍이 이야기가 돼 있었다. 요컨대 이 공연을 담당하는 부서가 언젠가 천사의 수호자로 임명될 가능성이 높다는 뜻이다. 세 부서가 눈에 불을 켜고 달려드는 것도 당연했다.

마땅히 자기들이 맡아야 한다고 우쭐거리는 뮤즈에 대해 나머지 두 부서는 피아노의 특수성을 들먹이며 양보하지 않았다. 50년이 지나도 단단한 소리를 내는 피아노는 이미 공예 미술품의 경지에 이르렀다는 것이 아테나의 견지. 데메테르는 요즘 보기 드문 천연 목재 캐비닛에 천연 양모 해머로 된 그 피아노는 자연이 낳은 아름다움의 가장 좋은 예라며 자기네 부서에서 맡고 싶다고 간청했다.

도저히 수습이 되지 않아 일단 이번 공연은 중간자인 남신이 맡음으로써 여신들의 아우성을 잠재워놓긴 했다. 하지만 피아노의 행복한 노후를 바라는 피아니스트가 미의 전당에 소용돌이치는 소란을 보고 달가워할 리가 없다.

네네는 다카히로 옆에 서서 스페이스 바를 띵 울려본다.

"나스타샤가 저러는 건 본인 사정일까, 아니면 피아노 사정일까?"

"무슨 말이에요?"

"너도 알 거 아냐. 남들한테 보여주지도 않을 만큼 피아노를 아끼는 사람이 그런 엉뚱한 제안을 할 리가 없잖아. 뭔가 이상해."

"아우, 골치 아파요." 다카히로는 의자 등받이를 삐걱거리며 두 손을 들어 보인다. "그냥 공연만 무사히 끝났으면 좋겠어요. 그래서 내용이 어떻든 간에 제시하는 조건은 다 받아들였어요."

네네는 소파에 깊숙이 앉아 다카히로를 노려봤다.

"너무 비겁한 거 아냐? 제대로 조사하지 않으면 나중에 후회할지도 몰라. 나는 아무리 생각해도 이상해. 말이 안 되잖아. 키르케 홀의 개폐벽을 열고 연주하겠다니, 그건 피아니스트로서의 발상이 아니야. 키르케는 해상 공연장이라고. 해풍 때문에 피아니시모 소리는 들리지도 않을 거고, 염분도 많아. 도대체 무슨 생각인 걸까? 늙은 천사를 소금에 절이기라도 할 셈인가?"

"그런가 보죠. 피아노 미라도 나쁘지 않겠네요."

다카히로는 어깨를 축 늘어뜨리며 건성으로 대답했다.

"게다가 주변 해상에 이달고의 연꽃을 띄우라고 했다며?"

"꽃다발을 못 받을까 봐 걱정돼서 그러는 거 아닐까요?"

네네는 이를 드러내고 으르렁거렸다.

같은 태도에도 데메테르의 식물학자 롭 롱사르는 조금

더 부드럽게 반응해줬는데, 하고 다카히로는 네네의 표정을 보며 쓴웃음을 지었다.

14년 주기로 공전하는 소행성 이달고를 첫 탐사한 결과 발견된 종자는 롭의 노력으로 해상에서 연꽃처럼 생긴 꽃을 피우는 것으로 밝혀졌다. 함께 발견된 오각형 채색편에 관심이 집중되는 바람에 종자는 뒷전으로 밀려나 있었지만, 소쿠리가 황금비를 연주하는 물건으로 판명된 지금, 변덕스러운 세간의 관심은 이미 클론 배양된 150떨기의 외계 식물이 어떤 꽃을 피울 것인가로 옮겨가 있었다.

기자들은 밤낮없이 다카히로에게 연락해서 "연꽃 봉오리와 함께 세간의 기대도 부풀어 오르고 있는데"라며, 비밀을 엄수해야 하는 고지식한 학예사를 속이 아플 정도로 쪼아댔다. 세상이 주목하는 그 꽃을 늙은 피아니스트의 공연에 장식으로 쓴다고 하면 그들은 분명히 악악거릴 것이다.

"도무지 모르겠어. 이달고에 관한 기사가 나기 전까지는 벽을 열라고도 연꽃을 장식하라고도 하지 않았잖아. 그런데 갑자기 그렇게 나온단 말이지. 그 정도 명성이면 굳이 무대 연출에 연연하지 않아도 될 텐데. 뭔가 다른 생각이 있는 걸까?"

"사람이 나이가 들면 자신의 영향력을 과시하고 싶은 마음이 생긴다고 하잖아요."

다카히로가 가볍게 받아넘기자 그녀는 아무래도 상관은 없지만, 하고 자조적으로 말하며 어깨를 으쓱했다.

"어쨌거나 우리는 깨끗한 상태의 피아노를 원해. 목공예 담당인 어니스트가 외벽을 여는 것만은 절대 안 된다고 나스타샤에게 애원하고 있는데, 반응이 영⋯⋯."

"뮤즈의 마누엘라도 외벽을 열면 습기 때문에 음색에도 문제가 있을 거라고 걱정하고 있어요. 조율도 해야 하는데 비협조적으로 나와서 난감한가 봐요. 잠이 덜 깬 피아노로 홍키통크⁕나 연주하려고 그러나, 이러면서 한숨을 푹푹 쉬더라고요."

그 말을 듣고 네네는 탈진한 듯이 소파에 푹 몸을 묻었다.

"적에게 동정심이 생겨버리네. 컬렉션이 목적인 데메테르가 그나마 속 편한 처지겠군."

"데메테르도 정신없어요. 티레누스 해변 환경 유지 문제나 연꽃 준비 문제로 옥신각신하고 있는 모양이에요. 아, 잠깐만요."

⁕ 뉴올리언스의 싸구려 술집 등에서 연주된 즉흥적 재즈 연주.

므네모시네가 긴급 통신 요청을 전해왔다.

─다시로 씨, 큰일 났습니다.

롭 롱사르의 다급한 목소리가 귓속에 울렸다.

─누가 이달고의 연꽃에 손을 댔습니다.

─손을 대? 침입자가 있었어?

─네, 누군가가 보안 시스템을 뚫고 연꽃 배양조에 접근했던 것 같습니다. 연꽃은 무사한데, 어떻게 된 일인지 아직……. 정황적으로 봤을 때 저는…….

그는 한숨 섞인 목소리로 말하다 말고 입을 닫아버렸다.

롭 롱사르가 말을 잇지 못한 데는 이유가 있었다.

그것은 다카히로가 가장 피하고 싶은 사안이기도 했지만, 일이니 어쩔 수 없다.

다카히로는 아폴론 청사 최상층에 있는 관장실 문 앞에서 심호흡을 했다. 후우, 하고 마지막 숨을 길게 내쉬고 나서 말한다.

"다시로입니다. 회의 중이신 줄 알지만 들어가겠습니다."

아프로디테 최고 책임자 에이브러햄 콜린스가 책상 너머에서 얼굴을 들었다.

"무슨 일이야?"

허수아비를 쏙 빼닮은 얼굴이 태평한 웃음을 지었다.

그러나 다카히로는 허수아비를 신경 쓸 여유가 없었다. 그는 소파에 당당한 자세로 앉아 있는 인물 쪽으로 고개를 돌렸다.

"만시카 씨에게 드릴 말씀이 있어서 왔습니다."

율리우스 만시카의 연푸른색 눈동자가 반짝 빛났다. 큰 키, 마른 몸, 은발 그리고 그 연푸른 눈동자. 이 장년의 남자가 쳐다보면 다카히로는 어김없이 그 시선에서 위압적인 〈핀란디아〉 연주가 쏟아지는 듯한 느낌을 받는다.

"나한테 할 얘기가 있다고? 자네 부부 문제라면 듣고 싶지 않은데. 뭐, 일단 앉지."

율리우스는 마법이라도 부리는 듯한 손짓으로 의자를 권했다.

그는 직접 접속 시스템의 실용화에 기여한 핵심 인물 중 한 명이다. 본인은 비접속자이지만 직접 접속 시스템의 모든 것을 그 뇌 안에 잡아 쥐고 있다 해도 과언이 아니다. 아프로디테의 데이터베이스 시스템을 대폭적으로 업그레이드하기 위해 이번에 팀원들과 함께 방문했는데, 그 구체적인 내용이 아직 직원들에게 공개되지 않아 다들 불안해하고 있었다.

이 사람에게는 효과가 없다는 걸 알면서도 다카히로는 애써 친절한 웃음을 지으며 포문을 열었다.

"벌써 보고를 받으셨는지도 모르겠지만, 데메테르에 있는 이달고 연꽃 배양 시설에 침입자가 있었습니다. 담당자 얘기로는 보안 시스템을 무력화한 데다 흔적도 남기지 않았다고 합니다."

"그거참 멋진 솜씨로군. 설마 자네, 나와 우리 팀원들을 의심하는 건가?"

연푸른색의 교향곡이 포효한다. 다카히로는 물러서지 않았다.

"의심까진 아니고요. 다만 므네모시네의 강력한 보안을 뚫고 침입할 수 있는 사람은 이 세상에 그리 많진 않습니다. 제가 생각할 수 있는 건, 학예사는 아니지만 SA 권한을 가진 당신과 당신의 조력을 받은 누군가. 본격적으로 범인을 찾기 전에 먼저 확인해두고 싶었을 뿐입니다."

무사안일주의자인 허수아비가 "다카히로, 무슨 소리를 하는 거야" 하고 작은 소리로 나무랐다. 정말이지 권력에 약한 인간이다.

율리우스는 안절부절못하는 허수아비를 재미있다는 듯이 흘끗 보고 나서 다카히로를 향해 가볍게 어깨를 으쓱했다.

"일단 나는 아니고, 우리 팀원에게도 그런 지시를 내린 적이 없어. 그리고 데메테르는 이 소행성 뒤편에 있지 않나? 보안 시스템을 죽이는 거라면 몰라도 물리적으로 침입한다는 건……. 우린 그런 곳에 갈 만큼 한가하지 않아."

"그렇습니까? 그렇다면 실례가 많았습니다." 다카히로는 선뜻 일어섰다. "당신들이 데이터베이스에 어떻게 관여하고 있는지 저희로서는 아는 바가 전혀 없어서요. 혹시나 하고 생각했을 뿐입니다. 불쾌하셨다면 사과드리겠습니다."

율리우스는 다시 한번 어깨를 으쓱하더니 보란 듯이 여유를 부리며 물었다.

"아니, 괜찮아. 그래서 그 밖에 범인으로 지목할 만한 사람은 있나?"

이미 4분의 1쯤 돌아섰던 다카히로는 한쪽 눈을 가늘게 뜨고 돌아봤다.

"아니요, 전혀. 만시카 씨는 누구 짐작 가는 사람이라도 있습니까?"

"짐작까지는 아니고, 조언이야." 그는 얇은 입술 끝을 당겨 올린다. "보안 시스템은 지난번 크래킹 미수 사건을 계기로 강화됐어. 하지만 액세스 셸 버전이 높고 두뇌 회전이 빠른 내부자라면 불가능하진 않아. 범인을 찾아내도 썩 달가운 결과가 기다리고 있지만은 않을 거야."

"마치 직접 접속자의 범행으로 단정하시는 것처럼 들리는군요."

율리우스는 후후, 하고 조소를 흘렸다.

"이런 바쁜 시기에 내 앞에서 탐정 놀이는 그만두라고 말하고 있는 거야."

"매슈인가?"

불쑥 그렇게 말한 것은 책상 위의 CRT 모니터에 얼굴을 박고 있던 허수아비였다. 모니터에는 직원들의 버전 리스트가 떠 있었다.

"이 친구가 이래저래 문제를 자주 일으켰으니까."

다카히로는 넌더리가 난다는 표정으로 상사에게 말했다.

"관장님, 매슈는 근신 중입니다. 그러니까 므네모시네에 액세스가 제한된 상태라고요. 크래킹 미수 사건 사후보고서는 읽어보셨습니까?"

허수아비의 얼굴이 그 한마디에 붉으락푸르락 달아올랐다.

"자, 그럼, 다른 해당자는……."

"다시로 미와코."

율리우스는 무심하게 툭 내뱉었다. 아내의 이름을 들은 다카히로는 벌어진 입을 다물 수 없었다.

"미와코요? 설마요. 그런 엄청난 일을 할 만한 능력이 안 되는 사람입니다. 불성실한 신입이라고 골칫거리 취급을 받을 정도고, 심지어 아직 부서 배치도 받지 못했습니다. 예나 지금이나 콘서트나 보고 전시회나 다니면서 희희낙락하는 사람이 보안을 뚫다니, 말도 안 됩니다."

"기존의 연수 체제에 얽매이지 말고 자유롭게 하라고 말한 사람은 나야. 자네는 무척 중요한 정보를 모르고 있는 것 같군."

후리후리한 몸의 SA 권한자는 유유히 다리를 꼰다.

"자네, 미와코의 버전을 알고 있나?"

"10.00이라고 들었습니다."

"맞아. 그게 아직 정식으로 배치할 수 없는 이유야. 9번대를 건너뛴 10. 그리고 어떻게 들릴지 모르겠지만, 테스트 케이스인 00 넘버니까."

"테스트 케이스라니요?"

00 넘버에 그런 의미가 있다는 사실은 처음 알았다.

다카히로는 딱 한 명, 00 넘버를 가진 인물을 만난 적이 있다. 2.00 C-R의 마삼바 오자칸가스. 망막 투영 시스템을 탑재했으나 그 특수성으로 인해 슬픈 운명을 맞아야 했던 아프로디테 여명기의 학예사다.

"미와코는 도대체 어떤 특수성을 가지고 있죠? 데이터 도둑의 재능이라도 부여받은 겁니까?"

율리우스는 그의 힐문을 냉소로 얼버무렸다.

"곧 알게 될 거야. 어쨌든 지금은 미와코를 그냥 내버려 둬. 이건 직접 접속자 시스템 SA 권한자의 명령이다."

다카히로는 자신의 귀를 의심했다. 휘몰아치는 〈핀란디아〉가 초겨울의 찬바람처럼 매섭고 강하게 울려 퍼지고 있었다.

복도를 앞장서 걸어가던 롭은 고개를 돌려 애잔한 눈길로 다카히로를 바라봤다.

"그럼 아내인 미와코 씨를 배양조 침입자로 의심해야 하는 상황이군요. 그런 어려운 얘기를 전하러 일부러 여기까지…… 그쪽은 아직 한밤중이잖아요."

데메테르의 식물 연구동은 오후의 햇살로 가득 차 있었다. 셔틀 비행선 안에서 눈을 붙이긴 했지만 소행성 반대편으로의 여행은 역시 피곤했다. 그러나 우는소리를 하고 있을 때가 아니다.

"롭, 고백하자면 미와코가 학예사가 된 건 절반은 내 탓이야. 므네모시네에게 매여서 그 사람을 돌아봐주지 못했어. 그래서 나처럼 되려고 한 거 같아. 적어도 같은 입장에 놓이고 싶었던 거야. 왜곡된 동기로 학예사가 된 미와코를 끌어들여서 율리우스가 뭔가 일을 벌이는 건지도 몰라. 그렇다면 나한테도 책임이 있어. 당장 미와코를 붙들고 물어보고 싶은데, 연수 발표 준비로 바쁘다고 집에도 오지 않고 통신 회선도 잘 연결이 안 돼."

롭이 눈을 부릅떴다.

"므네모시네의 내부 회선이 말입니까?"

"응, 아무래도 율리우스가 개입해서 차단하고 있는 것 같아."

두 사람은 동시에 한숨을 쉬었다.

"근데 이상한 게, 왜 굳이 몰래 들어왔냐는 겁니다. 있는 일 없는 일 마구 갈겨대는 기자들한테나 감추는 거지, 동료들한테까지 안 보여줄 이유가 없거든요. 말만 하면 이렇게 당당하게 들어갈 수 있는데…… 탈리아, 열어줘."

롭이 데메테르의 데이터베이스 컴퓨터에 명령하자 복도 막다른 곳에 있는 커다란 문이 열렸다.

눈앞에 거대한 배양조의 바다가 펼쳐진다.

허리 높이의 해면에 파릇파릇한 150떨기의 연꽃이 빼곡하게 들어차 있었다. 저마다 열다섯 장쯤 되는 지름 약 30센티미터의 두툼한 잎을 근생엽 형태로 펼쳐놓고 있다. 잎 한가운데에는 주먹처럼 생긴 푸른 꽃봉오리가 하나씩. 꽃잎의 배열도, 잎차례도 정확히 137.5도를 이루는 연꽃들은 복작복작한 가운데 여유롭게 흔들리고 있었다.

"물에 떠 있는 모습이 연꽃이나 수련을 똑 닮았군."

"네, 많이 닮았죠. 잎 모양이나 뿌리털로 해수 중의 양분을 흡수한다는 점은 다르지만. 꽃은 피게 되면 연꽃과 구별할 수 없을 정도로 정말 비슷할 거예요."

"꽃씨도 생기나? 설마 엄청난 기세로 퍼져서 아프로디테의 바다를 점령하는 건 아니겠지?"

롭은 쾌활하게 웃었다.

"걱정 마십시오. 한편으론 우려되는 점이기도 한데, 이 달고의 연꽃은 생식 능력이 상당히 약해요. 제가 150떨기나 클론 배양을 한 것도 그런 이유에서고요. 시뮬레이션 결과로는 수술이 비정상적으로 적어서 그대로 두면 자가 수분에 의한 불완전한 종자밖에 만들지 못합니다."

그는 설명하면서 배양조 안에 손을 넣었다. 두 손을 모아 떨기 하나를 건져 올린다.

"침입자는 이런 식으로 하나를 들어본 것 같아요. 그러면, 보십시오, 물결에 흔들려서 바로 틈이 메워져버리죠. 당황한 범인은 이걸 다른 곳에 밀어 넣었어요. 제가 발견했을 때 연꽃의 배열이 바뀌어 있었거든요."

"보기만 했다고?"

"그런 것 같아요. 개수도 딱 맞고 손상된 곳도 전혀 없으니까."

"그렇단 말이지……."

다카히로의 머릿속에서 미와코에 대한 의혹이 고개를 쳐들었다. 콘서트를 좋아하고, 전시회를 좋아하고, 파티에서 유명인을 보는 것은 더 좋아하는 미와코. 그런 그녀가 진귀한 연꽃을 품에 안고 깔깔거리며 좋아하는 모습이 눈앞에 그려지는 듯했다.

호기심에 그랬을 아내를 생각하자 다카히로는 우울해졌다.

귀한 생명체를 학술의 눈으로 보지 않고 그저 신기해하며 구경했을 아내가 부끄러웠다. 감탄사만 연발할 뿐인 학예사는 흥밋거리만 쫓아다니는 짜증 나는 기자들과 다를 바가 없다.

그때 입구에서 한 청년이 고개를 내밀었다.

"잠깐만 와보세요."

롭의 조수로 일하고 있는 사이먼 다우니다.

사이먼이 귀엣말을 속삭이자 롭의 낯빛이 순식간에 변했다.

"한번 볼까?"

조수는 등 뒤로 들고 있던 밀봉 샬레를 내밀었다.

롭은 천장을 한번 올려다보고 나서 정신을 차리고 다카히로를 손짓해 불렀다.

"이것 좀 보세요. 미와코 씨가 동정同定°을 의뢰했다고 합니다."

샬레 안에는 크기 1센티미터 정도의 솜털 뭉치가 들어 있었다.

"이게 뭐지?"

"자세히 분석해봐야 알겠지만, 이달고의 연꽃에 있는 털과 매우 흡사합니다. 수술이 딱 이런 털로 덮여 있거든요."

"손상된 연꽃은 없다고 하지 않았나?"

"없습니다. 그러니까 연꽃이 아닐 수도 있어요."

° 생물의 분류학상 위치나 이름을 결정하는 일.

롭은 그렇게 말하지만 상황이 상황인 것이다.

미와코도 연꽃을 가지고 있단 말인가? 그럴 수는 없는데.

곤혹스러움에 다카히로의 가슴이 술렁거린다.

"아무튼 잘 부탁해. 서둘러 동정 작업을⋯⋯."

귓속에서 목소리가 가랑가랑 울렸다.

잠시 무언으로 므네모시네와 대화하던 다카히로는 벌레 씹은 표정으로 "알았어" 하고 짧게 대답한다.

"롭, 미안해. 그만 가봐야겠어. 아내 걱정만 하느라 본업을 잊고 있었어."

"키르케 홀에서 연꽃과 함께할 피아노 말이군요."

다카히로는 한숨으로 대답을 대신했다.

임페리얼 그랜드의 조율 담당인 마누엘라 데 라 바르카가 다카히로를 호출했던 것이다.

새벽어둠 속을 아폴론 어용 상인의 부끄러운 금색 카트가 달려간다.

뮤즈 청사에서 기다리고 있던 마누엘라는 구불구불한 검은 머리를 흩뜨린 채 몹시 흥분해 있었다.

"소행성 개발 기지에 부탁해뒀던 나스타샤의 공연 기록을 드디어 받았어요. 비공식 라운지 공연인데⋯⋯."

"뭐? 그 깐깐한 피아니스트가 라운지 공연을?"

"저도 깜짝 놀랐어요. 나스타샤가 소행성 기지를 방문한 건 공식적으로는 봉사 활동이 그 이유였지만, 공연 일체를 녹음하지 못하게 했던 그 까다로운 성미로 봤을 때 실제로는 염세에 빠져 숨어버린 게 아니냐는 말들이 있었거든요. 그런데 시끄러운 카페에 일부러 피아노를 옮겨와 연주를 했다니, 심지어 종업원이 녹음하는데도 아무 소리 안 했던 모양이에요. 무슨 심경의 변화가 있었길래…… 아, 일단 이것부터 들어보세요."

까만 눈동자를 깜빡깜빡하더니 그녀는 다짜고짜 다카히로를 음향실로 밀어 넣으며 "아글라이아" 하고 자신의 데이터베이스를 불러냈다.

갑자기 무미건조한 리듬이 흐르기 시작했다. 거기에 신경질적인 움직임의 멜로디가 씌워진다.

"플리나르 다스굽타의 〈무제 3〉이에요. 어때요, 소리가 형편없죠?"

"그런가?"

다카히로의 대답은 별 도움이 되지 못했다. 고도의 조율 기술을 가진 전문가는 초조한 듯 팔짱을 꼈다.

"피아노가 연식에 비해서는 잘 보존된 편이긴 해요. 소리를 들어보면 금 간 곳도 없는 것 같고, 액션도 잘 관리돼 있어요. 그런데 해머가 영…… 더 이상 바늘로 찌를 수도 없는 상태일 거예요."

"바늘?"

"피아노 해머는 탄성이 생명이에요. 그걸 조정하는 데 바늘을 사용하죠. 해머가 아주 단단한 1962년산 스타인웨이 같은 경우에는 해머 하나에 무려 3,000번을 찌르기도 해요. 하지만 너무 많이 사용하면 펠트가 찢어져버려요. 아무튼 찢어지지 않을 정도까지 해놨겠지만, 이 소리는 영 별로예요. 한 곡 더 틀어볼게요. 두 시간 후에 한 연주인데, 한번 비교해보세요."

곡이 바뀐다. 이번에는 다카히로도 들은 적이 있는 곡이었다.

"〈꽃의 이름보다도〉라는 소품곡인가?"

"의외로 잘 아시네요. 별로 알려지지 않은 러브 송인데."

마누엘라의 짓궂은 농담 뒤로 아르페지오가 저음에서 서서히 올라가다가 곡선을 그리며 다시 낮은 곳으로 떨어진다. 그것을 실로 엮어가듯이 반복하며 흐르는 선율.

"소리는 어때요?"

"글쎄, 이쪽이 더 깨끗한가?"

마누엘라는 실망한 듯이 양팔을 축 늘어뜨렸다.

"전혀 아니에요, 다시로 씨. 이쪽 음은 포근하면서도 힘이 있고, 뵈젠도르퍼의 임페리얼 그랜드답게 배음이 풍부하고 울림이 좋아요. 처음에 들은 소리가 더러운 물웅덩이의 파문이라면 이 소리는 큰 바다에 이는 파도예요. 아무튼 제 말은 조율사도 손쓸 방법이 없는 피아노를 어떻게 단 두 시간 만에 정음整音했느냐는 거예요."

"그러니까 그건……."

다카히로가 우물쭈물하고 있는데 마누엘라가 스스로 결론을 내린다.

"네, 맞아요. 나스타샤 지노비예프가 농성 중인 이유는 틀림없이 뵈젠도르퍼 임페리얼 그랜드 그 자체에 있어요. 그 피아노에 뭔가 사연이 있는 거예요."

다카히로는 꺼림칙한 예감이 들었다.

갑자기 소리를 바꾼 피아노. 침입당한 배양 시설. 별개의 두 사건을 나란히 놓고 보면 명확하게 '소행성 기지'라는 말이 떠오른다. 그러나 또 가만히 들여다보면 뭐가 뭔지 하나도 모르겠다. 모르면 당사자에게 물어보는 게 최선이지만, 왠지 엄청난 사실과 맞닥뜨려버릴 것만 같다.

개관 공연에 이달고의 연꽃을 장식하라는 요구는 단지 피아니스트의 변덕일 뿐이라고 다카히로는 스스로를 납득시키려 했다.

뮤즈 청사에서 번화가로 이어지는 가로수 길은 기상대와 데메테르의 협력으로 가을 풍경이 연출돼 있었다. 마이크로 블랙홀에 의해 간신히 유지되고 있는 희박한 대기가 차갑게 식으면서 황금색으로 물든 포플러나무 이파리를 투명하게 빛내고 있었다.

나스타샤 지노비예프는 가로수 길에 면한 테살리아 호텔에 머물고 있었다. 아프로디테에는 예술가에게 필요한 시설을 갖추고 있는 호텔도 있는데, 테살리아에는 방음이 확실한 음악가용 특별실이 있었다.

프런트를 통해 연락해봤자 거절당할 것이 뻔했으므로 다카히로는 직접 특별실 인터폰을 눌렀다.

그 순간, 굳게 닫혀 있던 문이 기세 좋게 열렸다.

"왜 이렇게 늦었어요, 미와코 씨. 연락을 못 하니까 시간 맞춰 와야죠. 바로 시작⋯⋯."

"매슈? 네가 왜 여기에 있지?"

금발의 후배는 그 푸른 눈으로 다카히로를 응시한 채 얼어붙고 말았다.

"미와코도 와? 지노비예프 씨도 알고?"

매슈 킴벌리는 거의 3초 동안 다급하게 턱을 까딱거렸다. 하지만 곧 타고난 오기를 발휘하여 거만하게 가슴을 편다.

"당연하죠. 지노비예프 씨가 요청한 일이니까."

"왜 두 사람만 만남이 허용된 거지? 그리고 넌 지금 근신 중인 몸일 텐데?"

매슈는 하얀 이를 드러내고 뻔뻔하게 웃었다.

"근신은 하고 있습니다. 그런데 지금 아프로디테에 미와코 씨를 도울 수 있는 사람이 저밖에 없어서요. 이해해 주십시오."

울컥 화가 치밀었다. 매슈만이 도움을 줄 수 있는 일이란 십중팔구 정동 기록이다. 직접 접속 시스템의 새로운 지평. 매슈를 비롯한 버전 8.80 이상은 감정의 움직임을 그대로 기록하는 능력을 갖추고 있다.

감동이란 무엇인가를 탐구함으로써 보편적인 궁극의 미를 손에 넣을 수 있다는 것이 매슈의 한결같은 주장인데, 소문난 말썽꾼인 그가 미와코를 끌어들여 또다시 그런 일을 꾸미고 있는 것인지도 모른다.

멱살을 잡고 순순히 불게 해줄까 생각했을 때, 방 안쪽에서 여자의 메마른 목소리가 들려왔다.

"누가 왔나요?"

"미와코 씨 남편입니다. 금방 돌려보내겠습니다."

그럼, 하고 매슈가 의기양양한 얼굴로 문을 닫으려고 했을 때였다.

"들어오시게 해요. 홍차라도 대접해드리게."

매슈의 표정이 망가진 인형처럼 그대로 굳어버렸다. 다카히로도 놀라기는 마찬가지였다.

씩씩거리며 왔는데 막상 불세출의 피아니스트가 만나준다고 하니 순간 긴장이 됐다. 동료들 사이에서는 할머니라고 부르고 있지만, 지상의 인물 데이터베이스 롤콜이 내놓은 나스타샤 지노비예프의 경력은 가히 압도적이었다.

그녀는 그야말로 피아노를 위해 태어나 악보를 벗 삼아 살아온 인물이었다. 다섯 살에 첫 앨범을 내고, 여덟 살에 주니어 콘테스트에서 첫 우승을 했다. 4대 콩쿠르에서 그랜드슬램을 달성한 유일한 피아니스트라는 명예도 불과 열여덟 살에 거머쥐었다. 40회에 이르는 월드 투어도 매회 성공을 거뒀고, 각종 콘테스트에서 심사위원장을 역임하기도 했다.

그녀에게 피아노는 인생의 전부였다. 스물여덟 살 때

뵈젠도르퍼 임페리얼 그랜드를 처음 만나 사랑에 빠졌고 거기에 자신의 삶을 고스란히 바쳐왔다. 원숙한 장년기에 젊은 첼리스트와의 염문이 잠깐 돌았지만, 결국 그녀는 음악이라는 황제 곁에 오롯이 남는 길을 선택했다.

"거기 앉으세요. 추우면 창문을 닫을게요."

"아니요, 괜찮습니다."

"그래요, 다행이네요. 저렇게 예쁜 포플러나무를 유리창 너머로 보기가 아까워서요. 난 낙엽 냄새를 좋아해요."

라벤더색 숄을 걸친 은발의 노부인은 황태후 같은 기품을 갖추고 있었다. 미간에 깊게 새겨진 주름에서 예술가의 아집이 느껴졌지만 전체적인 인상은 생각했던 것보다 부드러웠다.

다카히로는 황송해하며 둥근 테이블 앞에 놓인 고블랭 직물 의자에 살짝 걸터앉았다.

피아노가 놓여 있을 옆방의 방음문은 굳게 닫혀 있었다. 다카히로는 검은 천사의 모습을 보고 싶어서 견딜 수가 없었다.

"어제 미와코가 아삼 티피 골든을 가져왔어요."

나스타샤의 목소리에 다카히로는 필사적으로 문에서 시선을 뗐다.

"이런 고급 홍차를 얼마 만에 마셔보는지. 사람이 참 정이 많아."

전 세계를 매료시킨 그 손에 구리 사모바르가 들려 있었다. 원뿔 모양의 러시아 전통 찻주전자다. 그녀는 받침대 위에 얹힌 작은 포트에서 진한 홍차를 각각의 잔에 따라낸 뒤 사모바르 아래쪽에 있는 꼭지를 돌려 포트에 뜨거운 물을 새로 채워 넣었다.

"당신 얘기는 미와코에게 항상 듣고 있어요."

그녀는 그렇게 말하며 소리 없이 웃고는 테이블 위에 티 세트 두 벌과 은제 식기에 담긴 마멀레이드를 내려놓는다.

"자랑만 하던걸요. 팔불출처럼."

"그럴 리가요. 바쁘다는 핑계로 챙겨주지도 못하는걸요."

"웬걸요. 데이터베이스를 아주 유효하게 사용할 줄 아는 진정으로 박식한 사람이라고 하던데요. 일을 열심히 하는 것도 싫지 않은 눈치던데. 다만 너무 착해서 힘든 일을 많이 떠맡는 것 같다고 걱정하더군요. 그래서 지나치게 훌륭한 학예사가 돼버렸다고……. 어때요, 짐작 가는 게 있나요?"

무슨 말이냐고 묻고 싶었지만 고상한 척 입에 머금은

홍차가 너무 뜨거워서 그럴 경황이 없었다. 묻지 않길 잘한 건지도 모른다. 자신의 결점을 굳이 남의 입으로 듣는 것만큼 어리석은 짓도 없을 테니까.

나스타샤의 회색 눈동자가 누그러졌다. 그녀는 고개를 살짝 기울이며 말했다.

"당신은 아마 많은 의문을 품고 여기에 왔겠죠. 하지만 지금 단계에서는 아무 대답도 해줄 수가 없어요. 그러니까 이 홍차는 인사와 사과를 겸하는 셈이죠."

"지금 단계에서는, 이라고 말씀하셨습니까?"

"네."

"그럼 언제쯤이면 들을 수 있죠?"

"키르케 홀 개관일 전에는 알게 되겠죠. 물론 미와코와 매슈가 잘해줘야겠지만."

다카히로는 매슈를 흘끗 봤다. 붙박이장에 기대서 있던 그는 손가락에 걸친 컵을 얄밉게 들어 보였다.

나스타샤는 매우 침착했다. 더 이상 추궁해봤자 소용없을 것 같은 분위기였다. 입술을 축이고 나서 다카히로는 조심스럽게 말했다.

"그렇다면 한 가지만 말씀해주십시오. 이 두 사람을 조력자로 선택한 건 정동 기록 능력 때문입니까?"

"미와코가 말로 표현할 수 없는 감정을 이끌어낼 수 있는 사람이란 건 나로서는 행운이에요. 하지만 그 능력이 없었다고 해도 나는 미와코에게 모든 것을 맡겼을 거예요."

"왜죠?"

노부인은 홍차와 오렌지 향기 속에서 온화하게 웃었다.

"순수한 애정의 존재를 믿고 이해해줄 줄 아는 사람은 그리 흔치 않으니까요."

나스타샤는 숄을 끌어 올리며 창밖으로 눈길을 돌렸다. 그 찰나에 숄 자락에서 흰 새털 같은 것이 사뿐 떨어졌다. 자연스럽게 그것을 주워든 다카히로는 끙, 하고 신음하고 말았다.

"이건…… 버들강아지인가요?"

버드나무의 솜털 씨앗이 떠올랐다. 하지만 은백색 털은 그것보다 성기고, 말라서 갈색으로 변색돼 있었다.

"비슷한데……."

다카히로는 무심결에 중얼거렸다. 더 크긴 하지만 미와코가 롭에게 동정을 의뢰한 것과 흡사했다.

처음으로 나스타샤의 얼굴이 굳어졌다. 간절한 눈빛으로 매슈를 본다.

매슈는 성큼성큼 다가와 탕 하고 둔탁한 소리를 내며

자기 컵을 테이블에 내려놨다. 그러고는 빈 그 손으로 새털 같은 물체를 멋지게 채갔다.

"뭐 하는 짓이야?"

"말해줄게요." 나스타샤는 곧바로 다카히로의 말을 낚아챘다. "데메테르의 배양 시설에 이달고의 연꽃을 보러 갔던 사람은 나예요."

"뭐라고요!"

저도 모르게 허리를 일으켰다. 나스타샤는 살짝 한쪽 귀를 눌렀다.

"아, 죄송합니다. 저는 틀림없이……."

"미와코라고 생각했군요. 미와코는 동행했을 뿐이에요. 보안을 해제해준 거, 그게 전부예요."

"그게 전부라고요? 지노비예프 씨, 당신과 미와코가 한 짓은 엄연한 범죄입니다."

매슈가 슥 움직였다. 나스타샤 옆에 선 그는 다카히로를 딱하다는 듯 바라봤다.

"다시로 씨, 물론 그쪽 담당자야 당황했겠지만 이건 범죄라고 부를 수 없습니다. 현재 미와코 씨는 말하자면 치외법권자니까요. 율리우스 만시카 씨 다음으로 높은 AA 권한을 갖고 있습니다."

다카히로는 마른 웃음이 나왔다.

"농담이 심하군. AA 권한? 그런 건 지금까지 들어본 적이 없어. 연수 중인 신입 학예사에게 그런 막강한 권한이 주어질 리도 없고."

"그게 사실인 걸 어떡하겠습니까?" 매슈는 기세등등했다. "정 못 믿겠으면 므네모시네에게 확인해보시든가."

다카히로는 자신이 어떻게 호텔 방을 나왔는지 기억나지 않았다.

어처구니가 없다. 미와코를 위해 AA 권한을 급조했단 말인가.

세상 물정 모르는 천진난만한 아내가 학예사로서 특별한 대우를 받고 있다니 믿을 수 없었다. 직접 접속자가 된 후에도 그녀는 아무것도 변하지 않았다. 다카히로가 공항에 마중 나갔을 때 주변 시선 따위는 아랑곳없이 게이트 너머에서 폴짝폴짝 뛰며 손을 흔들던 아내였다. 연수 중에도 온종일 아이스크림을 한 손에 들고 광대의 퍼포먼스를 넋 놓고 보던 아내였다. 학예사가 되니까 집안일을 농땡이 칠 핑계가 생겨서 좋네, 라며 혀를 날름 내밀던 아내였다. 학예사가 스태프 파티에 드레스를 입고 가면 빈축을 사겠지, 라며 진심으로 속상해하던 아내였다.

가족이지만, 아니 가족이라서 더 눈뜨고 볼 수 없었던 그런 태도로 AA 권한을? 00 넘버의 능력은 그 정도로 대단하단 말인가.

"그래서 맥없이 물러났다는 거야?"

F 모니터에 비친 네네는 어이없다는 표정이었다.

화면 너머에서 똑똑 떨어지는 낙숫물처럼 피아노 소리가 뜨문뜨문 들려온다. 네네가 있는 아테네에서도 누군가가 흑천사를 생각하며 스페이스 바를 두드리고 있는 것일까.

두 잔째 커피를 반쯤 마시고 나서 다카히로는 구차한 변명을 시도했다.

"머릿속이 뒤죽박죽이 돼버렸어요. 그 수수께끼의 식물을 므네모시네에 기록하는 것도 까먹었을 정도니까."

"그럴 수 있지"라며 네네는 쓴웃음을 짓는다. "충분히 질투할 만해."

"질투요?"

"응, 질투. 너는 미와코를 질투하는 거야. 나도 젊었을 때는 그랬어. 버전 업은 직접 접속자로서 기뻐해야 할 일이고 성능 면에서 신입에게 밀리는 건 어쩔 수 없지만, 그래도 가슴이 쓰린 건 부정할 수 없어. 경험과 안목만은 지지 않는다고 뻗대는 게 고작이지. 다카히로, 미와코의 어떤 점이 좋아서 결혼했어?"

다카히로는 플라스틱 컵을 떨어뜨릴 뻔했다.

"뭐예요, 갑자기."

"말해봐. 그걸 떠올리면 조금은 진정될지도 몰라. 어떤 점이 좋았어?"

"에이, 몰라요."

네네는 미소 지었다. 누나 같고 엄마 같은 따뜻한 미소였다.

"다카히로, 아내인 미와코와 00 넘버인 미와코를 분리해서 생각하긴 어렵겠지만 적어도 미와코의 어떤 점을 좋아했는지는 기억해봐. 그러고 나서 다시 한번 미와코를 바라보는 거야. 그렇게 하지 않으면 학예사 다시로 미와코가 뭘 생각하고 뭘 하고 싶어 하는지 계속 모른 채로 살게 될 거야. 쓸데없는 참견이었나?"

"아니요, 고마워요."

다카히로는 그렇게 말하고 조용히 통신을 끊었다.

식어버린 커피와 함께 네네의 조언을 몸속으로 흘려 넣는다.

그렇다. 혼란스러워하면 안 된다. 침착하게 행동하자. 정신을 차리지 않으면 연꽃과 피아노 문제를 담판 짓지 못한다.

00 넘버를 가졌어도 미와코는 자신의 아내다. 우선 한 인간으로서 그녀를 신뢰하지 않으면 도움을 줄 수도 없다.

다카히로는 한숨을 길게 내쉬고 남은 커피를 마셔버렸다.

미와코는 사랑스럽다. 결혼 전 관장의 비서였을 때, 다카히로가 나타나면 어머, 하고 웃는 얼굴이 작고 귀여운 동물 같았다. 아이 같은 몸짓도, 혀 짧은 소리도 다카히로를 편안하게 해줬다.

솔직하고 단순한 점도 좋았다. 데메테르에서 장미 전시회가 열린 날에는 월급 절반을 털어 방 안을 온통 장미로 꾸며놓고는 남편이 좋아해줄 것을 확신하며 득의에 찬 미소를 지었다. 어느 잘생긴 음악가가 내방했을 때는 도서관에서 음원을 몽땅 빌려와 저녁도 거르고 멍하니 듣고 있었다.

그림을 좋아하고 음악을 좋아하지만 남편의 일에는 특별히 관심을 두지 않는 점도 장점일 것이다.

므네모시네와 대화할 때 몇 번인가 잔소리를 한 적은

있지만, 그녀는 정말로 방해가 되지 않는 아내였다. 그걸 구실로 소홀하게 대한 결과가…….

다카히로는 순간 온몸이 서늘해지는 것을 느꼈다.

방해가 되지 않는 아내라고? 자신은 대체 무슨 생각을 하고 있는 걸까.

다카히로는 데이터베이스를 호출했다.

"므네모시네, 접속 개시. 과거의 일기를 검색해줘. 비공식 일기로……."

나머지는 이미지로 보내버렸다.

—검색을 마쳤습니다. 125건이 검색됐습니다.

—그중에서 미와코에 관한 묘사가 구체적으로 남아 있는 것은?

—검색을 마쳤습니다.

가슴이 몹시 두근거렸다. 므네모시네는 알토 톤의 목소리로 차분하게 대답한다.

—해당하는 기록이 없습니다.

"1차 검색 결과를 F 모니터로 출력해줘. 순서 상관없이 전부 다!"

소리치면서 거칠게 필름을 펼쳤다. 문자가 차례로 흘러나온다.

─미와코가 졸라서 '20세기 프랑스 회화전'을 다시 본다. 질서와 구성에 대한 집착은 절도와 조화라는 또 하나의 특성과 양립하는가. 아니면 네네가 경멸했던 대로 마티스의…….

　─중간에서 그렇게 고생했는데, 아프간어로 쓰인 연극은 P 모니터의 번역을 참조해도 감상하기 어려웠다. 이 일도 정말 못 해 먹겠다. 미와코가 티켓을 떠안기지만 않았어도 안 봤을 텐데. 그러나 므네모시네의 강의를 들어보니 실제로는…….

　─미와코를 기다리게 하고 참석한 회의는 수확이 있었다. 전시실에서는 역시 클라우디아의 우수함이 빛난다. 그녀의 해설을 듣고 있자니 도자기의 감촉이 손에 전해지는 듯하다. 클라우디아는 손으로 만졌을 때의 감촉을 체계적으로 정리하는 중이라고 하는데…….

　어떡하지.

　다카히로는 아이처럼 울어버리고 싶은 심정이었다.

　미와코에 대한 구체적인 기록이 하나도 없다. 함께 갔을 텐데, 옆에 있었을 텐데. 그녀가 작은 목소리로 계속 혜살을 놓던 연극이 뭐였더라? 한참을 우두커니 서서 바라보던 조각상은?

다카히로는 작품을 감상하는 아내의 모습이 전혀 기억나지 않았다. 자신은 눈앞의 작품을 그저 분석하고 검토하느라 바빴다. 전시회나 공연 자체는 하나하나 세세하게 기억하는데, 신나서 호들갑을 떠는 아내 때문에 곤혹스러워하던 자신의 모습이라면 바로 떠올릴 수 있는데, 그녀가 했을 '예쁘다, 멋지다'라는 말의 의미는 사라지고 없었다.

일 말고는?

다카히로는 초조해졌다. 자신은 한 개인으로서의 미와코를 기억하고 있는가.

물론 잊어버리지는 않았다. 기억 속에 남아 있는 수많은 에피소드. 그러나 집보다 늘 일이 우선이었던 다카히로는 그 기억에도 이젠 확신이 없었다.

그동안 미와코와 시간을 보내지 못해 미안해해왔다. 하지만 그렇게 단순한 문제가 아니었다. 자신은 그녀의 진심 어린 감탄사를 줄곧 가볍게 여겨왔던 것이다. 그 지나친 솔직함을 은연중에 멸시하면서······.

불확실한 기억 속에서 미와코의 모습이 흔들린다. 기뻐하고 있었다. 즐거워하고 있었다. 감동하고 있었다. 아내는 그 분위기만을 향기처럼 발산하며 뿌옇게 흐려져 있었다.

"므네모시네……."

여신은 우두커니 서 있는 미와코처럼 참을성 있게 다카히로의 말을 기다린다.

"아무것도 아니야. 아니, 아무것도 아니지 않아. 미와코와 통신하고 싶어."

—통신이 불가능한 상태입니다.

다카히로는 플라스틱 컵을 움켜쥐었다.

"어떻게든 해봐! 회선을 억지로 열든 부수든 끌어내든 어떻게든 해서 미와코의 목소리를 들려줘. 안 그러면 그것마저 잊어버릴……."

문득 귓속에서 소리가 들렸다. 갑자기 시작된 그 소리는 이달고의 소쿠리가 빚어내는 중층적인 싱커페이션이었다.

"므네모시네, 왜 피보나치 리듬을 재생하지?"

그렇게 말한 순간 핑 돌면서 현기증이 일었다

다카히로는 머릿속에 크게 뻗어 오르는 분홍빛 언덕의 질감을 느꼈다.

보고 있는 것이 아니었다. 전해져오는 것은 이미지다. 촉감이나 인상을 므네모시네에게 전할 수는 있어도 자신의 버전에서는 므네모시네로부터 이미지가 역류하는 일은 없는데.

언덕은 혀 모양으로 점점 부풀어 오른다. 그 끝이 강렬한 붉은빛으로 서서히 물들더니 불쑥 언어 패턴이 팅겨져 나왔다.

그래, 불러. 원해. 사랑해. 높은. 찾아. 잡아. 쫓아가.

언어는 파동을 그리며 날아갔다. 언덕 끝이 뭉클 접혔다. 이쪽을 향해 고꾸라지듯. 저 언덕은 분명 말랑하다. 그리고 매끄럽고 미지근하다. 이쪽으로, 이쪽으로. 좀 더 이쪽으로. 가슴이 답답하다.

황금비의 리듬이 가속적으로 빨라진다. 음이 무한대로 상승한다. 머리가 깨질 것 같은 음량, 광광거리는 아우성.

다카히로는 참지 못하고 자신의 무릎을 움켜잡았다.

순간, 세계는 새하얀 솜털이 돼 폭발한다.

나풀나풀 떨어져 내리는 것은 만족스러운 여자의 목소리.

—알았어.

목소리는 언덕 위에 살포시 내려앉는다. 아니, 이제 언덕이 아니다. 분홍색 꽃을 피운 이달고의 연꽃이다.

—역시 나스타샤의 말이 맞았어. 당신은 러브 송이 듣고 싶었던 거구나.

"미와코, 어떻게……."

그 말을 끝으로 다카히로는 그대로 책상 위에 엎어져버렸다.

금속적인 음이 울리고 있다.

빨라지지도 높아지지도 않는구나, 하고 생각한 순간 다카히로는 이 소리가 현실의 긴급 경보임을 인식했다.

"긴급 상황 발생. 테살리아 호텔을 중심으로 반경 20킬로미터 지역에 잠정 B 단계 바이오해저드 경보 태세. 지정 구역은 이미 봉쇄했습니다. 현재 데메테르에 사태 확인을 요청 중입니다. 발령자, 기상대 직원 조지프 콩페르. 권한 B."

둔한 통증이 남아 있는 머리에 경보가 날아와 박힌다.

"므네모시네, 현장 상황을 보고 싶어. 출력처는 F 모니터."

필름에 비친 영상을 보고 다카히로는 시력까지 이상해졌나 하고 눈을 비볐다.

호텔 주위에 팔랑팔랑 눈이 날렸다. 발이 묶인 관광객들은 가로수 밑에서 불안한 얼굴로 하늘을 올려다보고 있었다.

"눈이 아닌데. 확대해줘."

영상이 확대돼 눈송이 하나를 쫓는다. 다카히로는 또다

시 눈을 비볐다.

새털 같기도 하고 버드나무의 솜털 씨앗 같기도 한 그것은…….

그것은 호텔의 어느 창문에서 뿜어져 나오고 있었다.

"므네모시네, 저 방에 묵는 사람이 나스타샤가 맞는지 알아봐줘."

─룸 넘버 500, 음악가 특별실. 투숙객, 나스타샤 지노비예프. 해당 창문은 라운지 룸 창문입니다.

"데메테르 학예사 롭 롱사르. 권한 B."

모든 스피커에서 롭의 목소리가 흘러나왔다. 포플러나무 밑에 있던 사람들이 몸을 움찔거렸다.

"기상대로부터 요청을 받아 분석한 검체는 기존의 식물로 독성은 없습니다. 잠정 B 단계 바이오해저드 경보와 지역 봉쇄를 해제합니다. 모두 정상적인 활동으로 돌아가십시오."

안도하는 분위기가 화면으로 전해져왔다.

롭이 다카히로에게만 은밀하게 한마디 덧붙였다.

─미와코 씨가 가져온 것과 동일한 것이었습니다. 다행히 분석을 마친 상태였습니다.

슬슬 나스타샤에게 설명을 들을 때가 됐다. 그래, 미와코에게도. 이번에는 율리우스도 방해하지 않겠지.

다카히로는 지끈거리는 머리를 싸쥐고 므네모시네에게 통신 회선을 열게 했다.

고블랭직 의자에 앉은 나스타샤는 평온하면서도 쓸쓸한 목소리로 말했다.

"아무도 믿어주지 않을 것 같았어요. 미와코 말고는. 그래서 비밀로 했던 거예요."

"미와코는 어디 있습니까?"

다카히로의 질문에 대답한 사람은 다리를 꼬고 거만한 자세로 앉아 있던 율리우스였다.

"미안하지만 그 부분에 대해선 SA 권한을 행사해야겠어. 지금 자질구레한 정보를 주고받는 건 미와코에게 방해만 될 뿐이야."

"더 이상 물어봤자 대답해주지 않겠다는 뜻이군요."

율리우스는 처음으로 진지한 표정을 지었다.

"미와코는 복잡하고 민감한 임무를 맡고 있어. 아내를 생각한다면 직접 접속 데이터베이스가 10.00의 새 기능에 완전히 대응할 때까지 기다려줬으면 해. 이걸로 대답이 되지 않을까?"

활짝 열린 창문으로 차가운 바람이 들어왔다. 라운지 룸 곳곳에는 아직 흰 솜털 뭉치가 남아 있었다.

피아니스트는 황금 손가락으로 숄에 붙은 솜털 뭉치 하나를 떼어내더니 사람들을 천천히 둘러봤다.

다카히로, 율리우스, 매슈. 소파에는 아테나의 목공예 담당자 마누엘라가 앉아 있었다.

나스타샤는 솜털 뭉치를 빙글빙글 돌리면서 이야기를 시작했다.

"아까 데메테르의 학예사가 보고해주신 대로 이건 이달고의 연꽃, 수포기의 꽃입니다. 나는 이 수꽃을 당신들이 가지고 있는 암꽃과 만나게 해주고 싶어요."

롭이 연꽃의 수술이 적은 것을 걱정한 것도 당연했다. 연꽃에는 수꽃이 따로 존재했던 것이다.

나와 수꽃의 만남은 우연이었어요, 하고 노부인은 말했다.

사람도 물건도 세월이 흐르면 어쩔 수 없이 나이를 먹는다. 그랜드슬램을 달성한 불세출의 피아니스트도 희대의 명기 '97건반의 흑천사'도. 그녀는 더 이상 예전 같은 소리를 자아낼 수 없음에 절망했다. 그녀가 피아노를 들고 변방의 소행성 기지로 간 것은 소문대로 세상을 비관한 도피였다.

도착한 지 사흘째 되던 날, 위문 공연에서 연주할 곡을 별생각 없이 선정하고 있을 때였다. 오래된 러브 송을 건성으로 연주하고 있던 그녀는 믿을 수 없어, 라고 외치며 벌떡 일어났다.

노쇠한 임페리얼 그랜드의 소리가 갑자기 되살아난 것이다. 생동감 있는 어택, 여유 있는 릴리스, 광대한 배음. 흐리멍덩하던 피아니시모는 섬세한 빛을 되찾았고, 갈라졌던 포르티시모는 용맹함이 넘쳤다. 그것은 젊은 날의 황제의 소리였다.

그녀는 두근거리는 가슴을 억누르며 약해진 팔로 피아노 뚜껑을 열었다. 변한 것은 없어 보였다. 그러나 같은 곡을 여러 차례 녹음해 소리를 확인하고 나빠진 시력으로 피아노 내부를 꼼꼼히 살핀 끝에 마침내 찾아냈다. 어떤 조건에서만 낡은 해머에 흰 곰팡이 같은 것이 자라는 것을.

해머는 이미 바늘로도 어찌할 수 없는 상태였다. 인간의 재주로는 더 이상 손쓸 수 없는 해머를 미세한 식물이 정음해준단 말인가.

기묘하게도 소리는 러브 송에 한해서만 살아났다. 녹음된 곡이든 라이브 연주든 상관없었다. 같은 작곡가의 소품곡이라도 기하학적인 곡에는 반응하지 않고, 설사 제목이 기하학적일지라도 작곡가가 사랑에 빠졌을 때 쓴 곡에는 황제가 깃들었다.

수수께끼는 많았다. 식물의 정체는 무엇인지, 또 어떻게 거기에 다다랐는지.

하지만 곧 생각했다. 아무래도 상관없다고. 이상적인 소리가 돌아온 것이다. 사랑도 포기하고 모든 것을 희생했지만 결국은 지킬 수 없었던 소리를 다시 손에 넣었다. 그녀에게는 울고 싶을 만큼 허기에 시달리던 귀에 황제가 소생했다는 사실만이 중요했다.

"피아노를 치는 감각이 마치 마약 같았어요. 오랜만에 마음껏 표현할 수 있었어요. 러브 송의 곡상曲想과 어우러져 내 마음은 애틋함으로 가득 찼어요. 누군가가 보고 싶다고, 보고 싶다고 울고 있는 것처럼 들렸어요. 멀리 떠나버린 연인을 그리워하는 마음이 소리의 형태로 넘쳐흐르는…… 그런 느낌. 처음에는 내가 이렇게 피아노를 잘 쳤나 하고 의아스러웠을 정도예요."

그녀는 황제의 귀환에 마음이 들떴다. 라운지 연주를 자청할 만큼 피아노에 대한 열정을 되찾아가고 있었다.

문제는 자포자기에 빠져 있을 때 맺어버린 피아노 양도

계약과 그 포석이 될 아프로디테 방문이었다. 똑똑한 학예사들은 이 기적을 놓치지 않을 것이다. 연구를 목적으로 당장 피아노를 가져가버릴지도 모른다. 그녀는 그것이 두려웠다.

첫 번째 난관은 검역이었다. 그녀는 피아노의 포장도 벗기지 못하게 한 채 검역을 차일피일 미루며 몇 달을 끌었다. 식물은 러브 송이 흐르지 않을 때는 육안으로 볼 수 없지만, 혹시나 하는 마음에 검역관이 눈으로 확인만 하겠다고 간청하기를 기다렸다. 그녀는 "정말로 보기만 해야 해요. 건드리면 안 돼요" 하고 다짐을 놓은 후에야 겨우 검역을 허락했고, 검역관이 외관만 훑어보고 조사를 끝내자 즉시 피아노를 테살리아 호텔로 옮겨갔다.

그리고 다시 기적이 일어났다.

"이달고의 소쿠리와 연꽃으로 한창 떠들썩했을 때였어요. 그때 소쿠리가 연주하는 피보나치 리듬이 매스컴에 몇 번이나 나왔는지 아는 분 계세요?"

항간에 나돌던 천계의 리듬, 그것이 닿았을 때 해머의 식물에서 수백 개의 흰 솜털이 몽실몽실 피어올랐던 것이다.

"리듬을 타고 그 솜털들은 하염없이 날아올랐어요. 이건 분명 이달고와 관계가 있다, 그렇게 생각하고 키르케 개관 공연에 조건을 달았던 거예요."

"홀 외벽을 열고 근처 해상에 연꽃을 띄우라고 한 것 말이군요."

"네. 하지만 그때는 당연히 이달고의 연꽃이 암수딴몸이라는 걸 몰랐고, 하물며 이게 수꽃이라고는 생각지도 못했어요. 단지 같은 고향에서 온 연꽃을 만나게 해주면 어떻게 될지 지켜보고 싶었을 뿐이에요. 미와코가 알아버린 건 그때였어요."

마누엘라도 어니스트도 멀리하던 그녀가 미와코에게만 면회를 허락한 것은, 미와코가 넉살 좋게도 어느 오래된 러브 송을 개관 공연에서 꼭 연주해달라고 부탁했기 때문이었다. 천하의 명피아니스트에게 그런 천진난만한 부탁을 하는 사람은 지금까지 한 명도 없었다. 하물며 황제가 좋아하는 장르를 원했던 것도 뭔가 흐뭇한 우연이라고 생각했다.

"소리를 되찾은 후로 나는 줄곧 누군가와 러브 송에 대해 얘기하고 싶었던 것 같아요. 젊은 시절에 그랬던 것처럼 음악과 사랑을 논하며 이야기꽃을 피우고 싶었던 거죠. 만난 지 삼십 분 만에 나는 웃음소리가 화려한 미와코가 좋아졌어요. 미와코가 붙박이장 밑에 떨어져 있던 이

솜털을 집어 들었을 때는 가슴이 철렁했지만. 순진해 보여도 역시 직접 접속 학예사는 다르더군요. 보자마자 식물의 수꽃이라고 말하지 뭐겠어요. 나는 꽃이었구나 하면서도 마음 한편으로는 계속 캐물으면 어떻게 변명해야 할지 열심히 궁리하고 있었어요. 그런데 미와코는 생긋 웃으며 이렇게 말했어요. 감동적이에요, 연인을 찾아서 열심히 날아왔나 봐요……."

이 상대를 허탈하게 만드는 감상은 참으로 미와코답다고 다카히로는 생각했다.

나스타샤는 연애 고민 상담을 하는 십 대처럼 미와코에게 모든 것을 털어놨다. 미와코는 해머를 직접 살펴보고 수꽃의 모습을 확인하더니, 시뮬레이션 영상으로 본 그 연꽃의 수술과 비슷한 것 같다며 눈을 반짝였다고 한다.

다카히로는 탄식을 금할 수 없었다.

"그래서 소녀 감성의 두 사람은 데메테르에 침입해 아직 피지도 않은 연꽃을 한 떨기 들여봤다는 거군요."

"미안해요." 나스타샤는 사과하며 쿡 웃는다. "하지만 재미있는 모험이었어요. 미와코는 연꽃을 보더니, 자신이 식물 전문가는 아니지만 해머에 서식하는 것은 틀림없이 이 연꽃의 수꽃이라고 단언했어요. 그렇게 단언하는 이유가 또 그녀다웠죠. 수꽃의 마음을 헤아린다면 그렇게밖에 생각할 수 없다고…….”

“수꽃의 마음이라고요?”

“미와코는 말했어요. 피아노가 러브 송에만 반응하는 건 수꽃이 암꽃을 원하는 마음의 표현이라고 말예요. 우주 어딘가에서 슬픈 이별을 맞은 연인, 그 수꽃이 암꽃을 그리워하는 마음이 사랑 노래를 들을 때마다 들썽거리는 게 아닐까…….”

다카히로는 큰 소리로 웃고 말았다.

“잠깐만요. 식물이 음악을 이해한다고요? 그건 미와코의 로맨티시즘에 불과해요.”

“하지만 나는 믿었어요.” 나스타샤는 웃지 않았다.

“저도 믿어버리고 싶은걸요, 다시로 씨.” 그렇게 말한 것은 마누엘라였다.

“왜 이래, 소리 전문가가.”

“전문가니까 믿고 싶은 거예요. 음악이 사람들에게 계속 사랑받는 건 사람의 마음을 비추는 거울이기 때문이에요. 장조는 밝고, 단조는 어둡고, 상승 스케일은 해방을, 하강 스케일은 침강을 느끼게 하죠. 작곡가는 마음의 흔들림을 소리에 담고, 듣는 사람은 그걸 자기 것으로 받아

들렸을 때 온전한 감동을 맛보게 돼요."

"그건 양쪽 다 감정을 갖고 있다는 전제하에서의 얘기지. 식물에는 마음이 없어. 그리고 아무리 외계 식물이라고 해도 식물이 청각을 갖고 있다는 건 말도 안 돼."

마누엘라가 엷은 미소를 지었다.

"하지만 소리가 진동에 의해 생기는 이상, 인간이 아닌 것과도 소통할 수 있을지 몰라요. 진동수가 크면 고음을 내죠. 그렇다면 에너지가 높은 상태는 감정이 고조되는 '절정'과 호응하고, 어지러운 선율에 의한 불규칙하고 흐트러진 에너지 변화는 '고뇌'로 받아들여질 수도 있지 않을까요?"

"마누엘라, 이해는 되지만 수긍할 수는 없어."

"로맨티시즘은 원래 다시로 씨 전매특허 아니었나요?"

매슈가 붙박이장 옆에서 이죽거리며 말했다.

"고집부리지 마세요. 학예사는 눈앞에 있는 것을 있는 그대로 받아들이는 도량과 자기 나름의 심미안과 그 순간의 솔직한 감정을 다루는 사람 아닌가요?"

건방진 후배의 얼굴에서 점차 웃음기가 빠져나갔다.

"적어도 저는 미와코 씨에게 솔직한 자세를 배웠다고 생각합니다. 선입관도 허세도 버리고 그저 아이처럼 거리낌 없이 자신이 마주한 대상을 두 팔 벌려 받아들이는, 그런 자세를 말이죠."

다카히로는 깜짝 놀랐다. 그것은 바로 마삼바 오자칸가스가 갈구하는 학예사의 이상. 과학의 바늘로는 낚을 수 없는 참된 감동을 건져 올리기 위한 열쇠였다.

다카히로는 자신이 왜 그토록 피곤했는지 깨달았다. 기자들의 멍청한 비유에 사로잡혀 그들의 너무나도 인간적인 사고를 계속 부정해오는 사이, 자신은 미의 이해자가 아니라 단순한 객관주의자가 돼버렸던 것이다.

매슈가 진지한 얼굴로 이야기를 계속한다.

"미와코 씨는 다시로 씨보다 훨씬 더 학예사에 어울리는 사람입니다. 순수한 마음과 뛰어난 분석 능력을 겸비하고 있어요. 미와코 씨는 아주 냉정하게 확인 실험을 했습니다."

"실험……."

방황하는 시선이 스스로도 애처로웠다. 매슈는 씩 한 번 웃고 나서 말한다.

"미와코 씨는 연인들에게 데이트 리허설을 시켜봤어요. 수꽃은 소쿠리가 연주하는 피보나치 리듬에 반응합니다. 그렇다면 암포기의 잎과 꽃잎에 나타나 있는 피보나치수열을 근거로 수꽃이 암꽃을 식별할 수도 있지 않을까 생각한 거죠. 미와코 씨는 고향의 리듬으로 수꽃을 불러낸 다음 암꽃의 입체 영상을 띄웠습니다."

"설마 그래서 때아닌 눈이?"

"아니요, 이건 잘 안됐습니다. 리듬에 대한 반응만으로 끝났죠. 이미지 노출에 효과가 없다면 남은 조건은 침실. 즉 바닷물과의 접촉입니다. 뿌릴 것까지도 없이 입자 접촉만으로 충분했습니다. 해수가 담긴 용기 뚜껑을 열었을 뿐인데 효과는 즉각적으로 나타났어요. 눈이라고 착각할 만큼 엄청난 양이 뿜어져 나오는 바람에 한바탕 소동이 일어나긴 했지만. 그건 저희 쪽 오산이었습니다."

"오산은 내 쪽에도 있었어." 율리우스가 무표정하게 끼어들었다. "실험 중에 미와코의 정동 기록이 자네에게도 흘러들어버렸어. 암수의 해후를 남편과 함께 보고 싶다고 강렬하게 갈망했던 것 같아. 당연히 자네에게는 정동 기록을 받아들일 능력이 없지만 AA 권한으로 명령을 받은 므네모시네가 무리해서 에뮬레이션을 해버렸어. 다시는 그런 일이 일어나선 안 돼. 치명적인 결과를 초래할 수도 있어. 덕분에 정보 역류를 막는 일이 현재 우리 팀의 최우선 과제가 됐지."

뻗어 오르는 분홍색 언덕. 달콤함과 가슴의 통증. 그럼 그것이 러브 송에 반응하는 수꽃을 보고 미와코가 기록한 감상이었단 말인가.

다카히로는 눈을 부릅뜬 채 아무 말도 할 수 없었다.

율리우스가 첼로의 현을 성대하게 그어 올리듯 선언했다.

"미와코는 이대로 그냥 내버려두게. 키르케 홀 개관 공연은 예정대로 진행해주고."

땅거미가 내려앉은 티레누스 해변은 정장 차림의 남녀로 북적였다. 관광객들은 바다 위에 떠 있는 하얀 키르케 홀을 바라보고 있었다. 조개껍데기처럼 입을 벌린 무대를 보며 몇몇 감상적인 이들은 머리를 길게 늘어뜨린 나체의 비너스가 나타날 것 같다고 속닥거리고 있었다.

무대 위에는 비너스 대신 뵈젠도르퍼 임페리얼 그랜드가 한 알의 오래된 흑진주처럼 놓여 있었다.

무대 왼쪽에서는 학예사 두 명이 조명을 밝힌 바다를 가리키며 협의에 여념이 없었다. 이 해역에 이달고의 연꽃을 옮겨온 롭과 바다를 관리하는 알렉세이 트래스크다. 키르케 홀 건설을 반대했던 알렉세이의 정성스러운 해양 관리로, 150떨기의 연꽃은 무대를 에워싸듯 물 위에 떠서 평화롭게 흔들리고 있었다. 타임머신 바이오테크를 이용해 개화 시점을 맞춘 꽃봉오리는 분홍색으로 물들어 금방이라도 꽃을 틔울 것 같았다.

다카히로는 키르케 홀이 한눈에 보이는 해안에 서서 연꽃과 피아노를 번갈아 보고 있었다.

연꽃이 피는 것 외에 아무 일도 일어나지 않을지도 모른다. 그것이 미와코에게 좋은 일인지 나쁜 일인지 그로서는 판단할 수 없었다.

미와코의 능력을 인정하는 마음이 자신 안에 뿌리내리지 않았다. 실험에서 그녀의 가설은 증명됐지만 과도한 감정 이입은 아무래도 위화감이 있었다. 학예사다운 모습을 한 번이라도 봤더라면 또 달랐을 텐데, 다카히로는 끝내 아내를 만나지 못한 채 오늘을 맞이하고 말았다.

파도가 어쩌지 어쩐담, 하고 발밑에 밀려왔다가 어쩌지 어쩐담, 하고 밀려간다.

고작 파도에 이런 표현을 써버리다니 오가는 파도는 확실히 미혹의 발로구나, 하고 생각하며 어둠을 틈타 쓴웃음을 지었을 때 므네모시네가 매슈로부터의 통신 요청을 전해왔다.

승인하자마자 매슈의 다급한 목소리가 날아들었다.

―다시로 씨! 미와코 씨 못 봤습니까? 만시카 씨는 어디 계세요?

―미와코는 모르겠고, 율리우스 만시카 씨는 아까 허수아비랑 VIP 부스에 들어가는 걸 봤는데.

무슨 일이냐고 물을 새도 없이 매슈는 더 크게 소리쳤다.

―지금 홀로 와주세요. 큰일 났습니다. 므네모시네에서 정동 기록 영역이 소실됐어요.

―뭐라고?

―미와코 씨도 없습니다. 정확하게 말하면 므네모시네에서 삭제됐습니다.

―무슨 소리야? 학예사를 그만뒀다는 거야?

―모르겠어요!

매슈의 목소리는 거의 울음소리에 가까웠다.

키르케 홀로 이어지는 잔교를 달리면서 다카히로는 므네모시네에게 미와코를 호출해달라고 부탁했다. 하지만 여신은 감정 없는 목소리로 이렇게 대답할 뿐이었다.

―므네모시네 및 카리테스에 해당 인물은 없습니다.

가로등이 밝혀진 돌계단을 뛰어올라 대기 중인 손님들을 밀쳐내고 입구 홀로 들어섰다. 붉은 융단을 깔아놓은 나선 계단을 올라 2층에 도착했을 때 개막 5분 전을 알리는 벨 소리가 들려왔다.

그와 동시에 머릿속에서 치직, 하는 희미한 기척이 느껴졌다.

"므네모시네?"

—상위 데이터베이스 가이아˚가 기동됐습니다. 므네모시네 및 카리테스는 이제부터 가이아와 협력하여 움직입니다.

복도 맞은편에서 매슈가 헐레벌떡 달려왔다.

"다시로 씨, 가이아가 뭐죠?"

다카히로는 거기에 대답하지 않고 VIP 부스의 문을 힘껏 열어젖혔다.

"율리우스! 미와코와 므네모시네에게 무슨 짓을 한 거야!"

펄쩍 뛰어오르는 허수아비와는 대조적으로 SA 권한 보유자는 무례한 말투에도 아랑곳없이 지극히 여유로운 태도로 돌아봤다.

"아아, 그렇지. 부팅 시각이었군."

"미와코를 어떻게 한 겁니까!"

˚ 그리스신화에서 신들의 어머니이자 창조의 신의 이름.

노려보는 다카히로를 그는 온화한 시선으로 쳐다봤다.

"가이아로 옮겼어. 모든 데이터베이스가 개별로 가지고 있던 정동 기록 블록을 분리해서 발전시킨 신천지야. 범지구적 규모의 시스템이지."

이번에는 위압적인 교향곡을 동반하진 않았지만, 다카히로는 율리우스의 그 말이 무슨 뜻인지 뇌리에 잘 새겨지지 않았다.

그는 여유롭게 배 위에서 손깍지를 끼면서 이야기를 이어갔다.

"우리는 이미지 검색의 지평 너머에서 감동을 그대로 보존할 실마리를 찾았어. 그러나 매슈도 여러 번 실패했듯이 정동 기록은 아직 불완전한 면이 있어. 분석하는 기계와 느끼는 인간 사이의 거리가 생각보다 멀더란 말이지. 양쪽이 좀 더 나은 관계를 맺으려면 기계의 성능을 향상시키는 것뿐만 아니라 인간도 그쪽으로 한 발짝 다가가야 해. 다카히로, 미와코에게 부여한 임무란 가이아를 교육하는 거야. 말하자면 미와코는 감동을 가이아에게 가르치는 어머니가 된 셈이지."

"미와코가 그런 큰 프로젝트에……."

다카히로는 멍하니 중얼거렸다. 율리우스는 한숨을 푹

내쉬고 깍지 낀 손을 바꿨다.

"못 믿겠나? 미와코라서 가능한 일인데? 가이아는 정동 기록에 모든 기능을 쓰도록 돼 있어. 지금은 갓 태어난 아기지만 이제부터 여러 가지 감정들을 하나씩 배워나갈 거야. 가이아를 양육하기 위해서는 그런 감정들을 순수하게 표현할 수 있는 미와코의 자질이 무엇보다 필요해."

매슈가 떨리는 손을 꽉 맞잡고 물었다.

"저처럼 감동을 분석해서 주입하는 스타일은 적합하지 않다는 말씀인가요?"

"꼭 그렇지만은 않아. 감정에도 이성과 지혜가 뒷받침 돼야 하는 부분이 있으니까. 다만 처음부터 논리를 따지면 아기가 혼란스러워할 수 있어. 조금만 기다려주게."

객석 조명이 서서히 어두워지고 개막을 알리는 벨이 울려 퍼졌다.

"다카히로." 율리우스가 무대 쪽으로 돌아앉으며 말했다. "마음의 거리가 가장 가까운 남편으로서, 미를 다루는 학예사 선배로서, 미와코가 스스로 선택한 첫 임무를 조용히 지켜봐주게."

나스타샤 지노비예프는 신부처럼 순백의 드레스를 입

고 무대에 올랐다.

우아한 자태로 인사를 마친 늙은 피아니스트는 피아노 위에 한 장의 사진을 올려놨다. 콘서트용 쌍안경으로는 사진 속 인물을 또렷하게 볼 수 없었지만 무릎 사이에 첼로를 끼고 있다는 것은 어렴풋이 알 수 있었다.

그녀는 주름진 눈을 가늘게 뜨고 어딘가를 향해 살짝 미소를 지었다.

이윽고 바닷바람과 함께 러브 송이 흘러나오기 시작했다.

다카히로는 무대 뒤를 샅샅이 살펴본 다음, 입구 홀에 마련된 객석 모니터에 시선을 고정한 채 꼼짝 않고 서 있었다.

미와코는 없다. 도대체 어디에 있는 것일까.

—첫 곡 〈초원의 리본〉이 예정대로 시작됐어요.

마누엘라의 보고가 므네모시네를 통해 전달됐다.

—피아노는 아직 변화가…… 아니, 음질이 바뀌고 있어요! 아아, 소리가 굉장히 깊고 넓어요. 이 상태라면 클라이맥스에서는 소리가 얼마나…….

목가적인 멜로디가 입구 홀로 흘러나온다.

다카히로는 아직 아내를 찾고 있었다.

─롭입니다. 연꽃에 개화 조짐이 보입니다. 다행이에요, 하나도 안 열리면 어쩌나 걱정했는데. 무대 옆에 있는 연꽃이 곧 필 것 같습니다. 꽃망울이 살짝 벌어져서…… 잠깐만요. 맙소사, 이게 무슨 일이야. 조명 좀 비춰봐!

식물학자의 목소리가 다급해졌다.

─말도 안 돼. 한 송이가 아닙니다. 150송이가 일제히 개화할지도 모르겠어요.

다카히로는 방음벽 너머로 들리는 버스럭거리는 갈채 소리를 뒤로하고 터벅터벅 홀을 나왔다.

─두 번째 곡이에요. 〈더 가까이〉. 음질이 처음부터 좋은데요.

피아노 소리는 앞뜰까지 쫓아왔다. 무대가 개방돼 있어서 건물 내부보다 오히려 크게 들렸다.

다카히로는 발 가는 대로 잔교를 지나 해안 쪽으로 되짚어갔다.

푸가처럼 쫓고 쫓기며 상승하는 대목에 이르자 마누엘라의 보고에 한숨이 섞였다.

─너무 울려요. 배음이 깨지기 시작했어요. 포르테가 너무 강한데. 해머가 못 견딜 것 같아요.

잔교 맞은편에서 검은 그림자가 다가온다.

"다카히로?"

네네 샌더스였다.

"공연이 벌써 시작된 모양이네."

"선배, 미와코 못 봤어요?"

"미와코?" 어둠 속에서 흑표범이 의미심장한 미소를 짓는다. "해변에 있던데?"

"고마워요!"

길게 말할 새도 없이 다카히로는 달리기 시작했다.

ㅡ연꽃이 핍니다.

롭이 그렇게 말한 순간 광 하고 길게 저음이 울렸다.

관객들의 웅성거림이 다카히로에게까지 전해진다.

ㅡ소리를 동반하다니!

평소 점잖은 롭이 비명에 가까운 소리를 질렀다.

ㅡ개화하는 소리가 이렇게……. 150개의 꽃봉오리에서 꽃잎이 동시에 한 장씩만 열렸습니다. 스푼 모양의 꽃잎이 잎을 때려 공명을 일으키고, 그게 잔잔한 해수면에 전해져 증폭된 겁니다. 수꽃이 반응했던 피보나치 리듬의 실체가 암꽃이 열리는 소리였다니……. 두 번째 꽃잎이 열립니다.

첫 번째보다 약간 높은 소리를 내며 연꽃은 두 번째 꽃잎을 펼쳤다.

해변에는 표를 구하지 못한 사람들이 모여들어 휘황찬란한 키르케 홀을 바라보고 있었다. 다카히로는 인파를 헤치고 단발머리 아내를 찾아다녔다.

해상에서 개화의 3탄이 울려 퍼졌다. 롭이 한숨 섞인 목소리로 말한다.

— 역시. 개화 간격의 비는 약 1.618, 황금비입니다. 꽃잎이 피보나치수열에 따라 전개되고 있으니까 이대로라면 개화 속도는 점점 빨라질 겁니다. 오, 이제 네 번째예요.

이어서 마누엘라의 놀란 목소리가 들려왔다.

— 나스타샤가 박수를 기다리지 않고 바로 세 번째 곡에 들어갔어요. 〈꽃의 이름보다도〉의 제시부를 연주하고 있어요.

익숙한 선율이 파도와 함께 다카히로에게 밀려온다.

— 다섯 번째 꽃잎입니다.

개화음과 동시에 관객이 술렁거렸다.

— 마누엘라, 봤어?

— 응, 롭. 지금 수꽃이 하나 날아올랐어. 하지만 소리가 이미…… E1이 완전히 갈라졌어.

— 괜찮을 거야. 여섯 번째 꽃잎이야. 벌써 일곱 번째…….

연주는 〈꽃의 이름보다도〉의 전개부로 접어들었다.

저음부의 아르페지오를 타고 크레센도 하면서 단숨에

상승하는 멜로디.

"이건……."

다카히로는 걸음을 멈추고 홀을 바라봤다.

기억 깊숙한 곳에서 미와코가 "아름다운 곡이지?" 하고 미소 짓고 있었다.

낯설지 않은 게 당연했다. 왜 진즉에 알아차리지 못했는지 이상할 정도다. 이건 처음 미와코의 집에 갔을 때 들었던 곡인데.

"당신이 부탁했다는 곡이 이거였구나."

다카히로는 울고 싶어졌다.

화려한 러브 송과 어우러져 개화의 소리도 빨라진다. 점점 빠르게. 더 빠르게.

─수꽃이…… 많아지고 있어요. 피아노에서 넘쳐흘러요.

─꽃잎이 거의 다 열렸습니다. 암술이 드러나고 있어요.

절정으로 치닫던 멜로디가 긴 화음을 소리 높여 노래했다. 그것은 분명히 피아노 소리였지만 사람들의 귀에는 환희의 포효처럼 들렸다.

수꽃이 흰 기둥처럼 한꺼번에 솟아올랐다. '97건반의 흑천사'에서 날아오른 수꽃의 무리는 바람을 타고 높이높이 떠올라 키르케의 조개껍데기를 하얗게 감쌌다.

사람들의 목소리가 해변을 뒤흔들었다. 환호성, 그리고 영문을 몰라 어리둥절해하는 목소리.

술렁이는 사람들 사이로 다카히로는 아내의 뒷모습을 본 것 같았다.

"미와코!"

인파를 헤치고 다카히로는 아내에게로 다가갔다.

무대 위의 나스타샤는 조용히 건반에서 손을 뗐다.

하염없이 뿜어져 나오는 수꽃은 그녀의 흰 머리카락을, 움푹 팬 뺨을, 앙상한 어깨를 스르륵 어루만지고 발밑에 내려앉았다.

탕탕, 날카로운 소리를 내며 피아노의 강철 현이 몇 가닥 끊어졌다.

황제의 신부는 소임을 다한 임페리얼 그랜드에 살포시 왼손을 얹는다.

그리고 오른손으로 조심스럽게 사진을 들어 품에 안고는 흡족한 미소를 지으며 하얀 밤하늘을 올려다봤다.

수꽃은 바람을 타고 한참을 떠다니다가 이윽고 조용히 내려앉기 시작했다.

바다 위에서는 그들의 신부들이 분홍색 꽃잎을 활짝 연
채 물결에 살랑거리며 기다리고 있었다. 오목한 꽃잎은
그들의 이부자리. 끝없이 내려오는 동료들의 나부낌은 축
복의 라이스 샤워*.

불모의 땅에서 헤어진 그들은 가냘픈 노래를 지팡이 삼
아 마침내 거기에 당도한 것이다.

"미와코……."

뒷짐을 지고 하늘을 쳐다보던 그녀는 뒤를 돌아보며 생
긋 웃었다. 가지런히 자른 머리끝이 바닷바람에 흩날린다.

무슨 말을 할까. 무슨 말을 해야 할까.

머뭇거리는 다카히로를 향해 미와코는 뛰듯이 다가온다.

왼팔에 아내의 손이 감겼다.

"아름답다."

아내는 남편의 팔에 매달리며 황홀한 듯 말했다.

"당신처럼 잘 설명할 수는 없지만, 아무튼 아름다워."

아름답다.

그 말이 다카히로 안에 가만히 내려앉는다.

자신 안에는 없는 말이었다. 오랫동안 잊고 지내온 감

* 결혼식에서 새 출발을 축복하며 신랑 신부에게 쌀을 뿌리는 의식.

정이었다. 형용사가 아니라 감탄사로서 이 말을 사용한 것이 대체 언제였을까. 문제를 해결하고 작품을 해석하는 데 골몰하느라 호흡처럼 자연스러운 이런 감정마저 잃어버렸던 것이다.

미와코가 속삭인다.

"가이아, 기억해. 이런 걸 '아름답다'고 하는 거야. 이 행복한 기분도 함께 기억해."

그녀는 미의 행성에 충만한 밤공기를 깊이 들이마시고 다시 한번 "아름답다"라고 말했다.

다카히로는 가까스로 대답한다.

"응, 정말 아름다워."

ㅡ므네모시네.

너도 기억해줘. 잊지 않도록 확실하게 기억해야 해.

분석은 필요 없다. 그저 느낄 뿐이다.

궁극의 미학, 천계의 음악, 지상의 행복이 지금 여기에 있음을.

아름다움을 추구하고 추함을 피하려는 것은 인간의 본능입니다.

그러나 미추美醜는 따로 존재하는 것이 아닙니다.

아름다움을 좇다 보면 추함이 고개를 들고, 추함이 고개를 든 곳에서 아름다움이 피어나지요.

그 지점, 아름다움과 추함의 경계선에서 박물관 행성 아프로디테의 이야기는 시작됩니다.

때는 먼 미래, 우주 개척 시대 이후의 세계입니다. 지구에는 두 개의 달이 떠 있습니다. 하나는 우리가 아는 그 은반의 달입니다. 그리고 달에서는 보이지 않는 지구 반대편에 또 하나의 달이 존재합니다.

지구와 달 사이의 중력이 평형을 이루는 지점, 그곳에 소행성을 낚아와 만든 인공의 천체 아프로디테가 있습니다. 미의 여신의 이름에 걸맞게 세상의 온갖 아름다움을 수집해놓은 우주 박물관이지요. 수집품은 미술품이나 음악, 연극과 같은 예술 작품에 한하지 않고 푸른 숲, 넓은 바다, 변화하는 계절, 노을과 바람, 동물과 식물을 아우릅니다. 미래의 첨단 과학기술로 인공지능을 뇌에 탑재한 여신의 하수인들은 궁극의 미를 찾기 위해 하루하루 바둥거리며 이곳에서 삶을 영위하고 있습니다.

　저자 스가 히로에는 망망한 우주에 아프로디테라는 고립된 공간을 만들어놓고 매 이야기마다 아름다움 하나에 인간의 추한 욕망 하나를 그림자처럼 딸려 보냅니다. 독자는 화자를 따라 추한 욕망을 심판하기 위해 수수께끼를 파헤치듯 그림자를 쫓아가지만 어느 순간 저자는 추한 욕망을 손바닥 뒤집듯 획 뒤집어 선의의 형태로 우리 앞에 쏙 내놓습니다. '봤지? 이건 원래 아름다웠어. 이걸 추하게 본 건 네 눈이고, 네 마음이야.'라고 말하는 듯이. 이때 모습을 드러내는 아름다움은 사랑, 신념, 우정, 헌신, 동경과 같은 먼 과거에서부터 먼 미래로 영원히 이어질 불변의 진리들입니다. 과학의 낚싯바늘로 건져 올리지 못한 궁극의 미가 딸려 나오는 순간 주인공인 화자는 번뇌에 빠지고, 독자는 수수께끼가 해결된 것에 대한 상쾌함을 넘어 불변의 진리 앞에서 마음이 정화되는 것을 느낍니다. 이야기의 끝에는 결국 악한 사람도 선한 사람도 없이, 단지 진리라는 궁극의 아름다움만이 남지요.

'박물관 행성' 시리즈는 지구 밖에 건설된 거대 박물관 아프로디테를 무대로 예술과 과학을 둘러싸고 펼쳐지는 아름답고 따뜻한 SF 연작 소설집입니다. 2000년에 발표된 『박물관 행성 1 : 영원의 숲』을 시작으로, 무려 19년 만인 2019년에 『박물관 행성 2 : 보이지 않는 달』이 나왔습니다. 그리고 그 이듬해에 『박물관 행성 3 : 환희의 송가』가 출간되면서 시리즈 3부작이 완성됐습니다. 1편은 국내에 2012년에 한 번 출간됐는데, 이번에는 저자 개정판을 2편과 함께 새롭게 번역해 선보이게 됐습니다. 3편은 현재 열심히 번역 중이니 조금만 더 기다려주십시오.

강산이 두 번 변하는 동안에도 이 책의 이야기는 조금도 낡지 않았습니다.

아마도 당대의 분위기가 담겨 구식으로 느껴질 수 있는 SF 세계관에 힘을 쏟기보다 시정 넘치는 비유와 섬세하고 탁월한 심리묘사를 세련되게 구사한 작품이기 때문일 겁니다. 시대를 초월하는 등장인물의 캐릭터도 한몫을 합니다. 스가 히로에가 그리는 주인공들은 현시대를 살아가는 우리의 모습과 많이 닮았습니다. 우주 공간에서 인공지능과 연결돼 있으면서도 사람을 그리워하는 주인공의 모습 등을 통해, 우리가 고층 아파트에 살며 고향 땅의 흙을 그리워하고, 공동체에 속해 있으면서 고독함을 느끼고, 스마트폰 없이는 일상을 살아가기 어려워하는 모습을 비유적으로 읽어낼 수 있지요.

1편의 이야기가 여전히 건재하기 때문에 2편에서 그 맥을 그대로 이어받아도 어색함이 전혀 없습니다. 19년의 터울이 무색할 만큼 시리즈가 자연스럽게 연결되지요.

단행본으로 나오기까지는 무척 긴 시간이 필요했지만 묶인 단편들이 잡지에서 꾸준히 발표되어온 덕분도 있을 겁니다. 2편에서는 새로운 인물이 주인공이지만 이번 작품의 주인공인 다시로 다카히로가 조연으로 등장해 새로운 주인공을 응원해주는 역할을 합니다. 진화한 인공지능을 탑재한 후배와 경험을 통해 직감과 육감을 축적한 선배의 대화가 꽤 낭만적이랍니다.

　스가 히로에의 SF 세계는 저 멀리 안드로메다로 뻗어나가지 않습니다. 배경과 기법은 분명 SF인데 시선은 오히려 과거를 향해 있지요. 단정하고 절제된 스토리가 고요함마저 느끼게 합니다. 이것은 저자의 독특한 성장 환경과 무관하지 않을 겁니다. 스가 히로에는 일본의 역사와 전통을 간직하고 있는 교토에서 나고 자랐으며 어려서부터 일무日舞를 배워 예명까지 얻었고, 어머니는 일본 전통 가면인 노멘을 제작하는 일을 했습니다. 지금도 교토에서 지내며 기모노를 일상복으로 입는다고 합니다. 그래서인지 일부 단편에는 일본 전통색이 짙게 묻어나지요. 옛것과 SF의 결합. 스가 히로에의 작품 세계를 이해하는 키워드가 아닐까 싶습니다.

　과거의 수수께끼를 미래의 과학으로 풀어가는 스가 히로에의 매력적인 SF 세계를 만나보십시오. SF에 대한 부담감은 내려놓으셔도 됩니다. 박물관 행성 아프로디테는 멀지 않은 곳에 있습니다. 편안한 마음으로 들러주세요.

유토피아는 없지만 의외의 위로를 받고 귀향하실 수 있을지도 모릅니다. 그럼 즐거운 여행이 되길 바랍니다.

2023년 11월

정경진

옮긴이 : 정경진

일본어 번역가. 15년째 번역 중. 언어의 질과 양을 확장하기 위해 부단히 노력하고 있다. 스가 히로에의 『박물관 행성』 시리즈, 우에노 지즈코의 『불혹의 페미니즘』, 슈노 마사유키의 『가위 남』, 기타무라 가오루의 『하늘을 나는 말』, 우타노 쇼고의 『절망노트』 등 다수의 책을 우리말로 옮겼다.

박물관 행성 1 : 영원의 숲

1판 1쇄 인쇄 2023년 11월 7일
1판 1쇄 발행 2023년 11월 16일

지은이 스가 히로에
옮긴이 정경진
펴낸이 김기옥

문학팀 김세화 | 마케팅 김주현
경영지원 고광현, 김형식, 임민진

표지디자인 곰곰사무소 | 본문디자인 고은주
인쇄·제본 (주)민언프린텍

펴낸곳 한스미디어(한즈미디어(주))
주소 (04037) 서울시 마포구 양화로 11길 13(서교동, 강원빌딩 5층)
전화 02-707-0337 | 팩스 02-707-0198 | 홈페이지 www.hansmedia.com
출판신고번호 제313-2003-227호 | 신고일자 2003년 6월 25일

ISBN 979-11-6007-976-0 04830
          979-11-6007-975-3 04830(세트)

한스미디어 소설 카페 http://cafe.naver.com/ragno | 트위터 @hans_media
페이스북 www.facebook.com/hansmediabooks | 인스타그램 @hansmystery